IL CRISTALLO DEL POTERE

Michael M. Höfer

PREFAZIONE

Nel corso del ventesimo secolo la diffusione sempre più rapida e capillare delle notizie e delle informazioni ha permesso ai popoli di conoscere sempre meglio i meccanismi del potere. La politica divenne, se non comprensibile, almeno visibile a tutti e molti dei misteri in cui era rimasta avvolta per secoli si sono dissolti mettendo a nudo i segreti dei palazzi e dei governanti.

Radio, televisioni e giornali portano ogni giorno notizie sempre più immediate, accurate e approfondite nella vita quotidiana anche della gente comune al punto da far pensare che non ci possano più essere segreti importanti in grado di resistere a lungo. Certamente non misteri fondamentali, fatti ed eventi che potrebbero determinare cambiamenti sostanziali degli equilibri politici mondiali o determinare invece stabilità e continuità grazie a strumenti di potere di portata globale come gli arsenali militari e nucleari hanno fatto, seppure in modo discutibile, per alcuni decenni.

Invece esistono ancora le ragioni di Stato e la conservazione del potere è ragione spesso sufficiente per svolgere ancora oggi molte cose dietro le quinte della scena mondiale ufficiale. La diplomazia ha tuttora i suoi percorsi contorti e misteriosi e le guerre fredde in realtà non sono mai scomparse del tutto.

Questo racconto ripercorre una particolare stagione della politica mondiale, lo scenario specifico della Guerra delle Falkland alla quale forse fu data non tantissima importanza. Eppure, anche questi eventi potrebbero essere stati raccontati al grande pubblico in maniera non del tutto corretta per non portare alla luce delle rivelazioni inquietanti.

Accanto a fatti veri, documentati e reali, i personaggi descritti, anche quelli storici, le loro azioni e i dialoghi, sono ovviamente immaginari anche se inseriti nel contesto reale degli eventi raccontati. Le cose, nello specifico, potrebbero essere andate proprio così come vengono rappresentate in queste pagine e forse c'è più verità in questo racconto di quanto non si sia portato a credere!

SETTEMBRE 1981

L'isola di Saunders si trova nell'arcipelago delle Falkland nell'oceano Atlantico meridionale, poco a sud del cinquantunesimo parallelo, una sorta di avamposto a nord ovest della più grande Isola Occidentale ed è anche nota con il nome di Isla Trinidad. La sua conformazione particolare è caratterizzata da uno stretto canale di mare che la divide quasi completamente in due, aprendosi nel cuore dell'isola in una vasta baia dalle acque sempre relativamente tranquille anche quando l'oceano è agitato, come spesso capita da queste latitudini. Il clima è mediamente freddo e ventoso e la vegetazione si limita a vaste distese di erba e pochi cespugli e alberi bassi e nel complesso la natura non offre grande ospitalità ad animali ed esseri umani. L'insediamento principale di Saunders fatica a meritare di essere chiamato villaggio ed è costituito da poche case e alcune stalle, lo stretto necessario per l'attività di allevamento che viene svolta da molti decenni. Prima della regione più a nord dell'isola il terreno si restringe a poco più di mezzo miglio prima di allargarsi nuovamente su una penisola a forma di chela di granchio dominata da alcune dolci colline.

Proprio sulla punta più settentrionale dell'isola di Saunders si trovava da qualche mese un laboratorio geologico finanziato dalla Kingdom Petroleum Union inglese e dalla Oil California Inc. americana che aveva lo scopo di fare da punto di coordinamento delle attività di ricerca in tutta quella regione dell'Atlantico meridionale a caccia di nuovi giacimenti petroliferi. Per supportare le ricerche anche sull'isola stessa erano state autorizzate delle trivellazioni esplorative nella speranza che l'attenta analisi della struttura geologica del sottosuolo potesse fornire indicazioni sulle probabilità di successo di tutte queste costose ricerche. Al largo delle Falkland operavano quattro grandi trivelle e avevano già raggiunto anche profondità ragguardevoli senza però incontrare nessun giacimento di preziosi idrocarburi. L'insolita accoppiata tra la maggiore azienda petrolifera dell'Inghilterra e una delle maggiori compagnie statunitensi era giustificata da un particolare teorema per cui la condivisione dei costi era necessaria data la loro enorme entità e la speranza di trovare le sospirate riserve comprendeva una prospettiva quantitativa tale da poter soddisfare entrambe le compagnie e i relativi mercati principali e, anche se dopo molti mesi di ricerca i risultati non erano per nulla incoraggianti, i lavori procedevano con grande impegno. Nella baia quasi circolare che si affacciava sul mare aperto era stato costruito un pontile sufficientemente grande per accogliere le navi dei rifornimenti senza dover impegnare il porto principale delle Falkland a Stanley, sull'isola orientale e senza dover poi procedere con un difficile trasporto locale sulle poche strade esistenti. Inoltre, ci sarebbe stata la necessità di attraversare comunque prima lo stretto delle Falkland e poi la baia di San Francisco de Paul partendo dalla località di Hill Cove, piccolo porto da pesca adagiato ai piedi dell'Independence Mountain che con i suoi quasi settecento metri di altezza è una delle elevazioni più alte dell'intero arcipelago.

La visita al laboratorio da parte dell'addetto commerciale aggiunto all'ufficio del Governatore delle Falkland era una routine consolidata e avveniva ogni dieci giorni, sempre che le condizioni meteorologiche non fossero troppo avverse. Colin Brenner aveva assunto l'incarico da poco più di un anno e data la modestissima mole di lavoro che gravava sulle sue spalle considerava la trasferta all'isola di Saunders un benvenuto diversivo dalla noia mortale che lo stava lentamente consumando. Quando si era con entusiasmo offerto ai servizi di Sua Maestà la

Regina d'Inghilterra, si era immaginato una vita intensa d'impegni e di grande varietà. Invece si ritrovava come un recluso confinato in fondo al mondo a leggere e controllare fatture e documenti di trasporto riguardanti i pochi commerci che la piccola comunità di meno di quattromila abitanti in tutto il vasto arcipelago richiedeva. Il suo addestramento e l'assegnazione al servizio segreto gli sembrava una cattiva barzelletta, uno scherzo giocatogli forse da qualche compagno di corso, certamente non poteva esistere un compito d'intelligence più lontano dalle imprese di James Bond alle quali lui si era, pur con la dovuta sobrietà, ispirato. Magari non sarebbe stato tagliato per le spettacolari imprese nello stile del mitico 007 ma non avrebbe mai immaginato che essere al servizio della Regina potesse significare fare il fermacarte a seimila miglia da Londra, in un posto dove l'ultimo evento emozionante era stato la fuga di un toro da riproduzione nelle strade di Fox Bay. Anche quell'evento gli era solo stato raccontato e la sua partecipazione alla tragedia si era limitata a una bevuta in compagnia di alcuni conoscenti e qualche membro della piccola guarnigione militare inglese distaccata vicino a Port Stanley nell'unico Pub del posto con musica dal vivo, il venerdì e ogni secondo sabato, dove tutti si dichiaravano soddisfatti di aver riacciuffato il bestione imbizzarrito benché la cosa fosse successa a ottanta miglia di distanza. Nella grande agitazione nessuno aveva scattato nemmeno una foto ricordo a fine cattura per cui non si aveva idea delle fattezze del toro e nemmeno dei protagonisti del recupero. Però la solidarietà e l'umana partecipazione con lo spirito da parte di tutta la popolazione erano totali e andavano sottolineate con festose alzate di pinte di birra, poi due giorni dopo tutti si sarebbero ripresi dalla sbornia e tornati alle loro solite occupazioni.

Il Cristallo del Potere

Per variare la routine Colin Brenner aveva sperimentato varie maniere per la sua visita a Saunders Island. Il più delle volte era accompagnato da qualcuno delle due dozzine di militari di stanza nella piccolissima guarnigione dell'esercito di Sua Maestà, con un elicottero oppure, nella buona stagione, con una veloce barca solitamente adibita alla funzione di guardia costiera, occupazione che ovviamente non era particolarmente impegnativa a quelle latitudini. Qualche volta Brenner aveva anche scelto la via terrestre viaggiando con una Range Rover dell'ufficio del Governatore fino a Port Saint Charles per poi imbarcarsi per l'attraversamento dello stretto delle Falkland fino a Port Howard da dove poteva proseguire fino Hill Cove. Da lì s'imbarcava nuovamente per raggiungere Saunders, poi ci volevano altre tre ore abbondanti per raggiungere il laboratorio sulla punta più a nord dell'isolotto. In questa maniera Brenner riusciva a far durare la visita complessivi tre giorni e seppure il viaggio fosse faticoso e notevolmente disagevole almeno lo toglieva dalla noia delle scartoffie del suo ufficio. In alcune occasioni aveva anche approfittato della sua grande indipendenza per percorrere sentieri secondari ed esplorare angoli sconosciuti delle isole e anche se non si poteva mai parlare di paesaggi spettacolari o altre attrazioni particolari qualche volta aveva assistito a tramonti stupendi e apprezzato che comunque anche queste situazioni in fondo non erano alla portata di molte persone al mondo. Magra consolazione, forse, ma un modo per imparare a conoscere la topografia delle isole migliore di quanto non si potesse ricavare dalle carte geografiche e chissà che un giorno non potesse tornare utile, magari per aiutare la cattura di un altro toro sfuggito.

All'arrivo nel piccolo insediamento dei geologi, che alcuni chiamavano scherzosamente Drill Bay City, fu accolto come al solito dalla dottoressa Kathy Prescott, un'energica texana dalle solide competenze scientifiche e una vitalità incontenibile che l'aveva fatta diventare la vera comandante del centro. Oltre al suo lavoro di ricerca e analisi dei campioni estratti dalle varie trivelle aveva preso a dirigere la cucina del centro e comandava tutti a bacchetta. C'era del personale di supporto ma KP stabiliva regole e programmi e, poiché alla fine il benessere di tutta la comunità ne sembrava beneficiare, tutti lo accettarono di buon grado. Tra geologi e chimici c'erano quasi due dozzine di persone impegnate a studiare con grande cura ogni consegna di materiale estratto dai vari pozzi nel tentativo di disegnare una mappa geologica accurata e dettagliata di tutta la regione e creare le premesse per ricerche più mirate. Il laboratorio ben attrezzato permetteva di eseguire quasi tutte le analisi direttamente sul posto, poi i rapporti sugli esiti erano trasmessi settimanalmente con corrieri speciali e in grande riservatezza alle centrali delle aziende petrolifere ed anche all'ufficio del Governatore, nelle mani di Colin Brenner, che li avrebbe poi trasmessi a Londra presso gli uffici centrali del servizio d'intelligence MI6. Quale fosse lo scopo esatto di tanta discrezione, per non dire segretezza, non era chiaro nemmeno a Brenner anche se ovviamente l'importanza strategica e quindi geopolitica di tutta la regione poteva essere influenzata da eventuali importanti ritrovamenti, ma al momento sembrava che quel rischio fosse alquanto remoto.

Kathy Prescott, detta KP, era la persona responsabile del centro per conto dell'Oil California Inc. americana e anche lei si curava di inviare una relazione alla sua azienda con meticolosa regolarità. La sua aria bonaria e chiassosa non doveva trarre in inganno, era una specialista di altissimo livello e la sua competenza e serietà professionale le erano valse questo incarico di grande fiducia e la concessione di ampia autorità operativa e decisionale che lei però non faceva pesare presentandosi sempre come una dinamica collega dedita a curare anche e prima di tutto il benessere fisico dei residenti e dei rari visitatori. Aveva pronto un lauto pasto per l'ospite appena arrivato e il direttore della Stazione di ricerca, il Dottor Howard Barrington Styles, valoroso esperto nel suo settore e ingaggiato ad alto prezzo dalla Kingdom Petroleum Union per supervisionare tutte le operazioni di ricerca. Barrington Styles decideva dove posizionare le trivelle esplorative e quali profondità raggiungere, esaminava le analisi dei campioni di minerali estratti e stilava con grande abbondanza di dettagli le relazioni conclusive di ogni giornata di lavoro. Dopo otto mesi di presenza sull'isola di Saunders non aveva mai messo piede su un'altra isola e tantomeno aveva visitato la capitale o un altro insediamento, viveva solo per il suo lavoro di cui era autenticamente appassionato e non accennava a scoraggiarsi nemmeno dopo l'ennesima fumata nera delle sue ricerche.

Il dottor Barrington Styles non era solito a socializzare più di quel tanto con Brenner e in precedenza i loro incontri erano sempre stati brevi e piuttosto formali per non dire freddi. Quando lo scienziato entrò nella mensa Brenner realizzò immediatamente che c'era un'insolita vitalità nelle movenze dell'ascetico geologo e un sorriso raggiante illuminava il suo viso. Strinse la mano di Brenner con energia e lo invitò a sedersi. KP e una delle poche inservienti che operavano sulla base servirono un primo piatto di zuppa di pesce arricchita con verdure e patate e il profumo della pietanza sembrava davvero invitante. Poi KP si sedette con loro e iniziarono a mangiare.

"Questa volta le devo chiedere un particolare favore, Sig. Brenner." disse Barrington Styles senza alzare lo sguardo dalla sua zuppa di pesce. "Abbiamo trovato qualcosa che qui non riusciamo ad analizzare."

Brenner si aspettava che il discorso continuasse ma rimase deluso, per Barrington la zuppa di pesce aveva riguadagnato la sua totale attenzione. Fu la dottoressa Prescott a proseguire.

"Abbiamo avviato da qualche tempo un piccolo pozzo esplorativo anche qui sull'isola, a mezzo miglio dal laboratorio. Qualche giorno fa..."

"Cinque giorni fa!" interruppe Barrington Styles.

"Cinque giorni fa abbiamo estratto alcuni campioni diversi dal solito. Mi pare di ricordare che lei, Sig. Brenner, non sia un esperto in geologia e mineralogia, quindi le risparmio i discorsi troppo complicati, ma le dico semplicemente che non siamo del tutto sicuri di che cosa si tratti. Sembrerebbe del Silicio e non sarebbe nulla di strano, ma alcune caratteristiche non corrispondono del tutto. Abbiamo fatto alcune analisi più approfondite e possiamo dire che si tratta di un minerale a struttura cristallina, ma poi ci fermiamo perché non ne veniamo a capo. Probabilmente non abbiamo le attrezzature giuste ma per scrupolo..."

"E per dovere contrattuale!" intervenne nuovamente Barrington.

"... e per dovere contrattuale vogliamo mandare alcuni campioni in Inghilterra per completare le analisi." KP sorrise a Brenner alzando lo sguardo per significare che per sopportare le stranezze di Barrington Styles si era armata di una buona dose di pazienza.

"Gli americani hanno già spedito dei campioni dello stesso materiale al loro laboratorio a Pasadena, non vorrei che finissero le analisi prima di noi." La frase di Barrington Styles fu pronunciata dopo che si era guardato attorno come per assicurarsi che non ci fossero membri del team americano a portata d'orecchie, la sana competizione fra inglesi e americani era ufficialmente bandita ma fioriva rigogliosa nel cuore di ogn'uno dei tecnici e scienziati, se non per patriottismo almeno per spirito sportivo.

"Pertanto, Signor Brenner, le chiederò di ripartire immediatamente per Port Stanley e provvedere a far arrivare i campioni in Inghilterra con la massima urgenza." Il Dottor Barrington Styles si stava in qualche modo quasi scusando per imporre a Brenner un'immediata ripartenza, di solito un buon riposo di qualche ora era spontaneamente compreso nelle visite di Brenner. Evidentemente i campioni erano interessanti o perlomeno avevano stuzzicato la curiosità dei ricercatori più dei soliti ritrovamenti minerali.

Kathy Prescott accompagnò Brenner verso il laboratorio, dove gli avrebbe consegnato i faldoni con le analisi di tutte le campionature di minerali elaborate negli ultimi dieci giorni. La quantità di carta che fu prodotta analizzando dei minerali, spesso dello stesso identico tipo, era impressionante per Brenner ma KP gli aveva spiegato in altre occasioni che attraverso la registrazione di tutti i possibili dettagli e un'elaborazione attenta di tutte le possibili statistiche che se ne potevano derivare si sarebbe infine arrivato a qualche indicazione utile e per questo occorreva comunque una quantità di dati consistente, poche pietre non avrebbero significato nulla. Ogni tanto s'incontravano tracce di minerali fuori dall'ordinario ed era importante seguire con molta attenzione queste tracce per capire com'era composta quella parte della crosta terrestre, poi confrontando i dati con altre ricerche eseguite in passato, si poteva ricavare qualche ipotesi utile per il proseguimento dei lavori e magari sperare di trovare l'agognata bolla di idrocarburi.

"Non credo, per la mia esperienza, che quel materiale abbia grande rilievo per i nostri obiettivi di ricerca, ma non si può mai sapere. E come ha capito benissimo anche lei, per il dottor Barrington Styles sarebbe fondamentale sapere esattamente cosa abbiamo trovato prima che lo scopriamo noi americani." Kathy Prescott sorrise maliziosamente e aprì la porta verso una stanza del complesso dei laboratori dove alcuni tecnici in camici bianchi erano indaffarati ad armeggiare con complessi macchinari e vari piccoli mucchietti di minerali. Su un banco giaceva un sacchetto di plastica contenente una discreta quantità di terriccio bluastro.

"Ecco i campioni urgenti!" disse KP puntando il dito verso quel sacchetto. Poi lo sollevò e lo esaminò e rivolta a nessuno in particolare nella stanza disse: "Come abbiamo identificato questa roba qui?"

Uno dei tecnici le disse che ci doveva essere una targhetta con data e luogo del ritrovamento ma per KP quello non era sufficiente, ovvero sarebbe stato complicatissimo riferirsi in futuro a quei campioni indicandoli con data e luogo del ritrovamento, bisognava dare una sigla o, come lei preferiva, assegnare un nome a quella sostanza.

"Chi ha fatto le prime analisi di questi cristalli?"

Si fece avanti un geologo grassottello e dalla capigliatura bionda e disordinata, con gli occhiali spessi e gli occhi arrossati. Alzando una mano sorrise e sembrava confessare una marachella. Era il dottor Ingvar Fronders, norvegese dalla lunga esperienza nelle ricerche geologiche e in particolare in campo petrolifero. I campioni gli erano capitati sul tavolo insieme con altri minerali estratti proprio dal pozzo sull'isola e lui aveva notato subito qualcosa di particolare in quel mucchietto di materiale. Dopo aver inizialmente pensato a una forma di Silicio aveva poi individuato la struttura cristallina insolita del materiale e non era riuscito a portare in fondo la sua analisi arenandosi sia sulla composizione chimica che su alcune caratteristiche fisiche dei cristalli. Una stranezza che aveva scoperto era che i cristalli a un certo preciso grado di umidità emettevano delle frequenze sonore debolissime ma comunque udibili anche dall'orecchio umano. Aveva sperimentato un po' con quella caratteristica ma oltre ad una certa curiosità e un buon quarto d'ora di divertimento con i colleghi non ne era scaturito altro. Dopo varie prove si era arreso all'evidenza che in quel laboratorio sofisticato, ma non paragonabile a strutture ben più complete e avanzate, non si sarebbe potuto andare oltre e quindi aveva segnalato il caso al direttore Barrington Styles.

"Che nome vogliamo dare a questa roba qui?" chiese Kathy Prescott. "Cristallo canterino non mi pare dignitoso. Dottor Fronders, possiamo usare il suo nome?"

Fronders arrossì lievemente e balbettò qualcosa a proposito del troppo onore e poi ammise con imbarazzo che aveva contrassegnato i campioni che gli americani avevano inviato ai loro laboratori con la sigla Frondite, derivato dal suo cognome e dalla postilla usualmente indicativa di minerali e cristalli.

"Ottima scelta," disse KP. "Frondersite sarebbe stato troppo lungo, Frondite va benissimo!"

Mentre stava ancora pronunciando quella frase prese un'etichetta adesiva e vi scrisse in lettere capitali "FRONDITE" e anche se qualcuno nel laboratorio, compreso lo stesso Professor Fronders, avesse voluto proporre un'altra denominazione, tutti avrebbero saputo che oramai era troppo tardi. KP aveva deciso, prese il sacchetto e lo diede a Brenner invitandolo di averne buona cura, poi lo accompagnò all'uscita.

"Faccia buon rientro alla capitale", disse KP con un filo d'ironia riferendosi alla cittadina di Port Stanley, "e mi raccomando l'urgente spedizione di quei preziosi campioni! Non sia mai che avessimo trovato la pietra filosofale e non ce ne accorgiamo!"

La sera seguente Colin Brenner era di nuovo nel suo ufficio a Port Stanley. Dopo avere copiato tutte le carte per l'archivio di sicurezza che teneva nella cassaforte della residenza del Governatore preparò la solita grande busta per il dispaccio diplomatico da consegnare all'aeroporto da dove un primo volo avrebbe portato il pacco a Buenos Aires e da lì avrebbe proseguito con corriere diplomatico per Londra, dove sarebbe giunto comunque non prima di due giorni più tardi. Questa volta però dovette aggiungere anche i campioni dei misteriosi cristalli, la Frondite, e doveva imballare molto bene tutto quanto. Prese una scatola, la più grande disponibile, di Tupperware dalla dispensa nella cucina e pensò di metterci dentro la busta di plastica che conteneva il materiale da analizzare, ma la busta era più grande del previsto e nel tentativo di inserirla con qualche spinta la plastica si lacerò e alcuni frammenti di terriccio e cristalli caddero sul tavolo. Brenner cercò un altro sacchetto di plastica e si mise a travasare la Frondite, con l'occasione decise di ridurre la quantità in modo da poter facilmente chiudere la scatola di Tupperware, mettendo il resto in una scatoletta più piccola che appoggiò in un cassetto della sua scrivania. Avvolse la scatola più grande contenente i campioni di Frondite in alcuni fogli di gomma schiuma e fissò il tutto con abbondante nastro adesivo, poi scelse una piccola valigia da viaggio tra le tante che allo scopo erano in dotazione al suo ufficio, mise al suo interno i rapporti delle analisi geologiche e il pacco di Frondite, chiuse accuratamente e procedette alla spedizione. Questo significava recarsi di persona all'aeroporto, attendere il volo da Buenos Aires, consegnare la valigetta al comandante come plico diplomatico e farsi firmare una ricevuta. Brenner cercò di convincersi che il compito era importante e delicato e che la sua era una missione fondamentale per il suo paese, ma in cuor suo si sentì come un semplice fattorino impegnato nella più banale delle sue mansioni quotidiane. Una laurea in storia e un corso di addestramento di tre anni per il suo inserimento ai servizi di sua graziosa Maestà la Regina lo avevano fatto sperare in ben altro, ma questa era la sua vita e da Londra per ora non arrivava nessun indizio circa la fine del suo esilio nell'arcipelago delle Falkland. A volte Colin Brenner si sentiva molto triste. Studiava con avidità le notizie dal mondo, seguiva l'andamento delle relazioni dei grandi paesi e cercava di immaginare quale compito avrebbe potuto assolvere per dare un contributo agli eventi, ma certamente non poteva sperare di salvare il mondo o perlomeno l'Inghilterra, confezionando pacchi dono contenenti inutili plichi di carta e scatole di terriccio. Eppure, era deciso ad avere pazienza e tenersi pronto per la sua occasione, in fondo non aveva nemmeno compiuto trent'anni e poteva attendere, prima o poi la sua occasione sarebbe arrivata.

OTTOBRE 1981

Per il Generale Andrew Leonard era normale rincorrere le idee più strane di inventori e geni di varia collocazione scientifica che affermavano di avere fatto scoperte di fondamentale importanza strategica. Il suo compito era il censimento di qualsiasi novità tecnologica o scientifica che potesse avere rilievo per le forze armate degli Stati Uniti d'America e tra le numerosissime follie e autentiche bufale ogni tanto si incappava in qualcosa di realmente interessante e utile. In quei casi Leonard procedeva alle ulteriori analisi dei progetti e delle idee che gli venivano presentate e dopo un'accurata valutazione da parte di una complessa struttura tecnologica, estremamente avanzata e ben fornita di ogni risorsa immaginabile, decideva se valesse la pena elaborare una presentazione dettagliata e quindi coinvolgere lo Stato Maggiore dell'Esercito o delle altre forze armate oppure se addirittura informare le massime cariche politiche della nazione. In altri casi semplicemente passava i risultati agli enti pubblici e privati che ne avrebbero potuto fare buon uso commerciale. Anche se disponeva di autorità e risorse non aveva un vero e proprio ufficio formalmente dedicato a queste ricerche, ma si serviva dei suoi contatti per portare avanti, con discrezione ed efficienza, le sue indagini. Spesso era capitato che grandissimi progressi in campo tecnologico oppure scientifico fossero originati da scoperte e intuizioni di individui al di fuori dei grandi serbatoi del pensiero dove si intendeva ufficialmente coltivare ogni forma di progresso e la crescita maggiore dello scibile umano. Certi talenti erano sfuggiti alle grandi aziende ed anche agli enti governativi e per chissà quali alchimie del destino spesso riuscivano in un garage a rendere concrete scoperte o invenzioni sorprendenti e con enormi potenziali e quando non era il genio individuale a determinare i risultati poteva pure intervenire un colpo di fortuna. L'America era ancora il paese delle grandi possibilità e la maggior parte della gente ancora ci credeva, per cui non era del tutto sorprendente che ogni tanto si presentasse un entusiastico patriota con una rivoluzionaria idea di enorme utilità per il paese e anche se questi fenomeni destavano quasi sempre un'iniziale perplessità, era successo varie volte che le loro follie fossero invece veramente di grande importanza. Del resto, anche i Fratelli Wright erano partiti in un fienile e molti altri protagonisti della vita pubblica, economica e scientifica americana si erano veramente inventato tutto da solo e sotto la bandiera a stelle e strisce avevano potuto raccogliere tutti i meritati frutti del loro lavoro.

Di solito Leonard viaggiava accompagnato da qualche collaboratore con qualifiche specifiche secondo il tipo di progetto che avrebbe dovuto esaminare, ma la chiamata da parte del direttore del laboratorio TeraTec, piccola impresa di ricerca nell'ambito delle più avanzate tecnologie informatiche, era stata fatta direttamente al suo numero personale e la reputazione del ricercatore che aveva chiamata era quella di essere un uomo dalle capacità veramente eccezionali. Perciò, quando disse che forse aveva in mano qualcosa di veramente straordinario e chiese un incontro urgente ma discreto, Andrew Leonard aveva deciso di usare la procedura più prudente e informale possibile per evitare che, qualora ci fosse davvero qualcosa di molto importante, alcuna notizia potesse sfuggire. La segretezza in certi casi era fondamentale ed era meglio a volte esagerare con la prudenza piuttosto che correre un rischio non necessario. In questo contesto la regola più semplice era che quanto minore era il numero delle persone coinvolte tanto minore era la possibilità che si potesse perdere il controllo delle informazioni. In abiti borghesi e informali il Generale Leonard si sentiva sempre a suo agio e si divertiva spesso a farsi passare per un modesto funzionario. Così metteva a proprio agio i suoi interlocutori che non si sentivano in soggezione e si aprivano più facilmente al dialogo che Leonard amava impostare con cordiale rilassatezza.

Nel caso del direttore della TeraTech Corporation non era necessario celarsi dietro mentite spoglie. Arthur Waters aveva frequentato lo stesso corso all'accademia militare di West Point del Generale, ma poi aveva sviluppato una progressiva insofferenza verso la rigida disciplina militare e si era dedicato a una carriera professionale invidiabile ed una vivace per non dire turbolenta vita sentimentale. Dopo approfonditi studi di elettronica e informatica con particolare attenzione ai processi tecnologici e costruttivi delle apparecchiature e dei microcircuiti aveva fondato la TeraTech e ottenuto vari incarichi per l'esercito e l'aeronautica degli Stati Uniti per produrre componenti ad alta tecnologia per ottimizzare sistemi di guida di aeromobili e armamenti vari. Oltre ad una grande capacità tecnica e imprenditoriale gli veniva riconosciuta anche una totale affidabilità in termini di riservatezza, al punto che pochi al di fuori dei suoi più stretti collaboratori e alcuni esponenti degli enti che utilizzarono i suoi servizi conoscevano i dettagli delle sue operazioni.

Waters ricevette il Generale Leonard nel suo confortevole ufficio e dopo alcuni minuti di conversazione affrontò la ragione della sua chiamata.

"Tu sai, Andrew, che non ti avrei disturbato se non ritenessi che la cosa meritasse la tua attenzione. So bene quanto sei impegnato ma credo che il tempo che ti farò perdere sarà speso bene." Arthur Waters faticava a parlare da seduto e perciò si alzò e iniziò il suo racconto muovendosi per tutto l'ufficio, come se le parole che cercava fossero sparse su tutto il pavimento della spaziosa stanza, costringendo il Generale a seguire i suoi spostamenti girandosi con tutta la sedia per poter meglio osservare e ascoltare le parole del tecnico.

"Circa due settimane fa fui chiamato da un tecnico dell'Oil California Inc., l'azienda petrolifera, per la quale abbiamo sviluppato un sistema di controllo computerizzato delle loro operazioni in tutto il mondo. Perdevano spesso il conto dei barili di greggio che estraevano dai tanti pozzi che hanno in giro per il globo terrestre e ora sembra che tutto funzioni alla perfezione. Mi hanno pagato la mia fattura senza battere ciglio e pertanto mi piacciono molto." Waters fece un piccolo sorriso furbo, era noto che le sue prestazioni erano costose ma era altrettanto noto che sapeva il fatto suo e che la sua squadra di tecnici era davvero capace di risolvere problemi e produrre soluzioni tecnologiche ad alta efficienza.

"Il tizio mi disse che aveva fra le mani un materiale estratto durante una perforazione esplorativa da qualche parte nell'Atlantico Meridionale e che non ne veniva a capo. Si trattava di una forma di cristalli, simile ma non identico al Silicio e con caratteristiche per lui poco chiare. Aveva fatto qualche rudimentale esperimento per verificare il comportamento del materiale in caso di esposizione a radiazioni, radiofrequenze, correnti elettriche e altre amenità, a mio parere senza metodo e logica e comunque senza ottenere nessun risultato apprezzabile. Era curioso di sapere cosa fosse o perlomeno se quella roba poteva avere una qualsiasi utilità e quindi me ne mandò un campione."

Waters fece una pausa senza smettere di camminare per la stanza. Sembrava che avesse perso il filo del suo racconto e che stentasse a trovare le parole per proseguire.

"E allora che hai trovato?" La domanda del Generale Leonard era nel suo stile. Secco e diretto, dritto al nocciolo.

"Vieni con me!" rispose Waters avviandosi verso la porta. "Non devo dirti che quello che vedrai è estremamente confidenziale, odio usare il vostro gergo che parlerebbe di Top Secret, ma conto sulla nostra antica amicizia per avere la certezza della tua riservatezza!"

Leonard fece un gesto con la mano che significava tutto quello che Waters avrebbe voluto sentirsi dire. Non serviva altro.

Attraversarono un lungo corridoio e poi entrarono in un ascensore che li portò verso il basso, evidentemente in un basamento o sotterraneo che Leonard valutò di almeno tre piani. Quando uscirono dall'ascensore si trovarono di fronte ad una porta di sicurezza, Waters digitò un codice su una tastiera a fianco alla porta ed entrarono in un laboratorio pieno di impressionanti macchinari per analisi e ricerche di ogni genere. Non c'era nessuno in quella grande sala e Waters riprese a parlare.

"Il futuro della tecnologia informatica sarà nella miniaturizzazione dei circuiti e nel potenziamento delle capacità di memoria dei supporti di conservazione dei dati. Da poco tempo si stanno diffondendo dei piccoli calcolatori anche per uso domestico che già mostrano enormi progressi rispetto a quanto disponibile fino a pochi anni fa. Pochi mesi fa IBM ha presentato il suo 5150, una macchina da tavolo che dovrebbe rivoluzionare il mondo degli uffici ed in particolare delle piccole aziende. Sugli schermi dei futuri computer potremo visualizzare serie di dati e immagini sempre più complesse ed elaborate con velocità ed efficienza in perenne aumento. Le tecnologie che stiamo sviluppando qui si basano fondamentalmente sulla creazione di supporti stratificati dove circuiti microscopici conservano le informazioni, grandi volumi d'informazioni, e permettono allo stesso tempo, medianti altri componenti che sostituiscono relais e transistor, di processare ed elaborare questi dati. Ne deriveranno in pochi anni ogni sorta di utilizzazioni e applicazioni, potremo gestire cose complesse come il traffico di un aeroporto oppure la stampa di una rivista con un solo computer poco più grande di un frigorifero. L'obiettivo comune di tutte le aziende è di ridurre sempre di più le dimensioni e aumentare nello stesso tempo le potenze di elaborazioni. Le comunicazioni telefoniche, per esempio, diverranno sempre più trasportabili e saremo collegati con il mondo intero sempre e comunque in qualsiasi parte del globo terrestre e oltre a parlarci potremo anche scambiarci immagini e documenti. Insomma, tua moglie potrà sempre sapere dove ti trovi, non potrai più raccontarle che stai facendo la guerra in Mongolia quando invece stai sorseggiando un cocktail alle Hawaii."

Per Waters era una specie di marchio di fabbrica inserire anche nei suoi discorsi più seri qualche battuta, qualche diversivo di alleggerimento. Ma poi sapeva immediatamente rientrare nella veste seria e impegnata che si addiceva alla circostanza.

"Non voglio tediarti con dettagli tecnologici di poca importanza ma voglio solo dirti che abbiamo già le idee abbastanza chiare su quello che otterremo nel corso dei prossimi tre o quattro anni e anche quello che sarà la tecnologia alla fine di questo secolo. Stanley Kubrick nel suo film Odissea nello Spazio non è andato per niente lontano da quella che sarà la realtà fra pochi anni. La chiave di questa evoluzione starà nell'affinamento della tecnologia costruttiva dei circuiti integrati che permetterà una sempre maggiore miniaturizzazione. Uno dei componenti fondamentali in questo processo è il Silicio ultra-puro, il semiconduttore per eccellenza. Drogando il silicio ultra-puro con varie sostanze come il fosforo, l'arsenico, il boro oppure il gallio se ne aumenta la conduttività."

Anche se per Leonard molte delle cose che Waters continuò a elencare erano nozioni già acquisite rimase affascinato dalla passione con cui il suo ospite rappresentava i processi tecnologici che sarebbero maturati nel prossimo futuro. Il silicio, già ampiamente presente negli apparecchi elettrici ed elettronici da qualche decennio, avrebbe comunque continuato a essere la base di ogni evoluzione. Quando Waters descrisse con abbondanza di dettagli e termini specifici l'importanza dei semiconduttori e della loro struttura il Generale Leonard lo interruppe con cortesia.

"Veniamo alla ragione della mia visita. Il materiale che hai analizzato non è silicio ma ne ha le caratteristiche?" chiese Leonard e Waters sembrò svegliarsi da un brutto sogno, scosse il capo e prese fiato con un profondo respiro.

"No, non è silicio ma ha alcune caratteristiche interessanti. Ha una struttura cristallina tridimensionale molto complessa e in tutta onestà non siamo stati capaci di identificare con certezza l'elemento chimico o gli elementi che compongono il tutto. Oserei quasi di dire che si tratta di un elemento nuovo e sconosciuto. Tutte le analisi da noi fatte puntano in quella direzione."

Questa affermazione era davvero sorprendente e Leonard si chiese in che modo potesse essere utile la sua partecipazione a questa eventuale scoperta. Non dovette aspettare molto prima che Waters gli diede una chiara indicazione.

"Nella tecnologia che stiamo sviluppando ci serviamo delle cosiddette etero strutture. Si tratta di cristalli composti da diversi semiconduttori abbinati con grande precisione attraverso tecnologie complesse, come la crescita epitassiale e la disposizione successiva di strati di vapori chimici metallorganici, permettendo così di costruire circuiti integrati complessi ad altissime frequenze di funzionamento. Ti sto confondendo?"

Leonard ammise di non essere completamente padrone della materia anche se aveva già più volte affrontato il tema. Per ora, però, la spiegazione di Waters non aveva offerto nulla di sconvolgente. Che le ricerche erano in corso era risaputo e si conoscevano bene anche la direzione e il potenziale delle sperimentazioni e le prospettive concrete erano state pubblicizzate con grande ottimismo da varie aziende impegnate nel campo dei semiconduttori e delle nuove tecnologie e da un buon numero di riviste e pubblicazioni scientifiche e tecnologiche, accessibili a chiunque.

"L'hanno chiamato Frondite, non chiedermi perché." Disse Waters mentre apriva un armadio con una serratura a combinazione.

"Che cosa?" chiese Leonard, spiazzato dall'improvviso cambio di argomento.

"Quel materiale che mi hanno consegnato è stato chiamato Frondite, forse perché qualcuno che si chiama Frond l'ha scoperto, non ho idea. In ogni caso il fatto semplice e sconvolgente è questo: ogni singolo cristallo di Frondite ha le caratteristiche funzionali di etero strutture estremamente complesse, superiori a quello che abbiamo osato immaginare finora anche col massimo ottimismo. È come avere in mano un microcircuito grezzo e programmabile dalle stesse potenzialità di cento o forse più circuiti integrati."

Ora sì che l'interesse del Generale Leonard si fece vivo. Anche se non aveva compreso fino in fondo quello che Waters stava prospettando intuiva che lo stupore e l'entusiasmo per il ritrovamento nelle parole del suo amico era davvero grande. Si stava parlando di una scoperta dal potenziale enorme e sembrava proprio che questo misterioso cristallo permettesse alla tecnologia elettronica di fare in un solo attimo un balzo evolutivo paragonabile ad un processo che in condizioni normali poteva realizzarsi solo dopo anni di ricerca. Quanti anni? Non era chiaro, ma la spiegazione di Waters sembrava inequivocabilmente mirare a indicare un balzo epocale. La mente di Leonard prese immediatamente a elaborare le prospettive in termini economici e strategici, ma anche politici e militari che una simile scoperta poteva avere. Avanzare tecnologicamente di una decina di anni in pochi mesi sarebbe stato un vantaggio impareggiabile per chiunque e in tutti i sensi. Sempre che tutto questo fosse vero, si richiamò all'ordine Leonard, memore di altre delusioni seguite a simili entusiasmi, quando poi le presunte scoperte si rivelarono delle ardimentose fantasie. Ma Waters era un personaggio notoriamente concreto e anche prudente, quindi era ragionevole pensare che quanto illustrato potesse essere alquanto vicino alla realtà.

Waters estrasse dall'armadio aperto una scatola simile ad un registratore di cassette portatile e lo pose sulla tavola in mezzo al laboratorio. Si mise ad armeggiare con alcuni fili e collegò la scatola ad un videoregistratore e un teleschermo, poi si mise a sedere di fronte allo schermo invitando Leonard di accomodarsi accanto a lui.

"Ho fatto alcuni esperimenti e credo di avere appena scalfito la superficie del potenziale di questo cristallo. Con poche operazioni non troppo differenti da quelle che facciamo abitualmente quando creiamo semiconduttori complessi e circuiti integrati ho costruito un piccolo esperimento da laboratorio, nulla di particolarmente complicato. Il nocciolo dell'apparato che abbiamo qui di fronte è una serie di cristalli di Frondite integrati in un paio di circuiti da noi prodotti, avanzati ma in linea con la tecnologia attuale, quindi con tutta una serie di limiti. I cristalli sostituiscono per una parte la memoria e per un'altra parte la CPU, l'unità centrale di elaborazione, insomma il motore di un qualsiasi computer. Ora guarda una cosa stupenda."

Waters aveva collegato un computer da tavolo alla misteriosa scatola e digitava alcune istruzioni. Dopo qualche attimo sullo schermo apparve la sigla della Metro Goldwyn Meyer e dopo poco iniziarono a scorrere i titoli del film "Via col Vento". Dall'altoparlante dello schermo risuonava l'inconfondibile colonna sonora. Leonard restò a osservare le immagini per alcuni minuti, poi si rivolse verso Waters con uno sguardo interrogativo che non lasciava dubbi sulla sua perplessità. Quello che stava vedendo era interessante ma non così tanto sconvolgente.

"Ti spiego, caro Generale, il computer serve solo per dialogare con l'unità sperimentale che contiene i cristalli di Frondite. Ho voluto provare se era possibile registrare tutto un film come questo all'interno di un circuito di memoria basato sulla Frondite e ci sono riuscito. Poi ho analizzato la memoria restante e mi sembrava che ci fosse spazio per un altro film. E così ho registrato Il terzo Uomo, e poi Ombre Rosse e poi Mary Poppins e My Fair Lady ed il dottor Zivago. Ci sono tutti."

La prova seguì immediatamente le parole, Waters intervenne sulla tastiera e Dick Van Dyke apparve nelle vesti di spazzacamino sui tetti di Londra. Un altro scatto e altre immagini si materializzarono sullo schermo. La dimostrazione della potenza di memorizzazione di dati della Frondite stava funzionando, Leonard si rizzò in piedi. Cominciò a intuire qualcosa, forse qualcosa di veramente straordinario e sconvolgente.

"Per farla Breve, Generale, mi sono messo a trasferire tutta la mia collezione privata di videonastri. Ho collegato contemporaneamente sei videoriproduttori e li ho fatti marciare a velocità massima di avvolgimento; eppure, sono riuscito a memorizzare tutto, senza perdere un solo fotogramma. Un totale di oltre milleduecento ore di cinema, a colori e col sonoro in stereofonia, tutto dentro a quella piccola scatola che hai davanti a te. E ora ti faccio vedere un'altra cosa, dammi due minuti."

Waters prese nuovamente ad armeggiare con un groviglio di fili e collegò una batteria di dodici televisori posti su tre file da quattro su una parete, poi si mise a digitare freneticamente sulla tastiera e infine, con mossa teatrale, pigio il tasto invio e si sedette con un largo sorriso accanto a Leonard, che era rimasto seduto impegnato con una tempesta di pensieri nella sua testa. I dodici schermi s'illuminarono uno alla volta e iniziarono a scorrere le immagini di dodici diversi film.

"Credimi, Generale, tutto questo viene da quella piccola scatola ed è solo una minima parte di quello che sono sicuro si possa fare con la Frondite. Se non fosse per quel nome così brutto ne sarei già pazzamente innamorato."

Per il Generale Leonard la dimostrazione alla quale aveva assistito era stata più che sufficiente. Era evidente che le possibilità tecnologiche che sembravano aprirsi grazie a questa straordinaria scoperta avrebbero reso obsoleto il nuovissimo e innovativo computer da tavola IBM 5150 presentato solo pochi mesi prima con la giusta pretesa di diventare un riferimento assoluto per tutto un nuovo genere di elaboratori da ufficio. Il Generale rimase a fare domande a Waters per altre due ore e il tecnico si divertì a mostrare sempre nuovi film e ad assicurare che era davvero la scatola a produrre tutto quello che scorreva sugli schermi. Lo stadio di sperimentazione, secondo Waters, era in una fase appena iniziale e primitiva e con adeguati mezzi e attrezzature si poteva sperare di affinare il processo di programmazione e utilizzazione della Frondite. Waters si dichiarò certo di poter annullare lo strapotere del Giappone in fatto di elettronica e di poter invadere il mondo con una tecnologia rivoluzionaria che sarebbe diventata presto insostituibile. Il potenziale commerciale di qualsiasi prodotto elettronico su base di Frondite avrebbe reso miliardaria qualsiasi azienda che avesse avuto accesso al miracoloso cristallo. Waters vide davanti ai suoi occhi che il mondo sarebbe cambiato in pochi mesi più di quanto non era cambiato nell'ultimo secolo e lui contava di essere tra i protagonisti tecnologici di questa rivoluzione. Con il resto dei campioni di Frondite avrebbe continuato la sperimentazione ed era sicuro di poter sfornare prodotti pronti per la commercializzazione nel giro di pochi mesi. Il suo entusiasmo era incontenibile e coinvolgente ma il Generale Leonard, pur tentato anche lui da queste rosee prospettive, riprese il controllo delle emozioni e si mise improvvisamente la veste ufficiale che gli competeva.

Leonard era un militare prima di tutto e la sua missione era di assicurare l'accesso privilegiato delle forze armate a qualsiasi tecnologia o innovazione esistente. Quanto aveva appena visto gli sembrò di straordinaria importanza e potenzialmente fondamentale per la sicurezza del paese. Questa tecnologia poteva immediatamente dare agli Stati Uniti un vantaggio strategico sul resto del mondo semplicemente insormontabile, dal valore paragonabile alla bomba atomica quando i nemici più avanzati potevano disporre a malapena di una tecnologia degli anni Venti. Prima di rendere un simile potenziale disponibile per il mercato civile l'interesse della nazione imponeva un'attenta analisi segreta e privilegiata. Poi si sarebbe potuto valutare il potenziale della scoperta per la difesa della nazione e solo in seguito si sarebbero valutate le eventuali opzioni e i tempi per autorizzare la diffusione della tecnologia su base di Frondite anche in campo civile.

"Quanti dei tuoi collaboratori sono informati di questa scoperta?" chiese Leonard e Waters capì immediatamente che l'atteggiamento del suo ospite era cambiato, l'uomo si era fatto militare ed era anche senza uniforme pienamente entrato nel suo ruolo di Generale dell'esercito degli Stati Uniti.

"Solo due. Sono ottimi elementi, leali con l'azienda e comunque non hanno seguito le mie alchimie private, hanno solo fatto le primissime analisi del materiale e qualche esperimento di applicazione su etero strutture esistenti, senza però verificarne l'esito funzionale. In altre parole, non credo che abbiano un'idea su quello che è il reale potenziale della Frondite, non hanno visto quello che ho mostrato ora a te."

Leonard ascoltò con attenzione. Decise di non coinvolgere i collaboratori di Waters nella procedura che ora sentiva il dovere di avviare e quindi parlò con tono serio e determinato.

"Arthur, devo dire che apprezzo molto il fatto che tu mi abbia contattato e sono certo che tu capirai perfettamente quello che sto per dirti. Devi consegnare tutto il materiale, tutti gli studi e relativi rapporti e ogni cosa che si riferisca a questa Frondite e il suo potenziale impiego. Dovrai anche venire con me, immediatamente, alla base aerea di Vandenbergh dove faremo un formale debriefing e ti chiederemo di sottoscrivere un impegno formale circa la totale segretezza di tutto quello che abbiamo discusso oggi."

Waters non era del tutto sorpreso dalla richiesta del Generale, del resto la sua entusiastica presentazione non poteva non stimolare l'interesse del suo visitatore e pertanto di tutte le forze armate degli Stati Uniti. Capì che non poteva sottrarsi alla richiesta di Leonard e diede immediatamente conferma della sua totale disponibilità a collaborare, ma non senza far capire che contava di essere tangibilmente coinvolto negli studi successivi e di poter cogliere dei concreti benefici dalla sua collaborazione. Dopotutto era un uomo d'affari. Il Generale Leonard non si pronunciò, comprese i desideri di Waters e fu quasi certo che il suo amico non sarebbe uscito a mani vuote da questa faccenda se davvero avesse dato i risultati clamorosi che sembravano possibili.

Misero alcune cartelle con le relazioni tecniche in una valigetta insieme alla scatola nera che Waters chiamava ripetutamente "Il processore a Frondite", e una piccola quantità di Frondite grezza contenuta in una scatola di plastica, poi il tecnico avvisò la sua segretaria che sarebbe dovuto uscire per il resto della giornata.

Due ore più tardi varcarono il cancello d'ingresso militare della base aerea di Vandenbergh.

INGHILTERRA, OTTOBRE 1981

Nel laboratorio della Kingdom Petroleum Union i campioni di Frondite erano stati esaminati immediatamente ma, poiché si era concentrati sulla ricerca di indicatori di presenza probabile di idrocarburi, il materiale, seppur insolito e per certi versi non definibile, non aveva suscitato particolare interesse. Gli analisti avevano steso un rapporto sobrio e preciso ma anche sufficientemente insignificante per assicurare alla pratica Frondite una tranquilla giacenza in fondo a qualche cassetto dell'archivio storico della compagnia, giusto per completezza di documentazione. Pertanto, dopo mesi e mesi di infruttuosi tentativi ci si riuniva sempre più spesso alla ricerca di una decisione condivisa anche da parte dei colleghi americani che mirasse non solo alla riduzione dei costi immediati di certe esplorazioni, ma portasse in tempi brevi all'accantonamento di tutte le ricerche. A parere di molti geologi le probabilità di trovare dei giacimenti facilmente accessibili in quella regione sembravano sempre più scarse. Naturalmente si doveva relazionare in modo dettagliato su tutte le ricerche svolte per assicurare la massima trasparenza a vantaggio degli azionisti, tra i quali il Governo stesso deteneva la maggioranza, e le spese finora sostenute andavano giustificate. Pareva che gli americani fossero più informali al riguardo e che avrebbero continuato ancora per parecchi mesi ma in particolare le ricerche su regioni geografiche sotto controllo britannico erano sempre e comunque soggette prima di tutto all'approvazione da parte inglese. Un secco "No" avrebbe potuto creare qualche dissapore, anche diplomatico oltre che commerciale, ma con le dovute maniere e conti alla mano la progressiva chiusura dei pozzi di esplorazione sarebbe parsa ragionevole anche agli amici d'oltreoceano.

Il messaggio che stava per essere inviato al direttore del laboratorio di ricerca sull'isola di Saunders per il tramite dell'addetto commerciale dell'ufficio del Governatore delle Falkland lo avrebbe preparato a questa evoluzione delle operazioni e anche se ancora non poteva essere un ordine di chiusura definitivo avrebbe lasciato capire che il programma di ricerca si stava avvicinando alla fine. Il Dottor Barrington Styles era uomo ragionevole ed esperto e sarebbe stato utile in altre regioni del mondo, la ricerca del petrolio, nonostante le contrarie affermazioni di alcuni scienziati dediti al pessimismo più cupo, era ancora molto intensamente praticata e le prospettive di nuove scoperte erano molto buone. Bastava cercare nel posto giusto.

La prima reazione da parte dei soci americani nell'avventura della ricerca nell'Atlantico meridionale era vaga e attendista. Loro avevano investito un gran numero di risorse e anche se mancavano indicatori incoraggianti erano sempre propensi a insistere e anche a spingere le metodiche di ricerca a livelli sempre più estremi prima di rinunciare. I loro pozzi andavano a profondità maggiori e non di raro coglievano comunque dei risultati utili, occasionalmente avevano perfino trovato qualche bolla minore che non poteva definirsi un vero e proprio giacimento, ma permetteva il più delle volte di recuperare una parte dei dollari spesi per la ricerca.

Gli inglesi avevano ben altri problemi e non potevano permettersi alcuno spreco. L'economia era in una crisi senza precedenti, il debito pubblico toccava vette mai viste e si ipotizzava addirittura un intervento del fondo monetario internazionale per sostenere l'economia britannica in attesa che ci fossero segni di ripresa. I tagli dei servizi da una parte e l'aumento delle tasse, compreso quello della tassa sul valore aggiunto portata al quindici percento, avevano messo in difficoltà il governo e se si fosse diffusa la notizia di un qualsiasi spreco inutile la stampa e i media avrebbero fatto tutto il rumore possibile. Il governo della Signora Thatcher stava navigando a vista e il malumore generale era a livelli preoccupanti. Nessuno poteva sapere che nel giro di poche settimane molte cose sarebbero drasticamente cambiate.

BUONO AIRES, NOVEMBRE 1981

Per tutti i cittadini dell'Argentina le buone relazioni con i militari non avevano prezzo. La dittatura del Generale Eduardo Viola era ancora più repressiva e feroce di quella del deposto Videla e il paese era nel caos e nella depressione più profonda. L'inflazione aveva abbondantemente superato il novanta percento annuo e le manifestazioni di malcontento affioravano ovunque solo per essere immediatamente represse con feroce brutalità. Le vittime erano numerose e accanto agli arresti e alle uccisioni durante le varie sommosse si aggiungeva quotidianamente la scomparsa di decine di persone sgradite al regime militare. Anche all'interno dell'esercito stesso c'erano malumori in particolare a seguito della mancata applicazione delle promesse fatte da Viola prima della sua presa di potere, i salari erano bassi e le condizioni dei militari sempre più difficili dato che la popolazione non di rado sfogava la propria rabbia contro singoli militari in uniforme creando ulteriori problemi e frizioni. Viola si era autonominato presidente a vita ma c'era da scommettere che l'unica maniera perché avesse potuto realizzare quell'intenzione sarebbe stata quella di una morte precoce.

Adrian Cardena faceva il magazziniere. La sua azienda forniva ricambi di ogni genere per mezzi pesanti, camion, macchine agricole, macchinari per movimento terra ed altre macchine pesanti e aveva ottime relazioni con le forze armate, se si tralasciava la questione dei pagamenti. Il suo titolare, Juan Eliseo Alvarez, sembrava avere dei contatti altolocati e in qualche modo riusciva sempre a farsi pagare e quindi ad acquistare nuove forniture, perfino di provenienza estera. Per il Senor Alvarez pareva che si aprissero porte chiuse a tutti gli altri cittadini, per tacer dei concorrenti nel settore dei ricambi, e anche i dipendenti dell'azienda sembravano godere di una certa tranquillità. Evidentemente bastavano degli occasionali piccoli favori per farsi amici tra i militari e fare fiorire gli affari.

Eppure, nemmeno il Senor Alvarez era del tutto tranquillo e frequentava le caserme e gli uffici dei suoi clienti militari con un certo timore. La tensione e il sospetto erano presenti ovunque e in tempi recenti anche persone apparentemente ben viste dalla giunta militare si erano improvvisamente trovate nei guai o semplicemente scomparse dalla circolazione. Per questa ragione si fece spesso accompagnare da Cardena, la compagnia del giovane magazziniere gli dava una certa sicurezza e in fondo era bene che oltre al titolare che si dedicava al lato diplomatico e formale degli incontri intrattenendosi con ufficiali di vario grado e inondandoli con omaggi verbali e non solo verbali, giusto per cercare di essere amico con tutti, il suo collaboratore si dedicasse alle questioni più tecniche e materiali, visionando officine e mezzi in riparazione e annotando le richieste di forniture con solerte efficacia. Essere riuscito a sopravvivere senza danni seri al passaggio tra l'amministrazione corrotta e priva di scrupoli del Generale Videla a quella ancora più inaffidabile e violenta di Viola era un mezzo miracolo e forse la grande affidabilità e competenza di Cardena aveva qualcosa a che fare con questa continuità di relazione.

Per Adrian era anche normale frequentare qualche militare dopo l'orario di lavoro. Era giovane e single e sempre pronto a organizzare una cena, una serata in compagnia di belle ragazze oppure una semplice partita a carte. Viveva in un piccolo appartamento al primo piano di uno stabile modesto ma dignitoso nel quartiere di Villa Adelina, tra Perito Moreno e Boedo, poco lontano dall'Avenida Yerbal, dove si curava di far entrare solo qualche ragazza di buona grazia ma mai nessuno dei suoi conoscenti maschi e militari. La fortezza, come amava chiamare il suo covo, conteneva tutti i suoi tesori, così raccontava, dai dischi a 45 giri di buona musica latina e di jazz americano alla sua collezione di fotografie e cimeli di tutte le motociclette più belle del mondo dall'inizio del secolo fino ai giorni presenti. Inoltre, la piccola abitazione doveva contenere anche un imponente guardaroba giacché Adrian si trasformava letteralmente nelle ore dopo il suo lavoro e i suoi colleghi spesso lo sfottevano per la sua eleganza da grande tanghero. Ma Adrian non ballava quasi mai, non eccedeva mai col bere e non lo si era mai visto con una sigaretta in bocca.

Quando il Senor Alvarez chiamò Adrian Cardosa per recarsi insieme ad un incontro urgente con il capofficina della vicina caserma San Cristobal dell'esercito, Adrian prese i suoi cataloghi e la borsa con le sue carte per gli appunti e gli eventuali ordini e si avviò verso la macchina del capo. Di solito guidava lui, Alvarez sedeva di fianco e nel tragitto parlavano poco o per nulla.

Arrivarono alla caserma di San Cristobal e furono subito accompagnati dal Sergente Oliveira, responsabile dell'officina meccanica, settore camion leggeri e piccoli mezzi meccanici, oltre alle vetture riservate al trasporto degli ufficiali. Il capannone dove venivano effettuate le riparazioni e manutenzioni era sufficientemente grande per accogliere una trentina di mezzi contemporaneamente ma negli ultimi tempi era stato visto raramente molto pieno principalmente perché la grave crisi economica del paese rendeva difficoltoso il reperimento dei ricambi. Con loro grande sorpresa Alvarez e Cardena videro l'officina piena di mezzi e il cortile antistante invaso da un gran numero di camion e piccoli mezzi cingolati in evidente attesa di qualche intervento. Dopo pochi passi all'interno della grande officina un militare avvicinò il Senor Alvarez e gli chiese di seguirlo, il comandante della caserma avrebbe voluto parlargli.

Cardena guardò il suo capo che si allontanò con il soldato e poi si diresse verso Oliveira che lo salutò con insolita vivacità invitandolo con un gesto del capo di seguirlo nel suo ufficio, un gabbiotto di metallo ricavato sopra un deposito di ricambi e caratterizzato da una grande vetrata che permetteva di sorvegliare il lavoro nell'officina dalla sua posizione elevata. Si sedettero e Oliveira venne immediatamente al punto.

"Non mi chieda cosa stia succedendo, ma ho ricevuto ordini di revisionare e mettere a punto un'intera flotta, trenta camion leggeri, venti piccoli cingolati e tutta una serie di altri veicoli. Forse invadiamo il Canada." Le battute di Olivera erano sempre molto strane ma Cardena ormai si era abituato allo spirito singolare del suo interlocutore, per cui fece un largo sorriso e si chiese se Oliveira sapesse davvero dove si trovava il Canada.

"Le ho preparato già l'elenco di buona parte dei pezzi che mi servono, ovviamente tutti con urgenza." Spinse un plico di fogli verso Cardena e poi proseguì. "Molta di quella roba è normale ricambistica ma ho alcuni mezzi con problemi particolari e vorrei che venisse con me in officina a vedere cosa dobbiamo ordinare per poter mettere in sesto certe macchine. Ha tempo ora?"

"Per lei ho sempre tutto il tempo che vuole, Sergente!" rispose Cardena assumendo con una certa, ma ben celata, fatica quel tono di irresistibile cortesia che il suo capo sembrava riuscire a usare con impareggiabile facilità. "Ma prima mi faccia guardare la sua lista della spesa per vedere se sarò in grado di accontentarla."

Passarono una buona ventina di minuti a discutere le varie voci dell'elenco e su alcuni particolari non c'era la certezza della disponibilità in tempi brevi. Sempre problemi d'importazione, spiegò Cardena, perché anche se i fornitori americani erano di solito molto efficaci avevano quel brutto vizio di voler essere pagati in anticipo e quindi il tempo necessario per avere le offerte e poi fare i trasferimenti prima della spedizione poteva essere anche di un paio di settimane. Lo sdoganamento non era mai un problema, i militari controllavano porti e aeroporti e sapevano quali carichi far passare con informale priorità.

"Vedrà che di quello staranno parlando il suo capo e il comandante della caserma, troveranno la soluzione dei grandi problemi. Per noi è sufficiente che riusciamo a eseguire quella parte dei lavori dove ci si deve sporcare e affaticare." Il Sergente Oliveira non era tra quei militari che davano confidenza nella speranza di ricevere qualche favore in cambio della loro benevolenza, anzi, era sempre stato piuttosto riservato. Cardena credeva di cogliere qualche lieve tensione nella voce dell'ufficiale e decise di rischiare di fare qualche domanda, informale e con tono casuale, ma avrebbe fatto molta attenzione alle risposte.

Mentre s'incamminavano verso un ponte sul quale si trovava un grosso camion con la trasmissione smontata Oliveira borbottò qualcosa di malcontento diffuso. Naturalmente i militari sarebbero stati fedeli ai loro comandanti ma qualcuno aveva sperato nelle promesse fatte dal Generalissimo Viola nei giorni subito dopo il suo insediamento quando aveva speso parole di elogio per l'esercito e i suoi valorosi uomini e accennato a prossime revisioni dei magri salari dei militari. Nulla era successo e l'insoddisfazione si poteva leggere sui volti di molti soldati, specialmente in considerazione del fatto che a causa della difficile situazione nel paese erano frequentemente chiamati a missioni impegnative e rischiose, particolarmente sgradite perché spesso si trattava di intervenire contro la popolazione stessa e non di rado i militari si trovavano a fronteggiare i propri parenti. Oliveira si limitò comunque a qualche brontolio generico e non troppo esplicito, poi riprese l'aria di efficienza e rigore che si addiceva al suo grado per illustrare le sue necessità in tema di pezzi di ricambio.

Per mezz'ora Cardena esaminò vari mezzi da aggiustare, diede consigli e prese appunti. Alcuni meccanici militari lo conoscevano bene e lo trattavano con grande cordialità che lui contraccambiava. L'informale confidenza gli permetteva di fare delle chiacchiere anche su temi altrimenti proibiti e spesso imparava dai militari piccole notizie. Mai cose troppo specifiche o dettagliate ma indicazioni sul clima che si respirava in caserma, sul morale delle truppe e sul malumore che al momento sembrava aumentare di giorno in giorno.

Quando il Senor Alavarez raggiunse Cardena nel cortile dove stava ispezionando un paio di furgoni americani aveva un'aria inquieta e fece pressione perché rientrassero velocemente al suo ufficio. Salutarono velocemente i militari e si misero in viaggio.

"Qualcosa sta succedendo, Adrian, mi creda, lo sento." Disse Alvarez. "Non mi chieda perché, ma ho la vaga sensazione che il Generale Viola non arriverà a passare il Natale nella Casa Rosada."

Cardena guidava rilassato e non rispose al suo capo ma intuiva che qualcosa doveva essere trapelato durante il suo incontro con il comandante. La sua relazione con il titolare dell'azienda era formale ma tutto sommato cordiale e anche se Alvarez non era una persona particolarmente espansiva condivideva spesso le sue impressioni con il suo magazziniere. L'intuito da uomo d'affari pareva proteggere Alvarez dalle tempeste che da qualche anno si abbattevano regolarmente su tutti i fornitori dell'esercito e le sue analisi e previsioni, seppur mai espresse in dettaglio, coglievano sempre nel segno.

"La popolazione è stanca e terrorizzata. Se questa giunta militare non provvede a cambiare rapidamente le cose in meglio rischiamo una rivolta e allora saranno fiumi di sangue." Fece una pausa masticando nervosamente il tappo della penna che aveva tenuto in mano per tutto il tempo. "Tutti quelli che mettono l'uniforme con un paio di stellette in più si credono padroni del mondo, intoccabili e invincibili e quando vogliono una cosa, se la prendono con la forza. E sono talmente ottusi che non arretrano nemmeno quando la loro sete di potere si rivolge contro la loro stessa casta e ogni scontro rischia di essere esplosivo e mortale. La gente vede i risparmi di una vita consumati dall'inflazione e dalle tasse e questi fanno i giochi di palazzo."

A questo punto Adrian Cardena non poteva più evitare di chiedere esplicitamente cosa fosse successo durante l'incontro del suo capo con il comandante ma cercò di far sembrare la sua domanda posta più per dimostrare attenzione alle parole di Alvarez che vera curiosità. Sapeva che questo era il modo migliore per ottenere informazioni, proprio perché non sembrava essere troppo interessato e di solito i suoi interlocutori si lasciavano andare a qualche parola in più, proprio per far capire a quel giovanotto che erano a conoscenza di cose serie di cui in fondo lui si sarebbe dovuto interessare. Gli davano spesso delle notizie in più proprio per stimolare il suo interesse, ma Adrian si limitava sempre ad annuire, non dava troppa soddisfazione.

In realtà la mente di Adrian Cardena era una prodigiosa macchina fotografica che sapeva cogliere e registrare indelebilmente anche le più piccole sfumature di un dialogo, la mimica, i gesti, il tono della voce e perfino la scelta delle parole.

Tutto era registrato ed elaborato, analizzato con cura e interpretato con scientifica accuratezza. La straordinaria capacità analitica di Cardena era la sua qualità più preziosa e gli era valso l'assegnazione della missione sotto copertura che ormai svolgeva da quasi tre anni a Buenos Aires per conto della CIA. Settimanalmente faceva rapporto tramite una radio nascosta tra gli scaffali e gli impianti stereofonici della sua abitazione, relazionando su ogni cosa che riusciva a percepire dai suoi quotidiani contatti con i clienti, in particolare con i militari. La sua copertura era perfetta e lui era abile, sapeva sparire nell'anonimato assoluto di un giovane single dallo stile di vita normale e tranquilla e nessuno poteva avere il minimo sospetto su di lui. Nemmeno il suo capo.

Cardena era stato inviato in Argentina dopo un lungo addestramento mentre il regime di Videla spadroneggiava con sempre maggiore prepotenza nel paese sudamericano. Gli Stati Uniti avevano seguito l'evolversi della situazione argentina fin dal ritorno sulla scena politica di Juan Peròn e della sua terza moglie, Maria Estela Martinez de Peròn, che portò lo statista nuovamente alla presidenza con un successo elettorale travolgente e il consenso generale oltre il sessantadue percento. Meno di un anno dopo aver riconquistato il potere Peròn morì e Isabela, che era stata candidata fin dalla campagna elettorale come sua vicepresidente, assunse l'incarico di capo dell'esecutivo senza essere però sufficientemente preparata per quel compito. Isabela si affidò a diversi consiglieri, in particolare al suo Ministro del Benessere Sociale e segretario personale, José Lòpez Rega, detto anche "Il Mago" per via di alcune sue ambigue frequentazioni ed attività mistiche in ambito massonico. Il movimento peronista conteneva un'ampia varietà di correnti interne che spaziavano dalle frange di estrema sinistra a quelle di estrema destra e pur unite sotto la comune denominazione e iniziale fedeltà a Juan Peròn, presto iniziò a sgretolarsi dall'interno. In particolare, le forze di destra organizzate e incoraggiate e in seguito pienamente sostenute da López Rega iniziarono una vera guerra contro le formazioni socialiste e di sinistra. Usando reparti speciali dell'esercito per le loro aggressioni crearono dapprima tensioni e poi una vera e propria guerra interna. Con la sigla Tripla A, Alianza Anticomunista Argentina, fu avviato un vero e proprio programma di distruzione delle opposizioni politiche di sinistra che non si fermarono alle pubbliche denunce e diffamazioni, ma portarono anche ad attentati, sequestri e uccisioni e torture di avversari politici a tutti i livelli. La repressione governativa si estese presto a una forma violentissima di limitazione della libertà di stampa e dei mezzi d'informazione e prese in modo autoritario il controllo delle università e dei movimenti sindacali. Le conseguenze per l'economia del paese furono disastrose, gli investimenti stranieri in particolare prima rallentarono fino a scomparire poi del tutto e l'inflazione raggiunse valori elevatissimi. Ci furono vari tentativi per trovare soluzioni politiche ed economiche e per riavviare il commercio internazionale il Ministro Alfredo Gòmez Morales tentò anche un'alchimia monetaria per rendere di nuovo appetibili le esportazioni in particolare verso l'Europa delle pregiate carni argentine, ma la situazione era troppo compromessa. La pressione su Isabela Peròn per le sue dimissioni aumentò e furono in molti a consigliarle di cedere il potere per la sua manifesta incapacità di controllare né l'economia e ancora meno la situazione politica del paese ma lei non solo si rifiutò ma incoraggiata da Lòpez Rega pianificò addirittura di ricandidarsi alle prossime elezioni presidenziali.

Il Cristallo del Potere

Il 24 marzo del 1976 una giunta militare guidata dal Generale Jorge Rafael Videla, comandante in capo delle Forze Armate nominato dalla stessa Isabela Peròn, assunse il potere deponendo Ia Presidente e imprigionandola in condizioni inizialmente durissime al punto da far intervenire le autorità ecclesiastiche per alleviare il regime carcerario cui fu sottoposta. Prima di venire esiliata in Spagna Isabella Peròn rimase reclusa per cinque anni. Durante questo stesso periodo la nuova giunta al potere non risparmiò azioni di ritorsione e rivincita contro i dirigenti politici che li avevano preceduti senza però cambiare direzione politica e continuando, anzi rafforzando in modo impressionante le strategie repressive più violente contro ogni forma di opposizione. Le eliminazioni fisiche, le torture e le sparizioni di avversari o critici del regime erano all'ordine del giorno e oltre a non risolvere la situazione generale del paese lo portarono verso un isolamento internazionale sempre più accentuato. La struttura di potere istaurata dai militari non era esente da contrasti interni e le lotte intestine per la spartizione del potere politico, militare ed economico crearono un clima di perenne tensione e stato d'allerta. Se da una parte le Forze Armate erano uno dei pochi settori che potevano dare una parvenza di sicurezza economica ai militari di ogni rango e grado la durezza del regime e la frenetica e brutale attività che fu imposta dalle esigenze del governo per mantenere una parvenza di controllo creò continue tensioni, defezioni e occasionali rivolte, regolarmente represse con feroce determinazione e brutalità. Accanto allo stesso Videla c'erano il capo dell'Esercito Leopoldo Galtieri, il capo della Marina Emilio Eduardo Massera ed il comandante in capo dell'aviazione Generale Orlando Ramòn Agosti. Gestirono il potere con molta determinazione ma non riuscirono a mantenere l'armonia nella struttura del sistema e nemmeno le occasionali tensioni di frontiera con il Cile servirono a tenere unito il fronte militare. Tentarono un processo di ricostruzione dell'immagine del paese con varie iniziative e la vittoria della nazionale argentina ai campionati mondiali del 1976 gli procurò una rara manifestazione popolare nonostante alcune stelle internazionali del calcio si erano rifiutati di partecipare alla fase finale del torneo calcistico per protesta contro le violenze, le deportazioni e la feroce dittatura militare. La popolazione subì per anni la situazione con totale impotenza e lo spirito di unità nazionale stava scomparendo.

Alla fine, anche la giunta di Videla fu travolta dal golpe capeggiato dall'oscuro Capo di Stato Maggiore dell'Esercito Roberto Edoardo Viola che assunse il potere dopo esattamente cinque anni dal golpe contro Isabelita Peròn. Viola aveva sfruttato il malcontento nelle file dell'esercito per radunare un numero sufficiente di oppositori incoraggiati dalle promesse di migliori condizioni di vita e di lavoro e riuscì a insediarsi alla Casa Rosada il 28 marzo del 1981.

Adrian Cardena aveva avuto sentore della prossimità del golpe di Viola e alcuni suoi informatori, prevalentemente inconsapevoli compagni di bevute dopo il lavoro, gli avevano fornito indizi abbastanza precisi che Cardena aveva diligentemente trasmesso via radio ai suoi contatti a Langley in Virginia. Frequentando militari e poliziotti grazie alla sua posizione di magazziniere e fornitore di ricambi e alla sua abilità nel distribuire occasionali piccoli favori sotto forma di qualche omaggio utile per i ranghi medio bassi delle forze armate, ottenne spesso confidenze significative per un orecchio attento come il suo. Tra i suoi confidenti c'era alla fine anche qualche ufficiale di grado superiore anche se questi spesso lo scavalcavano andando a trattare i loro affari direttamente con il Senor Alvarez, ma quando si trattava poi di organizzare concretamente i piccoli favori, il compito toccava comunque a Cardena e il Senor Alvarez, forse imbarazzato dalle sue frequentazioni che lui stesso non avrebbe esitato definire sconvenienti per una persona perbene, cercò sempre di vendere le sue iniziative a Cardena coinvolgendolo con qualche succulenta confidenza. Cardena si era dimostrato sempre affidabile e discreto e la relazione con il suo superiore era ottima, al punto che poteva permettersi perfino di fare domande e chiedere dettagli solo per poi manifestare sostanziale disinteresse con un largo sorriso di chi ha sentito e forse anche capito ma era totalmente disinteressato. Solo storie di Chicas sarebbero state veramente interessanti per lui, dichiarava spesso, e alzando il calice di qualunque bevanda avesse in mano riuscì a convincere Alvarez che ogni segreto confessato a Cardena sarebbe stato sicuro e al riparo da diffusione o uso improprio come se non fosse mai stato pronunciato.

La giunta di Viola era al potere da pochi mesi ma aveva deluso i ranghi più bassi dei militari. Le condizioni di vita per loro non erano affatto migliorate e la repressione e tutto il lavoro sporco che ne derivava non era assolutamente diminuito, anzi, i comandanti fedeli a Viola sembravano ancora più determinati ad esercitare la repressione senza scrupoli forse proprio a causa della loro mediocrità ed impreparazione politica, caratteristiche che evidentemente facevano comodo ai dirigenti più alti del regime. Uno degli errori della giunta Viola era forse stato quello di non eliminare completamente tutta la classe dirigente del precedente governo ed alcuni militari che avevano servito il regime di Videla continuarono ad occupare posizioni elevate anche se non di primissimo piano. Sufficienti, comunque, per arrivare a organizzare con relativa facilità un nuovo colpo di stato per allontanare chiunque fosse stato al potere. Tra questi militari vi era anche il Generale Leopoldo Galtieri le cui ambizioni erano state drasticamente ridimensionate con l'avvento di Viola. Anche se non era più una figura di primissimo piano Galtieri era comunque riuscito a sopravvivere senza troppi danni alla destituzione del governo Videla e se da una parte aveva una certa esperienza e delle buone relazioni in moltissimi settori dell'Esercito, della Marina, dell'Aviazione e della Polizia dall'altra aveva anche una personalità carismatica e coinvolgente che lo rendeva pericoloso per chiunque si fosse trovato sulla sua strada. Le ambizioni di Galtieri non erano in dubbio e il desiderio di rivincita sull'attuale inquilino della Casa Rosada doveva essere più che un vago sospetto per qualsiasi attento osservatore della scena politica e della storia recente del paese.

Quando Cardena trasmise il rapporto sulle più recenti informazioni non trascurò di indicare l'improvvisa urgenza di alcune riparazioni di mezzi leggeri e di altri macchinari e aggiunse anche alcuni commenti su voci di strane manovre e riunioni tra militari che gli erano state riportate da suoi informatori. I capi, così si diceva, sembravano discutere con insolita frequenza e qualcuno dei militari più esperti sosteneva che c'erano tutte le avvisaglie di qualche prossima attività fuori dall'ordinario. Nulla di preciso, eppure anche pochi mesi prima, quando si stava per concretizzare il golpe di Viola si erano osservati simili movimenti.

Il Senor Alvarez sembrava più infastidito che preoccupato dopo il suo colloquio con il comandante della base.

"Non siamo più sicuri di nulla. Questi militari che dispongono del potere assoluto sono totalmente imprevedibili. E pure inaffidabili direi." Alvarez era insolitamente nervoso. "Qualunque comportamento uno adotti, rischia sempre di finire nei guai. Io sto solo cercando di fare il mio commercio, non m'interesso di politica e delle loro grane interne, non mi esprimo mai e certamente non faccio mai commenti che potrebbero far pensare che io abbia delle simpatie per questo o quel Generale o per una fazione piuttosto che un'altra, ma non serve a nulla. Se domani le cose cambiassero, e ho idea che qualcosa stia per succedere, i nuovi capi potrebbero decidere che ho troppo collaborato con i loro vecchi avversari, se una rivolta dovesse andare male potrebbero invece accusarci di avere sostenuto dei rivoltosi. Non se ne viene fuori, è una lotteria dove però la posta in gioco è la nostra stessa vita e quella delle nostre famiglie." Era uno sfogo raro per Alvarez. Poi gettò un'occhiata verso Cardena che stava guidando e aggiunse. "Beato te, giovane amico mio, che devi pensare solo a te stesso e nella peggiore ipotesi puoi sempre dire che hai fatto quello che il tuo capo ti ordinava. Sei un dipendente, un bravo collaboratore, puoi sempre filartela dai problemi, basta saperla raccontare bene."

Cardena non sapeva se sentirsi colpevole oppure considerare lo sfogo di Alvarez come un benevolo commento alla sua situazione di uomo molto libero. La sua storia ufficiale era quella di un giovane venuto a Buenos Aires da un lontano villaggio ai confini con il Paraguay, solo e senza famiglia. Autodidatta e brillante studente aveva imparato quello che serviva per fare molto bene il suo lavoro ma non pareva avere vecchie amicizie, parenti più o meno lontani, nulla, e se la godeva. I suoi guadagni li aveva investiti in una splendida Harley Davidson con cui si destreggiava spesso nel traffico serale delle zone più vivaci della città, ma non aveva una ragazza fissa e non sembrava per nulla interessato a mettere su una relazione stabile. Troppo impegnativo, diceva, e fuori dal lavoro amava troppo essere libero, senza orari e senza che nessuno gli dicesse cosa fare e come. Le occasionali chiacchiere tra Cardena e Alvarez finivano sempre con il più anziano che sospirava e diceva al più giovane che faceva benissimo a vivere come gli piaceva ed era fin troppo evidente che il buon consiglio celava anche un filo di malinconica invidia.

Quello che Alvarez non sapeva era che Cardena era nato in California da genitori messicani, aveva frequentato le scuole a San Diego e poi aveva preso un diploma in contabilità ed amministrazione commerciale. Si dilettava di meccanica, smontava tutto quello che gli capitava a tiro, dalla bicicletta della sorella al furgone del padre, e sapeva anche rimontare il tutto. Quando era stato chiamato al servizio militare in fanteria si era proposto volontario per il lavoro in officina e si era distinto oltre che per la bravura come meccanico anche per l'insolita efficienza nel gestire il magazzino ricambi. La sua perfetta conoscenza della lingua spagnola oltre a quella inglese completò il quadro che poteva attirare dapprima i reclutatori del FBI che gli offrirono di diventare un collaboratore tecnico per non meglio definite operazioni lungo le frontiere con il Messico, ma dopo nemmeno un mese al servizio dei federali fu convocato a Langley in Virginia per un colloquio con la CIA. Fu assegnato a un corso intensivo di addestramento generale che gli fornì nozioni fondamentali di politica internazionale ed elementi di psicologia, esercitazioni pratiche di trasmissione dati e gestione di archivi codificati e tutta una serie di informazioni utili per muoversi in qualsiasi ambiente senza dare nell'occhio oppure crearsi un'immagine alternativa in grado di sviare dalla realtà qualsiasi osservatore. Tutto questo era diventato utilissimo fin dal suo arrivo in Argentina e anche se questo primo incarico non sembrava inizialmente particolarmente interessante e movimentato le vicende degli ultimi due anni avevano vivacizzato il compito di Adrian Cardena. Il suo lavoro di agente sotto copertura era gestito interamente attraverso messaggi radio cifrati e le poche istruzioni che aveva ricevuto dicevano semplicemente che le informazioni che passava ai suoi superiori erano apprezzate e avevano forse più importanza di quella che lui potesse immaginare.

Quella sera avrebbe trasmesso un rapporto sulla situazione che teneva conto dei suoi dialoghi con vari militari della base di San Cristobal e anche delle parole del Senor Alvarez che potevano essere molto interessanti per gli analisti di Langley. Poi avrebbe fatto un giro con la sua moto per vedere di incontrare altre persone che potevano avere il polso della situazione, magari indirettamente, come certe ragazze che frequentavano in modo "informale" certi ambienti militari e che non disdegnavano la compagnia del giovane magazziniere.

Per Arthur Waters le conseguenze del suo incontro con il Generale Leonard erano di vario genere e certamente di contrastanti qualità. Se da una parte dopo due giorni di de-briefing a Vandenbergh gli era stato imposto l'obbligo alla segretezza con una tale esplicita fermezza da incutere un certo disagio, dall'altra gli erano stati messi a disposizione tutte le più moderne e raffinate attrezzature di ricerca che potesse immaginare, oltre ad uno squadrone di tecnici e ricercatori che con il passare dei giorni si rivelò sempre di più di primissima qualità. Ora però gli esperimenti stavano rallentando a causa della mancanza di Frondite, la quantità della campionatura originale era stata distribuita su vari progetti di ricerca e pur consumandone piccolissime quantità per volta si era presto arrivati a essere a corto di materiale. Dalla Oil California Inc. era stato inviato tutto quanto era stato da loro ricevuto dalla base di Drill City, ma si trattava comunque di poca cosa. Leonard aveva fatto chiedere a Waters, in modo informale e senza far apparire il vero grande interesse per quei cristalli, un ulteriore quantitativo di Frondite al suo contatto presso la Oil California Inc. e aveva ricevuto rassicurazioni che sarebbe stato informato non appena ne avessero avute delle altre quantità tra le mani.

La richiesta fu inoltrata insieme ad altre comunicazioni via radiotelegrafo alla base di ricerca sull'isola di Saunders dove però non fu trattata con grande urgenza, come del resto non era stato indicato. Dopo un paio di giorni Waters chiese notizie e un sollecito fu inviato all'attenzione della dottoressa Kathy Prescott, capo delegazione dell'Oil California Inc. alle Falkland. Per tutta risposta venne indicato che c'erano ancora alcuni campioni giacenti presso il laboratorio ma era poca cosa, non più di cinque o sei chili di materiale, lo avrebbero spedito con la prossima nave di rifornimenti, sarebbe arrivato in California nel giro di tre settimane e mezzo, circa.

Waters si rese conto di avere svegliato un gigantesco organismo militare quando Leonard gli comunicò che avrebbe mandato un aereo da caccia dalla porta-aerei Saratoga che incrociava nell'atlantico meridionale a ritirare quei campioni. Leonard chiese e ottenne l'autorizzazione del Governatore inglese per l'atterraggio del caccia facendo passare l'operazione per una semplice esercitazione addestrativa. Kathy Prescott era incaricata di organizzare la consegna della Frondite in aeroporto ma anche a lei fu detto che la cosa era null'altro che la casuale combinazione di un'esercitazione strategica della Marina Militare Americana con un piccolo favore da rendere ai laboratori dell'Oil California Inc..

Naturalmente anche Colin Brenner venne a conoscenza dell'operazione e ne prese diligentemente nota, registrando con precisione tutti i dettagli della visita insolita dell'aereo militare americano e della consegna di un piccolo pacco di campioni di minerali provenienti dall'isola di Saunders. Quello che Brenner non annotò, non essendone a conoscenza, era la natura dei minerali ovvero del fatto che si trattasse dello stesso materiale che aveva inviato tre settimane prima in Inghilterra, la misteriosa Frondite.

ISOLA DI SAUNDERS, FALKLAND

La lettera sul tavolo del Dottor Barrington-Styles era stata letta più volte e ora fu offerta con un gesto svogliato alla lettura da parte della Dottoressa Kathy Prescott. Lei la lesse in un attimo e poi confesso:

"Avevo sentito qualcosa di questo genere anche da parte dei miei capi in California. Tutti vorrebbero fare un buco per terra e trovare petrolio già confezionato in barili." Si fermò dopo queste parole con un'espressione di rassegnata rabbia. Pensava ai mesi di lavoro spesi in questo posto dimenticato dal mondo e anche se il suo carattere vivace e canzonatorio era riuscito a rendere vivibile anche per tutti gli altri l'isolamento di Drill City in fondo non era mai stata felice di trovarsi alle isole Falkland. KP era però anche appassionata del suo lavoro e credeva nell'importanza delle ricerche ben oltre l'esigenza di far guadagnare dollari alla propria compagnia petrolifera. Fintanto che non si fossero trovate valide fonti alternative di energia il carburante fossile era un'irrinunciabile necessità per l'umanità intera, quindi occorreva trovarne sempre nuovi giacimenti da sfruttare.

"Miss Kathy," disse Barrington Styles che non era mai riuscito ad abituarsi all'idea di chiamarla KP come facevano tutti gli altri, come del resto non avrebbe mai accettato, se solo l'avesse saputo, che sulla base di ricerca tutti si riferivano a lui come Barry. "io sono desolato di non avere trovato per ora nessuna traccia particolarmente incoraggiante. I due pozzi più avanzati sono oramai a profondità notevoli e non stanno portando nessun risultato, gli altri sono anche rallentati da conformazioni particolarmente ostiche della crosta che stiamo cercando di perforare. Per un attimo abbiamo pensato di avere trovato qualcosa d'interessante sul pozzo Numero quattro, ma oltre ad una vena di zolfo e qualche silicato ferroso nulla di buono. Non abbiamo niente d'interessante da offrire ai nostri finanziatori."

"E se ci concentrassimo su un solo pozzo o al massimo due? Ridurremmo i costi e potremmo tentare di raggiungere profondità maggiori." L'osservazione di KP era dettata più dal suo naturale entusiasmo che da serie considerazioni scientifiche.

"Le complicazioni tecniche stanno aumentando con la profondità, se non ci sono finanziamenti per gli altri pozzi non ce ne saranno nemmeno per quelli più profondi." Barrington Styles scosse la testa e si mise tamburellare nervosamente con le dita sulla sua scrivania. Poi decise come procedere.

"Andiamo avanti fino a domenica con i protocolli di lavoro ormai avviati, poi inizieremo la fase di smantellamento dei pozzi. Io informerò i capitani delle varie unità, lei si occuperà delle procedure di laboratorio. D'accordo?"

KP non aveva molta scelta e la logica delle parole di Barry era ineccepibile. Sospirando pesantemente si sollevò dalla sedia e si avviò verso la porta, poi si girò di scatto e disse con un certo fervore nella voce:

"Abbiamo sprecato mesi di lavoro, sono convinta che siamo ad un passo dal successo, fermarci ora è la cosa più inutile che potremmo fare! Non mi chieda perché, Barry, ma il mio istinto di geologa e il mio intuito di donna mi dicono che sarebbe giusto continuare!"

"Barry?" Barrington Styles la guardò come una strana apparizione da un libro di favole. Una simile confidenza non gli parve possibile; eppure, aveva sentito con le sue orecchie e non aveva dubbi che l'appellativo fosse proprio rivolto a lui.

"Ah, non se la prenda, era solo una forma di razionalizzazione linguistica. KP, Barry, capisce? Si fa prima ma lei resta sempre il grande capo qui a Drill City." Con queste parole Kathy Prescott uscì e chiuse la porta dietro di sé, lasciando il Dottor Barrington Styles a fissare un punto nel vuoto, con la bocca aperta e un'espressione inebetita.

Barrington Styles si mise lentamente a sedere e sul suo volto apparve lentamente un'impercettibile forma di sorriso. Scosse la testa, incredulo eppure quasi divertito. La forma abbreviata del suo nome voleva dire che quei bravi ragazzi là fuori dovevano averlo in qualche modo in simpatia e in cuor suo si dispiacque per quella sua timidezza che gli impediva di avere rapporti più informali e stretti con i suoi collaboratori. Era diventato con gli anni l'essenza della correttezza formale, la serietà e la puntigliosa precisione fatte persona, certamente senza cattiveria ma anche senza mai riuscire ad apparire rilassato come forse avrebbe voluto.

"Barry!" mormorò fra sé e poi, ancora scuotendo quasi impercettibilmente la testa aggiunse: "Chissà cosa ne verrà fuori quando si accorgeranno che di primo nome mi chiamo Archibald." E finalmente il Dottor Archibald Ivanhoe Barrington Styles rise di gusto. Piano, senza far troppo rumore, ma rise.

PENTAGONO, ARLINGTON, VIRGINIA – USA

Il rapporto tecnico che era stato presentato al Generale Andrew Leonard era chiaro e sconvolgente. La sperimentazione con la Frondite aveva dato risultati sbalorditivi e leggendo le relazioni su singole applicazioni davano nettamente la conferma che l'entusiasmo di Arthur Waters era stato perfino modesto al confronto con il potenziale che stava venendo alla luce. In pochi giorni di intenso lavoro nei laboratori della TeraTec, sotto strettissima sorveglianza dei militari, come anche in alcuni centri tecnologici propri dell'esercito, si era giunti alla conclusione che in fatto di tecnologia informatica questo nuovo materiale avrebbe aperto possibilità inimmaginabili anche con le più avanzate apparecchiature elettroniche esistenti, nemmeno la combinazione di impianti potentissimi aggiornati allo stato più attuale della tecnologia poteva rivaleggiare con la potenza e la velocità di elaborazione ottenibili con l'utilizzo dei cristalli di Frondite.

Attorno al tavolo nella piccola sala riunione c'erano quattro tra i più autorevoli membri del consiglio nazionale per la sicurezza, alti ufficiali dell'Esercito americano, dell'Aeronautica e della Marina oltre ad Arthur Waters in qualità di consulente tecnico e il Senatore Howard Feldman nella sua funzione di vicesegretario di Stato. Leonard aveva organizzato simili riunioni in un paio di occasioni precedenti quando effettivamente si prospettavano innovazioni di rilievo assoluto, anche se la presenza di Feldman indicava che questa riunione aveva un carattere particolarmente importante e urgente.

Di solito i vari settori militari si davano in un certo senso battaglia per entrare in possesso prima degli altri del meglio delle novità disponibili in fatto di strumenti di navigazione, controllo delle armi a distanza e sorveglianza elettronica degli spazi aerei e marini oppure del controllo dei movimenti terrestri di macchinari, traffico, ferrovie e altro, ma il senso della nazione e della collaborazione finì sempre per prevalere. In questi campi nuove tecnologie iniziarono a essere sempre più concretamente disponibili con lo sviluppo delle varie applicazioni dell'elettronica ma spesso avevano costi elevatissimi e richiedevano pure impianti di grandi dimensioni oltre che con consumi di energia notevoli.

La capacità di riunire sotto un unico sistema di sorveglianza la copertura completa dello spazio aereo americano era un sogno che pareva irrealizzabile così come la Marina aveva centri diversi e autonomi in varie regioni costiere. Il coordinamento avveniva poi mediante la trasmissione di dati a centri strategici che però non erano mai aggiornati in tempo reale e dovevano quindi per forza limitarsi a osservare, commentare ed eventualmente dare suggerimenti per azioni da intraprendere sempre sperando che nel frattempo le cose osservate non avessero preso a evolversi in direzioni impreviste. Nel caso di eventi specifici e localizzati i sistemi Radar e altre tecnologie di osservazione davano buoni risultati ma una copertura capillare e coordinata in tempo reale di tutto il territorio americano non era ancora realizzabile. Il problema era nella complessità della tecnologia che fino all'inizio degli anni Ottanta del ventesimo secolo ancora non esisteva oppure non era accessibile a costi sostenibili. Con il potenziale della Frondite tutto questo poteva cambiare. Naturalmente l'immaginazione dei militari non si fermava entro i confini degli Stati Uniti, il controllo a livello globale sarebbe stato in futuro una necessità, non tanto solo per gli USA stessi ma anche per coprire con uguale efficienza tutti gli spazi aerei e marittimi di tutto il globo terrestre a beneficio di tutti gli alleati degli americani. Sarebbe bastata una mezza dozzina di satelliti per rilanciare i segnali e controllare tutto quanto in un unico centro. Allo stesso modo si sarebbero potuti organizzare canali di comunicazione diretta da ogni punto della Terra e un efficiente sistema di controllo globale avrebbe potuto finalmente dare quella sicurezza che tutti desideravano. Ora, così pareva, la soluzione era improvvisamente molto più vicina.

Arthur Waters era sicuramente il più eccitato tra i presenti. In fondo era stato lui ad avviare tutto il processo della sperimentazione che aveva poi portato a scoprire il potenziale della Frondite. Che i militari pensassero per prima cosa all'utilizzo strategico e militare di questa nuova tecnologia era comprensibile ma Waters già pensava ad altro. La diffusione di una simile tecnologia avrebbe rivoluzionato il mondo delle imprese, delle Università, della ricerca scientifica in ogni campo, di tutte le procedure di progettazione a partire dalla meccanica fino all'architettura per non parlare della gestione di processi complessi come quelli delle grandi aziende, delle banche e dei mercati internazionali. Tutto sarebbe cambiato, tutto avrebbe subito una repentina accelerazione e contemporaneamente guadagnato in efficienza e affidabilità. Se il limite per realizzare certi software era dato dalla limitata capacità dei microprocessori esistenti nel futuro prossimo tutto questo avrebbe subito una spaventosa accelerazione.

Con il secondo quantitativo di campioni di Frondite, molto più consistente della prima fornitura da parte dell'Oil California Inc., Waters aveva iniziato a sperimentare l'ampliamento di programmi software nell'ambito della grafica riuscendo a far digerire ai computer gestiti da unità di calcolo basate su cristalli di Frondite file e programmi di dimensioni inaudite senza che questo comportasse dei rallentamenti percettibili. Elaborazioni complesse, che sulle migliori macchine in commercio richiedevano diversi minuti, erano eseguiti dalla Frondite in una frazione di secondo.

Al tavolo della riunione sedeva anche un altissimo funzionario della segreteria di Stato ed era evidente che si sentiva abbastanza a disagio. Mentre le discussioni entusiastiche tra i presenti continuavano ad alta intensità, anche vocale, Howard Feldman cercò con lo sguardo il sostegno del Generale Leonard per tentare di prendere la parola e avere l'attenzione di tutti. Fu il generale a prendere in mano la situazione alzandosi in piedi e ottenendo immediatamente il silenzio.

"Signori, sono lieto di vedere che siete tutti quanti animati da un sano entusiasmo per la nuova scoperta e tutto quello che ne può derivare. Io non sono un politico e quindi sarò molto diretto." Il sorriso di Leonard verso Howard Feldman sembrava voler chiedere scusa per un'affermazione che non aveva intenti denigratori, ma poteva essere recepita come tale.

"Siamo appena all'inizio della scoperta del potenziale della Frondite ma i nostri tecnici e gli scienziati ci stanno indicando chiaramente che siamo di fronte ad una rivoluzione tecnologica dal potenziale formidabile. E siamo anche tutti impegnati a ragionare in termini di vantaggio per il nostro paese che potrà derivare da tutto questo." Fece una pausa e dopo un profondo respiro continuò.

"Purtroppo la disponibilità della materia prima sembra confinata a un'unica fonte che si trova fuori dalla giurisdizione degli Stati Uniti d'America."

I presenti non reagirono immediatamente alla notizia, forse non era del tutto chiaro cosa poteva significare questa informazione data dal Generale Leonard con una certa solennità.

A questo punto Howard Feldman prese la parola.

"In teoria potrebbe essere facile portare sul territorio americano la Frondite ma in pratica non è così. Il luogo del ritrovamento, di cui forse voi Signori non siete stati bene informati, si trova in un posto piuttosto scomodo e lontano e ovviamente non si tratta di suolo americano e anche se la nazione sul cui dominio si trova la miniera di Frondite, se posso chiamarla così, è una nazione alleata e amica, sarebbe estremamente difficile sfruttare quella miniera senza dover svelare la natura del nostro interesse per quel minerale e quindi la convenienza di una simile operazione di sfruttamento."

Nessuno attorno al tavolo sembrava comprendere il significato di queste informazioni.

"Al momento stiamo valutando tutte le opzioni, operative, tecniche e diplomatiche, ovvero politiche, per andare avanti e mantenere comunque un vantaggio per noi." intervenne di nuovo Leonard. "Lo sfruttamento industriale a larga scala in un secondo momento non è la nostra principale preoccupazione, riteniamo che la tecnologia derivata potrà generare enormi volumi d'affari in tutto il mondo e per tutte le aziende tecnologiche che potranno beneficiare delle caratteristiche della Frondite. A noi per ora preme di assicurarci un vantaggio enorme in termini di tecnologia ad uso militare che potrà garantire la nostra supremazia difensiva in tutto il mondo e quindi assicurare una pace globale. Secondo le valutazioni di esperti del Pentagono, ai quali è stata illustrata genericamente la tecnologia potenzialmente derivabile dalla Frondite, si potrebbero creare condizioni di sorveglianza globale assolutamente infrangibili. Qualsiasi attacco o azione militare o terroristica a grande scala sarebbe individuato sul nascere e saremmo pronti a intervenire prima che qualsiasi pericolo oggi immaginabile potesse diventare acuto. Oggi questo tipo di prevenzione non è realizzabile, sia per una mancanza di possibilità tecniche che semplicemente non esistono che anche perché qualora tentassimo comunque di realizzare un piano così ambizioso a livello mondiale i costi sarebbero il primo ostacolo che fermerebbe ogni progetto sul nascere. Si potrebbe pensare a tanti progetti separati e solo coordinati ma sappiamo che sarebbe difficile ottenere un'omogeneità nei sistemi senza un controllo centrale e inoltre i tempi per realizzare questo schermo protettivo mondiale sarebbero molto lunghi. Troppo lunghi per essere efficaci."

Le parole di Leonard confondevano i convenuti. Da una parte si alimentava un ovvio entusiasmo e dall'altra si accennava a un problema apparentemente piccolo ma comunque insormontabile nell'immediato per procedere con la desiderata rapidità con lo sviluppo di processori, elaboratori e macchinari avanzatissimi e quindi con la realizzazione di una tecnologia militare importantissima.

"Di fronte alla posta in gioco, Generale Leonard, quali iniziative si dovranno prendere per poter sbloccare la situazione? Ci sono delle occasioni che vanno colte e questa mi pare una di quelle che non possiamo né perdere e nemmeno procrastinare." La domanda venne dal Generale Lawrence Petersen dello Stato Maggiore dell'Aeronautica. "Sono questi i momenti in cui la nostra diplomazia dovrebbe fornire prova di capacità ed efficienza. Mi sbaglio?"

La frecciata era ovviamente diretta all'indirizzo di Howard Feldman che si stava agitando sulla sua sedia con evidente disagio. Tutti lo guardarono e perciò decise di prendere nuovamente la parola.

"Mi permetto di osservare che il problema evidentemente è più delicato di quanto non si possa supporre. Vorrei richiamare la vostra attenzione sul fatto che nell'ottica delle giustissime priorità strategiche della difesa e quindi di tutte le varie forze armate degli Stati Uniti rappresentate anche attorno a questo tavolo esiste una fondamentale esigenza di segretezza che ovviamente contrasta con la necessità di discutere e negoziare con una controparte che ha tutti i titoli legali per essere informata della reale importanza di questi minerali, o cristalli, o qualunque cosa sia questa Frondite. Non possiamo agire come dei piccoli truffatori o furbastri da mercato delle vacche, qui si tratta di relazioni politiche importantissime che devono essere rispettate e salvaguardate. Appropriarci della miniera in maniera irregolare sarebbe una grave violazione di tutti gli accordi internazionali che il nostro paese non solo ha sottoscritto ma ha spesso proposto e formulato facendo della nostra correttezza e affidabilità una fondamentale affermazione di credibilità." Feldman accennò un sorriso ma poi si trattenne. Si rese conto che rischiava di apparire paternalistico nei confronti di un gruppo di uomini che non erano molto abituati a essere ridotti al silenzio da un civile con la pretesa che loro non potevano capire. Pertanto, Feldman decise di aggiustare il concetto espresso.

"Diciamo che la questione è molto delicata e va gestita con grande prudenza. Mi rendo perfettamente conto, come tutti voi del resto, che la scoperta che ci è capitata tra le mani è di una portata tale da poter indurre facilmente alla tentazione di privilegiare il nostro accesso a questa miracolosa materia prima rispetto alle esigenze diplomatiche, che sembrerebbero ridursi a una specie di regole di buon vicinato, ma proprio perché la posta in gioco è così alta occorre muoversi con molta prudenza. La segretezza alla quale siamo tutti obbligati ci impedisce anche di raccogliere ampie consulenze, siamo una cerchia ristrettissima di persone che deve gestire con responsabilità e senza errori una questione molto delicata. Personalmente ritengo che sarà difficile impossessarsi della Frondite senza causare perlomeno un incidente diplomatico e quando la vera portata della scoperta fatta diverrà nota anche fuori dalla nostra ristretta cerchia ci troveremmo in una posizione molto difficile che potrebbe costarci proprio quella credibilità internazionale che mi pare di capire abbiate in mente voi Signori quando prospettate un sistema mondiale di protezione."

Le implicazioni del discorso di Feldman erano moltissime e le sue perplessità e preoccupazioni, seppure d'ostacolo a un rapido se non immediato accesso al giacimento di Frondite, erano ragionevoli e condivisibili.

"Per cui v'invito tutti a riflettere sulle possibili opzioni di condivisione dell'output tecnologico almeno con una nazione alleata." Feldman decise di chiudere in questo modo il suo intervento e sfilandosi gli occhiali si reclinò nella sua sedia. I militari attorno al tavolo lo guardarono con un misto di rammarico e sofferta comprensione. Sembrava che gli avesse affidato una specie di compito per il weekend, riflettete e poi portate le vostre idee....

La prossima domanda fu rivolta a Leonard dall'Ammiraglio Ed Sweldon ed era semplice e fondamentale.

"Parliamo di tempi, Generale." disse Sweldon. "Entro quanti mesi potremo essere operativi con un primo lotto di macchinari funzionanti?"

Leonard lanciò uno sguardo interrogativo verso Arthur Waters. Era lui la persona che poteva rispondere a questa domanda. I militari concentrarono il loro interesse sul tecnico che non esitò a dare la sua interpretazione delle prospettive.

"Abbiamo verificato che la nuova tecnologia si sposa perfettamente con i concetti di base già utilizzati nei calcolatori attuali, anche se stiamo ovviamente pensando anche a fare delle ricerche nel campo dei linguaggi. Possiamo comunque partire subito con la preparazione di programmi e sviluppare software evolutivi partendo da quanto già esistente e avere i primi risultati concreti nel giro di non più di sei mesi. Molto dipende anche dalle risorse economiche e umane che saranno messe a disposizione. Più tecnici capaci saranno impiegati e più rapidamente avremo dei risultati. Non ci servono quantità enormi di minerali, la Frondite è stata trovata a uno stato di purezza pressoché totale e quindi l'estrazione potrebbe concentrarsi solo su questo materiale permettendoci con pochi quintali di minerali di soddisfare per intero le esigenze di tutte le forze di difesa ma anche di altri reparti della pubblica amministrazione. Ne sono certo, basta che ci sia la materia prima e che mi diate dei buoni collaboratori."

I tempi indicati da Waters sembravano essere soddisfacenti ma ovviamente quanto più rapidamente si fossero prodotti i primi risultati meglio sarebbe stato, il tempo era merce preziosa.

Dopo la riunione il Generale Leonard s'incontrò privatamente nel suo ufficio con Arthur Waters che aveva manifestato qualche preoccupazione per la forte prospettiva militare che il progetto Frondite stava prendendo a discapito delle sue aspirazioni imprenditoriali con la diffusione in campo civile di questa nuova tecnologia. Leonard non aveva modo per rassicurare il suo amico e comprendeva le frustrazioni di Waters ma pensò anche che in fondo un'attesa di al massimo un paio di anni non avrebbe poi fatto grande danno alle prospettive commerciali e Waters, che sarebbe stato comunque coinvolto profondamente in tutto il lavoro di sviluppo che doveva essere portato avanti nel frattempo sotto il segreto militare, avrebbe comunque goduto di un enorme vantaggio di esperienza una volta che la Frondite fosse stata resa disponibile per applicazioni civili su tutto il mercato come una qualsiasi altra materia prima.

Appena Leonard prese posto dietro alla sua scrivania notò un dispaccio urgente che era stato depositato mentre era in riunione. Prese la busta e la aprì. Conteneva solo un foglio ma il contenuto del messaggio evidentemente non gli piaceva. Rimase un attimo in silenzio e poi, con espressione decisamente buia, si rivolse a Waters che aveva preso posto nella poltrona di fronte al Generale.

"Brutte notizie, Arthur, molto brutte."

Fece una pausa e Waters ebbe tutto il tempo per preoccuparsi prima ancora di sapere di che notizia stesse parlando.

"Ho fatto richiedere alla Oil California Inc. un ulteriore quantitativo di Frondite, gli ho chiesto una fornitura di un paio di quintali dicendogli che volevamo fare degli esperimenti con questa particolare variante di Silicio, ma la loro risposta è un piccolo disastro."

Waters non riuscì a capire il concetto di piccolo disastro, per lui un disastro doveva essere comunque grave e preoccupante, un aggettivo riduttivo aveva un senso puramente retorico e pertanto si sentì autorizzato a essere molto preoccupato.

"Non solo ci comunicano che non hanno nemmeno conservato altri campioni di Frondite oltre a quelli che già ci hanno fatto avere tramite la tua azienda, ma non prevedono di avere altre disponibilità, specialmente, leggi qui," Leonard passò il foglio a Waters, "perché a causa dei risultati finora ottenuti le perforazioni esplorative nella zona in cui è stato trovato il materiale da voi richiesto saranno terminate a breve. Cordiali Saluti."

Waters lesse il messaggio per ben tre volte, poi chiese con voce incerta:

"E ora che facciamo? Come possiamo mantenere aperta la linea di fornitura della Frondite?"

"Non ne ho idea in questo momento." rispose Leonard. "Ma credo che sia necessario muoversi con urgenza sulla questione. Fammi raccogliere un po' d'informazioni e poi prenderò una decisione sul da farsi. Ti terrò informato."

Questa formula significava che il colloquio era concluso e Waters si avviò all'uscita mentre il Generale convocò la sua assistente con tono perentorio nel suo ufficio.

Era un guaio, un guaio grosso davvero.

Per Howard Feldman l'incontro con gli alti esponenti dello Stato Maggiore della Difesa non era una cosa abituale e tantomeno lo era tutta la strana questione che ruotava attorno a questa misteriosa sostanza. Si sforzava per comprendere il significato tecnico del ritrovamento ma non avendo molta dimestichezza con le cose tecniche in generale si limitava ad accettare per buona e fondata tutta l'entusiastica descrizione che gli era stata fatta. Se non era, com'era lecito e doveroso pensare visto il peso e l'esperienza dei suoi interlocutori, eccesso di fantasia la cosa meritava tutta l'attenzione non solo dei militari ma ovviamente anche delle alte sfere del governo, fino al Presidente stesso. E infatti era proprio da quest'ultimo che Feldman si stava recando dopo aver ricevuto una lunga telefonata dal Generale Leonard subito la mattina dopo la loro riunione.

Leonard aveva fatto alcune indagini e aveva saputo di alcuni dettagli importanti. Aveva saputo, per esempio, che il ritrovamento era stato fatto in un pozzo esplorativo situato sull'isola di Saunders stessa e non al largo su una delle piattaforme in mezzo all'oceano. Questa era un'ottima notizia. Purtroppo, pareva anche confermato che le operazioni di trivellamento sarebbero state sospese nel giro di pochi giorni a causa degli elevati costi e degli esiti finora poco incoraggianti e pertanto ci potevano essere gravi difficoltà a procurare accesso al giacimento di Frondite. Essendo un militare di primissimo ordine e dotato non solo di acume e grande capacità analitica ma anche di una fervente immaginazione e fantasia Leonard aveva anche proposto alcuni argomenti per la prosecuzione delle ricerche. C'erano degli ostacoli che il Generale aveva evitato di affrontare e che erano invece ben presenti nella visione di Feldman, le difficoltà di intervenire in qualsiasi modo su un territorio straniero erano enormi e a voler essere non solo precisi ma anche prudenti oltre che formalmente e politicamente corretti, l'esercito americano e nessun organismo governativo avrebbe potuto procedere con una qualsiasi operazione. Legalmente. Data la posta in gioco appariva evidente che il Generale Leonard, pur non dicendo nulla del genere apertamente, suggeriva di affrontare l'affare con una certa disinvoltura preparandosi piuttosto a dover aggiustare qualche relazione diplomatica dopo il misfatto piuttosto che perdere l'occasione solo per voler essere al di sopra di ogni possibile contestazione.

Il Presidente Ronald Reagan ricevette Feldman nel suo ufficio, alla presenza del capo del gabinetto James Baker. Era già stato informato a grandi linee del problema che Feldman voleva discutere e come sua abitudine non sprecò molto tempo in preamboli. Se la cosa era davvero così importante, disse, avrebbero dovuto trovare una soluzione rapida e funzionale e perciò chiese di sapere quali erano le ragioni delle preoccupazioni di Feldman.

"Signor Presidente, se noi rinunciassimo alla segretezza perlomeno nel confronto dell'Inghilterra e condividessimo con loro tutto quello che sappiamo sulla Frondite e sulle prospettive che si stanno presentando, allora il problema non sussisterebbe nemmeno e mi permetto di dire che a mio modesto parere questa soluzione sarebbe la più semplice e immediata. Mettendo le carte sul tavolo e chiedendo la collaborazione totale, oltre ad offrirla da parte nostra, sia sul piano puramente tecnico sia anche sulle successive possibili evoluzioni militari e strategiche, potremmo concludere un accordo soddisfacente immediatamente. Non vedo quali obiezioni potrebbero venire da parte inglese."

Reagan aveva ascoltato con interesse e sembrava propenso a condividere il parere di Feldman, ma prima di esprimersi volle sapere di più.

"Quale motivo abbiamo per non volere immediatamente adottare la soluzione che lei ha appena illustrato?"

"Da quanto ho percepito nella riunione di ieri e in vari colloqui che ho avuto con il Generale Leonard esiste una forte convinzione negli ambienti militari circa la possibilità di acquisire un tremendo rafforzamento della superiorità strategica delle nostre forze armate semplicemente a causa della tecnologia che potrebbe essere sviluppata in tempi relativamente brevi grazie a questa nuova materia prima. Pur non volendo trattenere la scoperta solo per fini militari sarebbe un grosso guadagno in termini di potenza difensiva, ma anche offensiva se fosse necessario, se si potesse sfruttare un certo vantaggio prima di rendere pubblica la scoperta e conseguentemente disponibile la Frondite anche per usi civili."

Il Presidente Reagan aveva da poco aumentato sensibilmente gli stanziamenti per le forze armate e se il previsto riarmo godesse anche di un altro vantaggio dovuto a una sensazionale scoperta scientifica non avrebbe certo nociuto alla nazione e ancora meno alla sua presidenza. Dopo la vicenda dei controllori di volo licenziati in tronco dopo alcuni scioperi e sostituiti con oltre tredicimila corrispondenti operatori militari Reagan non doveva certo preoccuparsi di dimostrare di essere un capo del governo particolarmente determinato e anche in questo misterioso affare stava cominciando a pensare di scegliere una soluzione diretta e immediatamente efficace.

James Baker sapeva cosa frullava nella mente di Reagan ma si fece carico di porre la prossima domanda sperando di portare alla luce tutti i rischi ed eventuali problemi che potevano sorgere. Se fosse esistito un progetto su come procedere sarebbe stato una buona cosa discuterne al più presto.

"Il Generale Leonard ha accennato a una sua idea, specialmente dopo aver ricevuto le informazioni sull'imminente chiusura dei pozzi di ricerca. Non si tratta di un vero e proprio piano, credo, ma di una bozza di azioni da intraprendere. In poche parole, si dovrebbe tentare di prendere possesso o perlomeno il controllo del pozzo da cui provengono i primi campioni di Frondite con uno stratagemma sostenibile anche di fronte ad una sorveglianza generica da parte dei padroni di casa, per continuare le ricerche e prendere possesso del maggior quantitativo di Frondite possibile e in tempi molto rapidi. Questo procedimento prevede naturalmente il mantenimento della segretezza sulle vere finalità dell'operazione e in particolare sulla Frondite, almeno fino a quando non avremo raggiunto gli scopi tecnici più importanti. Secondo gli esperti in tecnologie elettroniche e informatiche avremmo bisogno di un vantaggio certo di almeno diciotto mesi, meglio due anni interi, prima di rendere pubblica la nostra scoperta."

"Durante quest'arco di tempo si pensa che avremo realizzato un sufficiente vantaggio tecnico a favore della sicurezza nazionale, giusto?"

"Esatto Signor Presidente. Pare che un simile intervallo ci metterebbe al riparo da qualunque successivo recupero dovuto alla diffusione in campo civile della Frondite." Feldman si rese conto che stava sostenendo tutte le positività del progetto senza avere ancora fatto cenno alle possibili complicazioni. Era il momento di esternare le sue perplessità e i suoi timori.

"Dobbiamo tenere presente che la sorgente della Frondite si trova in territorio straniero e nessuna agenzia americana né tanto meno le forze armate potrebbero operare legalmente all'estero. Non possiamo inviare personale della CIA a garantire il rispetto della segretezza, non sul territorio inglese, sarebbe un rischio diplomatico insostenibile. Se fosse scoperta una simile operazione, sarebbe un problema internazionale, per non parlare dei rischi di questa presidenza qualora si dimostrasse che era informata oppure aveva sostenuto un'azione palesemente illegale. Tolti quindi le forze armate e i servizi segreti siamo costretti a trovare altre soluzioni."

Il Presidente non voleva certo rischiare una crisi diplomatica internazionale ma la supremazia militare restava una priorità non solo della sua amministrazione ma anche di tutti gli alleati del patto nordatlantico, anche se pure in quel contesto Reagan non voleva rinunciare a nessuna opportunità per rafforzare la propria posizione predominante. Inoltre, era convinto, come lo erano in tanti, che l'eccesso di procedure democratiche a certi livelli decisionali portava inevitabilmente a delle difficoltà. Come minimo si sarebbe perso tempo ma non era nemmeno certo che si potesse riuscire ad ottenere una sufficiente omogeneità di visione, nemmeno tra gli alleati più affiatati e con interessi comuni molto forti.

"L'idea del Generale Leonard sarebbe questa:" disse Feldman ben deciso a lasciare a Leonard tutto il merito, ma anche e in particolare tutte le eventuali critiche per la geniale pensata. "La Oil California Inc., che già ora è presente sulle trivellazioni esplorative in collaborazione con la Kingdom Petroleum Union inglese, chiederebbe di poter mantenere attivo il pozzo sull'isola di Saunders come centro di addestramento per il proprio personale. In questo modo si giustificherebbe la continuazione delle ricerche e si potrebbero anche spiegare le eventuali successive attività in quella miniera. Si potrebbero portare in superficie delle buone quantità di Frondite e utilizzarne quanto necessario per il programma tecnologico negli Stati Uniti prima di rendere pubblica la scoperta e offrire quella meraviglia a tutto il mondo."

L'idea era stupendamente semplice e Reagan la accolse con un largo sorriso. Cosa c'era di più facile?

"Fantastico, mi sembra un'ottima soluzione e in particolare mi piace la prospettiva di fare bella figura quando annunceremo al mondo la scoperta. Saremo i bravi ragazzi come sempre." Il Presidente a volte rientrava nel carattere dei suoi personaggi cinematografici della sua carriera e l'immagine del cowboy sul cavallo bianco che alla fine usciva sempre come l'eroe buono e vincente gli era molto cara. Questa sembrava proprio l'occasione buona per rivestire nuovamente i panni del cavaliere senza macchia.

A Feldman dispiacque quasi dover stemperare l'entusiasmo del Presidente ma volle completare la sua missione alla Casa Bianca. Il ragionamento di Leonard era perfetto salvo che per il fatto che non esisteva nessuna garanzia che la Oil California Inc. si sarebbe resa disponibile per la parte prevista nella sua sceneggiatura e data la delicatezza di tutta la storia una coercizione avrebbe dovuto essere esercitata con grande prudenza. Feldman sapeva che Reagan era stato Governatore dello Stato della California e anche che aveva avuto diversi incontri con l'attuale presidente della compagnia petrolifera. La speranza era che proprio il Presidente stesso potesse intervenire e sfruttando le sue conoscenze oltre al prestigio del suo ruolo potesse ottenere quello che serviva per portare avanti l'idea di Leonard. Non era necessario che Feldman elaborasse questo concetto, il Presidente aveva colto immediatamente il suggerimento che non era nemmeno stato pronunciato e con un grande sorriso degno dei suoi migliori poster da divo dello schermo aveva preso il telefono per chiedere di essere messo immediatamente in contatto con il Presidente dell'Oil California Inc..

James Baker a questo punto si alzò in piedi a indicare che per il momento l'incontro era concluso. Strinse la mano a Feldman e gli disse che sarebbe stato aggiornato immediatamente sugli sviluppi dell'intervento presidenziale. Il Presidente gli lanciò un "Grazie!" da dietro la sua scrivania e salutò con un gesto mentre si mise comodo per una conversazione telefonica certamente molto importante.

Paul Chester Aaron Bloch era da una decina di anni CEO della più importante compagnia petrolifera della California e la seconda negli Stati Uniti d'America, un autentico colosso dalle mille diramazioni, ma non gli era mai capitato di ricevere una telefonata dal Presidente della nazione in persona. Quando Ronald Reagan era governatore della California i due si erano incontrati parecchie volte ed avevano collaborato molto bene nell'interesse dello stato come anche in quello della compagnia. Reagan era pragmatico e diretto, da molti considerato uno scellerato innovatore con l'anima del conservatore e per quanto la definizione potesse sembrare contraddittoria coglieva piuttosto bene lo stile dell'attore diventato politico. Affrontare i problemi con soluzioni anche drastiche ma immediate e a effetto quasi sempre istantaneo sarebbe rimasta una delle caratteristiche che avrebbero accompagnato anche la presidenza di Reagan e nei suoi otto anni alla Casa Bianca avrebbe certamente sconvolto diverse istituzioni e regole senza però mai abbandonare il suo fondamentalismo patriottico. Si scontrava senza timore con industriali e sindacati, mise in riga militari e banchieri e all'occorrenza non si trattenne nemmeno dal picchiare il pugno sul tavolo nei confronti di esponenti dell'establishment culturale e religioso che tentava di influenzarlo. La sua ricetta per l'economia della California aveva funzionato e nonostante fosse solo da pochi mesi insediato alla Casa Bianca era evidente che avrebbe lasciato la sua impronta anche nella storia dell'Unione e di conseguenza nel mondo.

La conversazione con Bloch iniziò con cordiale informalità per arrivare comunque nel giro di meno di due minuti alla richiesta di presentarsi nel più breve tempo possibile a Washington per un incontro faccia a faccia con il Presidente. L'industriale del petrolio non aveva idea di cosa si potesse trattare per avere un tale carattere di urgenza e, così gli fu raccomandato, di assoluta discrezione. Poco dopo aver conclusa la sua conversazione con il capo dello Stato raggiunse il vicino aeroporto di Burbank dove un aereo della compagnia lo attendeva per un decollo immediato in direzione della costa orientale.

L'incontro tra Reagan e Bloch avvenne alla presenza del capo di gabinetto James Baker e del Generale Andrew Leonard nell'ufficio ovale del Presidente. Reagan non fece lunghi preamboli prima di arrivare a chiedere a Bloch di collaborare con la massima discrezione a un'operazione di enorme importanza, senza però chiarire immediatamente di cosa si trattasse in dettaglio. Bloch non era abituato a questo tipo di approccio e si mostrò palesemente spaesato ma fu rassicurato sulla sostenibilità e legalità di qualunque cosa gli venisse richiesta. La delicatezza e la necessaria segretezza di tutta l'operazione erano dovute alla straordinaria importanza degli obiettivi che si stavano perseguendo. Senza che fossero rivelati questi obiettivi Reagan rassicurò il suo ospite sul fatto che in tempi relativamente brevi la sua collaborazione avrebbe generato notevoli guadagni per la sua società e che tutti gli eventuali costi che avrebbe dovuto sostenere sarebbero stati ricuperati molte volte in tempi relativamente brevi, poi chiese al Generale Leonard di illustrare cosa venisse in dettaglio richiesto a Bloch e alla sua compagnia petrolifera.

"Signor Bloch," iniziò Leonard, che era stato presentato come il responsabile di un importante progetto di ricerca strategica d'interesse nazionale, "noi sappiamo che la sua compagnia è impegnata in trivellazioni esplorative nell'atlantico meridionale in collaborazione con la britannica Kingdom Petroleum Union e sappiamo anche che state per sospendere queste ricerche. Giusto?"

"Sì, non è un segreto." rispose Bloch. "Abbiamo investito parecchio tempo e denaro e ci dispiace un po' abbandonare ma effettivamente non ci sono risultati particolarmente incoraggianti che potrebbero giustificare nell'immediato altri investimenti. Dobbiamo guardare altrove per ottenere risultati in tempi brevi."

Leonard annuì e poi proseguì con la sua esposizione.

"Noi abbiamo bisogno che la Oil California Inc. rimanga attiva perlomeno sul pozzo trivellato sull'isola di Saunders, a titolo di ricerca sperimentale e di addestramento per il proprio personale. Abbiamo bisogno di poter inserire nello staff presente su quella postazione di ricerca alcuni nostri esperti per portare avanti una ricerca speciale di fondamentale importanza. Per ragioni politiche e strategiche non possiamo operare se non attraverso un'impresa privata non collegata direttamente con alcun organo ufficiale dello stato. Per ora non posso rivelarle altro, Signor Bloch, ma mi creda che renderebbe un servizio enorme al suo paese!"

Il richiamo al patriottismo, specialmente da un militare in alta uniforme, aveva sempre un certo impatto, quando poi venisse pronunciato nella stanza ovale della Casa Bianca non poteva fallire il suo effetto. Bloch era sorpreso ed anche abbastanza confuso ma si rese conto che quello che ufficialmente era stato presentato come un invito o al massimo una richiesta esplorativa in realtà era quasi un ordine perentorio. Reagan stava in silenzio su una poltrona di fronte a Bloch e la sua espressione significava chiaramente che non si aspettava una risposta diversa da un incondizionato consenso.

"Credo di avere capito in linea di massima quello che dovrei fare e penso non sia impossibile assecondare il vostro programma." disse Bloch dopo una brevissima riflessione. "Ci vorrà un po' di tempo per organizzare il tutto e dovrò naturalmente richiedere il consenso del consiglio d'amministrazione, non sono il padrone assoluto della compagnia, ma credo di poter fare quello che mi state chiedendo."

"Non abbiamo tempo per aspettare, Paul." Intervenne nuovamente il Presidente, chiamando il suo ospite per nome.

Bloch lo notò e si preoccupò perché quel tono amichevole e confidenziale poteva avere un doppio significato e lui era propenso a temere quello più coercitivo che sfruttava la confidenzialità per togliere le difese a chi veniva messo all'angolo con quel sistema. "Oggi stesso devi fare la richiesta ai tuoi colleghi della Kingdom Petroleum Union e chiedere il nulla osta al Governatore inglese delle Falkland. Usa tutta la tua abilità, offri qualche tangibile prospettiva incentivante per quell'arcipelago, la presenza del tuo personale genererà affari, consumi e convenienza per tutti. Entro una settimana devono partire i nostri specialisti, che la Oil California Inc. avrà regolarmente messo a libro paga, per attivarsi con le loro ricerche in pratica senza che quel laboratorio e quel pozzo sia mai fermato. Conosco la maggior parte dei tuoi colleghi del tuo consiglio direttivo. Se davvero non riuscirai a convincerli da solo, ti aiuterò in tutte le maniere, ma data l'urgenza preferirei che tu infrangessi qualche procedura interna e mettessi in piedi quest'operazione immediatamente. E con la massima discrezione possibile!"

La cortese perentorietà della richiesta non lasciava in realtà molto spazio. Bloch guardò con evidente stupore il volto del presidente che era sì sorridente ma allo stesso tempo autorevole o forse addirittura autoritario quanto basta per mettere soggezione a chiunque. Per un attimo Bloch si dimenticò del prestigio del suo interlocutore e del luogo in cui si trovava e si lasciò sfuggire una frase spontanea che avrebbe voluto ingoiare nel momento stesso in cui attraversava le sue labbra.

"Mio dio, Ronnie, hai di nuovo guardato Il Padrino?"

Bloch voleva sprofondare ma fu sollevato dalla sonora risata degli altri tre uomini presenti nella stanza.

"Mi scusi, Signor Presidente, non volevo offenderla, mi sono distratto un attimo……"

Reagan stava ancora ridendo e fece un amichevole gesto con la mano.

"Ammetto che potrei sembrare Marlon Brando, anche se sono fisicamente molto più prestante," disse il Presidente, sempre ridendo, ma poi calando verso una tonalità sempre più seria mentre continuò a parlare. "ma la situazione qui è molto diversa. Capisco che ti chiediamo molto, Paul, ma ti assicuro che non lo faremmo se non fosse davvero necessario. E tengo anche a dirti che sono stato io personalmente a chiamarti a bordo per questa operazione e va da sé che avrai da parte mia tutto il supporto e tutte le garanzie e protezioni che ti potranno servire. Tu aiuta il tuo paese e fidati del tuo Presidente, okay?" Con questo Reagan si alzò in piedi e con la mano destra offerta alla stretta di Bloch fece due passi verso il suo ospite. Anche Bloch scattò in piedi, poi strinse la mano offerta e balbettò qualcosa come: "Certamente Signor Presidente, farò tutto quello che sarà necessario e con tutto il mio impegno. Mi scusi ancora."

Era straordinario come uno degli uomini d'affari più potenti d'America potesse sentirsi come uno scolaretto di fronte al proprio Presidente e in quell'ambiente speciale Bloch non si riconobbe nella persona che era stato negli ultimi venti minuti ed era decisamente sconvolto.

Reagan lo accompagnò con un amichevole stretta di mano prolungata verso l'uscita e questo lo rassicurò sul fatto che la sua battuta era stata digerita e dimenticata. Il Presidente indicò nel Generale Leonard la persona che da lì in poi sarebbe stato il riferimento per qualsiasi ulteriore chiarimento e procedura e che avrebbe avuto piena autorità per qualsiasi decisione da prendere.

Leonard uscì dalla stanza ovale insieme a Bloch e i due si avviarono lungo i corridoi della Casa Bianca scortati da un trio di agenti della sicurezza.

All'interno della stanza ovale rimasero solo il Presidente e James Baker, soddisfatti dell'esito dell'incontro appena concluso e pronti a passare al prossimo impegno sull'agenda. Prima di procedere Reagan si soffermò un attimo, con aria pensosa, e poi chiese al suo capo di gabinetto:

"Dici che davvero somiglio a Marlon Brando?"

PORT STANLEY, ISOLA FALKLAND ORIENTALE

Colin Brenner ricevette un messaggio via telex da Londra con l'indicazione che le operazioni di ricerca da parte della Kingdom Petroleum Union sarebbero state sospese nel giro di pochi giorni. Gli fu richiesto di prestare la massima assistenza per lo smantellamento degli impianti e il rimpatrio di uomini e materiali. Ci sarebbero volute alcune settimane per terminare una simile operazione, forse anche un paio di mesi e anche se per il periodo successivo si prospettava una noia ancora maggiore di quella che già caratterizzava la vita sull'arcipelago, almeno in questa fase ci sarebbe stato da fare e Brenner si sarebbe quasi divertito. Avrebbe fatto diversi viaggi verso la base a Saunders, le scuse si trovavano, e la stagione volgeva verso la piena estate per cui anche la traversata in automobile poteva essere piacevole e interessante.

Una breve telefonata con Kathy Prescott aveva chiarito che per alcuni giorni ancora avrebbero proseguito con le normali operazioni, poi avrebbero fermato le macchine sulle varie piattaforme ed iniziato il recupero delle lunghissime tubature di trivellazione. Le varie unità di trasporto avrebbero iniziato a far confluire tutti i materiali a Saunders per poi imbarcare tutto sulle grandi navi di carico che trasferivano le preziose attrezzature verso le nuove destinazioni in chissà quale altra latitudine.

"In altre parole, non avete trovato oro nero." disse Brenner.

"Nemmeno l'odore." confermò la geologa americana.

"Pazienza, cercheremo da qualche altra parte, magari dove il clima è migliore e il mare permetta anche qualche immersione."

La temperatura dell'atlantico meridionale non era il massimo per una vita da spiaggia, nemmeno in piena estate, e mancava certamente anche lo stimolo alle immersioni. Le coste non offrivano grandi attrazioni naturali e la vita marina era modesta e poco spettacolare. In cambio le notti chiare spesso permettevano di osservare il cielo notturno e di godere di una straordinaria visibilità di stelle e galassie grazie all'assenza d'insediamenti umani solitamente fonte d'inquinamento luminoso e ostacolo considerevole per le osservazioni astronomiche. Quei cieli si sarebbero anche prestati a situazioni romantiche e certamente qualcuno dei locali sapeva cogliere il fascino galeotto del firmamento brillante, ma Brenner non aveva avuto troppo successo e le sue conquiste si erano concretizzate al massimo con qualche serata in compagnia, troppa compagnia.

A Port Stanley la presenza delle squadre dei ricercatori non aveva avuto un grande impatto. La base era troppo lontana dalla capitale dell'arcipelago e nelle poche occasioni in cui alcuni dei tecnici britannici e americani si erano fatti vedere in città non avevano destato grande curiosità, salvo che per un abnorme consumo di birra che veniva però giustificato con la forzata sobrietà che era la regola ferrea in vigore a Drill City, come chiamavano il loro accampamento di baracche e laboratori. Gli americani sembravano forse quelli più propensi a farsi notare e vista l'abbondanza di bestiame qualcuno di loro aveva proposto di organizzare un rodeo, giusto per vivacizzare l'ambiente ma poi oltre alle chiacchiere non se n'era fatto nulla.

KP annunciò che si sarebbe dedicata da lì in poi all'inventario e pareva che la sua principale occupazione dovesse davvero consistere nel dividere la proprietà degli americani da quella degli inglesi. Non c'era motivo di pensare che qualcuno si sarebbe voluto avvantaggiare in qualche modo in quella situazione ma Barrington Styles non aveva lasciato dubbi, avrebbe dato conto di ogni singola vite e di ogni grammo di minerale estratto e analizzato e si aspettava altrettanto dai suoi colleghi americani. Le piattaforme erano rimaste indipendenti e separate, gli americani gestivano le loro e gli inglesi facevano altrettanto, solo i campioni estratti erano confluiti a Saunders e lì avrebbero potuto essere mescolati, ma in genere la situazione era abbastanza chiara e ordinata. Brenner pensò che anche KP avesse aspirazioni diverse da quelle che si era trovata a dover affrontare nel corso della sua permanenza alle Falkland ma a differenza di Brenner la geologa sembrava comunque abbastanza soddisfatta del suo lavoro e dispiaciuta per il cambiamento in vista, mentre il giovane inglese soffriva di noia quasi perenne e vedeva negli eventi annunciati un cambiamento gradito. Certo che non era nemmeno questa una prospettiva eccitante da aspirante agente segreto e perciò non rimaneva altro che armarsi di ulteriore pazienza. Intanto, con la giustificazione di queste notizie sulla chiusura prossima della base di ricerca Brenner organizzò un viaggio fuori programma verso la base di Saunders e preparò la Range Rover per il tragitto. Chiese a KP di poter restare anche qualche giorno a Drill City, giusto per aiutare e partecipare perlomeno all'inizio dello smantellamento di tutto. Kathy Prescott confermò immediatamente la disponibilità di un alloggio per Brenner. Non aveva bisogno di chiedere l'approvazione di Barrington Styles perché per un connazionale britannico come Brenner il direttore della base avrebbe sempre trovato una sistemazione.

"Porta della cioccolata!" disse KP a Brenner. "Qui non ne abbiamo più."

"Certamente, Miss Prescott, serve altro?"

"Sii, "urlò KP nella cornetta dall'altra parte dell'arcipelago. "un uomo, Cristo, un uomo vero non sarebbe male!"

Brenner rimase sorpreso da tanta spudoratezza e poi si rese conto che la richiesta implicava che lui non sarebbe stato preso in considerazione come soluzione al problema e la cosa ferì leggermente il suo orgoglio.

"Temo di non poterla proprio aiutare con questo, Miss Prescott." disse Brenner con tono esageratamente solenne.

KP dall'altra parte della comunicazione trattenne malamente una risata e poi disse con il più forte accento texano di cui era capace:

"Oh, mio Dio! Brenner, ma perché sei così maledettamente inglese?"

BUENOS AIRES, ARGENTINA

I favori si devono sempre pagare in qualche modo e Pedro Melez lo sapeva benissimo ma non aveva molto da offrire al suo amico Adrian Cardena. La riparazione della sua vecchia Chevrolet era stata una necessità improrogabile e i pezzi di ricambio introvabili e solo grazie all'aiuto del suo giovane amico la carrozza di famiglia continuava a funzionare. Melez aveva pagato solo un piccolo acconto sul costo reale dei ricambi ma Cardena lo aveva tranquillizzato, non c'era fretta. Per un militare la situazione economica del paese era particolarmente pesante, gli stipendi erano molto bassi e le promesse del Generale Viola, ora presidente a vita dell'Argentina, non si erano realizzate. L'inflazione galoppava e ogni giorno bisognava rinunciare a qualche cosa, spesso si doveva anche ridurre consumi essenziali. Pedro Melez era un Maresciallo di servizio presso la sede centrale della giunta militare, aveva responsabilità di sorveglianza e sicurezza e doveva garantire il controllo di tutti gli accessi alle riservatissime stanze del potere fin dall'ingresso principale. Aveva sotto di sé una squadra di oltre duecentocinquanta uomini che si alternavano a turni per garantire con impenetrabile efficacia la sicurezza del palazzo ventiquattro ore su ventiquattro, sette giorni su sette.

Cardena non solo aveva trovato i ricambi e organizzato la loro consegna anche senza il pagamento in contante pregiato, ovvero valuta preferibilmente americana, che era ormai la regola per certe transazioni, ma si era anche prestato ad aiutare a fare la riparazione nel garage di casa Melez, in due serate, dopo il suo orario di lavoro. Naturalmente il ragazzo era stato anche invitato a cenare con la famiglia e si era dimostrato non solo gentile e molto rispettoso e educato ma anche un buon conversatore e ascoltatore. Peccato solo che non gliene importava nulla di calcio, sarebbe stato un compagno perfetto anche per qualche visita allo stadio. La moglie di Pedro Melez era un'ottima cuoca ma il marito sembrava consumare tutte le energie accumulate a tavola nel suo impegnativo lavoro nell'esercito, a differenza dei due figli maschi che avevano dei fisici possenti e solidi e non potevano certo accontentarsi di pasti modesti, mentre la figlia, Anita Maria, era una gioia per gli sguardi di tutti gli uomini del vicinato e ovunque la giovane si recasse. Aveva una folta capigliatura bruna e due occhi grandi e pieni di fuoco, un viso armonioso e regolare con una bocca carnosa e sensuale. Adrian Cardena non era rimasto indifferente alla sua bellezza e nemmeno era riuscito a nascondere la sua immediata infatuazione commentata prontamente da pungenti battute ironiche dai due fratelli, Fernando e Jorge, entrambi avviati alla carriera militare come il padre. A tavola tra Adrian e Anita Maria furono scambiati solo alcuni sguardi e pochissime parole ma c'era una certa elettricità nell'aria e Pedro, che aveva l'occhio lungo in certe cose, sorrideva divertito.

Dopo cena i ragazzi si allontanarono su una malandata motocicletta mentre Pedro invitò Adrian ad accomodarsi sul piccolo terrazzo mentre le donne avrebbero preparato un caffè. Sedettero su un vecchio divano piazzato sotto una tettoia e goderono per qualche attimo in silenzio della vista sul quartiere di Trujui. L'indirizzo a San Miguel era l'unico lusso che Pedro Melez aveva sempre difeso contro qualsiasi avversità, era una buona zona residenziale e si addiceva al suo grado e al suo prestigio. Non che si considerasse un uomo importante ma viveva la sua carriera in uniforme con tutta la dignità e serietà di uomo onesto e rispettabile che si potesse immaginare. La sua funzione lo aveva finora tenuto lontano da situazioni spiacevoli e a volte si domandava come si sarebbe sentito a dover eseguire certi ordini poco ortodossi che invece toccavano a tanti suoi colleghi. Alcuni perpetravano soprusi e violenze con vero gusto e senza imbarazzo, altri invece non avevano altra scelta che l'obbedienza che era la prima regola di ogni militare.

"Adrian," disse Pedro Melez al suo giovane ospite. "spero di non essere causa di problemi per te e ti assicuro che provvederò nel più breve tempo possibile a saldare il mio debito con te."

"Non deve preoccuparsi, Maresciallo," rispose Cardena. "io posso operare con buona libertà nella mia azienda e non ci sono problemi. Sappiamo che sono tempi duri per tutti. Se possiamo aiutare lo facciamo e sappiamo riconoscere le persone che meritano."

Melez fece un grande sorriso di gratitudine e poi disse:

"Chiamami Pedro, mi farebbe piacere, davvero."

Cardena rimase sorpreso dall'offerta ma la accettò volentieri.

"Ma solo quando non è in servizio!" disse ridendo e Pedro Melez concordò ridendo con lui e dandogli un'amichevole pacca sulla spalla. Chissà, pensò il Maresciallo, se questo bravo giovane non potesse diventare un nuovo membro della famiglia, in fondo sua figlia era oramai adulta e tra i due sembrava esserci una certa attrazione anche se forse il suo giudizio era prematuro.

In quel preciso istante la moglie del Maresciallo pose una piccola tovaglia sul tavolino davanti ai due uomini e Anita Maria depositò un vassoio con quattro tazze fumanti di caffè, una bottiglia di liquore e un piatto con alcuni biscotti alla marmellata. Offrì dello zucchero a Cardena e poi mise una piccola quantità nella tazza destinata a suo padre. Davanti al divano c'erano altre due poltrone e le due donne presero posto.

All'improvviso Anita Maria chiese a Cardena se volesse del latte e lui, che detestava il latte nel caffè, rispose "sì, grazie, volentieri", poi segui con uno sguardo incantato la ragazza che si alzò per andare in cucina a prendere il latte. Si rese conto che non avrebbe saputo dire di No a questa splendida ragazza, qualunque cosa gli avesse chiesto.

Parlarono per una buona mezz'ora. Melez decantava le virtù nell'arte culinaria della moglie e poi passò a parlare della figlia, ottima studentessa e brava al pianoforte, buona e gentile e gioia di suo padre, come anche i figli, avviati alla carriera militare ma anche molto quotati come calciatori dilettanti nella locale squadra dell'Hurlingham Football Club. Solo quando le donne si allontanarono per riordinare la casa e lavare i piatti dopo la cena il Maresciallo si lasciò andare a qualche commento sulla situazione politica.

"Li vede spesso i nostri governanti?" chiese Cardena e Pedro Melez annuì.

"Sì, mi passano davanti ogni giorno, entrano ed escono e sono io a filtrare gli ingressi dei loro visitatori, almeno di quelli ufficiali."

Fece una pausa e il suo volto divenne più serio prima di continuare a parlare.

"Almeno quelli che vengono di loro spontanea volontà o quasi e che di norma escono nuovamente dalla stessa porta dalla quale erano entrati."

Cardena aveva colto il sottile sottinteso ma volle avere una conferma.

"C'è anche chi non esce dalla stessa porta?" chiese con espressione sorpresa.

"C'è anche chi non esce affatto oppure esce malconcio."

Pedro Melez disse le parole con voce bassa e con un tono come se si sentisse in qualche modo colpevole di certi eventi, ma si sapeva benissimo che quello che riferiva era noto e temuto da tutti e lui non aveva nessuna influenza su questi tristi fatti. Con il regime militare non si discuteva, si andava d'accordo oppure si rischiava grosso, anche la vita. La spudoratezza della dittatura militare era priva di scrupoli e non solo il popolo, i civili, si sentivano sempre più lontani dalla loro classe dirigente, da questi militari che s'improvvisarono politici e non avevano altro modo per affermare la loro autorità che la prepotenza, l'arroganza e la violenza, raramente mostravano competenze e capacità reali nei settori della vita pubblica, economica e culturale del paese che invece cercavano di controllare solo ed esclusivamente attraverso il potere militare e un regime di terrore e sopruso. Anche le truppe stesse erano evidentemente disincantate e spesso svogliate e il generale malcontento che non poteva essere apertamente manifestato si poteva comunque leggere negli occhi e nei volti di tanti soldati.

"A volte credo che non durerà ancora molto." disse Melez. "Non siamo solo noi soldati dei ranghi più bassi a essere insoddisfatti, disincantati, a volte imbarazzati per il modo in cui le cose stanno andando in questo nostro meraviglioso paese, ma vedo anche del fermento tra Capitani, Colonnelli, Generali e Generalissimi, discussioni a volte animate, non certo un clima che indica serenità e ottimismo. Forse qualcosa succederà."

Le voci su possibili nuove rivolte militari ormai si rincorrevano da settimane. Tra la gente non era nemmeno più un timore ma forse un inconfessabile desiderio, sempre nella speranza che da uno scossone violento potesse nascere qualcosa di migliore della situazione presente. La democrazia era ormai un lontano ricordo, il parere della gente non contava nulla da anni e la sola speranza era di trovare tra i militari al potere qualcuno più capace, qualificato e responsabile, per non dire anche più umano, dei comandanti attuali. La dittatura era violenta e irragionevole, imprevedibile e priva di progetti a lungo termine e oltre ad avere di fatto già distrutto l'economia del paese stava anche annientando lo spirito della popolazione.

Lo sfogo di Pedro Melez era sincero, appassionato e melanconico allo stesso tempo. Per Adrian Cardena era un segnale importante, la posizione di Melez alle porte del palazzo del potere poteva diventare molto importante e lo spirito del Maresciallo segnalava quell'insofferenza che avrebbe potuto renderlo disponibile a condividere con un amico di famiglia delle utilissime informazioni. Cardena decise che questa con Melez sarebbe stata una relazione che avrebbe curato molto. Anche perché Anita Maria aveva davvero qualcosa di speciale.

PASADENA, CALIFORNIA

Quella sera, al suo rientro da Washington, Paul Bloch fece molto tardi in ufficio perché volle aspettare fino a quando in Inghilterra fosse di nuovo giorno. Con otto ore di differenza di fuso doveva trattenersi ben oltre la mezzanotte per sperare di poter contattare il suo omologo presso la Kingdom Petroleum Union. In attesa di fare quella telefonata discusse con il Generale Leonard tutti gli aspetti pratici dell'operazione nella quale era stato coinvolto e dovette confessare a sé stesso che la situazione, per quanto insolita e delicata, lo stava quasi divertendo. Il lato misterioso della vicenda lo fece sentire cospiratore e gli parve di vivere un'avventura da romanzo d'azione, anche se lui era certamente più adatto a combattere le eventuali battaglie dalla sua comoda stanza dei bottoni.

Leonard chiese informazioni sullo staff già presente a Saunders e sembrava intenzionato a mantenere la maggioranza dei tecnici e dei geologi. Non volle chiarire la vera natura dell'interesse per le trivellazioni su quell'isola e Bloch decise di rinunciare a fare altre domande. Il militare era molto ottimista sulle possibili risposte degli inglesi e non sembrava nemmeno considerare la possibilità che non si raggiungesse un accordo per acquisire la base per i dichiarati fini addestrativi dell'Oil California Inc.. Era un modo come un altro per caricare il morale di Bloch oppure per fargli capire con sottile psicologia che l'ipotesi di fallire l'obiettivo non era un'opzione accettabile.

Il Generale sembrava particolarmente interessato alla persona di Kathy Prescott che gli era stata descritta non soltanto come una capace ricercatrice ma anche come una perfetta direttrice di tutte le operazioni. A favore della Prescott sembrava pesare il fatto che era già presente con un ruolo di responsabilità da diverso tempo sull'isola e che probabilmente sapeva molto bene cosa era stato fatto e trovato nelle perforazioni. Era evidente per Bloch, anche lui capace di leggere tra le righe anche se questo specifico genere di cose non rientrava fra le sue occupazioni abituali, che c'era da parte di Leonard un qualche specifico e forte interesse per qualcosa che era stato trovato o avrebbe potuto esserlo. Bloch non aveva seguito le operazioni giornaliere delle ricerche poiché nella sua posizione si limitava a esaminare i risultati complessivi e non aveva saputo di nessun particolare risultato nei mesi di attività delle piattaforme e della stessa base laboratorio di Drill City. Forse si trattava di una qualche operazione di spionaggio militare, forse si voleva creare una specie di testa di ponte per l'Antartide che sembrava celare mille misteri e segreti di ogni genere, ma poiché era ovvio che non avrebbe avuto risposte si rassegnò a non fare più domande.

Dopo mezzanotte Leonard volle fare una specie di prova generale della telefonata che Bloch avrebbe dovuto fare mettendo molta enfasi sull'urgenza della cosa, se non altro per evitare di iniziare un lavoro di smantellamento quando poi tutti gli impianti dell'isola di Saunders sarebbero stati utili anche per le esercitazioni e l'addestramento che la Oil California Inc. voleva svolgere in quel luogo isolato. Come un attore alle prove prima di una premiere importante Bloch dovette ripetere più volte i concetti da esporre e gli parve di partecipare a uno dei seminari di formazione della forza vendita della sua azienda, dove veniva insegnato agli aspiranti funzionari come convincere anche il più riluttante dei clienti. Del resto, il tempo messo a disposizione da parte del Presidente Reagan per attivare la squadra di esperti proposti dal governo per essere inviata a Saunders era molto breve, una lunga negoziazione era fuori discussione. Gli inglesi, così disse Leonard, avrebbero avuto l'ennesima dimostrazione del modo di fare travolgente e grossolano dei loro amici yankees e Bloch avrebbe dovuto farsi violenza per entrare in quella parte benché la sua indole fosse molto diversa, calma, disponibile e di solito per nulla travolgente. Era noto per essere un uomo riflessivo e molto competente come dirigente ma la sua strategia di contrattazione si basava di solito su proposte concrete e ben strutturate che avrebbero infine convinto la controparte senza grandi discussioni. Certamente però questa sua abituale strategia richiedeva del tempo, spesso non tantissimo ma comunque molto più di quanto gli era stato concesso per raggiungere questo singolare accordo con la Kingdom Petroleum Union. Anche questa era una sfida e Bloch, pur non essendo un guerriero, le sfide amava vincerle, sempre. Ce l'avrebbe fatto anche questa volta, ne era sicuro.

Alle tre del mattino il Generale Leonard si sdraiò finalmente soddisfatto sul letto della camera dell'albergo vicino alla sede dell'Oil California Inc.. Bloch aveva fatto un ottimo lavoro, aveva giocato tutte le sue carte con grande abilità, dalla cortesia quasi imbarazzante ai complimenti mielosi che parevano essere particolarmente efficaci con il suo interlocutore britannico. Anche l'urgenza era stata dissimulata come un vezzo da chiassoso cowboy, una voglia da soddisfare come fosse più un capriccio che un'impellente necessità e infine, dopo circa quaranta minuti di colloquio telefonico l'accordo in linea di massima era stato raggiunto. Il Chairman della Kingdom Petroleum chiese di poter conferire brevemente con qualche suo dirigente, giusto per verificare che non ci fossero ostacoli insormontabili e fuori dai limiti della sua autorità decisionale. Dopo poco più di mezz'ora da Londra arrivò la telefonata di ritorno e Sir Oliver Brabazon confermò che la richiesta era in sostanza accolta, durante la giornata i rispettivi uffici legali avrebbero scambiato un contratto formale, giusto perché le cose avessero il loro ordine, poi si poteva procedere e continuare a far funzionare la base geologica di Saunders senza interruzione di continuità.

La telefonata si chiuse con alcune formule di cordialità e ringraziamenti dal tono grossolanamente euforico e quando Sir Oliver chiese quasi per caso che ora fosse in California per poi commentare con una breve esclamazione di stupore, Bloch si superò dipingendo il processo decisionale dell'Oil California Inc. come una specie di festa goliardica.

"Vedi, mio caro Oliver, "disse Bloch con cordialità quasi paterna. "abbiamo deciso questa cosa ieri sera a cena e l'idea ci è piaciuta così tanto che non ho voluto lasciare raffreddare l'entusiasmo del momento. Quando abbiamo delle idee ci piace realizzarle subito."

Il britannico accettò la spiegazione e la telefonata si concluse dopo un breve saluto finale.

Non appena Bloch aveva appoggiato la cornetta del telefono il suo sguardo verso Leonard si fece quasi minaccioso, poi disse a denti stretti: "Mi ha costretto a recitare la parte del peggior stereotipo del cowboy americano, mi mancavano solo gli stivaloni, lo Stetson in testa e un sigaro in bocca. È stato umiliante e lei non ha idea quanto mi sia stato difficile. Spero non debba diventare una nuova abitudine per me."

Poi dopo una breve pausa il suo volto si aprì in un largo sorriso e scuotendo la testa disse:

"La cosa incredibile è che mi sto pure divertendo."

Leonard gli sorrise altrettanto cordialmente e gli strinse la mano.

"Oltre ad essersi divertito e aver fornito prova di grande abilità di recitazione lei oggi ha reso un grande servizio al suo paese. Il nostro Presidente era un attore prima di entrare in politica. Chissà che lei non possa diventare una stella del cinema dopo la sua carriera da manager?"

Erano entrambi stanchi ma soddisfatti e quindi si salutarono dopo una lunghissima giornata e andarono finalmente a dormire.

BUENOS AIRES, ARGENTINA

Le domeniche dell'avvento, le quattro domeniche che precedono il Natale cattolico, erano occasione per riunioni in famiglia a casa Melez. Le preghiere erano assolte piuttosto rapidamente ma la buona tradizione dei dolci natalizi e delle decorazioni in tutta la casa era molto sentita e il profumo del caffè si sentiva anche sul terrazzo. Donna Clara, la moglie di Pedro Melez curava con spontanea passione ogni aspetto della cucina in casa sua e anche in questi tempi difficili riusciva sempre a mettere cose buone sulla tavola, biscotti, torte e rinfrescanti creme fresche alla frutta.

I figli oramai erano grandi e non era più il caso di leggere storie natalizie attorno alla tavola come si fece una volta. Invece si parlava dei ricordi e proprio di quei tempi, quando i ragazzi erano due vivaci banditi che ammutolirono di fronte ai racconti sui misteri di Santa Claus e del suo regno innevato, degli elfi e delle slitte volanti trainate da renne buffe e capricciose. Anita Maria era la più piccola ed era quella che aveva aiutato a tenere in piedi le tradizioni per lungo tempo cadendo letteralmente in uno stupore incantato quando la madre e il padre le recitavano pagine dei libri di fiabe che non appartenevano nemmeno alla cultura locale e proprio per quello sembravano avere un fascino particolare. Pedro Melez era stato per lunghi anni distaccato in una guarnigione lontana da Buenos Aires, un villaggio abitato da un gran numero di famiglie di lontane origini tedesche e olandesi che si erano portate dietro alcune delle loro tradizioni. A quel tempo ancora non aveva incontrato quella che sarebbe poi diventato sua moglie ma frequentava una ragazza bionda di nome Hannelore e dalla sua famiglia aveva appreso queste tradizioni natalizie. Era rimasto per tre anni legato a quella famiglia ma quando l'esercito lo trasferì in un avamposto lungo la frontiera con il Paraguay la storia d'amore finì. Rimasero però alcuni ricordi e quello delle domeniche dell'avvento gli era piaciuto particolarmente. Donna Clara non era gelosa dei ricordi del marito e lui le aveva assicurato che non aveva certamente in testa il fantasma di Hannelore, ma gli piaceva quella forma di spiritualità che preparava al Natale e per educare i figli in una certa maniera non gli pareva una cattiva idea. Donna Clara la vide allo stesso modo e divenne altrettanto appassionata a quelle merende pomeridiane della domenica al punto da invitare perfino il parroco a partecipare e vederlo stupito e commosso. A dire il vero nemmeno il parroco diffuse la tradizione tra la gente del suo gregge di fedeli e così le riunioni dell'Avvento rimasero una cosa esclusiva della famiglia Melez e andava bene così.

Adrian Cardena era stato invitato già per tre volte ed era sempre stato un buon ascoltatore delle storie natalizie. Pur di tenere la mano di Anita Maria avrebbe anche ascoltato lo scandire lento e noioso dell'estrazione dei numeri del lotto oppure la lettura del listino prezzi delle carni al Mercado Central. Nei giorni precedenti aveva rimediato un nuovo serbatoio per la moto dei fratelli Melez e sembrava davvero venire assorbito dalla famiglia del Maresciallo. Con Anita aveva fatto alcune passeggiate con la sua moto, molto più bella di quella dei fratelli, e i due giovani stavano trovando un legame sempre più forte. Il primo bacio era stato consumato poche sere prima sul lungomare di Accassuso e poi si erano ritirati nell'appartamento di Adrian a Villa Adelina, dove tra luci basse e musica soffusa avevano consumato per la prima volta il loro nascente Amore. Prima di mezzanotte, come Cenerentola, Anita Maria era stata riportata a casa e anche se aveva cercato di sembrare il più naturale possibile Donna Clara le aveva sorriso in modo strano e la buona notte era stata data con particolare dolcezza. Adrian non aveva queste attenzioni prima di andare a dormire, da solo, quella notte e anche il lungo giro in moto non era servito a far decantare lo stato di grande leggerezza e felicità che lo stava travolgendo. Lui riusciva a nascondere questo suo stato di beatitudine quando alla mattina del giorno seguente si presentava al lavoro come sempre, ma quando entrò in casa quella domenica pomeriggio sentiva che il suo segreto non doveva essere poi tanto segreto e anche se nessuno fece parola gli sembrò ugualmente che tutta la famiglia Melez lo guardasse in modo diverso. Il saluto di Donna Clara sembrava più caloroso e lo sguardo pareva celare un impercettibile ammiccamento, un benevolo cenno di complicità, e anche il Maresciallo lo accolse con particolare calore. Adrian scambio uno sguardo con Anita Maria, che lo baciò sulla guancia come sempre e lei pareva voler indicare che non aveva confessato nulla della loro relazione in casa e non sapeva cosa stesse succedendo. Forse era solo immaginazione, quella strana sensazione di essere trasparente che aveva sentito da ragazzino ogni volta che aveva commesso una marachella e sperava di farla franca o forse tutto questo era solo per il serbatoio della moto?

Dopo la riunione attorno al tavolo della merenda Pedro Melez e Adrian si trovarono soli all'angolo del grande terrazzo a guardare verso la città che brillava nella calura in lontananza. Il volto del Maresciallo sembrava più stanco e scavato del solito e l'uomo pareva non essere tranquillo. Adrian mise da parte i suoi sentimenti agitati e si ricordò di avere una missione importante da svolgere, anche e forse proprio in particolare con Pedro Melez.

"La vedo preoccupato, Senor Pedro." Disse per rompere il silenzio. Melez, sospirò e prima di rispondere lanciò uno sguardo verso la casa per essere sicuro che nessuno potesse udire la loro conversazione.

"In effetti sono molto preoccupato, mio caro amico."

Pedro Melez parlava con insolita lentezza e lo sguardo perso in lontananza.

"A giorni succederà qualcosa di grosso. Sono stato avvicinato da persone che credevo di conoscere e invece mi hanno fatto una bella sorpresa." Era evidente che il significato della parola "bella" era quasi sarcastico. "Mi hanno messo in mezzo e non posso tirarmi fuori da una faccenda nella quale non vorrei essere coinvolto per mille ragioni. Ma non mi hanno lasciato scelta e comunque andrà a finire non sarò mai più l'uomo tranquillo e sereno, nonostante tutte le difficoltà della nostra vita quotidiana, che ero fino a due giorni fa."

Cardena era al massimo dell'attenzione, registrava le parole, gli sguardi, ogni movimento e ogni minima mossa o mimica del suo interlocutore. Rimase in silenzio, voleva lasciare che Melez parlasse spontaneamente.

"Io sono in una posizione molto delicata per quanto riguarda la sicurezza del Palazzo della Giunta. Se faccio bene il mio lavoro, come ho sempre fatto, rappresento una garanzia di sicurezza per chi è all'interno e un ostacolo molto grosso per chi dall'esterno vorrebbe entrare. Sono conosciuto e tutti sanno come opero e come gestisco il mio lavoro, sono molto rispettato perché in quello che faccio sono capace e affidabile. Ed è proprio per questo che ho ricevuto una visita di due persone che mi hanno fatto una di quelle proposte che non si possono rifiutare ma che comunque rovinerà in ogni modo per sempre la mia vita."

Pedro Melez era visibilmente turbato e la voce tremava lievemente, mentre parlava stringeva con forza la ringhiera del terrazzo e il suo volto mostrava un misto tra disperazione e rabbia.

"Adrian, ti faccio queste confidenze perché… "non sapeva proseguire e guardò Adrian Cardena dritto negli occhi.

"Tra qualche giorno, nella notte del 20 dicembre, ci sarà un tentativo di golpe. Il Generale Galtieri, che era uno dei pezzi grossi della Giunta di Videla, tenterà di impadronirsi del potere con un'azione militare rapida e notturna e la presa del Palazzo della Giunta prima ancora che della Casa Rosada è il momento chiave di quell'azione. Vorranno entrare nel palazzo ed entreranno, con il mio aiuto o senza. Poi non ho idea come andrà a finire, ma sono comunque alla fine della mia onorabile carriera. Se non mi rendo disponibile a collaborare e a favorire la riuscita del golpe rischio la vita e quelle dei miei figli e di tutta la mia famiglia. Se collaboro e il Golpe fallisce sarò condannato senza processo come traditore e anche se il progetto dei rivoltosi dovesse andare a buona fine con il mio aiuto avrei per sempre come minimo il marchio dell'inaffidabilità. E per quanto il regime attuale possa essere deprecabile, corrotto e violento, non esiste nessuna certezza, nessuna garanzia, che coloro che vorranno destituirlo e assumere il potere siano migliori."

La frustrazione del militare era infinita. In poche parole, aveva descritto la fine di una vita onorata, forse fin troppo semplice ma in linea con quei comportamenti che un militare doveva avere. Per quest'uomo non si trattava solo di una carriera ma della sua stessa vita e del rispetto che aveva sempre avuto per sé stesso e per il suo onesto lavoro, tutte cose che non sarebbero più esistite. Non aveva davvero via d'uscita.

"Mi hanno già ucciso, Adrian, mi hanno già ucciso!"

Cardena non aveva idea come aiutare il suo amico e non poteva nemmeno lasciarsi andare a gesti troppo espliciti, era ovvio che Pedro Melez non aveva intenzione di coinvolgere la famiglia. Non prima che fosse assolutamente necessario.

Le scelte erano davvero poche e la posizione del Maresciallo Melez non aveva vie d'uscita. Se avesse denunciato i golpisti non sarebbe comunque arrivato vivo alla fine della settimana, i militari golpisti erano certamente ben organizzati e in grado di colpire qualsiasi ostacolo per vendetta. Collaborando rischiava di trovarsi dalla parte dei traditori e quindi fucilazione certa se il golpe falliva. Le forze golpiste avrebbero poi, in caso di vittoria, fatto una selezione severa e comunque sommaria degli elementi che avrebbero avuto qualche beneficio a seguito della loro collaborazione alla presa del potere ma chi era stato convinto con stratagemmi e ricatti non sarebbe rientrato tra gli alleati più affidabili e quindi, com'era buona e feroce usanza, tutti gli eventuali testimoni scomodi rischiavano quanto gli avversari originali.

Quando Donna Clara si affacciò nuovamente dalla porta della cucina Pedro Melez si drizzò e assunse la solita aria tranquilla che Adrian aveva conosciuto fino a quel giorno. Nascondeva il suo terribile stato d'animo e propose una passeggiata e poco dopo uscirono tutti insieme per raggiungere una gelateria poco distante. Era una bella domenica pomeriggio e mancava poco a Natale.

QUARTIERE GENERALE CIA, LANGLEY, VIRGINIA

Il rapporto mandato da Cardena a Langley tramite la sua radio era stato immediatamente passato ai dirigenti responsabili e da lì era rimbalzato nel giro di pochi minuti sui vari tavoli della Casa Bianca e del Pentagono. Gli esperti in politica estera a Washington studiarono la situazione e cercarono di capire i possibili scenari e nel frattempo si valutava se era opportuno un qualsiasi tipo d'interferenza da parte degli Stati Uniti, anche solo a livello diplomatico.

Per gli americani il legame con l'Argentina era diventato un problema già da qualche tempo perché la situazione nel paese sudamericano era degenerata drammaticamente per quanto riguardava la democrazia in generale ma anche e in modo spesso drammatico i diritti umani, la libertà di stampa e di opinione, la libertà sindacale e dei diritti dei lavoratori. Quando pochi mesi prima, all'inizio del 1981 quando Ronald Reagan era insediato da poche settimane, il Generale Leopoldo Galtieri fu accolto a Washington con tutti gli onori e il consigliere della sicurezza nazionale Richard Allen lo definì un "maestoso Generale" ci furono vivaci azioni di protesta davanti alla Casa Bianca. La ragione più importante per mantenere comunque una relazione tutto sommato collaborativa e quasi amichevole con l'Argentina anche sotto il regime di Videla era che lo si considerava un vero baluardo contro la deriva verso sinistra del continente sudamericano e nonostante le palesi violazioni di molte norme di diritto sancite dalle Nazioni Unite e sottoscritte da tutti gli stati membri, anche dopo la presa del potere da parte del Generale Roberto Edoardo Viola le relazioni tra USA ed Argentina rimasero sostanzialmente invariate ed anche il resto del mondo sembrava non vedere e non sentire e si dimostrò sostanzialmente disinteressato agli affari interni della nazione argentina.

Gli osservatori americani presenti nel paese, giornalisti e dipendenti dell'ambasciata e di varie istituzioni culturali sparse per il paese descrivevano la situazione in termini generici e senza mai fornire più di una panoramica poco approfondita. Però nel paese erano presenti anche alcuni agenti sotto copertura e da loro vennero rapporti più dettagliati e precisi e quest'ultimo inviato dall'agente Adrian Cardena era sicuramente molto dettagliato e attendibile. Gli esperti militari avevano controllato le informazioni ed erano giunti alla conclusione che lo scenario prospettato nel rapporto era abbastanza realistico ed anche che qualora l'azione fosse avvenuta con il vantaggio della sorpresa, avrebbe avuto buone probabilità di successo. Le simulazioni di azioni del genere erano abbastanza comuni almeno come esercizio addestrativo e quindi non aveva nulla di sorprendente dal punto di vista militare.

La vera questione da affrontare era a questo punto se gli Stati Uniti dovessero fare uso delle informazioni in loro possesso e avvisare il governo al potere in Argentina e quindi di fatto allearsi con questo oppure lasciare che l'azione golpista facesse il suo corso senza dichiarare il fatto di essere stati in qualche modo preavvisati. Il vicepresidente accanto a Ronald Reagan era l'ex-direttore della CIA George Bush ed era un uomo con le idee piuttosto chiare su certe situazioni delicate fuori dai confini degli USA. La data indicata per la rivolta era molto vicina e ogni decisione doveva essere presa in tempi piuttosto rapidi.

Per valutare le varie possibilità e in particolare le conseguenze di un nuovo cambio al vertice del potere in Argentina la CIA aveva scovato tutte le informazioni sui probabili personaggi coinvolti. L'indicazione del Generale Galtieri come istigatore della rivolta e quindi probabile successore di Viola sembrava ragionevole e meritava un'analisi più approfondita. Nonostante Galtieri avesse partecipato attivamente al precedente regime capeggiato da Videla e non era certo da considerare un moderato, aveva comunque alcuni punti a suo favore. Prima di tutto aveva tentato di stabilire rapporti più stretti con gli americani e se avesse preso il potere avrebbe probabilmente cercato di riprendere il discorso interrotto. La sua lotta alle correnti comuniste all'interno del movimento peronista sarebbe continuata ed in questo sarebbe stato certamente ben visto dagli americani. Dall'altra parte si poteva sperare che un nuovo governo avrebbe anche accettato alcune indicazioni da parte degli americani su questioni fondamentali come i diritti civili e un progressivo ritorno alla democrazia e anche se Galtieri si fosse insediato con la solita formula della presidenza a vita avrebbe dovuto fare delle concessioni se veramente voleva ottenere un supporto da parte degli Stati Uniti. Le condizioni economiche dell'Argentina erano disastrose e solo una concreta riforma del sistema politico avrebbe potuto riaprire la strada alle relazioni internazionali dell'Argentina e rimettere in moto scambi commerciali e investimenti stranieri.

Una riunione con i massimi esperti della Casa Bianca, dei servizi d'intelligence e delle forze armate fu convocata per la mattina stessa e le varie opinioni presenti furono messe a confronto. Dal punto di vista degli economisti un cambio della guardia non avrebbe da solo comportato nessuna variazione significativa della situazione generale e gli esperti militari avevano un'idea non del tutto dissimile. L'unico risultato concreto della riunione era infine la consapevolezza che le notizie riservate che erano state all'origine della discussione erano potenzialmente pericolose se fossero state utilizzate in qualche modo per avvertire la Giunta di Viola e questi fosse riuscito a prevenire il golpe o a superarlo indenne, come sarebbe stato pericoloso offrire qualsiasi forma di supporto a Galtieri e ai suoi rivoltosi. George Bush era particolarmente contrario a qualsiasi forma d'ingerenza e sostenne la tesi per cui a cose fatte il mondo intero, compresi gli Stati Uniti, avrebbe semplicemente preso atto di qualunque situazione si fosse venuta a creare. Solo a quel punto poteva essere utile prendere delle posizioni ufficiali e cogliere eventualmente l'occasione per esercitare delle pressioni per riportare l'Argentina sulla retta via. La tesi di Bush trovò alla fine il consenso della maggioranza dei convenuti ed anche il Presidente stesso sembrò soddisfatto di assumere un atteggiamento attendista. A supportare questa strategia fu anche il fatto che le notizie ricevute erano comunque state ottenute in gran segreto e non erano state diffuse in alcun modo per cui un giudizio o l'eventuale influenza dell'opinione pubblica per il momento era escluso. L'amministrazione Reagan non avrebbe rischiato nulla ad aspettare il 21 dicembre per poi prendere atto degli eventi e comportarsi di conseguenza.

"Signori, credo che siamo tutti d'accordo." disse il Presidente. "Non useremo le nostre informazioni e non interferiremo in nessun modo con gli eventi argentini. Se ci sarà un Golpe noi non ne saremo coinvolti in alcuna maniera. Lasciamolo succedere. Grazie a tutti."

Con queste parole la riunione si era conclusa e l'unico messaggio che fu inviato a Cardena dietro indicazione di George Bush era breve e semplice: "Ottimo lavoro. Tienici informati."

Nel linguaggio scarno e conciso che Bush aveva adottato spesso durante la sua permanenza alla direzione della CIA quelle poche parole avevano un significato ben preciso e anche se Cardena era un agente giovane aveva dimostrato sufficiente abilità ed esperienza per capire al volo. Ogni aggiornamento significativo sarebbe stato apprezzato ma nessuna iniziativa doveva essere presa e l'agente avrebbe dovuto restare all'ombra ed evitare qualsiasi rischio di farsi scoprire. Sembrava una cosa facile; eppure, non di rado gli agenti sotto copertura venivano scovati ed esposti, con sommo imbarazzo dell'agenzia e della diplomazia americana. Non doveva succedere in Argentina, sarebbe stato molto sconveniente.

Arthur Waters aveva sperato di partecipare alla spedizione alle Falkland in veste di ricercatore e tecnico ma il Generale Leonard aveva posto il suo veto. Sosteneva che sarebbe stato difficile spiegare la presenza di Waters non solo perché le sue qualifiche erano abbastanza lontane da quelle che dovevano apparire nello staff inviato a scopo di addestramento più che di ricerca a Drill City ma anche perché Waters era comunque un volto piuttosto noto e ci sarebbero state mille domande. Inoltre, le ricerche andavano avanti nei laboratori della TeraTec e anche nelle varie sedi di ricerca governative e militari che potevano essere utili ai programmi che si stavano delineando con sempre maggior precisione di giorno in giorno.

Waters era al vertice di tutto il programma di ricerca e indicava la direzione dei lavori. Aveva definito alcune priorità e mise molta pressione agli informatici per scrivere programmi molto complessi e che a volte fecero arricciare il naso ad alcuni tecnici semplicemente perché le macchine attuali non potevano eseguire certi programmi troppo pesanti senza soffrire di clamorosi rallentamenti. Infatti, i test operativi di ogni nuovo software erano eseguiti su normali computer con memorie e processori standard a base di silicio e solo in una seconda fase

Waters e alcuni tecnici selezionati riversavano i programmi così elaborati sui primi prototipi funzionanti a base di cristalli di Frondite. Gli esiti della sperimentazione erano straordinari e spesso superavano le attese. Fin dalle prime settimane della sperimentazione si era prodotto un fall-out tecnologico spontaneo che si stava già trasformando in concreti benefici anche per le macchine a tecnologia standard e perfino il quasi accantonato linguaggio DOS sembrava rinvigorito da alcuni programmi derivati da sperimentazioni con la Frondite. In più occasioni Arthur Waters aveva scherzosamente richiesto di poter visitare la mitica base segreta dell'Area 51, dove secondo la legenda c'erano degli extraterrestri impegnati a collaborare per condividere le loro avanzatissime tecnologie con il genere umano. Tra il serio ed il faceto Waters aveva affermato che quello che stavano sperimentando poteva essere benissimo una tecnologia già arcinota ai visitatori dallo spazio e quindi avrebbero potuto dare un'ulteriore mano per accelerare il processo evolutivo della nuova tecnologia, hardware e software e tutto quanto ne poteva derivare. Naturalmente la sua richiesta non fu mai presa seriamente in considerazione ma qualcuno che aveva sentito le fantasiose congetture di Waters pensò che forse qualcosa di decisamente insolito e inspiegabile dovesse esserci attorno a questi cristalli. In fondo non s'era mai trovato nulla di paragonabile da nessuna parte della terra e forse l'idea che si potesse trattare di materiale proveniente dalle profondità dell'universo non era completamente sbagliata.

La sola vera preoccupazione al momento sembrava essere la lentezza nelle forniture di Frondite. Il materiale della campionatura era stato utilizzato quasi per intero per la sperimentazione iniziale e la costruzione dei primi prototipi e anche se le quantità utilizzate per ogni unità costruita si aggiravano su pochi grammi, e con l'aumento dell'esperienza nell'utilizzo e nelle procedure costruttive la quantità consumata per ogni memoria ed ogni processore diminuiva continuamente, ormai era prevedibile che con il materiale finora ricevuto ben presto si sarebbe arrivati a dover fermare la produzione di altre macchine. Perciò era fondamentale che la missione avviata da Leonard iniziasse a produrre dei risultati.

DRILL CITY, ISOLA DI SAUNDERS, FALKLAND

I preparativi per abbandonare la base geologica di Saunders, detta anche Drill City, procedevano a buon ritmo anche perché la prospettiva di poter essere a casa propria per Natale era un gradito incentivo per tutti. La separazione di materiali di ogni genere appartenenti alle due compagnie petrolifere non creava problemi e tutto lo staff collaborava senza pensare alla propria appartenenza all'una piuttosto che all'altra società.

La precisione con cui la base era stata gestita dal Dottor Barrrington Styles si dimostrava utile anche in queste circostanze ed anche lui si stava dando da fare per mettere in ordine libri, registri, archivi e ogni piccola contabilità che aveva avviato dal momento del suo arrivo a Saunders. Proprio perché non si riteneva un contabile, un esperto di amministrazione, aveva investito particolari attenzioni ed energie nella puntigliosa registrazione di ogni dato e ogni operazione, ogni analisi e ogni campione. Per quel che poteva servire avrebbe anche diviso con assoluta precisione anche i campioni estratti e analizzati oppure in attesa di analisi anche se la dottoressa Prescott aveva allegramente annunciato che per quanto la riguardava quei sassi e terricci potevano anche essere gettati in mare, non avrebbe certo pensato di impacchettarne anche un solo grammo per portarselo a casa come ricordo di quindici mesi d'isolamento dal mondo.

Quando Barrington Styles si fece raggiungere nel piccolo capannone che fungeva da deposito e dove in varie casse di legno erano conservati i minerali provenienti da diverse trapanazioni e diverse profondità la geologa texana era stata distolta da una vivace discussione con uno dei colleghi britannici sulle migliori modalità per cucinare un grosso pesce dalle squame rosse finito miracolosamente nella rete di alcuni tecnici che occasionalmente si improvvisavano pescatori. Per questo si avviava a passo celere e con il bianco camice svolazzante verso Barrington Styles e prima che lui potesse dire una sola parola lei lo apostrofò con tanto di dito indice puntato con una decisa affermazione di principio:

"Voi inglesi non sapete cucinare! E non mi contraddica, so perfettamente di cosa sto parlando." Prescott si arrestò di fronte allo sbalordito direttore della base e con le mani sui fianchi attese di sentire il motivo di quell'urgente convocazione.

"Sono propenso a darle ragione, Miss Prescott, "disse finalmente Barrington Styles mentre lentamente guadagnava la posizione eretta con la quale sovrastava la su collega americana di una buona spanna e mezzo. "e le confesso che ho sempre molto apprezzato il suo validissimo contributo alla qualità dell'alimentazione su questa base, anche se, mi permetta di dirlo, la sua audace creatività a volte mi ha lasciato alquanto perplesso."

KP sorrise e con un gesto si scusò per la sua battuta, ma del resto oramai era noto che lei era spontanea e vivace e spesso fece precedere le sue validissime idee da una ventata di parole in libertà, ma non era mai cattiva o maligna con nessuno e quindi poteva anche permettersi questa sua vivacità.

Barrington Styles si era fatto di nuovo serio e si diresse verso un gruppo di casse agitando dei fogli. Poi indicò un punto del pavimento, dove era stata appoggiata in piedi una cassa vuota.

"Dottoressa Prescott," disse e non chiamandola Miss indicava che il discorso era serio per non dire grave. "vede quella cassetta vuota? Certamente saprà che ho tenuto un registro preciso di tutte le quantità delle campionature prelevate dal sottosuolo dai vari pozzi giusto per avere tutte le cose in ordine e sempre sotto controllo. In quella cassetta, così mi risulta, dovevano esserci almeno sette chili e duecentoquaranta grammi di materiale proveniente dal pozzo esplorativo montato qui sull'isola di Saunders, ma non trovo nulla. Originariamente, vede, "continuo Barrington Styles mentre mise i suoi fogli davanti agli occhi di KP. "originariamente avevamo poco più di quattordici chilogrammi estratti, come vede, in questa data, e a quest'orario e da questa profondità, vede, è tutto annotato qui. Nei giorni successivi è stata prelevata una piccola quantità da parte del Dottor Fronders, si ricorda? Ecco l'annotazione che lo conferma. "

La precisione di Barrington Styles a volte era davvero ossessiva e si estendeva anche su particolari di poca o nessuna importanza, ma se lui aveva una responsabilità allora voleva anche avere il controllo totale ed era un tipo davvero meticoloso.

"Successivamente abbiamo inviato un campione di quasi tre chili alla Oil California Inc. e poco meno di quello alla Kingdom Petroleum Union tramite i servizi dell'assistente del Governatore, quel giovane Brenner, che mi pareva essere una persona molto seria e affidabile, che ne dice?"

"Certamente un'ottima persona." confermò Kathy Prescott mentre cercava di capire quale fosse il problema che stava dando tanta preoccupazione al buon Barry.

"Bene, facendo quindi i conti in quella cassetta ci dovevano essere oltre sette chili di minerale e invece non c'è nulla, solo qualche granello di polvere. Io non riesco a spiegarmelo, lei ha qualche idea?"

KP era tentata di negare quello che sapeva solo per il piacere di vedere Barry indagare come Sherlock Holmes sul mucchio di sassi scomparsi.

"Vede, io capisco bene che in fondo non abbiamo dei valori, delle pietre preziose o chissà quali altri tesori in queste casse di legno, ma per completezza delle registrazioni sarebbe utile poter rispondere di tutto il materiale estratto con l'accuratezza che si addice al nostro tipo di lavoro. Proprio questo materiale era stato oggetto di analisi speciali perché non ne venivamo a capo e ora devo ammettere di avere un inspiegabile ammanco da giustificare. Visto che i nostri laboratori in Inghilterra e anche quelli americani non ci hanno fatto sapere nulla presumo che non ci sia nulla di particolare da riferire su questi campioni, ma lei capisce, per me è una questione di principio."

Il direttore del laboratorio era notevolmente infastidito da quest'ammanco e pareva proprio che la sua rispettabilità professionale ne fosse danneggiata. Kathy Prescott decise di chiudere la questione in fretta.

"La Oil California Inc. ci aveva chiesto degli altri campioni e, forse non ricorda ma credo che quel giorno lei fosse andato su una delle piattaforme al largo, siccome c'era un aereo militare in zona per una qualche esercitazione ne approfittammo per spedire quello che era rimasto di quella roba. Mandai uno dei miei ragazzi con una Jeep a fare la consegna all'aeroporto di Mount Pleasant. Forse non ho annotato la cosa con i dovuti dettagli ma ricordo di aver cancellato quel materiale dalla mia lista." KP teneva un elenco molto più essenziale delle campionature e quando aveva consegnato il sacco con la Frondite aveva semplicemente tirato una riga con un pennarello rosso.

"Tecnicamente metà di quel materiale era proprietà della Kingdom Petroleum Union." L'affermazione di Barrington Styles aveva un tono grave e quasi funerario, sembrava si parlasse di un caro amico scomparso. "Siamo di fronte ad una sottrazione indebita di minerale non meglio identificato, ne potrebbe nascere una crisi internazionale, se ne rende conto?"

La capacità di Barrington Styles di rimanere serissimo anche quando passava a sua volta dalla sobria serietà dell'incorruttibile direttore delle operazioni alla burla più raffinata era sorprendente. In questo caso accompagnò la battuta con uno sguardo accusatorio quasi feroce solo per poi emettere un profondo sospiro di rassegnazione e cancellare con aria sconsolata la giacenza di Frondite anche dal suo elenco.

"Lei dovrà rispondere di questa faccenda. Che cosa pensa di proporre a titolo di riparazione del danno subito dalla Kingdom Petroleum Union e dall'Inghilterra tutta?"

KP stava scoppiando a ridere e quindi prese Barrington Styles sottobraccio e lo trascino letteralmente fuori dal deposito.

"Poiché ce ne andiamo nel giro di pochi giorni sto dando fondo alle riserve pregiate della nostra dispensa. Se mi garantisce l'immunità le allungo una delle mie mitiche T-bone steaks come si usano nelle fattorie del Texas e le assicuro che nell'affare sarebbe lei quello che ci guadagna!"

"Mi sta forse corrompendo? Lei mi sta corrompendo! Questo è inaudito." Barry stava al gioco, il prossimo ritorno a casa stava avendo effetti anche su di lui e quindi si lasciava andare a rinunciare alla sua proverbiale precisione e meticolosità e avendo valutato la scomparsa della Frondite di poca importanza riusciva a sopportare la grossolana correzione dei suoi registri per chiudere la questione.

"Ebbene, ce l'ha fatta, Miss Prescott, ha infranto la tradizione di rettitudine senza compromessi che era il vanto della mia esistenza e quel peso le resterà per sempre sulla coscienza. Ma almeno faccia in modo che quella benedetta bistecca sia davvero abbondante! Al sangue, ma non troppo, cara. Grazie!"

Con queste parole si separarono, lei ritornò verso la cucina e lui s'infilò nel suo ufficio a completare chissà quale altra impellente operazione amministrativa prima dell'ora di cena.

Pochi minuti dopo però Barrington Styles fece di nuovo chiamare KP al telefono e la convocò nel suo ufficio con urgenza. Lei si precipitò, ma se la ragione della chiamata urgente fosse stata un'altra storia come di quei sette chili di Frondite gli avrebbe cacciato il cucchiaio di legno, con cui stava mescolando la salsa di pomodori per il pesce che era nel forno, fino in fondo alla gola.

Entrando nell'ufficio di Barry con una grande spinta contava di arginare con la sua sola determinazione qualsiasi assurda discussione su inutili grammi di terriccio misteriosamente scomparsi ma Barrington Styles la fermò subito con un gesto della mano invitandola a sedere su una delle due sedie che teneva di fronte alla sua scrivania.

"Temo che ci siano dei cambiamenti di programmi e parrebbe proprio che interesseranno più lei che me." Esordì Barrington Styles. Dietro alla sua scrivania c'era uno dei tre apparecchi telex presenti sull'isola e da quello strappò un messaggio appena arrivato ma che evidentemente aveva già letto.

"Pare che la sua compagnia voglia rimanere qui per continuare a fare delle ricerche e ... "fece una pausa per sottolineare palesemente la sua incredulità e disapprovazione. " .... addestramento. Ma che idea."

KP lesse il messaggio che era stato mandato dalla Kingdom Petroleum Union direttamente al direttore della base di Saunders Island e che lo invitava a limitarsi a preparare il rientro in patria del personale britannico ma di consegnare tutti gli impianti e le attrezzature ai colleghi dell'Oil California Inc. che avrebbero continuato a operare da quella base. Il Governatore era già stato informato e tutti gli eventuali accordi amministrativi o di qualsiasi altra natura erano stati presi ad altri livelli e non dovevano preoccupare il direttore della base scientifica. Si indicava, almeno pro tempore, nella persona della dottoressa Katherine Prescott, la nuova responsabile della struttura e sarebbe seguita una conferma formale anche da parte del Governatore e naturalmente anche dalla compagnia Oil California Inc..

"Lei non ne sa nulla?" chiese Barrington Styles.

"Assolutamente no, non avrei avuto nemmeno il più piccolo sospetto." KP era disorientata e decise di indagare immediatamente su questa faccenda. Era davvero troppo grossa per essere mandata giù senza nessuna discussione. Anche se non aveva una numerosa e festosa famiglia ad attenderla per le feste natalizie in Texas avrebbe comunque gradito fare ritorno a casa e nella sua testa aveva già fatto una serie di programmi. Non le andava per niente a genio che tutto questo potesse essere mandato all'aria da una decisione presa da chissà quale genio della teoria a spese sue e sicuramente anche di alcuni se non tutti i suoi colleghi. Senza aggiungere altre parole scattò in piedi e si avviò con passo deciso verso il suo ufficio dove avrebbe digitato sul suo impianto telex un messaggio di fuoco alla sua direzione.

Non fece in tempo a chiudere la porta quando il telefono sulla scrivania si mise a suonare. Non era l'apparecchio interno, quello per le comunicazioni sulla base ma quello grosso e nero che era collegato a una potente antenna sulla cima della torre di perforazione e permetteva il collegamento diretto con il mondo esterno.

La voce dall'altra parte del telefono era quella di Paul Bloch, il Presidente, Direttore Generale e CEO dell'Oil California Inc., il numero uno assoluto e KP lo riconobbe immediatamente.

"Ho bisogno di parlarle, Miss Prescott, le devo parlare di una questione della massima importanza."

KP era ancora in ebollizione dopo la sua visita nell'ufficio di Barrington Styles e non riuscì a trattenersi.

"Credo di sapere di cosa si tratta e mi permetto di dirle che sono leggermente confusa."

Bloch dall'altra parte fece una breve risata e poi si mise a parlare con voce molto calma e gentile. KP lo ascoltò in silenzio per una buona decina di minuti emettendo solo occasionalmente dei suoni opportuni per indicare che era ancora in ascolto. La storia che le venne presentata era davvero singolare e non del tutto chiara, ma fu lo stesso Bloch ad ammettere che non avrebbe potuto dare tutte le informazioni in questo momento ma lo avrebbe fatto più avanti quando le cose si fossero avviate.

Kathy Prescott sarebbe dovuto restare sull'isola almeno per alcune settimane per assistere la nuova squadra di tecnici ed esperti, non si capiva bene di cosa, a prendere familiarità con gli impianti della struttura. Avrebbe dovuto assisterli ad avviare il loro programma di lavoro e di ricerca e in sostanza collaborare in pieno con un tale Leonard che avrebbe fornito tutte le indicazioni sulle sue esigenze non appena fosse arrivato sull'isola. L'arrivo di questo personaggio e di alcuni suoi collaboratori era questione di giorni.

Bloch rassicurò Kathy Prescott sul fatto che la sua indispensabile collaborazione sarebbe stata opportunamente ricompensata e poi fece l'errore di chiedere se avesse bisogno di qualcosa di particolare, di qualsiasi cosa, Bloch avrebbe provveduto.

"Signor Presidente, noi ci troviamo da mesi praticamente in fondo al globo terrestre e fra pochi giorni è Natale e qui giù siamo in parecchi di fede cristiana, anche se non ho sentito un gran pregare in questi mesi. Ma il Natale è un'altra cosa e in più questa gente già stava pensando di rientrare a casa e forse qualcuno mi manderà a quel paese quando gli proporrò di restare ancora qualche settimana o anche solo tre giorni. Si diventa nervosi quando si è isolati da troppo tempo dal mondo e dalle proprie sane abitudini. "

Bloch rimase in attesa della richiesta che sarebbe seguita inevitabilmente dopo quella premessa. Non aveva idea del caratterino di Kathy Prescott e lei stessa non aveva idea che avrebbe trovato tanta sfacciata audacia nel formulare la sua domanda di forniture natalizie.

"Le suggerirei di fare in modo che quella gente che deve arrivare qua abbia una forte somiglianza con Santa Claus. Per passare un altro Natale, e poi un altro Capodanno, qui in questo posto desolato ci vuole davvero un grosso incoraggiamento. Qui si stanno sognando le bistecche spesse due pollici e il tacchino del giorno del ringraziamento e tutte le altre cose che fanno di una festa una festa. La tavola deve piegarsi e non ci faccia mancare della roba da bere, non ne abbiamo quasi più e stiamo diventando astemi per forza. Poi, un giorno dopo la festa saremo tutti quanti di nuovo in trincea a scavare tutte le buche che ci saranno richieste."

Paul Bloch non era solito a festeggiare il Natale, aveva altre tradizioni, ma capiva quell'esigenza e avrebbe fatto di tutto per soddisfare e anzi stupire la signorina Prescott. La donna sembrava molto sicura di sé e i rapporti sulle sue capacità professionali ne decantavano le ottime qualità. Sembrava una buona scelta per capeggiare le operazioni e collaborando con lei per Andrew Leonard doveva essere facile raggiungere in tempi brevi i risultati sperati.

"Stia tranquilla Miss Prescott, provvederò a rendere queste feste memorabili nonostante la sua collocazione geografica, glielo prometto."

Una volta terminata la conversazione con il Presidente supremo dell'Oil California Inc. Kathy Prescott si rilassò sulla sua sedia. Non le era chiaro quale ragione poteva aver indotto la decisione di voler usare proprio questa base per l'addestramento di futuri ricercatori e dopo qualche riflessione decise di non tentare più di comprendere le logiche dei grandi dirigenti. Forse c'era qualcosa di misterioso che le era sfuggito. Non ne sarebbe venuta a capo nemmeno se avesse passato tutta la notte a pensare e quindi decise di tornare in cucina e poi di convocare subito dopo cena una piccola riunione con i suoi colleghi dipendenti della compagnia americana per annunciare le novità. Sarebbe certamente seguita un'intensa e vivace discussione ma avrebbe trovato modo per calmare gli animi, Bloch le aveva concesso una certa libertà e fornito risorse che avrebbero sicuramente soddisfatto anche gli animi più esosi. Per ora questa era la prima sorpresa di Natale e se non altro si poteva dire con certezza che era davvero inaspettata.

Poco dopo arrivò Colin Brenner. Aveva scelto il viaggio in automobile nonostante i due passaggi in barca necessari e quindi aveva impiegato più di una giornata per arrivare. Per questo motivo non era informato degli ultimi sviluppi e poiché dall'ufficio del Governatore non erano state ricevute notizie si poteva presumere che non ci fossero nuove o diverse istruzioni per Brenner. Fu ricevuto da Kathy Prescott e le consegnò immediatamente una grossa confezione di cioccolatini e tavole di cioccolata fondente e si guadagnò un sonoro bacio sulla guancia. Poi sedette per una mezz'ora nell'ufficio di KP a parlare del cambio imprevisto di programma prima di decidere di andare ad annunciarsi al direttore della base e poi raggiungere tutti quanti per la cena. Il menù diceva pesce, lo informò KP, e pareva ovvio che lei ci avesse messo del suo nella ricetta.

Poiché al momento solo KP e BarringtonStyles erano informati del nuovo programma e a Brenner era stato chiesto di non fare parola con nessuno e lasciare che i due capi delegazione delle due compagnie petrolifere informassero lo staff, il giovane inglese si limitò a salutare chiunque incontrasse con la solita cordialità ma non poteva evitare di notare che le persone erano insolitamente vivaci e attive. Evidentemente la prospettiva di passare il Natale a casa propria aveva questo effetto e Brenner si chiedeva come gli americani avrebbero reagito alla notizia che la loro permanenza era stata prolungata di un altro non meglio definito numero di mesi.

Durante la cena l'ambiente era decisamente allegro e lo scambio di battute tra i vari tecnici e scienziati era continuo e festoso. Per questo forse KP decise di cambiare il suo programma e di anticipare l'annuncio che aveva previsto per una riunione dopo cena. Quando chiese il silenzio a tutti e si alzò in piedi per farsi sentire, in particolare da quella ventina di dipendenti dell'Oil California Inc., nessuno si aspettava quello che stava per sentire.

Bastarono poche parole per avere la totale attenzione di tutti ma specialmente di chi aveva già preparato le valigie e ora avrebbero dovuto disfarle. Naturalmente, spiegò Kathy Prescott, nessuno era obbligato a restare ma poiché si trattava di un cambiamento dovuto alla particolare circostanza di poter usufruire della struttura impiantata mentre le ricerche esplorative di entrambe le compagnie erano ufficialmente da considerare concluse, chi restava avrebbe avuto un sostanzioso bonus da aggiungere alla solita mensilità che già non era per nulla magra. I programmi americani erano urgenti, anche se per ora non se ne conoscevano i dettagli, ed era comunque una buona opportunità. Poi KP fece anche presente che fino a pochi giorni fa non si pensava per niente a interrompere il lavoro sull'isola e quindi il nuovo cambiamento dei piani era in fondo solo una prosecuzione dei contratti originali che ognuno aveva avuto al momento dell'invio a Drill City.

Ci furono mugugni e qualche brontolio, ma poi, in meno di quel che ci si poteva aspettare, qualcuno si mise a fare battute di alleggerimento circa il fatto che un bonus sotto Natale era tutto sommato un sacrificio che si poteva anche fare. KP disse che era disponibile per parlare con chiunque avesse delle domande da fare subito dopo la cena, poi si sedette e stranamente pareva che le cose riprendessero spontaneamente la solita normalità.

"Ottimo discorso, Miss Prescott!" disse Barrington Styles che le stava seduto accanto. "Lei ha i suoi uomini in pugno, bravissima. Se avessi fatto un discorso simile io ai miei mi sarei trovato con una situazione non molto dissimile dall'ammutinamento del Bounty."

Ripresero a gustare la cena e mentre quasi tutti mangiarono pesce Barrington Styles affrontò con feroce determinazione un robusto pezzo di magnifica carne texana, al sangue, ma non troppo.

BUENOS AIRES, 20 DICEMBRE 1981

La carriera di Pedro Melez si era arenata al grado di Maresciallo per una serie di ragioni ma quasi certamente la più importante fu che dopo la morte di Juan Peròn per un uomo semplice e dalla mentalità ingenuamente pulita e onesta, priva di ogni passione per il potere violento e abusivo che caratterizzava sempre di più la vita pubblica nel suo paese, la voglia di progredire nella gerarchia militare era semplicemente scomparsa. Melez era da sempre un militare e non avrebbe saputo fare nessun altro mestiere e il lavoro che svolgeva da oltre trent'anni cercava di farlo bene. Si era distinto per competenza e affidabilità e aveva studiato con grande impegno per superare sempre con successo e lodi gli esami che aveva dovuto affrontare. Una volta assegnato alla posizione di supervisore e poi per naturale automatismo di comandante responsabile del servizio di guardia al Palazzo della Giunta, poco distante da Plaza de Mayo e vero centro del potere militare, si era accontentato e aveva iniziato a vivere la sua professione con uno spirito più distaccato, senza l'enfasi della passione che lo aveva fatto pensare per lunghi anni di poter essere un protagonista della vita e forse anche della storia del proprio paese servendo la nazione e il suo popolo vestendo con dignità e impegno l'uniforme. In un certo senso si era seduto e afflosciato e pur continuando a svolgere le sue funzioni con impeccabile efficienza non mirava più ad alcun ulteriore progresso nella gerarchia e non aspirava a un grado superiore. Aveva creato le condizioni per rendersi quasi irremovibile divenendo una specie d'istituzione funzionale che aveva superato senza danni ogni scossone che invece aveva periodicamente travolto i piani alti del potere.

Da quando aveva ricevuto la visita discreta a certamente minacciosa dei golpisti nella sua mente non c'era più stata pace. Cercò di ragionare sugli eventi previsti da ogni possibile prospettiva e forte dei suoi approfonditi studi, anche se non recentissimi, di storia e strategia militare aveva analizzato ogni aspetto del piano o perlomeno di ciò che del piano gli era stato rivelato. Aveva concluso che il piano era di una semplicità geniale e le probabilità di riuscita erano altissime. Inoltre, così si era convinto Melez, poteva essere portato a conclusione anche senza sparare un solo colpo di fucile e senza nessuno spargimento di sangue. Ovviamente a patto che ogni dettaglio funzionasse alla perfezione. La funzione della guardia del Palazzo e quindi del suo Comandante era di fondamentale importanza. Se l'accesso al grande cortile interno del complesso fosse stato impedito tutta la strategia era a forte rischio di fallimento e una difesa strenua dell'unico ingresso notturno era possibile poiché dopo la chiusura degli accessi laterali la maggior parte dei militari a guardia del Palazzo della Giunta era concentrata nei pressi dell'ingresso principale. In caso di scontro questo manipolo piuttosto consistente avrebbe avuto un notevole potenziale di fuoco e si sarebbe trovato in condizione di concentrare tutta la sua energia difensiva contro gli eventuali aggressori che non avrebbero potuto passare che da quello stretto portone presieduto dalla postazione del comandante della guarnigione. Gli altri tre accessi al cortile interno erano protetti da chiusure molto robuste e quasi insuperabili ed erano anche molto più angusti dell'entrata principale, quindi ancora meno adatti a essere forzati per tentare l'invasione. La collaborazione delle guardie sarebbe stata invece utilissima per impadronirsi senza grande rumore di tutta la struttura in piena notte e al mattino successivo l'arresto di tutti gli alti ufficiali e la presa di tutte le linee di comando sarebbero stati fatti compiuti. Dopo di questo la presa della Casa Rosada sarebbe stata quasi una formalità.

Più ci ragionava e più il Maresciallo Melez si rese conto di essere l'uomo chiave di tutta l'operazione. Sarebbe stato lui a definire i turni di guardia e quindi a provvedere affinché il numero di soldati presenti all'interno dell'ampio cortile del Palazzo fosse il minimo indispensabile e solo lui avrebbe potuto dare gli ordini necessari per garantire che i golpisti non incontrassero alcuna resistenza. Anche una volta che le truppe degli insorti fossero state all'interno del perimetro del Palazzo della Giunta, era ragionevole pensare che anche quattro o cinque camionette piene di soldati non avrebbero avuto vita facile se fossero stati circondati da una cinquantina di guardie decise a difendere con le armi l'edificio. Solo la certezza di non trovare alcuna resistenza avrebbe permesso di eseguire l'operazione d'invasione con la convinzione di avere successo. Aver preso contatto con il comandante dei servizi di sicurezza e quindi della guardia del Palazzo con più di una settimana di anticipo rispetto alla data prevista per l'operazione era stato un grosso rischio, visto che la collaborazione di Melez in teoria non era per nulla scontata. A prescindere dalle ragioni o dai metodi più o meno drastici che lo avrebbero convinto a collaborare il Comandante avrebbe avuto bisogno di pianificare l'evento con buon anticipo, definendo i turni di guardia senza destare sospetti e pensando quindi a selezionare gli uomini più adatti. Dei cambiamenti all'ultimo momento avrebbero potuto essere difficili da realizzare e creare sospetti mettendo a rischio l'operazione. L'unica incertezza era il comportamento di Melez, che avrebbe anche potuto opporsi all'idea e rifiutare di partecipare ma un lievissimo accenno al benessere della sua famiglia più che alla prospettiva di un avanzamento di grado subito dopo il golpe avrebbe risolto anche quella preoccupazione.

Dopo avere ripensato allo scenario dell'operazione più e più volte il Maresciallo Pedro Melez si era convinto di essere la persona chiave di tutto il progetto. Se avesse rifiutato la sua collaborazione, il golpe sarebbe stato impossibile da eseguire nella maniera prevista. Proprio per questa consapevolezza Melez aveva la certezza che le forze golpiste avevano predisposto quanto necessario per impedirgli di rifiutare il suo supporto incondizionato, anche se nei giorni precedenti non aveva notato nulla di strano, niente macchine sospette davanti alla propria casa, nessuno che lo seguisse, nessun nuovo messaggio. Nulla, eppure era convinto che in qualche modo sia lui che la sua famiglia fosse nel mirino dei golpisti. Non avevano cercato la sua collaborazione attraverso l'accertamento del suo pensiero politico e della sua eventuale spontanea propensione a collaborare per sovvertire l'attuale situazione del potere, ma lo avevano semplicemente informato che non avrebbe potuto fare altro che assecondare il loro progetto. Nessuna minaccia esplicita era stata pronunciata ma era inevitabile che i golpisti, dopo essersi esposti con Melez, avrebbero provveduto a coprirsi le spalle e garantirsi contro qualsiasi tentativo di resistenza da parte sua. Lui era un militare e sapeva come si sarebbero comportati, non era stato necessario illustrargli la sua situazione, avrebbe capito da sé.

Il vero dilemma nella mente di Melez era di decidere quale delle sue prossime mancanze fosse più grave. Il fatto stesso di agire come militare contro la sua stessa struttura di commando non era altro che alto tradimento ed era la cosa più infame e vergognosa che un militare potesse commettere. Non esistevano nel codice militare ragioni o scuse che potessero in qualsiasi modo giustificare un simile comportamento. L'altro dubbio era quello riguardo alle possibili motivazioni, alle giustificazioni che si sarebbero potute successivamente adottare per spiegare gli eventi e supportare una teoria assolutoria delle azioni commesse. Desiderare di debellare un regime come quello del Presidente Viola poteva essere legittimato dalle tremende ingiustizie che si consumavano quotidianamente in nome di quel potere arrogante e violento, privo di scrupoli e senza alcun rispetto per i cittadini, senza alcuna considerazione per le persone e per la vita umana. Da quel punto di vista anche Melez non avrebbe avuto troppe remore, non era certo un buon governo quello che sarebbe stato abbattuto. Ma anche l'alternativa non si presentava troppo bene. Se davvero era il Generale Leopoldo Galtieri il fautore del previsto golpe si doveva pensare a lui come prossimo Presidente e probabile dittatore del paese e visto il suo comportamento quando era parte del centro del potere del governo Videla, fin dalla caduta di Isabela Peròn, non c'era da aspettarsi un grande miglioramento della situazione per il popolo. Galtieri aveva partecipato a quella che era stata chiamata la "Sporca Guerra" contro gli esponenti delle correnti comuniste e socialiste all'interno dello stesso movimento peronista e si era distinto per particolare determinazione e aggressività ed aveva in più occasioni, se non direttamente istigato, almeno giustificato e condonato azioni militari contro civili cittadini di inaudita ferocia e violenza. Non era un'alternativa che rappresentasse per il paese un passo avanti e Melez si chiedeva se non stesse per collaborare a una rivoluzione che poteva portare altro sangue e altre sofferenze al suo paese, altre violente repressioni e nessuna prospettiva di ritorno alla democrazia e alle libertà fondamentali per una società civile.

Poteva un uomo solo come il Maresciallo Pedro Melez pensare di avere un peso determinante nella vita del proprio paese? Probabilmente no. Perciò il suo primo dovere era di salvaguardare la propria famiglia e si sarebbe concentrato su quello. Poi le cose potevano andare come il destino volesse, lui avrebbe cercato di sopravvivere e di giocare al meglio le sue carte per assicurare un futuro ai suoi figli. Non era orgoglioso di sé, ma si sentì impotente di fronte ad eventi molto più grandi di lui e, poiché in qualche modo le cose sarebbero andate avanti lo stesso con o senza la sua partecipazione alla rivolta, doveva rassegnarsi. Amen!

Adrian Cardena era insolitamente nervoso. In quella giornata sarebbe successo qualcosa d'importante se il racconto di Pedro Melez era corretto. Mentre svolgeva il suo lavoro nel grande deposito dell'azienda del Senor Alvarez decise di prendersi qualche ora di libertà e di fare una sorpresa ad Anita Maria. Quella mattina lei si sarebbe recata presso la scuola di musica, dove studiava il pianoforte per alcuni ripassi in vista di uno spettacolo natalizio che stavano preparando. Adrian l'avrebbe attesa all'uscita dalle sue prove e l'avrebbe accompagnata a pranzare da qualche parte sul lungomare, comunque lontano da Campo de Mayo e dal Palazzo della Giunta. Per qualche inspiegabile istinto gli sembrava una buona idea. Decise di avvisare il Senor Alvarez, che non avrebbe avuto obiezioni poiché sapeva che Adrian avrebbe comunque assicurato che il lavoro nel magazzino procedesse senza disservizi per i clienti, poi chiamò al telefono casa Melez e informò Donna Clara. La Madre di Anita Maria non faceva mistero delle sue simpatie per Adriano e lo ringraziò della chiamata, non sarebbe stata in pensiero per la figlia. La voce della donna tradì però della tensione e quando Adrian chiese se fosse tutto a posto lei disse in modo non troppo convincente che andava tutto bene e che doveva preparare il pranzo per i figli che sarebbero rientrati da un turno di pattuglia.

Adrian chiuse i suoi cassetti e controllò velocemente le carte sulla sua scrivania, diede un paio di fogli di ordini urgenti a un collega che li avrebbe eseguiti in sua assenza e poi inforcò la sua moto e si avviò verso il suo appuntamento.

Trovò la Chevrolet della famiglia Melez parcheggiata a qualche decina di metri dall'ingresso dell'edificio dove Anita Maria prendeva le sue lezioni di musica e decise di fermare la sua moto proprio accanto alla macchina. Avrebbe atteso lì l'arrivo della sua ragazza per farle una bella sorpresa. Mancavano pochi minuti alla fine dell'orario delle lezioni, non avrebbe dovuto attendere molto.

Quasi automaticamente, come aveva imparato a Langley, si mise a osservare e analizzare la scena davanti a sé. C'era un incrocio a un centinaio di metri che dava sulla frequentata via Ramallo. Poco prima, a destra c'era un venditore di giornali che aveva steso buona parte delle sue merci sul marciapiede e sopra alcune casse appoggiate contro una vecchia auto americana che gli fece da edicola. Poi, avvicinandosi alla posizione in cui si trovava Adrian c'era l'ingresso della scuola con una rastrelliera per le biciclette lungo il muro. Il marciapiede da quel lato della strada era molto ampio e per i pedoni lo spazio non mancava. Accanto al marciapiede era parcheggiata un'auto verde con un uomo appoggiato sul fianco, evidentemente un genitore che aspettava il figlio all'uscita dell'istituto musicale. Più in là c'erano altre quattro persone in attesa e pure dall'altro lato della strada erano delle donne con figli più piccoli venuti a prendere i loro ragazzi più grandi. Sempre sull'altro lato della strada era parcheggiato un malconcio furgone di una ditta d'imbianchini e una piccola vettura sportiva di colore blu con il guidatore seduto al suo posto intento a leggere il giornale.

Alcuni ragazzini uscirono dal portone e andarono incontro ai loro genitori. L'uomo che era appoggiato all'auto verde si staccò dal parafango e Adrian si accorse solo in quel momento della presenza di un'altra persona al posto di guida di quell'auto. Il motore della vettura si avviò e in quell'istante Anita Maria apparve all'uscita. L'uomo che era stato appoggiato all'auto verde le era andato incontro e le rivolse delle parole che Adrian non poteva udire, ma la reazione della ragazza indicava chiaramente che non conosceva la persona che aveva di fronte e sembrava anche infastidita, anzi, certamente spaventata. Mentre l'uomo afferrava la ragazza per un polso Adrian scattò come un fulmine. C'era solo una decina di passi a separarlo dalla scena e li superò in un attimo, meno di quanto l'uomo impiegò per tentare di trascinare Anita Maria verso l'auto verde. Adrian piombò addosso allo sconosciuto da dietro e senza esitare minimamente gli sferrò un poderoso calcio nella schiena. L'uomo era completamente impreparato e piombò in avanti, ben oltre il muso della vettura, Adrian gli era sopra all'istante e lo colpì con un pugno ben assestato in pieno volto.

"Brutto porco pervertito, togli le mani dalla mia ragazza!" urlò Adrian con tutta la forza della sua voce. La scelta delle parole di Adrian non era casuale. La mentalità dei maschi argentini teneva il rispetto per le donne in altissima considerazione e un vero Caballero si sarebbe sempre battuto istintivamente a difesa di una femmina, ma ci avrebbe pensato più di una volta prima di interferire con un'azione della polizia o dei militari.

"Sono settimane che la perseguita, quel maledetto perverso!" insistette con rabbia Adriano alzandosi dalla sua vittima sanguinante mentre un nugolo di persone si avvicinò minaccioso all'aggressore di Anita Maria, che era indietreggiata dopo l'attacco di Adrian e stava osservando la scena impietrita appoggiata al muro accanto al portone della scuola. Adrian la raggiunse e la abbracciò per tranquillizzarla mentre la ragazza inizio a singhiozzare nervosamente, poi prese ad allontanarsi insieme con lei verso la Chevrolet e la sua moto.

L'auto verde aveva fatto un balzo in avanti e la portiera si era aperta. La folla si era limitata a insultare l'aggressore e mentre questi si era faticosamente rialzato e poi letteralmente tuffato nella vettura, gli aveva elargito un paio di colpi con dei giornali arrotolati e una borsettata da parte di una donna alta e robusta, poi la macchina partì a ruote fumanti e s'immise con una manovra azzardata nel traffico dell'Avenida Ramallo.

"Calmati Amore mio," disse Adrian. "Sali sulla moto, andiamo via, ti porto al sicuro."

Partirono velocemente, la ragazza avvinghiata al suo centauro, e si destreggiarono agilissimi nell'intenso traffico in città. Adrian conosceva bene le vie di Buenos Aires e sapeva come raggiungere rapidamente una strada a scorrimento veloce per potersi allontanare il più possibile dal luogo dell'aggressione.

Mentre Anita Maria era ancora sotto choc e incapace di capire cosa fosse esattamente successo la mente di Adrian aveva già analizzato a fondo tutta la scena e si era fatto un quadro completo della situazione. La confessione di Pedro Melez era stata molto preoccupante, anche se il Maresciallo non aveva elaborato sulla sua delicata posizione. Quando aveva accennato al fatto di temere per la sua famiglia più che per sé stesso sapeva esattamente di cosa parlasse ma non poteva immaginare che Adrian fosse altrettanto capace di capire e analizzare gli eventi e le prospettive implicite. Che casa Melez fosse sotto sorveglianza era una certezza per Adrian e, infatti, lui non aveva più fatto visita alla famiglia e si era limitato ad alcune brevi telefonate. Con Anita

Maria si era incontrato una sera per una pizza e poi un cinema ma poiché la ragazza era uscita con l'auto di famiglia per una serie di commissioni era rientrata da sola, anche se Adrian l'aveva seguita discretamente fino sotto casa per accertarsi che fosse davvero rientrata senza problema. In quell'occasione aveva notato un furgone parcheggiato nelle vicinanze di casa Melez e pur senza averne la certezza si era convinto che all'interno potessero esserci degli osservatori che tenevano l'abitazione del Maresciallo e i movimenti di tutti suoi familiari sotto stretta osservazione.

Quando ormai erano arrivati quasi a San Fernando, a nord della città di Buenos Aires, Adrian decise di fermarsi in una strada secondaria dove c'era una piccola e malandata trattoria birreria che aveva esposto un cartello indicante un posto di telefono pubblico. Fece scendere Anita Maria dalla moto e la strinse di nuovo a sé per calmarla.

"Ora devi chiamare tuo padre e dirgli che stai bene e che sei con me. Ma non fare il mio nome al telefono. È importante!"

La ragazza annuì, anche se non capiva bene perché non avesse dovuto fare il nome di Adrian, lei avrebbe voluto dirlo subito a suo Padre che il ragazzo l'aveva salvata da due malintenzionati, ma decise di seguire le indicazioni. Entrarono nel locale piccolo e buio. Il telefono era in fondo ad un corridoio stretto e ingombro di casse di birra e bibite varie che portava alla cucina e ai servizi e non brillava certo per pulizia e intimità. La telefonata sarebbe stata breve e avrebbero fatto in modo di non essere ascoltati da nessuno.

Quando il Maresciallo rispose Anita Maria tentò di essere calma e concisa. Disse poche parole, come Adrian le aveva ripetuto di fare.

"Papà, ciao. Scusa se ti chiamo in ufficio ma volevo solo dirti che ho avuto un piccolo incidente, un incontro strano con delle persone che non conoscevo e che mi volevano prendere. Ma sto bene, sono al sicuro. Sono con......" esitò, poi disse: "il mio Amore."

Sorrise e Adrian che le stava vicinissimo le diede un delicato bacio sulla guancia.

"Passamelo!" disse Pedro Melez.

Anita Maria passò la cornetta nella mano di Adriano.

"Signore?" disse Adrian e sperava con tutto il cuore che il suo interlocutore non facesse il suo nome. Data la situazione era probabile che il telefono di Melez venisse ascoltato e perciò rischiava non solo di essere ricercato per il suo coinvolgimento con la famiglia Melez ma poteva saltare la sua copertura di agente segreto straniero e sarebbero stati guai enormi.

"Hombre," disse Melez, con voce ferma eppure percettibilmente emozionata, tesa. "abbi cura della mia bambina. Non tornate a casa prima di avere nuovamente parlato con me. E 'chiaro?"

Melez si rese conto di parlare al fidanzato di sua figlia come se si trattasse di un qualsiasi subordinato militare. Non era questo che avrebbe voluto fare, ma gli era uscito così e data la situazione doveva andare bene lo stesso. Si sarebbero chiariti a tempo debito. Con sua grande sorpresa la risposta di Adrian fu altrettanto secca.

"Si Signore, è chiaro."

"Grazie!" disse Melez prima di chiudere la conversazione e il tono della sua voce questa volta era stato molto più morbido. "Abbi cura della ragazza e dalle una carezza da parte mia!"

Pochi minuti prima il Maresciallo Pedro Melez aveva ricevuto un'altra chiamata privata. In quasi trent'anni Donna Clara aveva fatto il numero dell'ufficio del marito una sola volta, in occasione dell'improvvisa morte del Padre, poi mai più. Anche questa volta però la sua chiamata era pienamente giustificata. Donna Clara non sapeva nulla degli eventi prossimi e naturalmente nemmeno di quelli precedenti ma era sempre in apprensione, tanto per il marito quanto per i figli. Il clima nel paese non era rassicurante e ogni giorno portava pericoli e incertezze e Donna Clara passò molto tempo a pregare per avere la protezione dall'alto per i suoi cari. La vita militare non l'aveva sfiorata più di tanto, non aveva mai frequentato gli ambienti del marito, nemmeno in quelle poche occasioni mondane in cui avrebbe potuto approfittare per gettare un'occhiata al mondo luccicante delle feste militari dove gli alti ranghi oltre alle uniformi riccamente decorate esibivano di solito anche mogli altrettanto riccamente agghindate.

"Pedro, i ragazzi non sono ancora rientrati dal loro turno di pattuglia!" disse al marito al telefono e anche se la frase era apparentemente tranquilla il solo fatto di averlo chiamato per pronunciarla aveva un enorme significato per Pedro Melez.

Il Maresciallo era sbiancato all'istante e si era seduto dietro alla sua scrivania. Immediatamente cercò di riprendersi, almeno quanto poteva servire per tranquillizzare la moglie.

"Ci sono delle operazioni in corso, alcuni reparti sono stati costretti a fare turni doppi e anche tripli. Non temere, è tutto a posto." Dopo una breve pausa aggiunse, con tono quasi casuale: "Temo che anch'io stasera non sarò a casa per cena, probabilmente rientrerò solo domani per pranzo." dopo un'altra breve pausa il Maresciallo chiese:

"Anita Maria è a casa?"

"No, è andata alle prove del concerto di Natale e Adrian la sta portando a pranzo. Rientrerà più tardi."

Donna Clara raccomandò al marito di avere cura di sé e la conversazione finì.

Immediatamente il Maresciallo Melez fece il numero della caserma dove prestavano servizio i suoi figli. Chiese all'operatore che rispose di metterlo in comunicazione con l'ufficiale di servizio incaricato dei turni del personale e fu messo in attesa. Dopo qualche minuto, finalmente l'operatore gli disse che l'ufficiale non era raggiungibile. A questo punto Melez chiese direttamente del comandante e dopo un'altra breve pausa finalmente udì la voce del Colonnello Enrique Zanetti. I due militari si conoscevano ma non abbastanza perché Melez potesse avere certezze sulla possibile posizione del Colonnello in vista del prossimo golpe.

"Maresciallo Melez, a cosa devo la sua chiamata?" disse Zanetti. Il tono era formale, non ostile ma chiaramente molto freddo.

"Colonnello, mi permetto di disturbarla per una semplice informazione."

Zanetti non disse nulla e quindi dopo una breve pausa Melez continuò.

"Mi stavo chiedendo se i soldati Jorge e Fernando Melez erano stati assegnati a qualche turno particolare e improvviso di cui non ero informato. Sembrerebbe che ci sia stato qualche cambiamento di programma e gradirei conoscerne i dettagli, se fosse possibile, giusto per tranquillizzare la loro Madre e permetterle di cucinare agli orari giusti."

Melez tentò di metterla su un piano quasi informale, confidenziale, innocuo. Sapeva bene che non aveva il potere di domandare spiegazioni e voleva mantenere la conversazione priva di tensione, quasi una chiacchierata tra colleghi.

La risposta del Colonnello Zanetti lo gelò.

"Maresciallo, ci sono operazioni in corso e operazioni da eseguire. Nello specifico posso dirle che la missione dei soldati da lei menzionati sarà conclusa quando sarà completata la sua missione, Maresciallo. Sono stato abbastanza chiaro?"

"Chiarissimo, Colonnello."

La comunicazione fu interrotta e le parole fredde e perentorie di Zanetti risuonavano ancora nelle orecchie del Maresciallo.

Pedro Melez rimase seduto immobile nel suo ufficio con lo sguardo perso in un mare di pensieri cupi e disordinati, dibattuto fra rabbia, disperazione e paura e la fredda determinazione a superare questa vicenda a testa alta e a riprendersi quanto prima la sua vita normale e serena, anche se un militare in un paese pieno di tribolazioni come l'Argentina non poteva mai pensare alla propria esistenza come normale o serena.

Lentamente stava riprendendo i sensi e prese a ragionare sulle cose da fare quella sera, cercò di pianificare ogni mossa nella speranza di sopravvivere a tutto questo senza danni. Gli mancavano alcuni elementi, dettagli che gli sarebbero stati comunicati giusto in tempo e di persona da un emissario dei golpisti, forse lo stesso Capitano Portago che gli aveva fatto visita alcuni giorni prima. Avrebbe atteso, non poteva fare altro.

Poi ricevette la telefonata di sua figlia. A quel punto qualcosa scattò nel suo cuore e decise che chiunque si fosse macchiato anche solo del tentativo di infliggere un qualsiasi torto a un membro della sua famiglia non avrebbe avuto da parte sua nessun perdono, lo avrebbe perseguitato fino all'ultimo respiro per vendicare anche la più piccola sofferenza che poteva essere inflitta ai suoi cari. Questi metodi non avevano nulla a che fare con la dignità dell'Esercito, delle Forze Armate e nemmeno con le supposte finalità patriottiche di cui politici e rivoluzionari si riempirono la bocca con sprezzante faciloneria, sempre per giustificare con menzogneri ideali ogni loro malefatta e crimine. Con Pedro Melez non sarebbe bastato, lui il conto lo avrebbe presentato comunque e a chiunque.

Nonostante l'ambiente poco elegante e accogliente, Adrian decise che era comunque adatto per prendere fiato e fare il punto della situazione. Non c'erano molto altri clienti seduti ai tavoli della trattoria e ne scelse uno leggermente appartato per sedere e parlare con calma con la sua ragazza che si stava lentamente calmando. Ordinarono del cibo dal modesto menù del posto e mentre aspettavano Adrian parlò con voce calma degli eventi e di tutto quello che riteneva a questo punto opportuno che la ragazza sapesse. Cercò di convincerla che nel giro di un paio di giorni tutto sarebbe tornato alla normalità nel paese e che suo Padre non avrebbe corso alcun serio rischio durante l'imminente colpo di Stato, poi ne sarebbe uscito pulito e indenne e la vita sarebbe tornata alla normalità.

"A cosa potrà servire una nuova rivoluzione quando coloro che vogliono prendere il potere si stanno già annunciando peggiori di quelli che vogliono destituire?" chiese Anita Maria e Adrian non aveva una risposta pronta, la domanda era più che legittima e logica. C'era poco da dire, la risposta a questa domanda non esisteva e la domanda stessa racchiuse in sé tutti i dubbi e tutte le paure che il popolo argentino, giovani a vecchi indistintamente, stava vivendo in quel particolare momento della sua storia, un momento che ormai perdurava con le sue manifestazioni peggiori da ormai quasi un decennio.

"Conosco delle ragazze, delle studentesse, che vivono in un appartamento non lontano dall'Università. Gli chiederò di ospitarti per questa sera, o per alcuni giorni, sarai al sicuro." Adrian aveva molte amicizie e anche se non era un vero e proprio gaudente sapeva essere simpatico e conquistarsi la fiducia della gente. Nella sua mente aveva registrato almeno una ventina di contatti che gli avrebbero fatto dei favori personali senza porre troppe domande. Tra giovani liberi e indipendenti ci si doveva aiutare e con Cardena non ci si perdeva mai. Pur non ostentando alcun potere particolare, pur non vantando amicizie altolocate, riusciva pur sempre a procurare aiuto e soluzioni a chi ne avesse avuto bisogno. Adrian sapeva dove trovare libri e dischi di ogni genere musicale, procurava pezzi di ricambio introvabile per le motociclette dei suoi amici, era sempre di buon umore e quindi un ottimo compagno per ogni tipo di serata o festa e pur senza strafare aveva grande successo in particolare con le donne che lo adoravano. Come un fratello, diceva lui, come un amico e confidente, ed era lui a non concedersi se non con molta discrezione, ma molte ragazze avevano puntato gli occhi su di lui e avrebbero colto qualsiasi occasione per fare breccia nel suo cuore o perlomeno per entrare nella sua alcova. Nessuno aveva il minimo sospetto che lui stesse raccogliendo incessantemente informazioni, piccoli segnali, chiacchiere apparentemente senza importanza, per avere il polso della città e quindi del paese. Negli ambienti universitari c'erano i figli e le figlie di molti potenti delle gerarchie alla guida del paese ed era abbastanza facile sentire da loro delle notizie che potevano aiutare a farsi un quadro della situazione del paese, sicuramente più realistico di quello che si poteva ricavare dai media ufficiali, pesantemente censurati e controllati dalle forze più repressive dei vari governi che si erano susseguiti. C'erano molte cose che nessuno doveva dire, nessuno doveva sapere, ma come sempre le voci che circolavano avevano un qualche fondamento nella realtà e Cardena era molto abile a separare le cose utili dal rumore di fondo senza importanza e lo faceva sempre senza che le sue fonti si rendessero conto di fornire informazioni riservate ad un osservatore sotto copertura di uno stato estero.

Prima di lasciare il locale Cardena fece due telefonate cercando di trovare ospitalità per la sua ragazza, senza raccontare le vere ragioni della sua necessità. Era sufficiente far balenare l'idea di una romantica fuga d'amore o qualche piccolo intrigo giovanile e la complicità venne offerta con grande disponibilità. Era probabilmente la prima volta che Adrian chiese un favore così grande a qualcuna delle sue conoscenze ma non ebbe difficoltà a sistemare Anita Maria in un posto tranquillo. Era preferibile che Anita Maria non rivelasse la sua identità e la parentela con il Comandante delle Guardie del Palazzo della Giunta, si sarebbe limitata a dire il minimo indispensabile e Adrian decise di concordare con lei una storia fittizia e credibile per evitare qualsiasi rischio di essere riconosciuta. Almeno fino al mattino successivo doveva stare al sicuro, poi, se gli eventi si fossero svolti come dopo la confidenza fatta dal Maresciallo Melez era probabile, avrebbero verificato con grande prudenza che fosse davvero sicuro rientrare nella casa della famiglia.

Anita Maria rimase sorpresa e perplessa, il comportamento sicuro e deciso di Adrian in una situazione così insolita e pericolosa le dava sicurezza e tranquillità, ma si stupì comunque della naturalezza con cui il suo ragazzo aveva affrontato le ultime ore. La reazione così efficace ed energica al tentativo di sequestro era stata incredibilmente tempestiva e spettacolare e probabilmente sarebbe bastato un minimo tentennamento per fallire nella difesa contro quell'aggressore e il suo complice in macchina. Anche il modo deciso e comunque apparentemente tranquillo, senza panico, con cui si erano poi allontanati le era sembrato quasi surreale. Adrian le aveva spiegato quello che probabilmente stava succedendo e anche se quelle notizie erano poco rassicuranti la sua calma e la logica razionalità con cui analizzava la situazione e pianificava le cose da fare davano alla ragazza in senso di grande sicurezza.

Uscirono dal locale e salirono sulla moto, poi in poco meno di mezz'ora raggiunsero una palazzina di sei piani a poca distanza dalla città universitaria e furono accolti già nel parcheggio da due ragazze che evidentemente erano buone amiche di Adrian. Lui le salutò brevemente e presentò Anita Maria come la sua ragazza, suscitando maliziosi sorrisi e accenni a qualche commento, ma lui non se ne curò più di tanto. Spiegò che per motivi che non avrebbe voluto raccontare al momento la sua ragazza avrebbe avuto bisogno di ospitalità molto discreta per almeno una notte, forse qualche giorno. Le ragazze si sentirono subito complici di un complotto a sfondo amoroso e s'impegnarono ad accogliere la fortunata fidanzata del loro amico con la massima discrezione. Adrian si raccomandò di restare in casa e di non farsi tentare dalla voglia di uscire finché non fosse tornato lui in persona a prendere Anita Maria. Nessun problema, promisero le due studentesse e accogliendo la "reclusa", come subito scherzosamente la definirono, la presero in consegna e salirono verso il loro appartamentino. Adrian, dopo aver salutato Anita Maria con un bacio e una raccomandazione di stare tranquilla si allontanò velocemente con la sua moto.

BUENOS AIRES, PALAZZO DELLA GIUNTA MILITARE

L'ufficio del Comandante del Corpo di Guardia e Capo della Sicurezza del Palazzo della Giunta Militare si trovava al piano ammezzato accanto all'ingresso principale del complesso edificio a forma di quadrilatero. Le finestre del lato interno avevano la vista sull'ampio cortile, grande come un campo di Rugby, dove spesso avvenivano esercitazioni e parate, sfilate di truppe davanti ad autorità convenute in occasione di celebrazioni e ricorrenze varie. Tutto quel cortile di notte poteva essere illuminato con delle potenti batterie di fari installati sul tetto degli edifici e al centro dell'enorme piazzale si trovava un grande pozzo con collegamenti per ogni sorta di fornitura, dall'acqua per l'irrigazione al carburante per i veicoli della guarnigione e perfino il cherosene per gli elicotteri che occasionalmente si posavano in quel piazzale. Le altre tre finestre dell'ufficio guardavano invece il passaggio d'accesso principale, la grande arcata presieduta dai guardiani più inflessibili dell'esercito. Ogni persona o veicolo che entrasse da quel portale, largo a sufficienza per permettere la divisione della carreggiata in due corsie, una per l'accesso e una per l'uscita, con al centro una guardiola che poteva essere rimossa in occasione di visite importanti che richiedevano un accesso più prestigioso e cerimonioso e per consentire anche il passaggio di formazioni di truppe e delle loro bande musicali.

L'arredo della stanza riservata al comandante non era particolarmente lussuoso. Oltre ad una grande scrivania in legno intarsiato c'era anche un tavolo per riunioni in grado di accomodare una dozzina di persone ed un angolo salotto arredato con un grande divano appoggiato alla parete e sovrastato da un enorme dipinto di una scena di battaglia dell'antichità. Un altro divano più piccolo stava di fronte e due poltrone ampie ed elaborate attorno ad un tavolino con ripiano di marmo sul quale poggiava un antico orologio da tavola a forma di cavaliere in assetto da combattimento, con il cavallo rampante e la spada tratta completavano l'arredamento.

Dietro la scrivania del Maresciallo Pedro Melez erano arrangiati due mobili antichi tra le due finestre, utilizzati come schedari e armadi d'archivio e in un angolo un altro bel mobile conteneva invece alcune bottiglie di liquori, sigari, bicchieri e perfino un servizio da the oppure caffè per poter accogliere degnamente i rari visitatori. Sulle altre pareti erano affisse le carte geografiche dell'Argentina, una carta stradale dettagliata di Buenos Aires e un quadretto con l'immagine ufficiale dell'attuale Presidente Edoardo Viola. Tra due delle finestre che davano sull'androne principale la piantina dettagliata del complesso evidenziava tutti gli altri accessi e tutti gli impianti e la planimetria esatta dei vari settori e uffici di tutti i quattro piani. In fondo alla stanza c'era una piccola porta che immetteva in una stanza da bagno privata, abbastanza ampia e ben arredata ma senza finestre.

Nell'anticamera c'erano due scrivanie. Una riservata alla segretaria del Comandante che faceva orario d'ufficio normale, dalle otto del mattino alle cinque e mezza del pomeriggio e si occupava di tutta la corrispondenza e di tutte le incombenze di gestione delle carte che il comando della guarnigione produceva, compresi i registri degli accessi, degli ospiti e dei turni di guardia. L'altra scrivania era riservata per un militare che doveva accertarsi che nessuno senza autorizzazione potesse avere accesso agli uffici del Comandante ed inoltre era responsabile della trasmissione degli ordini di servizio, sia quelli ordinari che quelli urgenti o immediati, che venivano emessi dal Maresciallo Melez.

Quando il Capitano Manuel Portago chiese di vedere il Comandante dovette aspettare solo pochi istanti prima di essere accompagnato nell'ufficio del Maresciallo e appena entrato la pesante porta imbottita fu chiusa dietro di lui. Melez lo saluto brevemente e senza cordialità e gli indicò una sedia di fronte alla sua scrivania e si sedette a sua volta. Portago sembrava essere lievemente in ansia o perlomeno aveva una certa fretta per consegnare il suo messaggio e concludere l'incontro ma Melez si dimostrò improvvisamente molto cordiale e perfino espansivo. Portago elencò con voce ferma e quasi meccanica la sequenza delle procedure che Melez avrebbe dovuto mettere in atto quella sera stessa e quando ebbe finito chiese a Melez, che lo aveva ascoltato con attenzione ma senza prendere alcun appunto, se tutto era chiaro. Il tono di Portago a quel punto aveva una lieve inflessione di autorevolezza, come se avesse impartito degli ordini, come del resto in realtà era, ma non sembrò soddisfatto della reazione di Melez, che in effetti non reagì per nulla. Ci fu una breve pausa di silenzio e mentre Portago aspettava una conferma da parte di Melez che lo rassicurasse sul fatto che le istruzioni fossero chiare e ben comprese, il Maresciallo sembrò rilassarsi e reclinandosi nella sua ampia poltrona accennò perfino un lieve sorriso.

"Lei è certamente convinto che tutto questo sarà per il bene del nostro paese, della nostra gente, del popolo, dell'Argentina, giusto?" La domanda fu pronunciata con lentezza e quasi con un tono di sfida. Melez non attese risposta, ma continuò.

"Noi siamo militari e in quanto tali dobbiamo garantire sicurezza, giustizia e protezione al nostro popolo, come un buon Padre di famiglia provvede le stesse cose per i suoi cari."

Portago non riuscì a comprendere il repentino cambio di umore di Melez e nemmeno dove volesse arrivare con quelle che gli parevano inutili chiacchiere. Melez lo fissò dritto negli occhi, uno sguardo fermo e quasi minaccioso anche se accompagnato sempre da un accenno di sorriso.

"Lei ha famiglia, Capitano? Lei è padre, padre di famiglia?" Ancora la voce di Melez suonava distesa, la conversazione sembrava una di quelle cordiali e informali che si facevano la domenica pomeriggio al circolo degli ufficiali oppure allo Sporting Club, tra una partita a tennis ed un cocktail in giardino.

"No," rispose Portago. "io non sono sposato. Sono un militare." L'affermazione finale non era stata richiesta e a Melez non pareva fosse una buona ragione per chiamarsi eventualmente fuori dalla comprensione del concetto di Buon Padre di Famiglia che Melez aveva deciso di discutere con il suo renitente ospite.

"Immagino quindi che lei sia pronto per fare carriera. Quanto è vicino al capo di questa rivoluzione? Lei non è certamente un semplice messaggero, un fattorino, dico bene?"

La provocazione era evidente ma ancora Portago non riuscì a capire dove il Maresciallo volesse arrivare. Quel vecchio militare dalla lenta carriera non avrebbe certamente osato a pensare di porre delle condizioni o fare delle richieste, era già sufficiente che gli si assicurasse il buon ritiro dopo la rivolta. A cosa stava mirando?

"Ah, mi creda, Capitano, la capisco. Lei sta partecipando a un momento storico, ne è uno degli artefici e deve essere certamente orgoglioso e felice di fare una parte importante. E certamente avrà il suo compenso a cose concluse."

Portago era evidentemente a disagio ma non sapeva come interrompere il monologo che Melez stava portando avanti a tratti. Ogni due frasi sembrava che il Maresciallo dovesse interrompersi per riordinare le idee e poi dire un'altra frase priva di importanza in questo momento così cruciale. Non era davvero il tempo e nemmeno il luogo per perdersi in chiacchiere filosofiche e se Melez avesse voluto fare delle richieste sarebbe stato opportuno che lo facesse senza tanti giri di parole.

"Sono certo che lei ha fatto tutte le valutazioni operative, strategiche e militari per l'operazione di questa notte, ho ascoltato bene il suo programma e vedo che ha pensato a tutto, o avete pensato a tutto. Sono certo della buona riuscita dell'impresa, della nostra impresa a questo punto, se me lo consente, audace ma ragionata, non c'è dubbio."

Melez colse il sorriso soddisfatto di Portago, i complimenti fanno sempre effetto e la sottile allusione alla partecipazione con spirito di appartenenza al progetto rivoluzionario pareva avere un effetto rilassante su Portago che a sua volta sorrise e sembrò rilassarsi un poco. Proprio in quel momento il volto di Melez cambiò espressione e assunse un'aria grave e dubbiosa.

"Esiste però il serio pericolo che lei, Capitano Portago, non solo non possa partecipare alla rivoluzione e quindi non goderne di nessuno dei sperati frutti, anzi, esiste addirittura il rischio che non se ne faccia nulla del tutto, che la rivolta non abbia luogo, non stasera e quindi probabilmente mai."

Le parole di Melez tagliarono l'aria come fredde lame d'acciaio e colsero Portago impreparato. Non fece in tempo ad aprire bocca che Melez lo fermò con un gesto della mano sinistra e riprese a parlare.

"Le ho chiesto se fosse padre di famiglia per vedere se poteva capire certi concetti e temo che ora le toccherà imparare molto rapidamente, perché vede, io sono padre di famiglia. Ed essendo padre di famiglia farò una rivoluzione solo con la fondata speranza di creare un futuro migliore per i miei figli e tutti miei cari, oltre che naturalmente per tutto il resto del nostro popolo. Ma non mi voglio perdere in discorsi idealistici che sono probabilmente fuori dalla sua portata, mi limito a pensare alle persone a me care."

Portago cominciò a intuire qualcosa. I figli di Melez erano stati trattenuti nella loro caserma e consegnati in celle di sicurezza da parte di altri militari coinvolti nel progetto del golpe. Se fosse stato necessario spiegare la situazione a quel vecchio cane da guardia per convincerlo a fare la parte che gli era stata assegnata ora Portago avrebbe giocato quella carta ma pareva proprio che Melez avesse già avuto sentore del metodo di coercizione che i golpisti avevano messo in atto.

Melez riprese a parlare, sempre seduto quasi sprofondato nella sua poltrona la mano sinistra appoggiata sul bracciolo. Il tono era quello di un professore che doveva recitare un argomento noioso e ostico ma che voleva a tutti i costi far arrivare il messaggio ai suoi alunni.

"Tutte le grandi imprese della vita iniziano con un primo passo, un primo gesto. A volte nulla di clamoroso, eppure ogni attimo della nostra esistenza definisce in modo inevitabile il seguito della nostra storia. Basta un piccolo errore, un piccolo cambiamento e tutte le cose vanno diversamente da quello che si aveva in programma. Ho la netta sensazione che lei non riesca perfettamente a seguire il mio pensiero e il fatto di non essere padre di famiglia forse non c'entra. Oppure si? La faccio facile,

Capitano Portago: io sono padre di famiglia e sono pronto a fare la mia parte nella sua rivoluzione," Melez fece una breve pausa, poi riprese con una voce bassa e minacciosa che sembrò un sibilo di un serpente infastidito. "ma fino a quando i miei figli non sono rientrati a casa dalla loro Madre, sani e salvi, lei non uscirà vivo da questa stanza!"

Sotto la scrivania si udì il lieve scatto del grilletto di un'arma da fuoco, Portago non aveva dubbi e lo sguardo gelido di Melez non aveva bisogno di altre spiegazioni. Il Capitano stava freneticamente pensando come uscire da questa situazione e mettere al proprio posto quel vecchio bastardo.

"Non perda tempo a pensare a cose folli. Io sono intoccabile, senza di me la sua rivoluzione non si farà e lei lo dovrebbe sapere. Mi sembra ovvio che nella peggiore delle ipotesi non avrei nulla da perdere, quindi non metta a rischio inutilmente la sua vita."

L'arma di Melez era stranamente una grossa Luger, forse un residuato bellico ma comunque in grado di incutere rispetto. Spuntò sopra il tavolo nella mano destra di Melez che spinse il grosso telefono con la sinistra verso Portago.

"Io sono certo che le sarà sufficiente fare una telefonata per risolvere questa incresciosa vicenda. Dopo mi farà compagnia fino a quando non sentirò la voce di mia moglie che conferma che i ragazzi stanno benissimo. Che ne dice?"

Portago era sopraffatto dalla freddezza di Melez e si rese conto di non avere molta scelta. Dopo qualche attimo di esitazione fece una smorfia di rabbia e sconfitta e prese a fare un numero.

Melez restò fermo immobile ad ascoltare mentre Portago dava istruzioni attraverso il telefono. Quando la conversazione fu terminata il Capitano fece cenno di alzarsi ma il Maresciallo lo fermò subito con un piccolo ma eloquente gesto della pistola.

"E' una Luger. Non molto moderna ma perfettamente funzionante e mi creda, quando un uomo sta dalla parte sbagliata di una Luger ha interesse a non far innervosire l'uomo che sta dalla parte giusta della Luger." Quella frase l'aveva sentita in qualche film, non proprio uguale ma molto simile e gli parve molto adatta alla circostanza.

Portago era visibilmente infuriato con sé stesso per essere caduto in questa specie di trappola, si sentì umiliato e impotente di fronte a quell'anziano Maresciallo che era sembrato un piccolo soldatino che avrebbe preso gli ordini senza fiatare e non avrebbe osato di opporre alcuna resistenza o reazione. Si erano sbagliati tutti, tutti coloro che credevano di conoscere Pablo Melez e avevano previsto di non avere difficoltà a piegarlo alle loro esigenze.

Melez si era alzato dalla sua poltrona e stava aggirando la scrivania per avvicinarsi a Portago. Quando era accanto alla sedia del Capitano Melez gli mise una mano sorprendentemente pesante sulla spalla e gli sibilò con tono molto minaccioso:

"E ora parliamo di mia figlia."

Portago si girò di scatto verso Melez e disse:

"Non abbiamo preso sua figlia, non è con noi."

Melez aveva deciso di prendersi una crudele rivincita. Lo spavento che aveva subito era stato violentissimo e le prospettive di quello che sarebbe potuto succedere alla sua adorata bambina erano terribili, un'idea insopportabile. Le persone che venivano prelevate con la forza non erano mai rilasciate senza essere passati per esperienze molto traumatiche, in particolare le donne subivano ogni sorta di oltraggio. Non c'era motivo per pensare che Anita Maria sarebbe stata trattata diversamente e sarebbero bastate anche poche ore negli ingranaggi diabolici di quel sistema criminale messo in piedi dalla dittatura per causare ferite inguaribili alle persone, non soltanto fisiche ma anche nello spirito. Portago cominciò a temere la furia dell'uomo Melez, l'ira del padre offeso, la rabbia di un militare capace di mettere in atto una vendetta con rigoroso metodo. Il vecchio cane da guardia era comunque un soldato e si stava dimostrando un guerriero freddo e impassibile.

"Non abbiamo preso sua figlia, non ci siamo riusciti. La ragazza non è con noi." Le parole di Portago uscirono dalla sua bocca quasi come una supplica, una richiesta di tregua. I due agenti incaricati di arrestare la ragazza erano rientrati a mani vuote, uno piuttosto malridotto, e senza avere portato a termine la loro missione. Dove fosse finita la figlia di Pedro Melez non lo sapeva nessuno, la vecchia Chevrolet era ancora parcheggiata davanti all'edificio scolastico in Calle Martin all'angolo con Avenida Ramallo ma Portago cominciò a temere che avrebbe faticato a convincere Melez.

"Però ci avete provato, vero?" Il volto di Melez era rabbioso e molto minaccioso. "Voi non avete proprio vergogna, non avete nessuna dignità, quella che dovrebbe essere una caratteristica fondamentale di un buon soldato. Siete peggio dei più luridi criminali, una feccia umana indegna di vivere in una società che si possa chiamare civile. E voi, gente come voi, volete governare questa nazione? Voi che non avete dignità né rispetto e siete capaci di usare delle donne per i vostri miserabili ricatti da banditi di infimo ordine? "

Pedro Melez resto in piedi dietro alla sedia di Portago sempre con la Luger in mano e ora puntata dritta alla nuca del Capitano. Con una rapida mossa s'impossessò del revolver di Portago e lo infilò nella sua cintura. Il suo prigioniero stava accusando il colpo del feroce gioco psicologico che Melez aveva deciso di giocare. La rivoluzione prevista non era che una qualsiasi manovra militare oramai per Melez, non ne era emotivamente e spiritualmente coinvolto in alcun modo, non poteva immaginare di avere passione per il nuovo regime che si annunciava con squallidi figuri come il Capitano Portago. Opporsi sarebbe stato comunque difficile e rischioso, forse però una svolta, un cambiamento era comunque una piccola speranza per l'Argentina e la sua gente e magari in qualche modo qualcosa di buono sarebbe potuto venirne fuori. Non ci credeva molto ma valeva la pena tentare.

"Temo che, in mancanza di notizie rassicuranti su mia figlia, le sue possibilità di partecipare alla rivoluzione stiano svanendo. Le consiglio vivamente di farsi venire delle idee."

"I suoi ragazzi stanno per arrivare a casa, li stanno scortando con un'auto direttamente dalla loro caserma e arriveranno fra pochi minuti. Ma della ragazza non sappiamo nulla, non è nelle nostre mani, non abbiamo idea dove sia." Portago si rivolse a Melez con un tono nuovamente quasi di supplica, temeva ovviamente che la disperazione di un padre potesse diventare veramente pericolosa ma sapeva di dire la verità, la ragazza non era stata catturata. Melez non sembrava volergli credere e non aveva nessuna possibilità di poter rispondere in modo soddisfacente alla richiesta del Maresciallo. Manuel Portago sudava, non solo per i raggi del sole calante che lo investivano in pieno ma anche per la crescente paura. Stava imparando cosa fosse il terrore e il sentirsi impotente ed era un'esperienza terribile.

Rimasero in silenzio per un tempo che parve lunghissimo, poi il suono del telefono interruppe la quiete. Melez rispose e sentì la voce di Donna Clara che gli confermò che i ragazzi erano tornati a casa. Poi la moglie disse che non aveva notizie di Anita Maria, non sapeva dove si trovasse, anche se era andata a pranzo con il suo ragazzo e Melez, senza dare modo a Portago di comprendere disse:

"E' tutto a posto, tranquillizzati ora, sono al corrente di tutto."

Melez non era certo se sua moglie avesse compreso il senso delle sue parole e si fosse veramente tranquillizzata finché non la sentì rispondere:

"Bene, se tu sei al corrente io non mi devo preoccupare. Buon lavoro, Caro, e cerca di trovare modo di riposare almeno un poco!"

Melez ripose la cornetta e rivolse lo sguardo verso il suo ospite prigioniero che era in un bagno di sudore. L'uniforme non era ideale per stare esposto per lungo tempo ai raggi del sole calante. Dopo la telefonata pareva che Portago volesse riprendere energia e addirittura pensasse di alzarsi in piedi. Ma la solita mano pesante lo spinse nuovamente a sedere.

"I suoi figli sono tornati a casa. Era quello che aveva chiesto, ora devo andare, ho tante cose da fare e a questo punto sono diventate molto urgenti." Portago era davvero convinto di aver dato abbastanza soddisfazione a Melez e se era vero che il Maresciallo avrebbe comunque proseguito con la sua partecipazione alla rivolta non c'era più motivo per trattenerlo oltre. Ma si sbagliava.

"Temo che fino a quando non avrò ritrovato la mia cara figlia lei dovrà rassegnarsi a farmi compagnia."

Le parole di Melez sembravano incredibili per Portago. Aveva spiegato e riconfermato più volte che la ragazza non era nelle mani dei rivoltosi ma non sembrava che il suo avversario fosse disposto ad ascoltarlo.

Il colpo sulla tempia con il calcio della Luger fu violento e improvviso, il Capitano non lo vide arrivare e perse i sensi immediatamente, senza neppur emettere un suono di sorpresa. Melez lo spinse con la sedia verso il bagno, lo depositò senza troppi complimenti per terra e lo ammanettò alle tubature dell'impianto idraulico. Uscì dal bagno e chiuse la porta, che era imbottita esattamente come quella grande dell'ingresso e quindi rese qualsiasi suono emesso all'interno della sala da bagno inudibile. Mentre spingeva la sedia verso la sua posizione naturale davanti alla scrivania Melez sorrise pensando alla scarsa ventilazione del bagno con la porta ben chiusa. Il Capitano Portago avrebbe continuato a sudare.

Sistemato l'arredo depositò la pistola di Portago nel cassetto della scrivania e lo chiuse a chiave, poi uscì in anticamera dove un giovane sottufficiale aveva dato il cambio al suo precedente collega da poco e la segretaria era ormai andata via.

"Vada a cercare i Sergenti Moncaldo, Canino e Gonzales e li faccia venire nel mio ufficio tra venti minuti esatti, non prima."

Il giovane militare scattò in piedi e poi prese a consultare l'elenco telefonico interno.

"Non li chiami al telefono, li vada a cercare personalmente, ha tutto il tempo che le serve." disse Melez e il giovane sott'ufficiale si avviò immediatamente. Il Maresciallo prese il registro delle visite e verificò l'annotazione riguardante l'arrivo di Portago, poi prese una delle penne dalla scrivania e aggiunse l'orario di uscita del visitatore. Ora risultava che l'incontro tra il comandante della sicurezza del Palazzo della Giunta e il Capitano Manuel Portago era durato esattamente ventitré minuti.

La riunione con i tre sergenti durò invece solo pochi minuti. I quattro uomini si conoscevano da molti anni e il Maresciallo godeva di stima e fiducia tale da assicurare la lealtà alla sua persona anche in un momento particolare come quello che si stava profilando per la serata. Melez non ebbe problemi a far leva sul malcontento di questi militari che non rappresentavano altro che il sentimento generale di tutte le truppe. Spiegò loro che la rivolta era inevitabile e se non fosse avvenuto quella notte sarebbe successo in qualche altro modo in un futuro comunque non troppo lontano. Loro non erano truppe combattenti e in caso di scontri non avrebbero nemmeno potuto disporre di equipaggiamenti idonei per opporre una resistenza seria e prolungata e quindi sarebbero stati comunque ad alto rischio di sconfitta qualora avessero tentato di difendere veramente il palazzo. Il servizio d'ordine che ormai svolgevano da anni aveva ben poco a che fare con le operazioni militari e gli eventuali aggressori avrebbero avuto una serie di vantaggi. A tutto questo il morale delle truppe non faceva altro che fornire un'ulteriore ragione, nonché scusante, per lasciare che il regime davvero poco amato del Generale Edoardo Viola fosse rovesciato. Forse, ma non se ne poteva essere certi, la loro collaborazione avrebbe perfino potuto produrre qualche vantaggio diretto per i militari di questa guarnigione e se così fosse stato era fuori di dubbio che il Maresciallo avrebbe cercato di ottenere i massimi benefici per i suoi uomini.

Dopo questi preamboli generici e l'immediato consenso dei tre sergenti, che erano fiduciosi di poter controllare tutti i loro sottoposti al fine di evitare qualsiasi rischio di conflitto, Melez illustrò i dettagli dell'operazione anche in base a quanto gli era stato comunicato dal Capitano Portago. L'unica preoccupazione di Melez era proprio il suo ospite ancora rinchiuso al sicuro nella stanza da bagno poiché la sua sparizione doveva aver creato qualche perplessità tra i suoi superiori. Sarebbe stato logico che qualcuno si fosse fatto vivo per indagare e data la situazione delicata i golpisti potevano anche temere un tradimento e correre ai ripari cambiando programmi e procedure.

Proprio mentre i tre sergenti stavano lasciando l'ufficio il telefono sulla scrivania di Melez squillò e quando il Maresciallo rispose riconobbe la voce del Generalissimo Galtieri.

"Maresciallo Melez, le avevo mandato un messaggio e mi stavo chiedendo se lo avesse ricevuto."

Melez aveva ragionato su questo tipo di domanda, anche se non si sarebbe aspettato di ricevere la chiamata da Galtieri stesso. Aveva anche valutato quale risposta dare. Negare di avere incontrato Portago avrebbe significato che non poteva aver ricevuto le istruzioni ed era improbabile che gli sarebbero stati impartite a quell'ora, a poco più di tre ore dal previsto inizio delle operazioni, per cui la sparizione di Portago sarebbe diventata un problema ad altissima pericolosità per i golpisti. Se invece fosse confermato che Melez aveva ricevuto le istruzioni del caso e le tracce di Portago si perdevano dopo l'incontro confermato con Melez il problema restava ma in mancanza di altri indicatori contrari si poteva comunque rischiare di andare avanti con il piano come previsto poiché la collaborazione del Maresciallo e dei suoi soldati era fondamentale. Era perciò comunque utile confermare l'avvenuto incontro e di essere pronto a collaborare, ma Melez non riuscì a sopprimere il desiderio di mandare e Galtieri un sottile segnale, un messaggio subliminale che facesse capire che il Comandante della Sicurezza del Palazzo della Giunta non era una debole foglia al vento e si aspettava di essere preso in debita considerazione a cose fatte. Melez non voleva e non poteva mandare una qualsiasi richiesta più o meno esplicita ma solo far sapere all'aspirante Presidente di essere un uomo da rispettare.

"Certamente, Signore, e tutto quanto è predisposto per la festa come richiesto. Saremo pronti. Speravo che le fosse già stato riferito." Melez diede la sua risposta in tono militare, secco e perentorio cercando di far trapelare quell'autorevolezza che avrebbe dovuto tranquillizzare il suo ascoltatore. Dall'altra parte del collegamento ci fu una pausa e Melez ne approfittò per una stoccata da maestro.

"Vorrei cogliere quest'occasione per ringraziarla per il rilascio dei miei ragazzi, mia moglie era molto turbata. Ora è tranquilla ed io posso dedicarmi in modo concentrato al mio lavoro. Era una preoccupazione che avevo condiviso con il Capitano Portago e ho apprezzato molto che sia intervenuto per rettificare quella misura certamente non necessaria."

Il Generale Galtieri non era stato informato nemmeno di questo. L'arresto dei figli e della figlia di Melez era stato un'idea di Portago che aveva pensato di poter avere in questo modo la certezza assoluta della collaborazione del Maresciallo ma evidentemente qualcosa doveva essere successo per convincere Portago a disporre il rilascio. Il Generalissimo all'inizio non aveva avuto obiezioni, era una procedura del tutto usuale da parte del regime militare e anche se in questo caso ad attuare il provvedimento non erano le forze governative ma dei sovversivi, il metodo rientrava in uno strano concetto di normalità che quelle caste militari condividevano senza distinzione.

"Maresciallo, posso quindi contare sulla sua ben nota efficienza e affidabilità?" chiese Galtieri, pur sapendo che anche una risposta affermativa non sarebbe stata una garanzia assoluta. Melez aveva però reagito bene al primo incontro e anche se i figli erano stati rimessi in libertà era ovvio che in caso di tradimento dei golpisti il Maresciallo sapesse bene di essere un uomo finito, mentre la rivolta riuscita poteva garantire a lui e alla sua famiglia la tranquillità dovuta alla riconoscenza che il futuro Presidente dell'Argentina avrebbe sicuramente avuto per chi lo avesse portato al potere. Era ragionevole aspettarsi che avrebbe collaborato.

"Senza dubbio, Generale!"

Galtieri prese atto della risposta, ringraziò e terminò la conversazione. Non era tranquillissimo ma un militare doveva anche accettare qualche rischio. A questo punto, a poche ore dal colpo di Stato non aveva altra scelta che fidarsi anche del Maresciallo Melez.

Ora rimaneva solo da chiarire dove fosse finito il Capitano Portago. Alle ventidue e trenta tutto il personale di turno al Palazzo della Giunta fu chiamato alla radunata al centro del grande cortile interno, con la sola eccezione delle guardie all'ingresso principale e due sentinelle a ognuno degli altri tre accessi.

Il Maresciallo Melez fece un discorso brevissimo e annunciò l'arrivo di una compagnia intera di fanteria a rinforzo della guarnigione in vista di un'importante azione concertata che avrebbe richiesto la massima collaborazione. Poi rimise il comando diretto ai tre sergenti e si allontanò a piedi verso l'ingresso principale mentre sul piazzale, illuminato a giorno dai fari perimetrali sui tetti calava un insolito silenzio. Non era una quiete serena ma carica di tensione.

Dopo pochi minuti arrivarono sei camion carichi di truppe, precedute da due camionette e una vettura. Si arrestarono alle sbarre ancora abbassate all'ingresso del Palazzo e Melez fece cenno a uno dei militari di guardia di aprire lo sportello della vettura.

Ne scese un alto ufficiale dell'Esercito in uniforme da parata, evidentemente già pronto a entrare nella sua parte nel nuvolo dei nuovi Padroni. Melez lo salutò e lo invitò a seguirlo a piedi mentre ordinava alle guardie di alzare le sbarre e lasciare entrare i mezzi di trasporto. Non appena i camion erano all'interno del Palazzo le sbarre furono nuovamente abbassate e il Sergente Canino diede ordini sulla disposizione dei camion al perimetro della piazza, poi fece scendere le truppe e congiuntamente al comandante di fanteria a capo della spedizione disposero il posizionamento degli uomini.

Melez e l'altro ufficiale guadagnarono il centro della piazza dove furono raggiunti dai sottufficiali a capo dei vari reparti presenti. Il piano che Portago aveva spiegato fu messo in atto e in pochi minuti. Le truppe si divisero in vari gruppi e presero possesso degli edifici organizzando un presidio armato difensivo. Furono arrestati senza problemi una ventina di ufficiali ancora presenti per vari motivi di servizio ordinario nei loro uffici e controllati tutti gli ambienti, dalle cantine ai sottotetti, con la sola eccezione dell'ufficio del Maresciallo Melez, ben chiuso a chiave. La presa del Palazzo della Giunta si concluse in poco meno di venti minuti in quasi perfetto silenzio, senza che fosse sparato un solo colpo. Il centro nevralgico del potere militare era caduto in mano ai golpisti, la presa di possesso della Casa Rosada era questione di poche ore.

L'ufficiale a capo delle truppe di fanteria che avevano eseguito la presa del Palazzo ricevette i rapporti dei suoi luogotenenti dai vari settori del complesso edificio e si dichiarò infine soddisfatto. Si mise in comunicazione radio con il comando supremo dell'operazione e trasmise il suo rapporto, breve e chiarissimo.

Al mattino alle sette e trenta il Generalissimo Leopoldo Galtieri apparve in televisione e la sua voce fu anche trasmessa dalle stazioni radio più importanti per comunicare l'avvenuta presa di potere da parte della sua giunta militare che aveva nella nottata sostituito il regime del Generale Edoardo Viola senza alcuno spargimento di sangue. Solo in alcune caserme periferiche c'erano stati scontri ma presto tutto era tornato alla normalità. Nel pomeriggio stesso ci sarebbe stata una conferenza stampa durante la quale Galtieri avrebbe illustrato il suo programma di governo e la composizione della nuova Giunta Militare al potere in Argentina.

Nella mattinata stessa furono compiuti numerosi arresti di personalità di spicco del precedente governo e di tutti gli eventuali collaboratori di Viola, in tutti i settori, che avrebbero potuto tentare una qualsiasi forma di resistenza contro i nuovi padroni. Ai media arrivarono dispacci ufficiali che dettavano le nuove linee editoriali e fornivano prime notizie sul nuovo assetto politico.

La reazione del popolo argentino fu piuttosto blanda. Le poche manifestazioni di entusiasmo erano anche poco spontanee e prima che Galtieri potesse ostentare un minimo di sostegno delle masse sarebbe passato ancora del tempo. L'evento fu preso come un ennesimo tentativo di cambiare le carte in tavola e ridistribuire potere e ricchezze di un paese sempre più indebolito e demoralizzato ed anche se qualcuno cominciò a suggerire che da una nuova giunta ci si potesse aspettare un qualche cambiamento positivo la reazione tra i civili fu molto cauta. Mancavano pochi giorni al Natale e il nuovo governo non sarebbe certo riuscito a mettere sotto l'albero delle famiglie argentine qualcosa di sostanzioso in termine di benessere, libertà e speranza per il futuro. Si dovevano attendere gli sviluppi della nuova situazione ma le prime ore del regime appena insediato non avevano portato nessuna novità, anzi, il potere violento dei militari sembrava ancora protagonista anche della quotidianità del paese e poiché aveva cambiato obiettivi il disorientamento e la paura erano i sentimenti più diffusi.

Nella serata successiva si sparse la voce del ritrovamento di un Capitano dell'esercito nei pressi di una fattoria a una decina di chilometri da Buenos Aires, in stato di evidente ubriachezza e con i segni evidenti di una scazzottata che gli doveva essere andata molto male. Aveva perso la sua arma d'ordinanza e l'uniforme era in condizioni disastrose. Fu raccolto da una pattuglia del nuovo regime e portato in una caserma, poi lo trasferirono in un carcere di massima sicurezza in attesa di un provvedimento per diserzione. Si diceva anche in giro che la disposizione in tal senso fosse arrivata direttamente da un furiosissimo Generalissimo Galtieri.

ISOLA DI SAUNDERS, 22. DICEMBRE 1981

Gli ultimi sei tecnici inglesi della base scientifica e geologica di Saunders avevano le valigie pronte e aspettarono con ansia l'arrivo del loro trasporto per l'aeroporto. Ormai sentivano l'aria di casa e non volevano assolutamente rischiare alcun ritardo, due giorni abbondanti erano necessari per raggiungere l'Inghilterra partendo da questo sperduto arcipelago in fondo all'oceano Atlantico. Con loro c'era anche il direttore della base, Barrington Styles, che aveva continuato a fare inventari, stilare elenchi e conteggi e a mettere in ordine i suoi appunti di tutta l'attività svolta nei mesi precedenti. Avrebbe consegnato nelle mani dei nuovi occupanti un impianto ordinato e funzionante con tanto di inventario accurato fino all'ultima vite di ogni macchinario e strumentazione presente. Più erano passati i giorni e più si era chiesto cosa mai volessero fare gli americani ma poi aveva deciso, confortato anche dall'allegro e quasi contagioso fatalismo di Kathy Prescott, di non farsi più domande. Per lui ci sarebbe stato certamente presto un nuovo incarico o forse la tanto sospirata cattedra, aspirazione nella quale era apparentemente stato preceduto da quello strano Dottor Fronders che se n'era andato giusto un paio di settimane prima per assumere una cattedra di geologia e mineralogia presso l'Università di Oslo.

Kathy Prescott aveva fatto a sua volta l'inventario della situazione e poi, visto che quel compito era stato assolto per quel che le interessava in una giornata di lavoro scarsa, si era dedicata a rendere le ultime giornate dei suoi colleghi britannici decisamente memorabili dal punto di vista della cucina. Naturalmente anche i tecnici americani avevano apprezzato questo inatteso periodo di transizione e di conseguenza in quei pochi giorni si erano create delle amicizie che nell'anno e mezzo precedente non avevano avuto modo di realizzarsi. Quando il lavoro procedeva normalmente si viveva gli uni accanto agli altri senza quasi mai incontrarsi realmente ma in vista degli addii tutti si sentirono improvvisamente più buoni e gentili e interessati a conoscere meglio i propri colleghi, specialmente quelli che se ne stavano per andare via.

Colin Brenner era rimasto tutto il tempo alla base. Dall'ufficio del Governatore aveva ricevuto l'ordine di rendersi disponibile a fornire ogni assistenza necessaria e poi di incontrare anche i nuovi arrivati e stabilire con loro una buona linea di comunicazione. Anche se non fu esplicitamente detto era ovvio che qualunque attività si svolgesse su quella base era pur sempre suolo britannico e semmai si fosse trovato qualcosa di interessante era fondamentale che il Governatore e quindi il Governo inglese oltre eventualmente anche la compagnia petrolifera nazionale fossero informati tempestivamente. Nei suoi colloqui informali con alcuni tecnici e ovviamente con Kathy Prescott aveva imparato che le perforazioni avevano dato inizialmente l'impressione di poter portare a qualche scoperta importante ma poi la crosta terrestre da quelle parti si era dimostrata particolarmente ostica da perforare e le analisi dei campioni minerali davano sempre meno speranze. Oltre una certa profondità non ci si era voluti spingere perché anche un eventuale ritrovamento, per quanto improbabile, sarebbe stato veramente difficile di affrontare e fintanto che in altre parti del mondo esistevano giacimenti petroliferi e di gas naturali più facilmente accessibili non era il caso di insistere troppo su prospettive poco incoraggianti.

Kathy Prescott aveva confidato di essere certamente stanca della sua presenza a Saunders e anche se aveva, come tutti, avuto i suoi periodi di vacanze in patria il tempo trascorso alle Falkland le pesava sempre di più. Inoltre, non aveva ben compreso cosa volessero realizzare i suoi colleghi che erano ormai in arrivo. Lei gli avrebbe fatto da balia per alcune settimane, un paio di mesi al massimo, e poi se ne sarebbe voluta rientrare in Texas anche se la promessa paga aumentata era decisamente allettante.

Il mistero si sarebbe chiarito presto. Il convoglio con le nuove leve arrivò all'imbrunire e per una buona mezz'ora regnò il caos più completo tra gente in arrivo con relativi bagagli e gente in partenza con altrettanto di valigie e zaini di ogni forma e dimensione. Tutti salutarono tutti e alla fine il convoglio composto di tre veicoli spaziosi ripartì verso l'isola occidentale e l'aeroporto principale. Prima di imbarcarsi il Dottor Barrington Styles fece in tempo a stringere la mano a quello che sembrava essere il capo della delegazione californiana, un tale Andrew Leonard ed ebbe l'impressione istintiva di lasciare Drill City in buone mani. Non c'era tempo per fare una conversazione prolungata e pertanto ci si era limitato a cortesi convenevoli senza domande troppo specifiche.

Kathy Prescott aveva invece subito preso in disparte il capo della spedizione di nuovi arrivati per portarlo, dopo una breve presentazione, a visitare subito gli ambienti della base, in particolare le strutture e la torre di perforazione, poi un breve giro nei laboratori e infine nella mensa e nella grande sala comune dove si svolgeva quel poco di vita fuori servizio che esisteva a Saunders. KP ebbe l'impressione che Leonard non fosse davvero interessato ai particolari, sembrava accontentarsi di un'occhiata veloce più che altro per assorbire la planimetria della zona e degli impianti. Infine, Kathy gli mostrò quello che lei aveva già designato come l'ufficio di Leonard, ovvero l'ufficio che era stato di Barrington Styles. Era grande e completo di tutto il necessario, compreso una telescrivente e una grossa radio ricetrasmittente.

Per il resto il precedente inquilino aveva fatto pulizia completa di ogni cosa non strettamente funzionale per il futuro comandante. C'erano solo alcuni raccoglitori con le copie di tutti i rapporti giornalieri delle varie stazioni di perforazione e sulla scrivania fece bella mostra di sé il registro inventario dei campioni di sottosuolo portati alla superficie e analizzati, con tutti dettagli sul ritrovamento, sulle quantità e sulle analisi effettuate, c'era persino annotato a che ora e in quale zona erano stati rigettati in mare i minerali analizzati e non più utili per nuovi lavori di ricerca.

Leonard si mise subito comodamente a sedere dietro la scrivania e Kathy si accomodò senza tante formalità di fronte a lui. L'uomo non aveva parlato molto fino a quel momento e sembrò finalmente sul punto di iniziare un vero dialogo con la sua collaboratrice, che era ben felice di non dover assumere la responsabilità di dirigere in prima persona la base di Saunders.

"Se non le dispiace vorrei togliere di mezzo le inutili formalità." Iniziò Leonard. "Io mi chiamo Andrew e i miei collaboratori mi chiamano per nome, senza problemi, quindi mi piacerebbe che lo facesse anche lei. Alcuni mi chiamano AL, unendo le iniziali, e mi va bene lo stesso."

"Ottimo," rispose Kathy con un bel sorriso di rilassamento. "qui di solito tutti mi chiamano KP."

"Bene KP, voglio dirle subito che io non sono un esperto geologo e quindi è probabile che nei prossimi giorni, e settimane, io le faccia un sacco di domande stupide. Dovrà armarsi di santa pazienza. A questo punto immagino che lei si sia chiesta cosa siamo venuti a fare e qual è lo scopo di tutta questa operazione. Le posso confermare che si tratta in tutti i sensi di un'esercitazione esplorativa e di ricerca e inoltre vorremmo anche allargare il campo delle operazioni a interventi diversi da quelli della semplice perforazione."

KP lo ascoltò con interesse e cominciò a sentirsi comunque sempre più confusa. Che ci faceva qui un capo spedizione che per primo confessava di non essere un esperto?

"Riteniamo che in un futuro molto prossimo si potrebbe verificare il caso per cui potrebbe essere necessario estrarre dal sottosuolo dei minerali, dei metalli o altro, quindi non solo gas, petrolio o idrocarburi in genere che, per quanto ne so, avrebbero una certa tendenza a raggiungere la superficie con moto proprio, ma materiali che bisogna andare a cercare e scavare. In altre parole, potremmo tentare di fare esperienze di tipo molto diverso e provare di costruire una piccola miniera."

La prospettiva era davvero una novità e Kathy Prescott non aveva mai pensato a un progetto del genere. Cosa mai potesse esserci da ricavare dal sottosuolo di Saunders le era un mistero, certamente le ricerche fin qui svolte non avevano portato alla luce né oro o argento e nemmeno pietre preziose, non c'era carbone e i minerali e metalli in genere che erano stati individuati nei campioni estratti durante le perforazioni non erano stati di entità significativa. Nulla che giustificasse quindi una simile iniziativa, senza contare che gli eventuali ritrovamenti in un posto così distante dai paesi industrializzati che ne avrebbero forse potuto avere necessità avrebbero inevitabilmente sofferto degli enormi problemi logistici dovuti appunto alle distanze e quindi dei costi connessi.

"La vedo perplessa." disse Leonard con un sorriso quasi divertito. Poi si aggiustò la posizione sulla sedia e con una specie di sospiro sembrò prendere una decisione istantanea senza esserne del tutto convinto.

"Signorina Prescott," riprese a parlare. "KP, lei mi è stata indicata come la persona più esperta e competente su questa base e quindi è logico che io abbia bisogno della sua collaborazione. Non creda che i dirigenti della sua compagnia petrolifera siano improvvisamente impazziti e abbiano voglia di buttare ingenti sommi di denaro dalla finestra. Nel mondo degli affari ogni tanto occorre prendere dei rischi e fare in un certo senso delle scommesse ed è più o meno quello che sta succedendo qui. Non posso, per ragioni che presto le saranno chiarissime, spiegare in dettaglio cosa stiamo cercando o tentando di fare, ma le chiedo di darmi la sua collaborazione incondizionata e di mantenere la massima discrezione su ogni cosa, anche man mano che andremo avanti con il progetto."

Per KP la richiesta non era poi del tutto sconvolgente e se le sue perplessità le fossero sembrata ben fondate sarebbe stata comunque disposta ad accettare che in ogni progetto di ricerca ci potesse essere qualcosa di non bene definito e che quindi andava ricercato più con ottimismo e speranzosa fiducia nella buona sorte che con rigore e logica scientifica. Nel caso specifico le incongruenze erano molteplici a partire dal fatto fondamentale che le attrezzature disponibili erano quelle che potevano servire per delle perforazioni ma non certo per scavare una miniera, senza contare che lei stessa e la maggior parte del personale presente non avrebbe saputo da dove iniziare una simile impresa.

"Le confesso che non ho capito molto e per quel poco che ho compreso temo che sia probabile che io non possa nemmeno esserle di grande utilità. Io sono una geologa analista con qualche trascorso su piattaforme di perforazione ma non ho esperienze con il lavoro di miniera."

Leonard non pareva troppo sorpreso dalle obiezioni di KP e rimase sempre sorridente e rilassato.

"Posso comunque contare sulla sua collaborazione? Avrei davvero piacere di lavorare in team con lei ed è chiaro che mentre il lavoro proseguirà lei avrà tutte le informazioni necessarie per farle capire lo scopo di tutto questo."

"Nessun problema, sarà un piacere. Mi fiderò di lei e la mia innata curiosità femminile sarà uno stimolo per mettermi d'impegno, anche se al momento, lo voglio sottolineare, non ho la più pallida idea di dove vogliamo andare e cosa dobbiamo fare. Spero che lei lo sappia altrimenti finiremo per naufragare."

Leonard si alzò ridendo. Sembrava compiaciuto dell'esito della sua breve conversazione.

"Stia tranquilla, abbiamo qualche idea e domani le spiegherò meglio. Ora credo sia il caso di cenare e poi mandare tutti a riposare, è stato un lungo viaggio."

Uscirono dall'ufficio per raggiungere la sala mensa dove si stavano già preparando le tavolate. Entrando KP scorse la sagoma di Colin Brenner in fondo alla sala che stava dialogando con alcuni tecnici della base. Sembravano rilassati e spensierati e certamente non stavano discutendo cose troppo serie.

"Mi sono dimenticata del Signor Brenner, credo che le sia stato presentato velocemente poco fa." Kathy Prescott si rivolse a Leonard quasi scusandosi della svista.

"Il Signor Brenner resta fino a domattina, poi rientra a Stanley con la sua macchina. Ci fa visita ogni dieci giorni circa per avere tutti gli aggiornamenti sui progressi dei lavori, o perlomeno è stato così finora. Forse dopo la partenza dei tecnici inglesi non sarà più necessario che venga così spesso, non crede?"

Leonard dovette riflettere un attimo prima di rispondere.

"Non sarà necessario ma siamo pur sempre ospiti su suolo britannico e ci stiamo facendo dei buchi. Il Signor Brenner, se ricordo bene, è dell'ufficio del Governatore per cui immagino che continuerà a interessarsi della nostra attività. Non mi sembra un problema ma preferirei comunque che le informazioni che vengono date siano generiche e concordate con me, d'accordo?"

Kathy Prescott fece un cenno con la testa e proseguì verso il bancone dove stava per essere presentata la selezione di pietanze per la cena. Si meravigliava un poco della facile naturalezza con cui Leonard aveva di fatto preso il comando delle operazioni e di lei stessa che si era subito adattata ad avere un nuovo capo. Però le sembrava una persona sopportabile per cui avrebbe fatto la sua parte senza protestare. In fondo, giacché il progetto oltre che misterioso pareva anche poco logico e razionale era certamente preferibile che la responsabilità ultima gravasse sulle spalle di qualcuno evidentemente più informato e predisposto ad assumersi delle responsabilità di quanto non fosse lei in quel momento.

Presero dei piatti e dopo aver selezionato un abbondante menù si misero a sedere per mangiare. Dopo pochi attimi si presentò Colin Brenner con il suo cabaret carico di cibo e chiese se potesse accomodarsi con loro. Ovviamente KP e Leonard lo accettarono alla loro tavola e iniziarono una piacevole conversazione.

Brenner confessò che una delle ragioni che lo aveva portato ad apprezzare le sue visite alla base di Drill City era la mensa, ottima e abbondante. Ammise candidamente di non avere una grande opinione della cucina inglese e il tocco texano, ricco e saporito, che KP aveva imposto alla mensa della base era un vero piacere. La carne era disponibile in abbondanza alle Falkland ed era anche di ottima qualità, ma in fatto di preparazione non c'era una grande scelta.

Leonard portò il tema della conversazione con sottile abilità verso temi più inerenti alle cose serie della vita e volle evidentemente capire quali sarebbero state le intenzioni di Brenner e del suo ufficio nel futuro. Oramai la base era stata affidata totalmente alla gestione della compagnia petrolifera californiana e gli inglesi non avrebbero certamente dovuto preoccuparsi più di tanto degli eventuali problemi quotidiani di Drill City.

"Onestamente non ho idea cosa succederà." disse Brenner con aria indifferente, quasi distratta. "Immagino che non avrete l'obbligo di fare rapporto come aveva Barrington Styles, che rispondeva al Governatore prima e alla sua compagnia petrolifera dopo. Certamente saremo comunque sempre disponibili per ogni evenienza ed io avrò piacere di visitarvi ogni volta che lo riterrete opportuno o necessario. Non fatevi scrupoli, mi raccomando, per me ogni visita è un benvenuto diversivo dalla noiosa routine d'ufficio a cui sono costretto a Stanley."

Leonard sembrò divertito e di provare spontanea simpatia per il giovane inglese. La conversazione era davvero informale e rilassata ma il nuovo capo della base di Saunders continuò a fare delle domande a Brenner, sempre con tono casuale e senza mostrare un interesse troppo evidente. Quando a Brenner fu chiesto quale fosse esattamente il suo incarico l'assistente del Governatore diede una spiegazione forse anche più dettagliata di quanto Leonard avesse sperato.

"Ho frequentato l'Università in Inghilterra e grazie alle conoscenze di un vecchio commilitone di mio Padre mi è stato possibile fare domanda, con successo, per accedere alla carriera diplomatica. A dire il vero ho avuto solo accesso ad un programma di formazione, interessante ma poco utile se poi non si ha l'occasione di procedere davvero per quella strada. Ed eccomi quindi qui, in fondo al basso ventre del mondo, a fare da passacarte e segretario al Governatore di questo ridente arcipelago. Mi occupo di tutto, delle richieste di rinnovo dei passaporti e delle licenze di pesca, della cassa del Governatore e dei rapporti tra l'ufficio delle tasse di Sua Graziosa Maestà ed i pochi e generalmente poco entusiastici contribuenti locali, curo la rassegna stampa da presentare al Governatore e l'archivio degli eventi più significativi che avvengono in questo posto sperduto. Sembra un sacco di lavoro ma non lo è. Io speravo di essere inviato in un posto più interessante, più grande, più importante, come New York o Sidney oppure perfino in Francia."

Brenner continuò imperterrito a mangiare mentre dava la sua esauriente risposta ai quesiti di Leonard.

"Sono qui da quasi due anni, spero di non doverci restare ancora per molto. Ma cosa non si deve fare per fare carriera, non le pare?"

Leonard si disse assolutamente d'accordo con Brenner. Anche lui aveva fatto una lunga gavetta e a volte ci si deve rassegnare al fatto che i sogni rimangono desideri inappagati, affermò con filosofica rassegnazione, aggiungendo però che la pazienza era una di quelle virtù che spesso venivano premiate, alla fine. Forse.

La mattina successiva KP si mise a seguire e assistere Leonard che volle organizzare una riunione con tutto il personale della base, quello già esperto e anche quello appena arrivato, per dare le prime direttive di lavoro. Furono assegnati gli incarichi di responsabilità alle persone più indicate, dopo aver cercato anche l'approvazione di KP, e Leonard istruì tutti a prendere familiarità con l'ambiente e con tutti i vari macchinari e impianti. Poi annunciò che nel giro di pochi giorni sarebbe arrivato un carico di nuovi equipaggiamenti per ampliare le attività e procedere con nuove esplorazioni e perforazioni.

Dopo quella riunione Leonard e Kathy Prescott si riunirono nell'ufficio della geologa texana e Leonard chiese di vedere e analizzare insieme con lei i registri dei lavori degli ultimi tre mesi. Il nuovo capo, pur continuando a professarsi incompetente, fece moltissime domande su ogni annotazione, volle capire ogni cosa e sapere gli esiti di tutte le analisi e valutazioni che erano state fatte. Guardarono carte geologiche, grafici, relazioni tecniche, analizzarono con grande attenzione ogni inconveniente ed anche i pochi incidenti tecnici che si erano verificati e infine Leonard chiese a KP di riassumere la sua impressione sui risultati di quasi quindici mesi di ricerche e perforazioni.

Bastarono relativamente poche frasi a KP per esprimere il suo parere. Le indicazioni fin qui ricavate suggerivano che gli eventuali giacimenti di gas e petrolio si dovevano trovare, se c'erano davvero, a grande profondità. La struttura geologica di tutta l'area non aveva segnalato nessuna caratteristica incoraggiante che potesse far sperare in risultati positivi facili e prossimi da raggiungere. Per questa ragione anche KP aveva approvato la decisione di sospendere i lavori. Per il momento, e probabilmente per qualche decennio ancora, c'erano giacimenti più accessibili da sfruttare e non avrebbe avuto comunque senso avviare lo sfruttamento in questa zona e a costi elevatissimi quando si poteva ancora accedere a fonti di gran lunga più facilmente sfruttabili i quindi molto più economiche.

"Certamente ero felice di chiudere la base e ritornarmene in Texas, ma eccomi qui a chiedermi cosa andremo a fare domattina. Le confesso che quando fui informata del progetto di addestramento alla ricerca feci molta fatica a convincermi, ma il mio grande capo ha insistito. Ora lei mi racconta altre cose e sono ancora più confusa e perplessa, ma andiamo avanti, in fondo non sono soldi miei."

Leonard non era sorpreso delle parole di KP e riprese in mano il registro delle campionature. Chiese se davvero non ci fosse nulla di interessante in tutte le centinaia di analisi che erano state fatte ma KP lo confermò senza esitazione. La sola volta in cui le analisi non erano approdate a nulla era stata quando avevano trovato quella specie di Silice, ma dopo aver inviato i campioni a Pasadena e anche in Inghilterra non se n'era più saputo nulla, per cui riteneva che non si trattasse di una sostanza di particolare interesse.

"Gli inglesi non hanno detto nulla su questi campioni?" Leonard fece la domanda senza particolare enfasi. Ovviamente non erano state ricevute segnalazioni di nessun tipo a Saunders, Barrington Styles non si sarebbe certamente trattenuto dal condividere eventuali notizie importanti e dagli Stati Uniti non era stata fatta alcuna menzione di particolare interesse, a parte la richiesta per la rimanente campionatura, ma era successo nell'ambito di un'esercitazione militare e probabilmente si era trattato di uno di quei giochini che i militari amano fare con i soldi dei contribuenti, gli disse KP con una certa ironia. Leonard non sembrò reagire, ma poi prese a cercare tutte le annotazioni su questi campioni.

"Li abbiamo chiamato Frondite perché il tizio che se ne occupò per primo, ed era stato l'unico, era un collega norvegese dipendente della compagnia inglese. Aveva passato un paio di giorni a fare analisi senza però approdare a nulla di conclusivo. Era una specie di Silice, magari contaminata da qualche altra sostanza, dei metalli forse. Non ne abbiamo più saputo nulla."

L'affermazione di KP pareva indicare la sua convinzione che dal momento che nessuna notizia era stata data sui risultati ottenuti nei laboratori più attrezzati a Pasadena e in Inghilterra il materiale evidentemente non aveva caratteristiche particolarmente interessanti e tantomeno importanti. A questo punto Leonard decise di rischiare una mezza indicazione sugli obiettivi dell'operazione di ricerca e addestramento della California Oil Inc. sull'isola di Saunders anche se non aveva nessuna intenzione di rivelare più del necessario.

"Non ne avete saputo più nulla perché evidentemente dalle successive analisi non è risultato nulla di importante. Però questa Frondite si presta al caso nostro. Vediamo di porci come primo progetto da realizzare, come prima esercitazione, quello di andare a recuperare altre quantità di questa Frondite. Ci servirà per raffinare le tecniche di ricerca e di raccolta di materiali dal profondo della terra, non le pare?"

Kathy Prescott non era molto abile nella dissimulazione dei suoi veri pensieri, la diplomazia non le era per niente congeniale. Il ragionamento del suo nuovo capo le parve assurdo e quasi infantile e pertanto la sua risposta fu piuttosto caustica.

"Ottima idea. Per fortuna che le è capitata tra le mani la Frondite altrimenti scommetto che mi avrebbe chiesto di sotterrare dei tappi corona o bottiglie vuote di notte. Sinceramente mi sembra che stiamo organizzando una caccia al tesoro per boy-scout."

Leonard rimase spiazzato dalla battuta acida ma allo stesso tempo si rese conto di avere a che fare con una potenziale collaboratrice forse ostica ma certamente sveglia e aperta, una che avrebbe sempre detto quello che veramente pensava e lui apprezzava queste qualità. Conoscere le opinioni dei collaboratori era sempre utile e se avevano delle idee diverse dalle sue, preferiva conoscerle. Ogni tanto era capitato che in questo modo avrebbe imparato cose interessantissime e utili per cui non aveva esitato, quando conveniva, a cambiare le sue opinioni e adottare i suggerimenti.

KP si era alzata in piedi in anticipazione di abbandonare la discussione e preparare una raccolta specifica di tutte le informazioni sul ritrovamento della Frondite.

"Vede, Andrew," disse con tono da maestrina. "con il nostro equipaggiamento sarà difficile riuscire a portare in superficie altra Frondite. Noi facciamo dei buchi, dritti e di piccolo diametro, che attraversano in senso verticale i vari strati della crosta terrestre. Non scaviamo in orizzontale, non facciamo gallerie e non abbiamo la possibilità di risucchiare dei minerali o delle pietre o qualsiasi cosa che non sia davanti alla punta della nostra trivella. Dovremo spostare la torre di trivellazione e fare un nuovo buco per portare in superficie altri trenta chili di Frondite, forse meno. Il conto chi lo paga? Si rende conto che quella roba costerà più della stessa quantità di diamanti?"

La breve spiegazione tecnica del metodo di ricerca era una delle cose che Leonard aveva temuto di più. Sapeva benissimo che i campioni che risalivano in superficie erano i materiali incontrati dalla trivella nel corso del suo avanzamento verso le profondità sempre più grandi. La punta rotante in sostanza inghiottiva la roccia che si trovava davanti e la faceva risalire all'interno dei lunghissimi tubi della trivella.

"Riusciremmo a far deviare la punta di qualche spanna per avere altri campioni dalla stessa profondità?"

KP scosse la testa.

"Una volta che una perforazione è stata fatta la punta, se la ritiriamo e la facciamo ridiscendere, seguirà esattamente lo stesso percorso che ha scavato in precedenza, scivolerà facilmente salvo qualche cedimento della parete del canale verticale, ma in questo caso i detriti cadranno sul fondo e saranno quindi ripresi una volta che la punta raggiunge la massima profondità della precedente perforazione. Temo che abbiamo poche speranze di ritrovare dell'altra Frondite discendendo con la nostra punta nello stesso foro. Possiamo provare ad aumentare il diametro ma non ne ricaveremmo un granché. Mi dispiace, ma non la vedo bene, provi a inventarsi un altro esercizio per le reclute."

Leonard non reagì alla provocazione. Invece pose una domanda più logica e pertinente.

"Quanto tempo ci vorrà per riposizionare la trivella?"

"Con tutte le risorse impiegate al massimo sforzo ci vorranno almeno quattro o cinque giorni a smontare e poi almeno il doppio a rimontare, e non importa se ci spostiamo di cento metri o di un metro soltanto."

Gli esperti dei laboratori geologici militari avevano discusso a lungo sull'opportunità di spostare lo sforzo di trivellazione, anticipando le obiezioni che Kathy Prescott aveva confermato pochi attimi prima e Leonard aveva in realtà già preso una decisione. Poiché non si aveva idea della forma e dell'estensione della vena di Frondite che la trivella aveva attraversato a poco più di duecento metri di profondità sarebbe stato opportuno ridurre il rischio al minimo e perforare il terreno molto vicino al primo pozzo scavato.

"Ok, mettiamoci all'opera." Leonard si mostrò deciso ed entusiasta. "Tra i materiali che abbiamo portato con noi c'è una testata di trivella di maggior diametro. Proviamo a utilizzarla e vediamo se riusciamo a recuperare altra Frondite, poi proveremo a smontare la torre e a spostarci di lato, non più di due metri, voglio essere sicuro di ritrovare quella vena di Frondite. Sarà un buon esercizio, tanto per iniziare! Andiamo sul luogo del delitto, così decidiamo insieme dove riposizionare la trivella."

Si avviarono verso il parcheggio quando intravidero Colin Brenner.

Come mai è ancora qui?" chiese Leonard.

Kathy Prescott fece spallucce e disse che il compito di Brenner era probabilmente di dare un'occhiata intorno per accertarsi che gli ospiti americani non facessero danni in casa britannica. L'accordo precedente tra le due compagnie petrolifere era stato molto dettagliato e la condivisione assoluta di tutte le informazioni, geologiche prima di tutto, ma anche di natura tecnica e operativa, era stata seguita con precisione maniacale. Forse era dovuto al carattere del direttore della base Barrington Styles, ma Brenner pur senza essere mai invadente o fastidioso aveva messo una grande cura nel controllo meticoloso di ogni cosa degna di nota che era avvenuta a Drill City o su una delle piattaforme di perforazione. Insomma, gli inglesi erano i padroni di casa e lo facevano sentire e se una base esplorativa come quella di Saunders avesse prodotto dei risultati importanti di qualsiasi genere era probabile che gli inglesi avrebbero voluto non solo esserne informati ma anche condividere qualsiasi beneficio derivato perché la base, anche se ora operata e gestita completamente da personale americano, era pur sempre su territorio inglese.

"Non stiamo rubando nulla, almeno per ora," disse Leonard con tono pensoso. "ma credo comunque che dovremmo cercare di tenere gli obiettivi della nostra ricerca per noi. Poi spetterà ad autorità ben superiori alla mia decidere se, cosa e quando far sapere ad altri, padroni di casa compresi."

KP aveva già intuito che Leonard non avrebbe voluto dare troppe informazioni a Brenner, qualunque fosse stata la ragione. Certo era che l'operazione sarebbe stata piuttosto costosa e il solo piacere di provare a ritrovare altra Frondite non giustificava tutto questo sforzo. Ci doveva essere dell'altro e secondo la geologa texana la ricerca della Frondite era solo un diversivo. Kathy Prescott decise di tenere gli occhi aperti e di non prendere le parole di Leonard per oro colato, quell'uomo non gliela stava raccontando giusta, ne era certa!

L'ufficio del Governatore a Stanley era un posto tranquillo. Le funzioni amministrative in rappresentanza del Governo centrale britannico si limitavano a poche pratiche e con una popolazione di poco più di tremilacinquecento anime il Governatore Hunt era quasi una specie di sindaco di campagna, conosciuto da tutti e benvoluto, disponibile e piuttosto informale nel modo in cui assolveva le sue funzioni. Gli orari d'ufficio erano diligentemente illustrati su una tabella d'ottone sull'ingresso ma in realtà chi aveva bisogno poteva venire a chiedere udienza a qualsiasi ora, anche di domenica.

La stanza da lavoro riservata a Colin Brenner era spaziosa e luminosa, sul retro della grande casa a due piani. Una vecchia scrivania di legno massiccio dominava il centro dell'ambiente e lungo le pareti erano allineati alcuni armadi e scaffalature, una grande stufa a legna in ghisa e maiolica per riscaldare nel lungo inverno e l'ingombrante mobile della telescrivente. Oltre al giovane Brenner c'era anche una segretaria impiegata da tanti anni presso l'ufficio del Governatore, la Signora Mildred Livingston, una donna magra e ossuta dalla severa capigliatura oramai quasi completamente grigia e dai modi burberi ma fondamentalmente bonaria. Era lei a gestire la fase di archiviazione di tutte le carte che erano prodotte negli archivi e anche i rapporti mensili e settimanali di Brenner erano gestiti con impeccabile efficienza dalla Signora Mildred. L'unica cosa di cui la donna non voleva sentir parlare, e ne aveva discusso più volte con il Governatore Hunt in persona, era la grande cassaforte nella quale erano tenuti più che altro i formulari ufficiali per documenti come passaporti e carte d'identità. La Signora Mildred non ne voleva sapere, la chiave della cassaforte e il codice per la serratura numerica non erano affar suo e così dovevano restare. Per Brenner questa era una buona cosa perché gli permise di tenere al sicuro tutte quelle carte che riteneva riservate e delicate, come i suoi rapporti periodici alla centrale londinese del MI6. Solo lui e il Governatore sapevano aprire la cassaforte e il Governatore non lo aveva mai fatto nei quasi due anni di servizio che Brenner aveva prestato a Stanley.

Senza una ragione particolare, salvo forse quella di seguire con puntiglio perfino esagerato le raccomandazioni ricevute durante il suo addestramento, Brenner decise di lanciare una piccola indagine sullo staff ora tutto americano della base di ricerca sull'isola di Saunders. I suoi incontri informali con i nuovi arrivati come anche con gli altri che già conosceva da tempo non gli avevano fatto capire molto sui programmi e gli obiettivi dell'operazione che ora si stava svolgendo. La motivazione ufficiale dell'addestramento non lo aveva convinto del tutto anche se non c'era alcun motivo per dubitare delle parole dei suoi interlocutori. I nuovi arrivati dicevano di non sapere bene a cosa si sarebbero dovuti preparare e gli altri, che da mesi stavano lavorando sulla base o su qualche remota piattaforma parlavano solo delle loro mansioni passate e delle difficoltà incontrate, a volte esagerando i problemi forse anche per prendersi un po' di gioco delle nuove leve. Certamente il lavoro di ricerca era difficile e particolare e quindi era una buona cosa addestrare bene il personale che poi avrebbe dovuto operare in condizioni difficili in tutto il mondo. Era proprio questo aspetto che Brenner non capiva bene, in fondo la base di Saunders aveva tutto meno che condizioni operative particolarmente difficili e certamente in alto mare sulle piattaforme galleggianti la vita doveva essere molto più dura e particolare. Per iniziare la sua ricerca Brenner inviò una richiesta di informazioni senza urgenza o particolare priorità, fornendo le generalità delle persone che lo interessavano, primo fra tutti il capo delle operazioni Andrew Leonard e anche la sua assistente Kathy Prescott. Brenner si rimproverò di non avere fatto sulla donna una richiesta già mesi fa, non pensava che avrebbe portato a rivelazioni clamorose ma per rigore formale sarebbe stato giusto. L'omissione non era grave, però sul suo ruolino di marcia l'annotazione di un ritardo ingiustificato nell'intraprendere una richiesta di informazioni non lo avrebbe certo aiutato ad avanzare nella sua carriera. La burocrazia. La si poteva odiare, detestare, avversare in tutti i modi leciti e a volte anche illeciti, ma poi si finiva sempre per doversi arrendere e assecondare i suoi dettami. Non era stata questa la carriera che Brenner aveva avuto in mente all'inizio del suo percorso al servizio di Sua Maestà la Regina e sperava ancora con tutto il cuore che presto o tardi, meglio presto, gli venisse offerta una vera opportunità. Lo avevano informato del fatto che era del tutto possibile che il lavoro dell'agente del MI6 si limitasse anche per tutta la sua carriera a noiose funzioni burocratiche, passare carte e stendere rapporti banali e ripetitivi senza nessuna importanza e senza nessuna emozione, poteva essere la normalità eterna. Ma, così gli avevano spiegato con il dito indice minacciosamente alzato, il vero agente del servizio sapeva stare al suo posto in discreta attesa per poi essere prontissimo ad assumere un ruolo operativo completamente diverso nel momento in cui si fosse davvero presentata la necessità. Uno degli istruttori aveva fatto il paragone con i moderni piloti di aerei di linea, pagati sostanzialmente per osservare comodamente seduti gli strumenti elettronici che guidavano gli aeroplani, leggere il giornale e consumare i pasti della prima classe con la sola eccezione dei vini e dei superalcolici, e insidiare le virtù di qualche hostess di buona volontà. Per fare questo i piloti erano certamente sovra qualificati e anche sovra pagati ma in realtà si guadagnavano il loro lauto compenso e la stima e ammirazione della gente sapendo, in caso di necessità, intervenire con assoluta competenza ed infallibile abilità rendendo le situazioni critiche quasi sempre impercettibile per gli stessi passeggeri. Novantasette percento di noia, due percento di routine e un percento di panico controllato, questo era il riassunto del concetto.

Brenner per ora aveva fatto esperienza di noia e di routine e ora stava aspettando, e in cuor suo se ne vergognava pure un poco, quella parte di panico che era stato il fascino sperato che aveva ispirato la sua scelta professionale e di vita alla conclusione del suo percorso universitario, o forse anche prima. Aveva accettato di dover aspettare e forse mai entrare in azione come un eroe dei romanzi di Ian Lancaster Fleming e similari ma non aveva messo in preventivo che l'attesa potesse svolgersi su questo sperduto arcipelago, freddo e poco accogliente, ben diverso dalle spiagge dorate dei Caraibi o dalla pulsante vitalità delle metropoli del mondo.

Qualche giorno addietro c'era a dire il vero stato un momento di una certa agitazione. Dall'isola della Georgia del Sud era giunto un messaggio radio da parte del comandante della base scientifica antartica con base a Grytviken che alcuni uomini erano scesi da un'imbarcazione argentina sul suolo dell'isola senza avere richiesto le necessarie autorizzazioni. Si era trattato di tecnici di un'impresa che aveva un contratto per la rimozione dei rottami ferrosi sia delle baleniere arenate nella zona che dei vecchi stabilimenti di lavorazione delle balene. Apparentemente si trattava di un sopralluogo per i lavori che sarebbero stati effettuati più avanti. Il Governatore fece le dovute proteste formali per via diplomatica con le autorità argentine e ottenne delle solenni scuse da parte dell'imprenditore, un tale Constantino Davidoff, che promise che in futuro i suoi uomini avrebbero rispettato tutte le formalità previste e l'incidente si chiuse quindi con un fascicolo da archiviare, nulla più.

La prima reazione alle richieste di Brenner sugli americani sbarcati a Drill City arrivò nel giro di poche ore ed era un tranquillizzante messaggio da parte degli uffici centrali di Londra che lo informavano, con gentilezza e impeccabile precisione, che data l'incombenza delle festività natalizie e di fine anno, a meno che non avesse fatto esplicita richiesta urgente con tanto di motivazione dettagliata allegata, le indagini necessarie sarebbero state eseguite nei primi giorni del nuovo anno. I colleghi naturalmente si rendevano disponibile per ogni chiarimento necessario e nell'augurare Buone Feste e un Buon Anno Nuovo salutavano distintamente.

Per Colin Brenner questa risposta non era del tutto una sorpresa, il potere della burocrazia e le procedure rigidamente progettate a tavolino non concedevano molto all'improvvisa urgenza di un operativo su un isolotto lontano che probabilmente aveva finito di leggere l'ultimo numero di Readers Digest e voleva procurarsi qualcosa da fare in questi noiosi giorni di festa. Prese atto dell'informativa, la mise diligentemente agli atti e pensò di dedicarsi con maggior impegno alla pianificazione delle prossime giornate di gioiosi festeggiamenti, anche in casa del Governatore. In città c'erano poi comunque un paio di Pub semplici ma allegri e anche il solitario assistente del Governatore, dismessi gli abiti formali del suo prestigioso e delicato incarico, avrebbe trovato modo di distrarsi dalle piccole miserie della sua vita quotidiana.

La notizia del nuovo colpo di stato in Argentina aveva presto fatto il giro del mondo. Ogni nazione valutò la situazione in modo diverso, giornali e televisione davano letture e interpretazioni contrastanti e spesso alquanto fantasiose ma in fondo la nuova situazione non parve immediatamente come un cambiamento sconvolgente della realtà conosciuta. Sarebbero stati i prossimi giorni e le prossime settimane a fornire qualche maggiore indicazione sulle reali intenzioni del nuovo governo. Gli esperti di finanza di tutto il mondo tentarono di trovare risposte ai mille dubbi sulla tenuta del paese sudamericano in termini di economia ma nell'immediato nessuno si aspettava grandi novità in termini di politica estera. I problemi interni dell'Argentina dovevano essere per forza i punti focali più immediati per la nuova giunta militare al potere e avrebbero dovuto affrontare questi drammatici problemi certamente prima di pensare a mettere mano alle relazioni internazionali. Esistevano alcuni accordi strategici con vari paesi, prima di tutto con gli Stati Uniti d'America e sarebbe stato certamente opportuno oltre che necessario confermare quanto prima l'aderenza a tutti gli accordi in essere per continuare a sperare nel supporto delle nazioni amiche. Era noto a tutti che l'isolamento dell'Argentina a causa della sua situazione interna, delle tensioni sociali e dell'operato alquanto discutibile delle forze al potere, era un problema già enorme, non si poteva rischiare di aggravare quella condizione e pertanto in molti decisero di dare un abbondante anticipo di credito di buona volontà al nuovo Presidente Leopoldo Galtieri. Dopo essere stato uno dei protagonisti del regime di Videla prima dell'avvento di Viola, Galtieri aveva esperienza e contatti internazionali e aveva sufficiente notorietà anche in patria da poter giustificare la speranza di riuscire in qualche modo a far rinascere uno spirito di unità nazionale, far riemergere un sano patriottismo e quindi portare il paese a una progressiva transizione verso la normalizzazione democratica prima e un sostanziale risanamento economico e sociale poi, il tutto possibilmente in tempi non troppo lunghi. Sulle modalità con cui l'ipotizzato cambiamento avrebbe dovuto prendere il via c'erano numerose ipotesi ma nessuna certezza. Non sarebbe passato molto tempo prima che Galtieri mandasse i primi segnali alla popolazione e tentasse di ricompattare una società quasi completamente sfaldata. Alcuni di questi segnali avrebbero colto di sorpresa molti osservatori internazionali.

Il periodo delle feste natalizie era caratterizzato da un insolito stato di euforia generale, anche se ancora non era del tutto chiaro se davvero ci fosse da festeggiare. Le operazioni di pulizia negli uffici pubblici e in tutte le sedi del potere che potevano contenere residui di fedelissimi del precedente regime furono eseguite con rapida e inflessibile efficienza e durezza, nulla di nuovo quindi. Arresti, processi sommari o perlomeno pubbliche accuse e diffamazioni mirate erano all'ordine del giorno e il senso di insicurezza generale rimase sempre incombente anche mentre risuonavano i canti natalizi. Il clima era sì festoso eppure surreale, la speranza di un nuovo corso era l'unico incoraggiamento a cui si aggrapparono tutti quanti anche senza il conforto di una logica o di chiare indicazioni.

Poi con il passare dei giorni vennero gli annunci, la nuova giunta e il governo così formato si spese in comunicazioni di programmi e progetti di ogni genere, riforme e razionalizzazioni, ristrutturazioni e lotta alla corruzione e all'inefficienza degli apparati statali erano i punti più decantati, il tutto sempre farcito di richiami all'unità nazionale e all'amore di patria, che era venuto a mancare e che ora doveva essere ricostruito e rafforzato per il bene delle future generazioni. Le bandiere azzurre con la banda bianca dell'Argentina apparvero in ogni luogo, in tutte le manifestazioni sportive e culturali e sugli edifici pubblici e in molti notarono che l'attenzione verso i piccoli problemi quotidiani e immediati della gente era distratta da un rinascimento patriottico che invitava tutti a guardare più in alto e più lontano. L'operazione quasi psicologica per influenzare il popolo e indicare nuove priorità e nuovi obiettivi sembrava funzionare e la gente era ben felice di riprendere a sperare e ad avere degli obiettivi nuovi da inseguire. Il caos apatico e disinteressato che aveva caratterizzato il paese per quasi un decennio non era certamente risolto ma qualcosa si stava muovendo e almeno in piccola parte il paese pareva riprendere fiducia.

Ma le belle parole non potevano bastare, dovevano seguire delle azioni concrete. Seppure le iniziative di riforma fiscale fossero state accolte con favore erano pur sempre misure che avrebbero prodotto benefici tangibili solo nel tempo e Galtieri non poteva rischiare che un eventuale nuovo entusiasmo potesse decantare troppo per mancanza di evidenze immediate di cambiamenti reali e sostanziosi. In quelle situazioni, così pensarono gli strateghi della giunta, serviva un obiettivo trascinante, un traguardo comune che tutti potessero voler inseguire e che quindi potesse focalizzare l'attenzione del popolo. Un regime militare non poteva non pensare all'incentivo più efficace di ogni tempo, ovvero l'identificazione di un nemico da combattere e su cui concentrare la propria attenzione ed i sentimenti più forti. Questa volta però non poteva bastare una qualche divergenza con stati vicini su piccole questioni di frontiera, non poteva bastare un qualche incidente diplomatico o un risentimento per qualche caso di concorrenza commerciale, ci voleva un obiettivo più trascinante e più convincente, un obiettivo anche importante per cui valesse la pena agitare la bandiera e sentirsi uniti come popolo argentino.

Bastava sfogliare i libri di storia e qualcosa si sarebbe trovato. In fondo c'è sempre qualche partita irrisolta, qualche sassolino nella scarpa, bisognava scegliere con attenzione, trovare un bersaglio più grosso del solito e poi accendere la miccia dell'orgoglio nazionale per avere il supporto della popolazione. Era solo questione di giorni.

La festa di Natale alla base di addestramento e ricerca sull'isola di Saunders era stata sorprendente. La richiesta che Kathy Prescott aveva formulato senza troppa convinzione al Presidente dell'Oil California Inc. Paul Bloch era stata accolta oltre ogni attesa e tra le tante casse che erano state scaricate dal grosso aereo cargo che aveva portato le nuove forze nell'arcipelago quelle contenenti beni di conforto erano piuttosto numerose. Oltre al necessario per organizzare una festa memorabile c'erano videoregistratori e televisori per tutte le abitazioni del personale e per la grande sala comune e non mancava nemmeno una videoteca completissima da poter soddisfare per settimane anche i gusti più esigenti. Tra le varie cibarie a lunga conservazione c'era davvero di tutto e una gestione attenta avrebbe permesso di elevare la qualità del vitto ad alto livello per mesi. Per rispetto delle diverse confessioni religiose presenti si decise di festeggiare con un magnifico pranzo sia il Natale sia Hanukkah senza insistere troppo sul significato spirituale specifico delle varie festività ma giusto per affrontare il lavoro delle successive settimane con una bella carica morale. Infatti, finita la festa, lavate le stoviglie e ripulito il salone della mensa le cose si fecero subito molto impegnative.

Tra le varie casse pervenute c'era anche una, come aveva annunciato Leonard, contenente una nuova testa di perforazione di diametro maggiorato e con la capacità di risucchiare materiale anche dalle pareti laterali del pozzo di perforazione. Era un vero gioiello di tecnologia e si adattava senza troppe difficoltà all'attrezzatura presente sul pozzo di Saunders. Perciò si decise di procedere inizialmente sullo stesso asse di perforazione prima di procedere con lo spostamento della torre. Sotto la direzione attenta di KP e con la supervisione di Andrew Leonard la profondità di quasi 230 metri, alla quale era stata trovata la Frondite, fu raggiunta nel giro di soli tre giorni di trivellazione. Al primo tentativo di raccogliere materiale dalle pareti del pozzo ci fu un problema tecnico ma fu risolto nel giro di qualche ora, poi iniziò il recupero di minerali da quella profondità. Dopo altre sei ore di lavoro il pozzo fece emergere una colonna di quasi due metri di altezza di rocce e pietre bluastre e non c'era dubbio sul fatto che si trattasse di Frondite, anche se per evitare qualsiasi dubbio KP fece immediatamente eseguire le analisi di laboratorio per avere conferma. Non ci volle molto tempo e confrontando i risultati con le note del Dottor Ingvar Fronders ci fu presto la certezza che la vena era stata ritrovata.

"Bene Andrew," disse KP. "abbiamo la certezza di aver ritrovato la vena e abbiamo portato in superficie una trentina di chili di materiale, il doppio circa rispetto al primo ritrovamento. Soddisfatto?"

Leonard non poteva nascondere la propria soddisfazione e la quantità di Frondite recuperata sarebbe stata sufficiente per far saltare di gioia Arthur Waters e tutto il suo staff tecnico nei laboratori a casa. Il materiale raccolto doveva essere inviato in California con la massima urgenza per continuare a sviluppare le tecnologie rivoluzionarie che questo materiale rendeva possibile. Se da un lato si poteva essere soddisfatti di aver subito ritrovato la vena di Frondite dall'altro ora si poneva il problema come riportarne in superficie altre e più significative quantità. Quando in precedenza era stato usato erroneamente il termine miniera per indicare la base di Saunders in realtà si era prefigurata la giusta evoluzione dell'impianto. Kathy Prescott aveva confermato quello che anche gli altri esperti tecnici avevano previsto, ovvero che le attrezzature di perforazione non sarebbero state in grado di aiutare molto per la raccolta dei preziosi cristalli. La progettazione di un tunnel verticale più ampio per iniziare a lavorare a quelle profondità con attrezzature diverse e più adatte allo scopo era iniziata ancora prima della partenza della nuova squadra dagli Stati Uniti ed anche l'approntamento dei macchinari e di tutti gli utensili e supporti necessari era già avviato, ma prima che tutto questo potesse giungere a Saunders ed essere utilizzato sarebbe passato ancora del tempo. Si parlava di almeno sei settimane, troppo per i gusti ansiosi di Leonard e dei suoi colleghi in patria. La decisione di smontare la torre di trivellazione e di spostarla di alcuni metri fu presa immediatamente dopo il recupero della Frondite e una piccola serie di tentativi a profondità leggermente diverse che non avevano dato esito positivo. Si doveva procedere a gran ritmo e per i primi giorni del nuovo anno si sarebbe potuto iniziare con una nuova perforazione.

BUENOS AIRES, ARGENTINA

A casa Melez il clima di questo Natale era stato singolare, carico di una tensione emotiva insolita, solennità e serenità miste a uno strisciante nervosismo, un impercettibile disagio che tutti sentivano ma di cui nessuno volle parlare. Il pranzo in famiglia era ricco e gustoso come nella tradizione e il Maresciallo Pedro Melez era riuscito ad ottenere per sé e i suoi figli dei turni di riposo che consentivano di passare la festa insieme. Naturalmente c'era anche Adrian Cardena e a un certo punto, dopo aver abbondantemente mangiato e gustato il dolce preparato con grande abilità da Donna Clara, ben assistita dalla figlia Anita Maria, particolarmente dolce e affettuosa dopo quella strana parentesi di una notte fuori casa, si finì per parlare degli eventi degli ultimi giorni. Pedro Melez si era limitato a spiegare alla moglie che il golpe aveva causato tensioni e incomprensioni tra vari reparti dell'esercito e della polizia, tra governativi fedeli e totalmente all'oscuro degli eventi che si stavano preparando e golpisti che erano invece impegnati a organizzare ogni aspetto della loro iniziativa cercando di garantirsi contro ogni possibile sorpresa o tradimento. Il metodo, così disse Melez, non poteva essere dei più ortodossi e alcune spiacevolezze sarebbero potute accadere ma alla fine tutto si era risolto bene e senza danni e la famiglia poteva godersi un sereno Natale in casa. Brindarono più volte allo scampato pericolo e fecero tutti dei grandi sorrisi; eppure, c'era qualcosa di inquietante nell'aria, una sensazione di incertezza e forse anche l'inconsapevole percezione del fatto che in realtà la vicenda non era stata così semplice e quasi banale come il Maresciallo la voleva far apparire. Ma c'era anche da festeggiare la sua promozione a Colonnello, annunciata e confermata per essere formalizzata prima della fine dell'anno e naturalmente, dopo tanti anni di onorato servizio, c'era anche la possibilità di un onorevole ritiro dall'esercito con una bella pensione ed alcuni privilegi che il nuovo regime gli aveva offerto insieme a celeri manifestazioni di apprezzamento e gratitudine da parte perfino del Generalissimo Presidente Leopoldo Galtieri. Pedro Melez stava ancora valutando se accettare il pensionamento anticipato o continuare a servire ancora per qualche tempo la sua nazione e i suoi ragionamenti, che non aveva condiviso con i suoi familiari, erano complessi e confusi e ruotavano attorno a mille aspetti poco chiari per lui. Non era del tutto convinto di poter essere tranquillo sotto il nuovo regime, non sapeva quali nuovi equilibri e quali rapporti personali avrebbero regnato nelle stanze dei potenti del nuovo governo, ma più di tutto lo preoccupava la questione del Capitano Portago, di cui si era saputo poco e quel poco indicava la forte probabilità di un sommario processo davanti ad una corte militare ben poco disposta ad ascoltare le ragioni di un ufficiale che aveva anzitutto fallito la sua missione e non aveva affatto svolto il ruolo che gli era stato assegnato nell'esecuzione delle operazioni militare nella notte del golpe. Non c'erano prove per parlare di alto tradimento o di un vero e proprio sabotaggio della rivolta ma in ogni caso Portago si trovava in una situazione molto difficile. Se avesse trovato la maniera di raccontare la sua versione dei fatti per Pedro Melez le cose si sarebbero potuto mettere male o perlomeno avrebbe dovuto affrontare una situazione per la quale non si sentiva preparato. Aveva una sua storia pronta e aveva controllato ogni dettaglio ed esaminato la sua attendibilità ma temeva comunque che se anche fosse riuscito a far passare per buona la sua versione qualche sospetto si sarebbe potuto insinuare tra i ranghi alti dell'esercito. Non era una buona cosa avere dei nemici in alto e se qualcuno dei suoi superiori nuovi avesse nutrito dubbi o fosse un fedele sostenitore o simpatizzante di Portago per Melez avrebbe potuto essere vita dura in futuro nonostante l'importante servizio reso alla rivoluzione.

Il Sergente Canino era stato da sempre un uomo di particolare fiducia per il Maresciallo Melez. Era un uomo grosso, alto e forte e non aveva mai dovuto indietreggiare di fronte a minacce fisiche, nemmeno quando gli si pararono contro una mezza dozzina di marinai ubriachi al porto di San Isidro. Ne aveva stesi tre con i suoi potenti pugni e gettati in mare gli altri con poche e decise mosse, lanciandoli addirittura a diversi metri di distanza dal pontile. Con Melez aveva trovato un mentore prezioso e un paziente consigliere e in cambio della sua dedizione e lealtà incondizionata aveva ricevuto sempre un buon trattamento dal suo Maresciallo. Quando dopo la riunione con gli altri due Sergenti Canino fu preso in disparte da Melez non ci fu nessuna incertezza sulla sua disponibilità a eseguire anche la più singolare delle richieste del suo Comandante. Il Maresciallo spiegò in poche parole che nel bagno del suo ufficio c'era una mela marcia che si era macchiata del grave torto di organizzare l'aggressione della sua amatissima figlia, e inoltre questo miserabile rappresentava un serio pericolo per la loro sicurezza nel corso delle prossime ore. Nel cortile della caserma c'era la vettura con cui Portago era arrivato, bisognava allontanare sia il militare sia la sua macchina e fare in modo che non potesse fare danni.

Il Sergente Canino prese velocemente la vettura dal cortile e la portò all'interno di uno dei ricoveri di mezzi dell'esercito immediatamente adiacenti all'ingresso principale e che aveva accesso diretto al piano ammezzato dove si trovava l'ufficio del Comandante. Raggiunse per questo passaggio discreto l'ufficio di Melez, che gli aveva affidato la chiave, e prima di entrare poi nella stanza da bagno raccolse alcune delle bottiglie di liquori che erano in un mobile dietro la scrivania. Quando entrò nella stanza da bagno buia e caldissima il prigioniero lo accolse con una valanga di parole urlate con rabbia, un misto di ordini di liberarlo, qualche minaccia e delle violente offese. Canino lo zittì con un sommario calcio in pieno viso e poi, con voce suadente, lo invitò a stare molto, ma molto calmo. Quindi prese a versargli il contenuto di tre bottiglie di liquore in gola tenendolo ben immobilizzato per non sprecare nemmeno una goccia del prezioso liquido. Finita l'assunzione forzata di alcool Canino si caricò il Capitano in spalla e scese verso il garage dove mise il corpo afflosciato dell'ufficiale nel baule della vettura. Si sedette al volante e uscì dal portone principale, dove il Maresciallo Melez stava conversando con alcuni dei militari di servizio distraendoli dalla solita precisione nella sorveglianza di quel passaggio facendo evidentemente capire che quella vettura doveva passare indisturbata. Guidando ad alta velocità Canino raggiunse presto una zona rurale fuori dalla capitale, sufficientemente isolata da poter sperare che il militare ubriaco e generalmente malconcio non venisse ritrovato molto presto. Lo mise all'interno di una stalla abbandonata, dentro ad un gabbiotto per suini piuttosto sporco e maleodorante e lo cosparse di altro liquore lasciandogli la bottiglia quasi vuota accanto. Chiunque lo avesse trovato non avrebbe avuto dubbio sul fatto di trovarsi di fronte ad un militare che si era ubriacato oltre ogni buon senso e poi doveva aver perso conoscenza. La dose ingerita da Portago doveva bastare per metterlo fuori combattimento per almeno una giornata abbondante e al risveglio non si sarebbe sentito molto bene. Poi il Sergente Canino riprese la strada per rientrare in caserma, lasciò la vettura a due blocchi dalla grande caserma e procedendo di buon passo giunse all'ingresso del Palazzo della Giunta giusto qualche minuto prima dell'inizio previsto per la rivolta indicata da Melez, che lo stava aspettando sul portone e assicuratosi con un semplice sguardo d'intesa che la missione era stata compiuta lo osservò raggiungere la sua postazione all'interno del cortile.

Il Capitano Portago fu arrestato due giorni dopo mentre vagava con incedere alquanto malsicuro lungo una strada di campagna. Era sporco e maleodorante oltre ogni misura, teneva ancora in mano una bottiglia di Rhum ed era evidentemente disorientato e confuso, borbottava frasi senza senso e si mise a più riprese a inveire a gran voce e con vocabolario non proprio elegante contro un non meglio identificato vecchio cane da guardia.

Quando Cardena e Melez si ritrovarono dopo il pranzo natalizio ancora una volta soli sul terrazzo dopo un breve silenzio il vecchio militare prese a parlare. Disse di essere rimasto sorpreso del comportamento di Adrian Cardena, della sua lucidità e della maniera spontanea e immediata con cui era entrato in sintonia con gli ordini nemmeno ben formulati che gli erano stati dati, proprio come avrebbe fatto un bravo soldato.

"Come mai è stato così pronto a fare le cose giuste?" chiese Melez con sincera curiosità.

Adrian non rispose subito, stava riflettendo, poi disse con un sorriso di imbarazzata modestia:

"Si leggono tante cose su come vanno certe faccende nel mondo di oggi e per una volta queste letture sembra che mi siano tornate utili. Prima ho agito d'istinto e poi ho pensato che fosse la cosa giusta seguire le sue indicazioni. E poiché mi aveva informato delle cose che stavano per succedere ho creduto di far bene a non stare a lungo a discutere o cercare delle spiegazioni. Spero di aver fatto le cose giuste."

"Certamente sì!" disse Melez in tono perentorio. "Ti sarò eternamente grato per aver salvato la mia bambina e di averne avuto cura. Mi sono istintivamente fidato di te, Adrian, e vedo di aver fatto bene. Sono stato stranamente tranquillo sapendo Anita Maria affidata alla tua protezione e anche se in quelle ore avevo mille preoccupazioni mi sono sentito sollevato. Sei stato in gamba sul serio!"

"Grazie." Adrian era ora davvero in imbarazzo anche perché avrebbe voluto aprirsi a sua volta al Maresciallo e spiegare la vera ragione della sua razionale reazione agli eventi ma per farlo avrebbe dovuto confessare la natura e l'origine della sua preparazione e quindi la sua appartenenza a un servizio di intelligence straniera, si sarebbe in sostanza professato una spia e questo, a parte ogni altra considerazione, avrebbe potuto mettere in grave imbarazzo Pedro Melez, la cui posizione non era per niente comoda nelle circostanze attuali. Più di ogni altra cosa ad Adrian premeva di non lasciare nascere il minimo dubbio sulla vera natura, sincera e spontanea, della sua attrazione per Anita Maria. Se avesse confessato di essersi inizialmente avvicinato a Pedro Melez solo perché poteva essere un'interessante fonte di notizie era probabile che non sarebbe stato creduto quando avesse voluto parlare del tenero sentimento che era nato con la figlia del Maresciallo. Era un terribile conflitto d'interessi, una grave infrazione alle leggi ferree che gli erano state inculcate per mesi e con grande insistenza durante il suo addestramento, ma quello che era nato tra lui e Anita Maria era un sentimento troppo genuino e importante per essere sacrificato sul cinico altare delle regole operative dell'agenzia di Langley. Il rischio che in un futuro forse nemmeno tanto lontano tutto sarebbe finito all'improvviso, per una delle mille ragioni, puramente razionali e di servizio, che a volte intervenivano a cambiare da un momento all'altro gli incarichi degli agenti sul campo come Adrian Cardena, era enorme e concreto. Se qualcuno a Langley avesse avuto il dubbio sulla solidità della copertura di un agente oppure ravvisato la necessità di impiegarlo più convenientemente su un altro scenario poteva arrivare un ordine di marcia immediato, un'istruzione perentoria che non permetteva spesso nemmeno di cambiarsi di abito prima di scomparire da un luogo senza lasciar traccia per assumere un altro incarico o semplicemente rientrare alla base per corsi di aggiornamento in attesa di nuove assegnazioni. Cardena era stato prudente e aveva cercato di evitare di farsi riconoscere, ma frequentava ormai abitualmente casa Melez e se sul Maresciallo si fosse concentrato l'interesse di una commissione d'inchiesta che avesse voluto chiarire la vicenda del Capitano Portago sarebbe stato inevitabile che anche Adrian fosse notato e coinvolto. Ci sarebbe voluto poco per collegarlo all'aggressione ai militari che avevano avuto l'incarico di sequestrare Anita Maria e a quel punto non solo avrebbero certamente voluto sapere molte cose da Adrian ma anche messo sotto pressione Melez. Avrebbero dovuto spiegare la loro conoscenza, il rapporto che c'era tra loro, la strana coincidenza della presenza di Adrian sul luogo del sequestro e la sua efficace azione di disturbo, avrebbe forse dovuto spiegare dove aveva in seguito portato la ragazza e non sarebbe stato facile sostenere che era semplicemente un innamorato capitato per caso sulla scena. Se avessero trovato la sua radio trasmittente, per quanto ben occultata e nascosta, sarebbe stato una tragedia e Melez sarebbe stato sommariamente accusato di collaborare con una spia. Era meglio non pensare a queste possibilità, remote ma non del tutto improbabili. Adrian aveva già trasmesso un rapporto dettagliato al suo referente a Langley ma non aveva avuto una risposta molto esauriente, solo un generico accenno alla possibilità, in caso di qualche urgente necessità, di valutare se e come si sarebbe potuto intervenire per prestare eventualmente aiuto alla famiglia Melez tutta intera. Adrian non era sicuro del fatto che in America avessero una chiara percezione dei modi con cui i regimi militari al potere negli ultimi anni in Argentina affrontavano i problemi con persone che potevano in qualche modo, anche minimo, creare disturbo, fastidio o imbarazzo al regime e non avrebbe certamente voluto vedere la famiglia Melez al completo o anche solo in parte ingrossare l'elenco delle persone che in tutto il mondo erano genericamente note come desaparecidos. Il problema era delicato e ora per Adrian aveva anche un forte aspetto personale, una questione sentimentale che non avrebbe mai voluto che accadesse ma alla quale semplicemente non era stato capace di sfuggire. Ora non avrebbe saputo scindere i suoi sentimenti dal suo senso del dovere, si era reso conto di essere follemente innamorato e che avrebbe dato tutto, la carriera e la vita, per salvaguardare Anita Maria, e quindi anche suo padre, sua madre e i suoi fratelli. Doveva procedere con molta attenzione e scegliere le parole con grande cura quando avrebbe affrontato l'argomento della sua relazione amorosa con il padre della ragazza. Le cose si erano complicate e non sarebbe stato facile chiarirle senza causare danni.

"Non ho capito come ha fatto a fare liberare Jorge e Fernando, mi pare che erano stati messi in gattabuia a titolo di garanzia, o sbaglio?" chiese al Maresciallo cercando di far sembrare la domanda la più casuale possibile.

Melez esitò, poi accertato che le donne erano indaffarate a sistemare le cose in casa e i fratelli erano scesi in garage per accudire alla loro vecchia moto, prese a parlare con tono di grande confidenzialità.

Spiegò dell'arrivo del messaggero dei rivoltosi che avrebbe portato gli ordini per le operazioni di occupazione della caserma e di come aveva sentito a un certo punto quella rabbia di un padre offeso nei suoi sentimenti più intimi e preziosi. I figli maschi trattenuti in caserma e il tentativo di far sequestrare la figlia lo avevano riempito di rabbia ed anche di odio verso quei soldati che non solo disonoravano l'uniforme e il codice d'onore a cui Melez aveva creduto per tutta la sua carriera e che invece non avevano rispetto per lui e la sua parola e nonostante volessero la sua collaborazione indispensabile per il loro piano non si volevano fidare di lui tanto da ricorrere al più disgustoso dei ricatti per garantirsi la sua lealtà. Non c'era stima, non c'era onore, non c'era dignità e fosse stato solo per queste considerazioni Melez avrebbe voluto far saltare tutto il progetto. Raccontò brevemente il suo incontro con Portago e del suo dialogo, forse perfino troppo patetico e teatrale; eppure, profondamente sincero e sentito, e della sua decisione improvvisa di mandare un segnale forte a chiunque avesse avuto capacità per comprenderlo, facendo pagare a quel meschino passacarte un piccolo acconto su quello che avrebbero potuto essere le sofferenze di un padre se non avesse debitamente lottato per i propri figli. Certo il dolore di Portago sarebbe stato più fisico poiché di spirito e sentimento non ne aveva mostrato di possederne molto e nemmeno di sufficiente intelligenza per comprendere la mostruosità del modo di agire che lui e i suoi compari avevano messo in atto. Melez ammise che alla fine aveva perfino provato un sottile piacere a rovinare la carriera di quel bastardo e anche se la corte marziale avrebbe potuto essergli fatale il Maresciallo non riuscì a provare pietà per quella persona. Avrebbe avuto comunque quello che meritava. Sempre che, lo diceva con un tono più pensoso, non avrebbe procurato dei guai seri allo stesso Melez, che pur potendo vantare la sua preziosa collaborazione alla riuscita del golpe non poteva essere certo al cento percento che la sua vittima non avrebbe potuto convincere qualcuno dei giudici della sua versione dei fatti mettendo Melez in una pessima situazione. Il resto del racconto fu breve e sommario ed era evidente che il Maresciallo voleva chiudere l'argomento. Quando ebbe finito rimase col volto scuro a guardare in lontananza, era evidente che l'uomo era molto preoccupato e incerto, la sua serenità, come aveva previsto, era oramai solo un lontano ricordo.

Adrian aveva ascoltato in perfetto silenzio e ora decise di fare una domanda delicata ma alla quale doveva avere una risposta convincente.

"Senor Pedro, mi pare chiaro che lei non fosse un rivoluzionario convinto e dopo questo racconto penso che lo fosse ancora meno. Eppure, ha partecipato, ha collaborato, ha reso possibile una rivolta che ha portato al potere un nuovo probabile dittatore. Perché l'ha fatto?"

Pedro Melez fece un lungo sospiro prima di rispondere con voce stanca.

"Il paese è in ginocchio, il governo Viola come quello precedente di Videla era incapace di darci una speranza, una ragione per credere che qualcosa sarebbe cambiato, che le cose sarebbero migliorate. La miseria sta ancora crescendo, ogni giorno, si comincia addirittura ad avere fame. Una terra ricca e meravigliosa come l'Argentina; eppure, si parla di fame, di povertà, di disperazione. La tensione è salita ogni giorno, prima o poi qualcosa doveva succedere, prima o poi qualcuno avrebbe preso una qualche pericolosa iniziativa. Continuare come prima era impossibile, comunque.

Sì, hai ragione, io non sono un rivoluzionario, non sono nemmeno un audace, un coraggioso, al massimo posso essere un buon soldato, obbediente e affidabile. Quando mi visitarono per parlarmi credo che sapessero tutto di me e quindi mi trattarono come meritavo. Con sufficienza e autorità, non mi proposero di partecipare, mi dissero che non avevo altra scelta, che avevano già deciso loro e che non avrei potuto rifiutare. Le minacce erano ben celate eppure chiare come il sole, non servivano molte parole.

Io sono un ufficiale e come tale tutto meno che insostituibile. Mi si può rimpiazzare in un batter d'occhio, non avrei potuto fermare la loro iniziativa più di tanto. Forse le minacce alla mia vita non mi avrebbero convinto ma quando fu chiaro che avrebbero usato la mia famiglia per fare pressione su di me non avevo scelta, non tentai neppure di discutere. Questa gente sarebbe andata avanti con o senza il mio aiuto, ma se avessi rifiutato avrei comunque pagato un caro prezzo e non sarei stato da solo a pagare. Mi rendo conto di non fare una bella figura, non come militare, non come uomo, ma forse come padre di famiglia, magari in maniera un poco patetica, credo di aver scelto l'unica via percorribile. Poi le cose sono andate come sai e forse non siamo ancora all'epilogo della vicenda, vedremo come ne potrò uscire alla fine. Speriamo.

Ora abbiamo un nuovo Presidente, un novo dittatore se preferisci, un nuovo governo. Qualcosa dovranno pure fare e non potranno certamente continuare a tiranneggiare il popolo in eterno, dovranno cambiare, prima o poi. In molti in questo paese abbiamo creduto di aver già visto il peggio possibile e spero davvero che sia così, che ora qualcosa inizi a cambiare. È una piccola consolazione e una debole giustificazione ma è la verità.

Io ero un uomo solo e lo sono pure ora, non avrei potuto fare nulla per impedire la rivolta e ora posso fare poco o nulla per influenzare il futuro del mio paese. Eppure, vorrei tanto aver fatto qualcosa di utile, magari senza capire e senza rendermene conto, ma vorrei tanto aver fatto una scelta giusta. Intanto ho scelto di vivere, Adrian, e non potevo fare molto altro."

Melez bevve un grande sorso dal bicchiere che teneva in mano, lo posò sul tavolo e dopo aver guardato solo per un attimo negli occhi di Adrian, come per chiedergli di non giudicarlo, si sedette sul vecchio divano del terrazzo e chiuse gli occhi. Pareva sorreggere un peso enorme sul suo petto e nemmeno questo sfogo, questa confessione, sembrava poter alleviare quella fatica. Adrian ebbe la strana sensazione di trovarsi di fronte ad un uomo modesto e profondamente onesto che si confessava piccolo e insignificante, ma era uno dei pochi eroi veri di questa rivoluzione appena conclusa. Ancora una volta lo strano miscuglio di forza militare e sopraffazione contornati da una spettacolare coreografia da operetta aveva rubato la scena alle persone vere come Pedro Melez.

Rimasero seduti in silenzio a guardare la città, il Maresciallo perso nei suoi dubbi e nelle sue preoccupazioni e il suo giovane amico incerto sulle cose che avrebbe voluto dire. Ci stava pensando ma poi scelse il silenzio che gli pareva la cosa più adatta.

DRILL CITY, ISOLA DI SAUNDERS, FALKLAND

La buona stagione dell'estate australe permise di procedere con buon ritmo con i lavori di smantellamento della torre di perforazione sull'isola di Saunders e il riposizionamento, come voluto da Andrew Leonard, era stato fatto in tempi record, senza particolare difficoltà. Le perforazioni ripresero presto e avanzando ad un passo di quasi due metri all'ora, perlomeno nella fase iniziale, permisero di raggiungere la profondità necessaria per avvicinarsi alla vena di Frondite in poco più di cinque giorni. Quando l'obiettivo dichiarato era stato quasi raggiunto e i primi campioni di materiale estratto da quella specifica profondità erano attesi in superficie Leonard non si mosse dalla torre per un istante. Era evidentemente in trepidante attesa, come un padre in sala attesa del reparto maternità, pensò Kathy Prescott, e si convinse sempre di più che la frenetica ricerca della Frondite non era un semplice esercizio di addestramento. Del resto, anche le procedure seguite erano tutt'altro che istruttive o sperimentali ma denotavano invece una solida competenza di tutto lo staff e una determinazione a raggiungere i traguardi prefissati che non somigliavano per nulla allo spirito che ci si sarebbe potuto aspettare da una squadra di novellini intenti a imparare un nuovo mestiere. Anche se fossero stati giovani tecnici bisognosi di apprendere ed affinare la loro esperienza difficilmente avrebbero agito nelle modalità che KP aveva osservato con crescente stupore. C'era una disciplina e un rigore quasi militare nelle operazioni e Leonard aveva un'autorità così assoluta sui suoi uomini e quindi anche sul resto dello staff presente sull'isola che non aveva nulla a che fare con i metodi di lavoro che erano stati applicati prima del suo arrivo. C'erano tre uomini fra i nuovi arrivati che avevano più contatto con il loro capo degli altri ed erano loro che dirigevano sul campo le operazioni in strettissima osservanza delle istruzioni ricevute.

Il primo campione di minerale proveniente dalla profondità di riferimento fu portato in superficie poco dopo mezzogiorno del sedici gennaio. KP aveva preteso che la colonna di materiale venisse presa con grande cura e adagiata intera e senza essere spezzata o mossa su un apposito supporto sagomato e quindi trasferito come un pezzo intero all'interno del laboratorio.

Leonard aveva assecondato la richiesta di KP senza fare domande ma ora manifestava una certa curiosità per la procedura scelta e quindi chiese ragione alla sua collaboratrice.

Quando Kathy Prescott indossava il suo bianco camice assumeva immediatamente un'aura di autorevolezza e di energia che le permise di farsi ascoltare anche dai suoi superiori, il caso di Leonard non era diverso. Lo indirizzò verso l'altro lato del banco sul quale giaceva la colonna di materiale estratto e come se si trattasse di un'autopsia iniziò ad analizzare la scura materia tra loro. Spiegò con aria quasi distratta alcuni aspetti geologici del terriccio e delle rocce di cui la colonna era composta, poi prese una sottile lama d'acciaio e si mise a sezionare la colonna con la delicatezza di un salumiere impegnato ad affettare un grosso salame di rara prelibatezza. La sezione della colonna che fu così liberata mostrò striature di vari colori e intensità, e KP sembrava compiacersi della curiosità che la sua spiegazione suscitava. Mentre da un lato il disco visibile era quasi nero con alcuni grani di colore giallastro e bruno, l'altra metà aveva una tonalità più bluastra e uniforme e su questa parte KP si soffermò qualche attimo prima di pronunciare la sua opinione.

"Sulla base dei precedenti ritrovamenti direi che questo lato della sezione sembra proprio corrispondere alle caratteristiche della Frondite, come le conosciamo dai precedenti ritrovamenti. A differenza delle altre estrazioni vedo però che la Frondite non sembra essere presente per tutta la sezione della colonna di materiale che abbiamo qui di fronte a noi. Questo potrebbe indicare che abbiamo toccato il bordo della vena di Frondite, siamo al limite, pochi centimetri più in là e non avremmo trovato nulla. Perlomeno a questo punto."

Leonard sembrò intuire che l'analisi che KP stava formulando poteva avere un significato molto importante e forse anche inquietante. La vena, almeno dal lato dal quale era stata attaccata con la seconda perforazione, sembrava limitata. Questo poteva significare che la vena correva in una direzione diversa e quindi si poteva sperare che si estendesse in altre direzioni, ma poteva anche nascere la preoccupazione che si trattasse di una bolla molto piccola di materiale. L'idea era stata valutata durante una particolare riunione con vari esperti subito dopo i primi incontri con Arthur Waters e si era preso in seria considerazione l'ipotesi che questo materiale così particolare fosse di origine extra terrestre, ovvero che si trattasse di un meteorite caduto sulla Terra decine di migliaia di anni fa e le cui dimensioni non erano assolutamente chiare. Poteva quindi trattarsi di un blocco di materiale grande quanto un palazzo o piccolo come un televisore, non c'era per il momento modo di saperlo. Qualunque fosse comunque l'entità del ritrovamento l'impatto tecnologico era potenzialmente enorme. Leonard sapeva che bastava relativamente poco materiale per soddisfare le prime esigenze che erano state individuate dai militari e con un ritrovamento di altri centocinquanta chili di materiale si sarebbero potute comunque fare grandi cose. Certamente sarebbe stato molto meglio che la disponibilità di Frondite fosse stata assai più abbondante per avviare una vera rivoluzione tecnologica a livello mondiale. Le prossime osservazioni di Kathy Prescott sarebbero state importantissime per chiarire le idee di Leonard sulle potenzialità di questa straordinaria scoperta, o forse lo avrebbero potuto confondere ancora di più.

"Vediamo cosa succede se sezioniamo la nostra colonna di minerali da un'altra parte."

La lunghezza del campione di materiale era di oltre un metro per un diametro di venticinque centimetri e KP aveva sezionato prima a una decina di centimetri da un'estremità, ora si accingeva a fare la stessa cosa sull'altro lato del pezzo. Fece un taglio pulito e scostò il materiale tagliato per osservare meglio la sezione così ottenuta. La parte bluastra da questo lato era più grande, copriva quasi tre quarti della superficie del disco visibile e KP non aveva dubbi.

"Qui evidentemente la Frondite è più abbondante. Possiamo cominciare a ricavare un piccolo profilo della vena o come vogliamo definire questa parte del sottosuolo che abbiamo toccato. Almeno per questo lato sembra che abbiamo trovato il limite del materiale che ci interessa."

Leonard aveva già tratto le stesse conclusioni della geologa e si stava facendo rapidamente un'idea di tutte le implicazioni che questa nuova scoperta poteva comportare. Sembrava che Kathy gli leggesse nella mente perché si rimise a parlare con tono distaccato e perfino con una punta di appena percettibile noia, anzi, fastidio. Qualcosa in questa vicenda pareva non andarle proprio a genio.

"Faremo altre sezioni per vedere esattamente come scorre questa parete di frontiera tra la Frondite e gli altri minerali più volgari che apparentemente la circondano e naturalmente dobbiamo ancora estrarre altri campioni da quella zona.

Potremmo avere qualche indicazione ma intanto mi pare ragionevole assumere che non si tratta di un giacimento enorme. Qui ovviamente abbiamo vinto la lotteria andando a toccare proprio il limite della Frondite, l'angolo estremo. Se avessimo voluto fare apposta non ci saremmo riusciti."

KP fece un taglio netto al centro della colonna di materiale e poi altri due, poi pose la lama senza delicatezza sul banco e incrociando le braccia si allontanò facendo due passi all'indietro fino ad appoggiarsi ad un altro banco di lavoro.

Leonard decise di prendere l'iniziativa facendo una domanda che gli parve logica.

"Altre ipotesi possibili?" chiese.

KP sbuffò prima di rispondere, ma poi si decise a esprimere il suo parere da competente professionista.

"Dobbiamo attendere gli altri campioni per fare un profilo più completo del ritrovamento. Siamo solo su un lato dell'ipotizzata vena ed è stata pura fortuna avere trovato questo limite, ma almeno ora sappiamo che almeno da questa parte la vena di Frondite non prosegue, non è infinita. Già che stiamo giocando a fare buchi nella terra come se non costasse nulla potrei suggerire di fare altri fori sempre abbastanza vicini per vedere cosa succede, ma mi sembra francamente piuttosto assurdo. Ma visto che si tratta di esercizi di addestramento .... "

Lasciò la frase in sospeso e guardò il volto di Leonard che era pensieroso ma allo stesso tempo pareva divertito dallo sfogo della donna. Infatti, si mise a sorridere e poi chiese con un gesto accomodante di proseguire.

"Va bene, capisco il suo punto di vista. Ma, giusto per fare delle ipotesi, quali altre considerazioni le vengono in mente? Cosa pensa si potrebbe trovare, o forse non trovare, continuando a cercare a quella profondità specifica?"

KP si prese una breve pausa prima di rispondere, ma aveva in effetti già fatto delle riflessioni ancora prima di vedere i risultati della perforazione che si trovavano sul banco davanti a lei.

"Sappiamo che lo strato di Frondite, almeno in questa zona, non supera i dieci o dodici piedi di spessore, meno di quattro metri. Ora sappiamo anche che almeno da un lato, quello dove abbiamo fatto la seconda perforazione, la vena non continua. Questo non significa che non possa estendersi per dieci chilometri in qualsiasi altra direzione e variare di spessore e consistenza. Non esclude nemmeno la possibilità che si tratti di un meteorite dalle dimensioni modeste caduto chissà quanto tempo fa sul nostro pianeta. La conformazione geologica di tutta la regione non mi fa pensare a un impatto di materia molto significativo, non ci sono crateri, nemmeno forme geofisiche sospette che possano indicare eventi importanti anche in ere geologiche remote. Potremmo quindi aver semplicemente perforato un sasso caduto dal cielo, e nemmeno un sasso tanto grande.".

"Quanto grande?"

"Difficile da dire, ma in considerazione di quello che ho appena spiegato direi che è poco probabile che si tratti di un oggetto particolarmente grande, forse le dimensioni di un'automobile, di un piccolo autobus al massimo, ma non di più."

La risposta non piacque a Leonard, era la cosa che aveva temuto e sperato di non sentirsi dire.

"Ci potrebbero essere frammenti sparsi se fosse davvero un meteorite. Giusto?"

"Sì, è possibile, ma dobbiamo definire meglio il concetto di sparsi. Si potrebbero trovare sassi o sassolini in un raggio da zero a mille miglia, non abbiamo nessun modo di fare una valutazione ragionata di queste possibilità. Questo blocco di Frondite, ammesso che sia effettivamente un blocco, potrebbe essere l'unico su tutta la terra oppure potrebbero esserci centinaia o migliaia di frammenti simili sparsi su tutto il globo. Non lo sappiamo, forse ne abbiamo trovato anche in passato e nessuno se n'è mai occupato perché non è oro e non sono nemmeno diamanti grezzi. Francamente credo che il gioco sia durato anche troppo. Sempre che lei non abbia una storia molto ma molto convincente da raccontarmi direi che non esiste nessuna buona ragione al mondo per perdere altro tempo a fare questa inutile ricerca, per non parlare di soldi, che ovviamente non sono una priorità dell'azienda che finanzia quest'allegra caccia al tesoro. Credo che per me sia giunto il momento di fare le valigie e lasciarvi a giocare da soli."

Lo sfogo giunse a sorpresa e anche se Leonard aveva valutato da qualche tempo che il carattere di KP potesse volgere verso una forma piuttosto vivace non era del tutto pronto a questo perentorio annuncio di condanna per il suo progetto. Si rese conto che senza dare delle spiegazioni a questa valida professionista non era possibile pretendere che continuasse ad eseguire delle operazioni di cui non conosceva lo scopo e l'importanza. Il problema era delicato e difficile da affrontare e in un certo senso i risultati finora ottenuti potevano anche bastare per non avere più bisogno di esperti del tipo di Kathy Prescott. Individuata la materia non restava in effetti molto altro da fare che scavare e sperare di trovare quanta più Frondite possibile e questo non era più un problema di analisi geologica. Le indicazioni sulla natura del minerale, ovvero dei cristalli di Frondite, erano oramai chiare e il recupero di quanto si poteva trovare lì sottoterra era un esercizio di routine per esperti di miniera e se davvero si trattava di un solo blocco dalle dimensioni non ben definite ma probabilmente non troppo grandi tutta l'operazione si sarebbe conclusa in tempi non lunghissimi.

Eppure, l'esperienza di KP poteva essere importante. Le sue valutazioni e la sua esperienza potevano servire, le sue idee e la sua fervida immaginazione si adattavano perfettamente allo stile di lavoro di Leonard, sempre alla ricerca anche delle soluzioni più improbabili, mai pronto ad arrendersi all'insorgere dei primi dubbi e nemmeno delle prime difficoltà. Per questo Leonard decise di dire la verità sulla Frondite a Kathy Prescott e questo significava anche svelare la vera natura di tutta l'operazione. Era meglio sedersi in ufficio, pensò Leonard. Fece un gesto a indicare la sua intenzione di uscire dal laboratorio e per KP di seguirlo. Quando lei lo raggiunse lui la afferrò per un braccio e con aria insolitamente confidenziale le disse:

"Credo che sia giunto il momento di renderla partecipe di un paio di cose che le chiariranno molti aspetti della nostra operazione qui. Condivido le sue osservazioni, anzi, le condividerei, se non fosse che io sono informato di alcune questioni che ora le spiegherò, se mi vorrà prestare la sua attenzione."

Raggiunsero l'ufficio di Leonard e lui la fece accomodare di fronte alla sua scrivania. Offrì del caffè che lei accettò, sempre più curiosa, ma anche scettica, sulle importanti rivelazioni che forse stavano per esserle fatte.

Leonard si mise comodo al suo posto e prima di iniziare a parlare prese a sorseggiare con cautela il suo caffè bollente.

"Lei è cittadina americana, Miss Prescott?"

"Certamente sì, nata e cresciuta in Texas." Kathy rispose con risolutezza ma anche un po' sorpresa dal tono quasi formale di Leonard. Non la chiamava mai Miss Prescott, evidentemente stava davvero per fare un discorso serio.

"Bene. Le chiedo quindi di impegnarsi alla massima discrezione come cittadina americana per quanto riguarda le informazioni che ora condividerò con lei. Si tratta di cose coperte dal segreto di Stato che io posso rivelare a lei soltanto perché ritengo che la sua collaborazione possa essere di fondamentale importanza. Però prima di proseguire mi deve confermare esplicitamente che ha capito di non poter divulgare nulla di quanto sta per apprendere senza incorrere in gravi sanzioni. Le è chiaro tutto questo?"

Kathy Prescott era confusa. Che cosa stava succedendo? Quali misteri le potevano essere svelati? Chi era in realtà questo Andrew Leonard che le stava di fronte e che in effetti non le era sembrato il tipico ingegnere da cantiere di ricerca petrolifera che era voluto apparire? Era curiosa e quindi decise di stare al gioco, se così si poteva definire. Se era una cosa seria ne sarebbe stata anche lusingata, se fosse stato una stupidaggine non avrebbe certamente voluto far sapere ai quattro venti di esserne stata coinvolta, quindi mantenere il segreto non sarebbe stato un problema.

"Non capisco bene di cosa stiamo parlando ma se vuole la mia parola d'onore sul fatto che non diffonderò nessuna delle confidenze che mi farà, ebbene, ce l'ha."

Leonard sorrise di gusto. Non avrebbe certo estratto una Bibbia per far giurare KP come forse sarebbe stato corretto e doveroso fare, ma la sua maniera di impegnarsi alla segretezza con il suo paese era a dir poco singolare. Decise che poteva comunque bastare, lui aveva fatto il suo dovere di informarla e certamente dopo la loro conversazione la geologa texana avrebbe compreso da sola l'importanza del lavoro che stavano svolgendo e la delicatezza di tutta la vicenda.

"Io sono il Generale Andrew Leonard dell'esercito degli Stati Uniti e sono l'incaricato speciale per l'acquisizione di nuove tecnologie da parte di tutte le forze armate della nostra nazione. Se ora mi trovo qui su questa sperduta isola la ragione, almeno così pare a me e anche a un buon numero di esperti in vari campi, è più che valida e ora le spiegherò perché."

Il racconto di Leonard durò quasi mezz'ora e Kathy Prescott ascoltò affascinata senza mai interrompere. Il Generale le spiegò il potere incredibile dei cristalli di Frondite e il significato fondamentale del loro impiego prima di tutto per la sicurezza degli Stati Uniti ed eventualmente dei loro alleati, illustrò la potenza e l'enorme vantaggio tecnologico che si poteva raggiungere e quindi pose l'accento sull'enorme importanza di raccogliere ogni grammo possibile di quella strana materia, a qualunque costo.

Alla fine del lungo discorso Leonard aveva acquisito una preziosissima collaboratrice, convinta, entusiasta e patriotticamente determinata. KP era in fermento per dare il massimo contributo al progetto Frondite, avrebbe messo a disposizione tutto il suo talento e ogni briciola di energia di cui poteva disporre. Una volta compreso il senso dell'operazione in corso a Drill City ne sarebbe diventata un vero motore inarrestabile.

UFFICIO DEL GOVERNATORE, PORT STANLEY

Sulla scrivania di Colin Brenner erano giunte le informazioni richieste sul personale americano che operava a Saunders, nella base di ricerca geologica di Drill city. Tutte le schede erano sostanzialmente in linea con le qualifiche dichiarate, anche se a Brenner non era sfuggito che quasi tutti gli ultimi arrivati avevano un passato piuttosto consistente nei ranghi delle varie forze armate degli Stati Uniti. C'era chi aveva servito anche a lungo nei corpi speciali ma poi, in tempi relativamente recenti, tutti erano andati a finire a lavorare nell'industria privata, in particolare alla California Oil Inc., con varie mansioni tecniche su piattaforme di trivellazione in giro per tutti i mari del globo terrestre.

C'era anche un esauriente racconto di quasi tutta la vita di Katherine Audrey Prescott, dalla nascita in un ranch a una cinquantina di miglia da Austin fino al suo arrivo a Saunders in veste di caposquadra dei ricercatori inviati dalla California Oil Inc. alla ricerca di oro nero. C'era tutto, la sua formazione scolastica e il suo percorso universitario, i nomi dei suoi insegnanti e compagni di corso, le copie delle cartelle cliniche di quando a dodici anni era caduta da cavallo fratturandosi una spalla e a quindici anni quando aveva subito l'asportazione chirurgica dell'appendice. Non mancava nemmeno un referto dentistico con dettagliata descrizione della sua dentatura e dei vari lavori di manutenzione eseguiti da vari dentisti in Texas e in California e infine c'erano anche alcuni cenni sulla sua sorprendentemente animata vita amorosa, dai tempi della scuola elementare fino a pochi mesi indietro, quando in occasione di una vacanza dalla sua postazione a Saunders aveva rotto con il vecchio fidanzato, rivisto tre volte l'ex-marito, con cui era stata sposata solo pochi mesi, e incontrato almeno altri due giovani pretendenti alle sue grazie, tutti però alla fine scaricati con determinazione assoluta.

La vera scoperta era invece quella che riguardava il nuovo dirigente delle operazioni, Andrew Leonard. Su questo nome non erano state trovate notizie certe, sicuramente non risultava da nessuna parte un esperto in operazioni di trivellamento a scopo di ricerca petrolifera, non se ne conosceva una storia di esperienza come geologo e nemmeno di chimico. Risultava invece con quel nome un Generale dell'esercito americano, uscito con pieni voti dall'accademia di Westpoint e laureato in ingegneria aeronautica. Questo militare avrebbe secondo queste informazioni fatto una rapida carriera proprio grazie alle sue qualifiche tecniche e sarebbe stato a lungo responsabile della gestione dei servizi di manutenzione di tutte le unità meccanizzate dislocate su tutto il territorio americano, avrebbe avuto un ruolo determinante nella definizione di progetti importanti di nuovi veicoli militari, sia di quelli per l'uso su terreni particolarmente difficili che per unità particolarmente protette contro ogni tipo di attacco balistico. Il futuro Generale Leonard si era anche distinto nella definizione di sistemi di ricerca di materiali esplosivi come il Semtex e altri tipi di esplosivi plastici spesso utilizzati dai terroristi in tutto il mondo e aveva dato un grosso contributo alla definizione degli standard operativi e di sicurezza nell'aviazione sia civile che militare. In tempi recenti non era stato molto visibile ma pare fosse comunque a capo di un reparto speciale delle forze armate dedito alla ricerca e alla sperimentazione di nuove tecnologie in campo militare. Il suo collegamento con la California Oil Inc. non era chiaro e alla fine il rapporto arrivato da Londra invitava Brenner di accertarsi con discrezione se si trattasse davvero del Generale oppure di un omonimo finora misteriosamente sfuggito all'attenzione dei servizi di intelligence.

Il giorno stesso in cui i rapporti sul personale americano erano arrivati sulla sua telescrivente Brenner aveva anche avuto la sorpresa di ricevere una telefonata direttamente da un alto funzionario del servizio MI6 da Londra. Gli fu confermato l'interesse dei capi per le sue richieste e le sue annotazioni erano state recepite ed analizzate. Era importante, così disse il funzionario, mantenere un basso profilo mentre si doveva però cercare di carpire qualche informazione dalla base di ricerca, magari dialogando non solo con i capi ma anche con il personale operativo, in modo informale. Il sospetto, per ora era solo questo, che Leonard potesse essere un alto ufficiale delle forze armate USA poteva avere svariati significati e nella peggiore delle ipotesi generare come minimo un incidente diplomatico, ma non aveva senso provocarlo prima di avere identificato gli obiettivi che Leonard stava eventualmente seguendo a Saunders.

Brenner prese diligentemente nota di tutte le istruzioni e delle raccomandazioni, poi fece a sua volta una domanda, forse non pertinente ma comunque doverosa. Facendo riferimento all'invio di campioni di un minerale ritrovato nel mese di settembre fece presente di non avere mai avuto alcuna informazione sull'esito delle analisi richieste. Avrebbe gradito conoscere quei risultati. Dall'altra parte del telefono ci fu un attimo di silenzio prima della promessa di fornire quanto prima i risultati delle analisi richieste e Brenner ebbe la sensazione che ci fosse stato un momento di imbarazzo o di fastidio. Forse il giovane operativo delle Falkland aveva attirato l'attenzione del funzionario su una probabile leggerezza o inefficienza del servizio e la cosa non poteva certo far piacere. La conversazione si chiuse con la raccomandazione di procedere con discrezione e con la promessa che qualora ci fossero state notizie degne di nota al proposito di quelle analisi Brenner ne sarebbe stato informato.

Finalmente un incarico interessante, pensò Brenner, e decise immediatamente di rendere visita alla base di Saunders. Informò il Governatore, senza precisare le ragioni della sua improvvisa necessità, anzi, sottolineò che le periodiche visite sarebbero state dovute anche per dare agli ospiti americani il conforto di sapere che il governo locale e quello di sua Maestà britannica si curavano di loro e delle loro eventuali necessità. Pochi giorni prima un dentista era stato portato con l'elicottero alla base di Saunders per alleviare le sofferenze di uno dei tecnici americani, ma in genere la salute del personale sulla base sembrava essere davvero eccellente. Brenner preferì il lungo viaggio sulle sterrate strade delle isole con la sua fida Range Rover, si stava appassionando di fotografia e aveva messo insieme un buon numero di immagini molto belle di quei paesaggi malinconici e incontaminati che erano la maggior parte delle isole. Eppure, certi scorci, con la giusta luce di un sole sempre basso sull'orizzonte anche in piena estate, avevano un fascino selvaggio e rendevano molto bene in fotografia. Inoltre, con questa passione Brenner stava imparando a conoscere le isole come pochi, sapeva riconoscere ogni angolo dell'arcipelago dalle sue caratteristiche formazioni del terreno e dalla vegetazione.

Prima di partire Brenner si procurò una buona dose di cioccolata, sempre gradita dalla Signorina Prescott, e due bottiglie di buon vino argentino che sarebbero state certamente gradite da Andrew Leonard, o dal Generale Leonard, che dir si voglia. Lungo la strada Brenner avrebbe avuto tutto il tempo per escogitare una maniera discreta ed elegante per chiarire l'eventuale mistero sulla vera identità del capo delle operazioni, ma a questo punto, così ragionò Brenner, era forse anche interessante cercare di sapere di più sulle attività che erano svolte a Drill City. Era davvero tutto addestramento e ricerca blanda di oro nero oppure c'era dell'altro? Se Leonard era davvero un pezzo grosso delle forze armate americane che cosa ci faceva a trapanare buchi nella crosta terrestre sull'isola di Saunders? C'era forse qualcosa di diverso nascosto nel sottosuolo delle Falkland di cui solo gli americani si erano accorti? Le domande erano tante e sarebbe stato difficile farle apertamente senza creare perlomeno qualche imbarazzo, certamente se ci fosse stato qualcosa di delicato non sarebbe stato opportuno interferire con modi troppo diretti e invadenti.

Quando Brenner giunse a destinazione vide con sua grande sorpresa che la torre di trivellazione vicino alla base di ricerca era stata rimaneggiata e spostata. Erano evidenti i segni della posizione originale sull'ampio basamento in cemento armato che era stato costruito per sostenere l'impianto e all'occhio attento di Brenner non sfuggì nemmeno che il traliccio aveva cambiato colorazione in alcuni punti. Pareva anche che il tubo che costituiva la trasmissione della forza motore alla punta di perforazione fosse aumentato di diametro anche se di questo Brenner non poteva essere certo. Si presentò con la solita cordialità a Kathy Prescott e fu accolto con l'abituale cortesia, anche se la geologa si disse molto impegnata. Che l'attività nella base fosse addirittura più frenetica di prima e che i ritmi delle operazioni parevano notevolmente aumentati era una cosa facilmente percettibile e le nuove forze presenti a Drill City parevano davvero determinati ad apprendere il massimo e in fretta. L'addestramento era evidentemente preso molto sul serio.

Ci vollero quasi tre ore prima che Brenner potesse incontrare il capo della base e quando Andrew Leonard finalmente lo salutò nell'area antistante all'edificio dei laboratori di analisi anche il direttore americano parve non solo molto impegnato ma anche più teso e stanco delle precedenti volte in cui si erano incontrati.

È gentile da parte sua venirci a trovare da così lontano, Signor Brenner." esordì Leonard con un cordiale sorriso di circostanza.

"Ho il dovere di assicurarmi che tutto vada bene qui, che abbiate tutto quello che serve." Rispose Brenner con altrettanta cordialità.

"Tutto va benissimo, nessun problema. Stiamo lavorando a ritmi serrati e i ragazzi stanno imparando in fretta. Anche il Signor Callagher sta bene oggi dopo che il vostro dentista arrivato qui in elicottero gli ha sistemato un brutto ascesso in bocca. Siete stati davvero molto efficienti e generosi, la devo ringraziare." Leonard si stava riferendo all'intervento d'emergenza avvenuto qualche giorno prima quando uno dei tecnici stava soffrendo le pene d'inferno e solo un intervento rapido e competente poteva alleviare dapprima il dolore e poi far regredire del tutto la brutta infiammazione. Il dentista di fiducia del Governatore, che era anche l'unico a Port Stanley, si era reso disponibile e l'elicottero del piccolo distaccamento militare nella base di Port Stanley si era levato in volo e aveva raggiunto Drill City in poco più di un'ora. Brenner impiegava quasi un giorno intero per percorrere la stessa distanza in macchina.

"Spero che il lavoro vi dia le soddisfazioni che cercate. "disse Brenner. Si stava rendendo conto che sarebbe stato molto difficile ottenere delle informazioni da Leonard con un semplice dialogo e scambio di cortesie, ma per ora si sarebbe dovuto accontentare. Magari la sera, durante la cena, in una situazione più rilassata, il dialogo sarebbe stato più facile ma se Leonard era davvero un alto ufficiale in missione segreta certamente non si sarebbe lasciato sfuggire notizie riservate.

"Per ora direi che le soddisfazioni arrivano più che altro dal miglioramento delle capacità operative dei nostri tecnici. Stanno imparando velocemente e la cosa ci fa molto piacere. Come avrà notato abbiamo riposizionato la torre di trivellazione ed è stato un ottimo esercizio per tutti."

Brenner si limitò inizialmente ad annuire con espressione compiaciuta ma poi tentò un primo quesito.

"E ora che avete spostato la torre cosa state cercando?"

Leonard lo guardò con aria sorpresa ma poi rispose come se fosse la cosa più ovvia del mondo.

"Petrolio, ovviamente, o gas naturali. Siamo venuti qui per questo e siamo ancora convinti di trovare dei giacimenti interessanti in questa parte del mondo."

"Ma allora non capisco perché la Kingdom Petroleum se ne sia andata e perché voi state procedendo con una sola torre e con una sola squadra di lavoro. Non sarebbe stato meglio insistere con tutte le forze se davvero credevate di poter avere successo, no?"

Leonard scosse la testa.

"Sono valutazioni strategiche che esulano dalle mie competenze, caro Brenner. Per quello che posso sapere io al momento non conviene molto concentrarsi in questa parte del mondo semplicemente perché le sorgenti sono troppo difficili da raggiungere e i costi esorbitanti. Al momento ci sono altri giacimenti da sfruttare con molto meno impegno di mezzi e uomini e le compagnie petrolifere, tutte quante, cercano di preferire i posti facili e redditizi nell'immediato. Qui si parla del futuro, quando non esisteranno più tante alternative e allora le difficoltà e i costi dovranno essere affrontati per forza. Per ora pare sia ancora possibile scegliere."

La spiegazione sorprendentemente esauriente data da Leonard aveva una sua logica ed era in linea con quanto espresso anche dai dirigenti della compagnia britannica quando avevano deciso di sospendere le ricerche nella regione dell'oceano Atlantico meridionale fino a data da definire, ma d'altra parte nessuno aveva mai negato la probabile esistenza di grossi giacimenti proprio sotto i loro piedi. Del resto, anche la compagnia argentina Repsol era impegnata in ricerche e si era perfino parlato di qualche successo ottenuto però senza conferme ufficiali e poi anche gli argentini sembravano aver rinunciato. Pareva davvero strano che si affidasse alle esercitazioni di un manipolo di tecnici inesperti la possibilità di raggiungere per primi quelli che potevano essere riserve importanti di combustibili fossili. Il petrolio e i gas naturali erano gli obiettivi dichiarati di tutte le ricerche finora intraprese ma la situazione attuale aveva qualcosa di poco convincente. Brenner non sapeva quasi nulla di geologia, metallurgia e della composizione della crosta terrestre; eppure, si chiedeva se oltre al petrolio ci potevano essere altri obiettivi su cui focalizzare la propria attenzione mentre osservava le operazioni in corso.

Proprio mentre stava facendo quelle riflessioni Brenner vide che un quantitativo di minerali estratti dalle viscere della terra veniva recuperato dalla tubazione che affondava per centinaia di metri nel terreno. Una colonna di materiale fangoso e scuro fu estratta con grande delicatezza dal complesso macchinario e posato si una specie barella sagomata appositamente per accogliere quel tipo di materiale. Due dei tecnici s'incaricarono a portare i nuovi campioni di minerali e pietre all'interno del laboratorio dove Kathy Prescott e tre dei suoi assistenti avrebbero analizzato la composizione esatta di quella colonna di materia. Brenner seguì il delicato trasporto mentre Leonard si era allontanato da lui e poi decise di entrare nel laboratorio. Busso educatamente e chiese il permesso di entrare che Kathy Prescott concesse immediatamente con la solita cordialità.

Nel laboratorio Brenner vide una serie di colonne di materiale simile a quella appena recuperata disposti su vari banchi di lavoro come in una sala mortuaria in attesa di autopsie. Il pensiero gli sembrò macabro e lo mise in disparte, ma poi esaminò i vari campioni di materiale con grande attenzione. Vide che le colonne erano state affettate e smontate in vari punti e per ogni singola colonna scorse dei fogli di carta con un gran numero di annotazioni, ovviamente sigle chimiche o comunque linguaggio molto tecnico che non era in grado di comprendere ma che evidentemente avevano un preciso significato per gli addetti ai lavori.

Chiedere lumi a KP era la sola opzione logica.

"Vedo che state lavorando a pieno ritmo, anche qui in laboratorio." disse Brenner a KP e continuò immediatamente con una domanda semplice e forse fin troppo banale e generica ma fatta in questo modo di buon proposito. "Cosa avete trovato di bello finora?"

KP alzò lo sguardo dai suoi appunti e rispose elencando una serie di denominazioni di minerali, metalli, ossidi e altre definizioni molto tecniche che per Brenner non avevano alcun significato. Non aveva sentito nell'elenco nulla di familiare o di sospetto, pareva davvero il menù di una vecchia farmacia, uno di quei posti dove non si vendevano solo medicine pronte in scatole o blister ma dove il farmacista mescolava di persona le varie sostanze richieste da una specifica ricetta per produrre alla fine di una laboriosa alchimia un qualche rimedio contro ogni tipo di malanno. I vecchi metodi forse non erano sempre efficaci ma certamente avevano un loro fascino e la lunga sequela di nomi complicati e difficili da memorizzare oltre che da pronunciare incuteva spesso un esagerato timore riverenziale non solo nei confronti delle misteriose sostanze amalgamate con sapiente metodo dai farmacisti ma anche e proprio specialmente per questi moderni druidi che evidentemente sapevano produrre rimedi spesso miracolosi miscelando polveri colorate e liquidi particolari.

Di tutto quello che KP aveva elencato Brenner non seppe farsi nessuna rima e senza nascondere la sua profondissima incompetenza insistette con altre domande ingenue.

"Nulla di prezioso o raro tra queste sostanze?" chiese quindi con aria innocente.

"No," rispose KP." nulla di particolare interesse e tantomeno di particolare pregio o valore. Al massimo possiamo ricavare alcune indicazioni sulla storia geologica della zona e quindi sulle probabilità di trovare prima o poi un giacimento di idrocarburi fossili, il classico pozzo di petrolio. Siamo ottimisti, ma per ora pare proprio che la strada per raggiungere un qualche successo tangibile sarà ancora molto lunga. È difficile."

KP pose la sua penna accanto ad un quaderno. Sulla pagina aperta c'erano fitte annotazioni che Brenner non riuscì a decifrare dalla distanza a cui si trovava ma era anche convinto che non avrebbe comunque capito nulla di quanto c'era scritto.

"Frustrante?"

"A volte sì," concesse la geologa. "ma fa parte del nostro lavoro. Tra il nulla di fatto e un clamoroso successo c'è sempre l'ultimo centimetro di argilla o pietra o minerale. Bisogna saper attendere e continuare a cercare."

"Ma ora che fate solo delle esercitazioni e dell'addestramento, ci sono ancora speranze o questa base è destinata a rimanere solo una sofisticata palestra senza prospettive reali?"

"Come le ho detto non si può mai sapere. Le indicazioni generiche ci sono, ma per arrivare al successo ci vorrà del tempo. Se insistiamo abbastanza a lungo penso che potremmo bucare una bolla di gas anche da questa nostra torre di esplorazione. Mai dire mai!"

La risposta di KP era ovvia e senza sorprese nemmeno per Brenner. Lui si stava chiedendo se fosse il caso di buttare una casuale questione su quei campioni che erano stati inviati anche in America e ai laboratori della Kingdom Petroleum inglese, ma non fece in tempo a formulare una frase perché il telefono del laboratorio squillò e Kathy Prescott alzò la cornetta. Ascolto brevemente e poi disse a Brenner:

"Mi deve scusare ma sono stata chiamata dal direttore della base, devo andare da lui nel suo ufficio. Che ne dice se continuiamo a chiacchierare stasera a cena. Magari intanto vorrà riposare dal lungo viaggio e rinfrescarsi un po'?"

Brenner si disse d'accordo e si avviò verso il suo solito piccolo alloggio da visitatore mentre la geologa si allontanò per incontrare il suo capo. Per ora le conversazioni non avevano dato nessuna indicazione utile per Brenner, nulla di importante era stato detto e la sua gentile interlocutrice non sembrava nascondere nulla. La cena poteva essere l'occasione per approfondire e magari qualcosa sarebbe venuto a galla. Bisognava avere pazienza e non essere ansiosi. Eppure, Brenner era sicuro che le cose non erano così semplici e banali come KP e anche Leonard le avevano volute raccontare, più si guardò intorno nella base e più si convinse che tutta quell'operazione non si poteva giustificare con semplici esercitazioni di tecnici, specialmente quando era evidente che questa gente sapeva lavorare benissimo e con grande velocità e aveva ben poco da imparare su quell'isola nel profondo sud dell'oceano Atlantico. Il pensiero andava ancora a quel materiale chiamato Frondite, ma poiché non era stato dato nessun esito da parte dei laboratori inglesi Brenner non aveva ragione per pensare che quel materiale trovato mesi fa potesse avere davvero una qualche importanza.

C'erano quindi due grandi domande alle quali Brenner voleva trovare una risposta. Chi era davvero questo Andrew Leonard e se l'informazione che lo voleva Generale dell'esercito USA era giusta era imperativo scoprire cosa stesse davvero cercando o facendo sull'isola di Saunders. Questa era, infatti, l'altra domanda, ovvero quale fosse l'obiettivo di tutta quella messa in scena, cosa c'era nel sottosuolo delle Falkland per giustificare quella costosa organizzazione?

Brenner si presentò nella sala mensa e fu accolto con grande cordialità dai tecnici presenti. Alcuni commentarono sul fatto che era stato assente da parecchio tempo ma come sempre tutti i discorsi erano informali e vaghi, cordiali battute da tempo libero, nessuna parola sul lavoro. Sarebbe stato inopportuno fare domande in quella sede e perciò Brenner si mise in fila davanti al bancone della mensa con un vassoio e scelse una robusta quantità di carni bollite con vari contorni, della frutta e una piccola bottiglia di vino californiano. Poi si guardò intorno e incontrò lo sguardo di Kathy Prescott che con un gesto lo invitò a prendere posto al suo stesso tavolo.

Mentre iniziarono a mangiare si scambiarono poche parole, una conversazione generica tra un boccone e l'altro, che spaziava dai commenti sul cibo alle solite chiacchiere sul tempo e sulla stagione che stava cambiando, le giornate che si accorciavano e le temperature che annunciavano l'arrivo del ventoso autunno australe, preludio di un lungo e freddo inverno. Parlarono delle feste natalizie appena trascorse, delle piccole celebrazioni fatte sulla base senza però mai interrompere davvero il lavoro e Brenner raccontò delle sue giornate in famiglia con il Governatore e il capodanno in una fattoria a nord di Port Stanley dove in una grande stalla era stata allestita un'immensa tavolata e per una sera buona parte dei giovani della cittadina si erano ritrovati per festeggiare l'arrivo del nuovo anno con abbondanti libagioni ed un buon numero di sbronze di una certa gravità da smaltire nei primi giorni dell'anno nuovo. KP si divertì a stuzzicare Brenner con domande sulla sua misteriosa e forse inesistente vita amorosa e lui tentò di sviare il discorso ma alla fine ammise di avere intavolato da qualche mese una relazione quasi seria con una ragazza del luogo. La comunità delle Falkland era molto piccola e perciò non si riuscì ad avere dei segreti troppo a lungo, specialmente segreti di questo genere e le famiglie del luogo avevano grandi attenzioni per il buon nome delle figlie femmine per cui le relazioni erano per la stragrande maggioranza divise in due categorie: impossibili oppure impegnative e serie. Brenner non si rassegnava alla prima ipotesi ma era altrettanto terrorizzato dalla seconda e poiché era certo che non sarebbe rimasto per sempre su quelle isole cercava in ogni modo di trovare qualche rara e difficile occasione da classificare da qualche parte tra le due categorie ufficiali. Non era facile, ma siccome il peccato pare avere un discreto fascino anche su un arcipelago remoto nell'atlantico del sud, ogni tanto anche a Colin Brenner riuscì a vivere momenti di gioia.

Il posto a tavola riservato per Andrew Leonard rimase deserto, il direttore delle operazioni non si fece vedere, era evidentemente rimasto bloccato nel suo ufficio e anche se in realtà a Drill City non sarebbero dovute esistere pratiche in grado di giustificare un ritardo per un momento così importante come la cena serale nella sala mensa, sempre contraddistinta da un menù veramente valido e gustoso, capitava spesso che Leonard rimanesse al telefono per lunghe conversazioni con la sede californiana della compagnia petrolifera o almeno così pareva si giustificasse occasionalmente. A Brenner dispiacque, avrebbe voluto tentare di carpire qualche segreto, qualche indicazione, ma non poteva immaginare in quali discussioni fosse impegnato Leonard mentre i suoi collaboratori si stavano godendo le varie specialità della cucina del miglior ristorante di Drill City.

Le prime richieste argentine alle Nazioni Unite per risolvere la questione della sovranità sulle isole Falkland, o Malvinas come li chiamavano gli argentini, giunsero verso metà gennaio. Era un documento ufficiale rivolto al segretario dell'ONU e sosteneva la fondatezza della pretesa territoriale in base ad una serie di eventi storici non solo poco chiari ma certamente anche documentati e documentabili in modo alquanto approssimativo. Si sosteneva infatti, che quell'arcipelago fosse stato popolato da allevatori di bestiami provenienti dall'Argentina fin dal 1825 e che questi coloni rappresentassero quindi un precedente giuridico valido per l'assegnazione della sovranità all'Argentina. Gli inglesi sostenevano invece che la loro occupazione effettiva avvenuta nel 1833 fosse solo la formalizzazione di una conquista di fatto avvenuta addirittura nel 1592 quando il navigatore John Davis scoprì l'arcipelago facendone annotazione sulle carte nautiche dell'epoca e successivamente, nel 1690, quando John Strong si fermò per primo sulle isole denominandole Falkland in onore del

Visconte Anthony Cary 5° di Falkland. La vera colonizzazione dell'arcipelago avvenne ancora più tardi, quando l'instancabile esploratore de Bougainville vi depositò la prima sostanziale colonia di pastori e contadini, tutti provenienti dal porto francese di Saint Malò. Per questa ragione le isole furono denominate anche Malouins, e da questa denominazione francese fu poi derivato lo spagnolo Malvinas. La Francia cedette le isole in seguito alla Spagna a titolo di compensazione per l'alleanza contro gli inglesi nella guerra dei sette anni. I britannici erano usciti vincenti da quella guerra e gli spagnoli dovettero anche saldare un pesante contenzioso con la California per cui cedettero la sovranità delle Malvinas proprio allo stato americano. Per la California il territorio delle Malvinas era però di nessun interesse, non vi erano ricchezze e la posizione strategica non aveva alcuna rilevanza per cui quando l'Argentina dichiarò la propria indipendenza dalla Spagna nel 1810 e si dichiarò in un certo senso erede legittima di tutte le proprietà territoriali spagnole a sud dell'equatore gli americani della California non fecero nel concreto nessuna opposizione, anche se la cessione della sovranità non fu mai formalizzata in modo appropriato.

La situazione poteva essere considerata parecchio confusa ma sul fatto che la Gran Bretagna aveva trattato le Falkland con tutte le attenzioni e cure di un proprio territorio imperiale fin dal 1833 non potevano sussistere dubbi. Per un lungo tempo la situazione non parve dare nessun problema alle due nazioni e la collaborazione in campo commerciale e nelle comunicazioni e forniture filò liscia per molti decenni, senza nessun incidente degno di nota. Gli isolani si rivolgevano regolarmente all'Argentina per i loro commerci, le principali forniture di ogni genere e in tempi più recenti anche e in particolare per le loro esigenze sanitarie. Essendo molto più vicini al continente sudamericano che alla patria Inghilterra i contatti e la collaborazione con l'Argentina erano essenziali e funzionavano benissimo.

Politicamente la provocazione dell'Argentina si basava su una normativa che legittimava in qualche modo le guerre di liberazione di territori occupati ovvero le guerre per la riconquista di tali terre da parte delle nazioni che ritenevano di averne diritto. Il tema era stato affrontato e definito con varie risoluzioni approvate nel corso degli anni dal 1965 in poi e le cosiddette guerre giuste per la liberazione dal colonialismo e per la conquista dell'autodeterminazione furono considerate in qualche modo giustificabili e quindi perfino tollerabili. Il clima generale dell'epoca era molto sfavorevole a ogni residuo di colonialismo e di dominazione da parte delle cosiddette nazioni ricche e avanzate su paesi meno sviluppati e potenti. Il progressivo disimpegno sostenuto tra gli altri dalla presidenza americana di Jimmy Carter aveva dato ampio respiro allo spirito terzomondista che premeva in tutte le maniere per costringere le vecchie potenze coloniali a rinunciare alle loro dominazioni in giro per il mondo. Le manifestazioni antiamericane indicavano allora chiaramente una diffusa volontà di autodeterminazione anche da parte dei paesi più debolmente strutturati e i vari processi di liberazioni che iniziarono avrebbero portato nel corso degli anni successivi a varie situazioni controverse e spesso dagli sviluppi drammatici, in particolare sul continente africano.

Nel 1965 l'Argentina aveva ottenuto l'approvazione da parte delle Nazioni Unite di una risoluzione che fece classificare il caso delle Falkland come un problema di natura coloniale avviando perfino delle lunghe trattative per risolvere il caso. Nonostante queste schermaglie diplomatiche tra le due nazioni e sotto la supervisione delle Nazioni Unite la vita alle Falkland non aveva subito nessun tipo di inconveniente ed era in regolare funzione un collegamento aereo tra le Falkland e Buenos Aires. La compagnia petrolifera Repsol aveva iniziato delle esplorazioni nell'atlantico meridionale e usato le Falkland come base logistica e di rifornimenti e per facilitare le operazioni aveva finanziato e avviato con il consenso del governo britannico la costruzione della nuova pista dell'aeroporto principale dell'arcipelago. Gli inglesi avevano accettato questo progetto sottolineando però che quell'autorizzazione non significava in nessun modo una rinuncia dell'Inghilterra alla sovranità assoluta sulle isole.

Tutta la questione della sovranità sulle isole Falkland, o Malvinas, aveva delle implicazioni politiche molto complesse e intricate. Da una parte le ragioni sostenute dall'Argentina avevano una seppur debole base storica ma anche le argomentazioni inglesi avevano solide fondamenta legali. Il coinvolgimento di altre nazioni inizialmente parve un rischio praticamente nullo salvo poi apparire concreto e potenzialmente pericoloso quando gli argentini richiamarono gli Stati Uniti d'America al Trattato Interamericano di Assistenza Reciproca che avrebbe dovuto impegnare gli USA al fianco dell'Argentina per risolvere conflitti con eventuali paesi terzi. Gli americani inizialmente sostennero che in nome di quel trattato potevano essere impegnati al massimo a mantenere una posizione neutrale e quindi non avrebbero potuto o dovuto supportare qualsiasi iniziativa di nazioni in conflitto con l'Argentina. Il trattato prevedeva in effetti la reciproca assistenza qualora uno dei paesi firmatari avesse subito un'aggressione da parte di un paese terzo e non era certamente questa la situazione che si stava prospettando. Le cose si complicavano però ulteriormente a cause del patto del Nord Atlantico ed essendo USA e Gran Bretagna membri principali di quell'alleanza avevano un impegno di reciproco supporto anche tra loro e questo mise gli americani in una situazione davvero molto delicata e difficile.

Una delle prime conseguenze dell'iniziativa argentina fu la presa di coscienza da parte delle Nazioni Unite della necessità di definire una data di riferimento per le questioni territoriali, una data che fosse accettata da tutti i membri dell'organismo mondiale e che risolvesse i problemi di interpretazione su tutte le questioni di sovranità e di confini. Si doveva in pratica arrivare a un accordo, in tempi possibilmente brevi, che definisse tutte le frontiere tracciate e in essere a quella data come definitive e inviolabili, tutto questo per evitare che qualche paese, come nel caso delle Falkland, tentasse di far valere dei diritti territoriali riferiti a un passato remoto e di difficile interpretazione. In assenza di un simile accordo, per assurdo, l'Austria avrebbe potuto legittimare l'invasione dell'Italia per riprendersi l'Alto Adige e la Leonarda per ristabilire il dominio territoriale in essere quasi un secolo e mezzo prima. La pretesa di riprendersi dei territori sottratti poteva valere esattamente come una presunta guerra di liberazione da una ipotetica colonizzazione e senza una ridefinizione esatta sia in termini territoriali che temporali certe questioni avrebbero potuto riaffiorare all'infinito.

In Inghilterra la reazione alla richiesta argentina fu molto blanda, quasi nulla. Il paese stava attraversando una profonda crisi sociale ed economica, gli scioperi paralizzavano sempre più spesso ogni attività produttiva e commerciale, i minatori stavano ormai protestando da mesi ed erano determinati a proseguire davvero ad oltranza. Il governo della Signora Thatcher godeva di pochissimo apprezzamento. Le più immediate esigenze economiche avevano portato a numerosi tagli nell'ambito dei servizi pubblici, del welfare e delle spese militari e in particolare queste ultime avevano anche dato qualche incoraggiamento alla provocazione argentina. Nell'ambito dei tagli erano stati rimossi dal servizio alcune unità navali dislocate nei pressi dei territori d'oltremare e quindi anche dalle Falkland riducendo così il potenziale difensivo delle isole. La lettura di quelle decisioni fatte dagli argentini, e in particolare dagli esperti militari, puntava a un sostanziale atteggiamento rinunciatario dell'Inghilterra e indicava, secondo i militari, la forte probabilità che nel contesto generale gli inglesi avrebbero più probabilmente abbandonato la piccola colonia britannica alle Falkland piuttosto che affrontare un conflitto dai costi sicuramente molto elevati. Specialmente in considerazione delle difficoltà logistiche che sarebbero state incontrate per operare su un teatro così distante non solo dal territorio inglese ma anche da qualsiasi altra struttura di supporto. Tra l'Inghilterra e le Falkland c'erano quasi dodicimila chilometri di oceano e le poche isole, come Ascension, non avrebbero dovuto essere considerate come possibili appoggi proprio in ragione degli obblighi di neutralità degli americani sulla base dei trattati in essere. Infatti, le valutazioni economiche di un conflitto alle Falkland sarebbero state per l'Inghilterra alquanto inconvenienti e difficili da sostenere. Una logica semplice e razionale portava gli argentini a credere che nell'eventualità di un'azione militare per riprendere possesso dell'arcipelago delle Malvinas la reazione inglese si sarebbe molto probabilmente limitata a qualche rumorosa iniziativa diplomatica e nulla più. A conti fatti agli inglesi non conveniva azzuffarsi per una questione sicuramente più di orgoglio e principio che per qualsiasi altra ragione pratica ed economicamente giustificabile.

Dall'altra parte del mondo gli inglesi valutarono le iniziative argentine con un certo scetticismo. Le ragioni interne del nuovo governo presieduto da Galtieri erano evidenti e focalizzare le attenzioni di tutta la popolazione argentina su un problema nazionale e in contrapposizione a un nemico ben definito e identificabile serviva evidentemente per ricompattare uno spirito nazionale che in Argentina era venuto a mancare. L'economia argentina era in condizioni ben peggiori di quella inglese a nonostante un certo vantaggio logistico anche per l'Argentina affrontare un conflitto nel bel mezzo dell'oceano Atlantico non sarebbe stata una passeggiata. I servizi di intelligence britannici avevano un quadro piuttosto preciso degli arsenali argentini e a prescindere da una sostanziale inferiorità quantitativa e qualitativa, forse con qualche piccola eccezione in alcuni settori nel campo dell'aviazione militare, tutta l'impostazione delle forze armate del paese sudamericano era in funzione di eventuali conflitti territoriali sul continente e lungo i confini di terra, non certo per una campagna in alto mare. Per queste ragioni concrete ma anche per l'intima convinzione degli inglesi che al rumore provocato dalle iniziative diplomatiche difficilmente sarebbe stato dato un seguito troppo concreto, e in particolare non certo in termini militari, il governo britannico rimase sostanzialmente inerte di fronte al problema sollevato. Anche da parte delle Nazioni Unite al momento non sembrava esserci una vera preoccupazione, la pratica era gestita con le procedure protocollari previste e sembrava avviata ad aggiungersi alle varie discussioni precedenti e che erano sempre approdate a un sostanziale nulla di fatto.

Fu Arthur Waters il primo a chiedersi quali conseguenze avrebbe potuto avere l'invasione delle Falkland da parte dell'Argentina sulla continuazione dell'estrazione di Frondite dal sottosuolo dell'isola di Saunders, semmai una tale ipotesi si fosse concretizzata. Ma anche senza prendere in considerazione uno scenario di guerra, la sola prospettiva di un possibile passaggio della sovranità dalla Gran Bretagna alla Repubblica Argentina non lo metteva a suo agio. In varie discussioni avute con gli esperti politici del dipartimento di stato e con gli strateghi del Pentagono si era giunti alla considerazione che la condivisione della Frondite e del fall-out tecnologico con i britannici era inevitabile e forse anche conveniente visti i legami di cooperazione politica e militare che esistevano tra le due nazioni. La visione complessiva del mondo e dell'ordine delle cose trovò USA e Gran Bretagna spesso su posizioni non molto distanti e il dialogo era continuo e collaborativo in tutti i campi. Estendere i benefici derivati dalla tecnologia basata sull'impiego della Frondite era quindi una cosa prevista e apprezzata da tutti. Con l'Argentina le cose non sarebbero certamente state le stesse.

Prima di tutto il divario tra lo stato sudamericano e la superpotenza degli USA era enorme da ogni punto di vista e le differenze non si limitavano ad aspetti economici e strutturali ma dovevano comprendere per forza di cose anche gli aspetti culturali e caratteriali della classe politica al potere in Argentina. Il potenziale tecnologico della Frondite in mano ad un paese come quello governato da una discutibile giunta militare sarebbe stato pericoloso come un arsenale nucleare concesso agli stessi personaggi. La diplomazia imponeva ovviamente un ufficiale fair play, un'eleganza di comportamenti e di relazioni che in tempi successivi sarebbero stati indicati come politically correct, termine non ancora in uso nei primi anni Ottanta del ventesimo secolo, ma nella sostanza la vita diplomatica è da sempre regolata dagli stessi principi di delicatezza e opportunistica cortesia nelle relazioni che avrebbero progressivamente rallentato sempre di più ogni processo politico e decisionale. Le esibizioni di brutale franchezza e determinazione, seppure su idee e posizioni spesso alquanto discutibili e a volte perfino assurde e moralmente deplorevoli, erano prerogativa di pochi regimi totalitari e di alcuni protagonisti singolari della scena politica mondiale, come alcuni dittatori di paesi noti spesso come Banana Republic, dove bastava la volontà e determinazione di una piccolissima classe politica se non di un solo capo assoluto per definire posizioni, strategie e obiettivi in tutti i campi. Mettersi in mano all'attuale classe dirigente al potere in Argentina, così pensò Waters, sarebbe stato un rischio enorme se non un autentico suicidio. Gli bastarono pochi incontri con esponenti del mondo politico e dell'economia per vedersi confortato nelle sue convinzioni e nei suoi dubbi. Naturalmente non poteva discutere le questioni che gli stavano a cuore, sempre legato a un giustissimo obbligo di segretezza, ma all'interno della cerchia di persone informate doveva cercare di farsi sentire. Era fondamentale avere un piano preciso da attuare in caso di qualche inconveniente tra Inghilterra e Argentina e se nessuno ci aveva pensato fino a quel momento, Arthur Waters avrebbe accettato il rischio di esporsi in prima persona alle possibili conseguenze di una valutazione errata da parte sua, ma doveva ottenere almeno una discussione seria sulle possibili prospettive. Una crisi si stava annunciando e la preziosa miniera di Frondite rischiava di trovarsi nel bel mezzo di uno sconvolgimento totale della realtà politica delle Falkland se non addirittura di una guerra. Meglio essere pronti, meglio valutare tutte le opzioni.

Waters decise di mettersi in contatto con il Generale Leonard non solo per la lunga conoscenza personale che li legava da tanti anni ma anche perché era probabilmente l'uomo più pragmatico e concreto fra tutti quelli che conosceva e inoltre era al momento proprio nel punto nevralgico di tutto il progetto. Sicuramente avrebbe potuto dare un segnale forte ai potenti e rendere evidente il rischio qualora non fosse già stato percepito. Mentre Waters cercò di stabilire il contatto telefonico si rese conto che nella sua mente la Frondite stava assumendo un ruolo centrale, di fondamentale importanza per tutti i suoi progetti futuri. Forse in tutta onestà avrebbe dovuto confessare che più che assicurare il vantaggio tecnologico ed inizialmente in particolare un vantaggio militare al proprio paese gli premeva poter mettere mano su quell'autentico tesoro per travolgere il mondo con prodotti talmente innovativi che avrebbero cambiato per sempre la vita all'umanità intera. E lui, essendone il primo fornitore e produttore, ne avrebbe ricavato non solo fama e gloria e ogni tipo di soddisfazione professionale e personale ma anche una difficilmente quantificabile ricchezza. Per tutto questo valeva la pena preoccuparsi.

La comunicazione con le Falkland era sempre difficile e la linea disturbata, in particolare quella blindata e super sicura che Waters sapeva di dover usare per raggiungere Leonard. Quando il Generale rispose la sua voce era metallica e accompagnata da un fastidioso fruscio.

"Arthur, che sorpresa!" disse il Generale. "A cosa devo l'onore della tua chiamata dalla tua reggia dorata mentre io mi trovo qui a fare il minatore?"

La cordiale allegria di Leonard sembrava indicare che le cose stavano procedendo bene, pensò Waters, e perciò decise di spendere qualche minuto in convenevoli prima di passare alla vera ragione della sua chiamata.

"Non sono sicuro se nella tua lontana isola puoi leggere i giornali o vedere le nostre televisioni, ma ci sono delle notizie in circolazione da qualche giorno che dovrebbero interessarti. Riguardano proprio l'arcipelago su cui tu ti trovi."

Leonard era effettivamente piuttosto isolato dalle abituali fonti di informazione e non aveva avuto notizie sulle iniziative diplomatiche del governo argentino. Waters gli fece un ampio riassunto degli eventi, delle comunicazioni ufficiali alle Nazioni Unite con la denuncia delle pretese territoriali argentine sull'arcipelago e sulle varie reazioni che la vicenda stava provocando, dai commenti sulla stampa fino a qualche presa di posizione di alcuni politici. Leonard ascoltò con attenzione e ancora prima che Waters avesse finito stava iniziando a ragionare sulle possibili conseguenze di un'eventuale crisi sulle operazioni di estrazioni di Frondite. Per un militare era naturale pensare immediatamente a uno scenario di conflitto e l'idea che gli argentini potessero davvero pensare a invadere l'arcipelago, per quanto remota, era una prospettiva che avrebbe meritato alcune attente considerazioni.

Leonard non si lasciò trascinare in una lunga discussione con Waters, si riservò di raccogliere altre informazioni anche dai suoi ambienti militari prima di esprimere un parere. Certamente avrebbe ripreso il dialogo con l'amico tecnico e lo avrebbe tenuto aggiornato su eventuali sviluppi ufficiali. Intanto però lo volle aggiornare sui risultati delle ultime perforazioni e chiese a sua volta di sapere se i lavori di sviluppo da parte dei tecnici negli States avevano dato frutti apprezzabili.

"Abbiamo fatto molti progressi, stiamo davvero accelerando come mai prima." confermò Waters, immediatamente entusiastico come sempre quando si discuteva della sua materia. "Con le nuove forniture siamo in grado di creare una rete di sorveglianza coordinata di tutte le stazioni radar sul continente americano e in più stiamo anche lavorando a una rete di scambio dati tra un migliaio di centri nevralgici delle polizie dei vari stati. Il sogno di Orwell si sta avverando, mio caro, con questi nuovi computer basati sulla Frondite presto riusciremo a controllare anche il traffico stradale come se tutto il continente nordamericano fosse un semplice incrocio. Non hai idea delle possibilità. I tuoi colleghi dell'esercito, della marina e dell'aeronautica stanno anche lavorando su applicazioni militari molto specifiche di cui non sono ovviamente informato ma li vedo gongolare ogni volta che li incontro. Altri duecento chili di Frondite e siamo al coperto per tutte le esigenze strategiche primarie, credimi, non occorre di più, poi possiamo cominciare a pensare seriamente a rendere questa tecnologia disponibile per gli usi civili. Immagino già reti televisive a diffusione mondiale, mercati permanentemente collegati e attivi in tutto il mondo e sistemi di domotica favolosi per rendere una meraviglia la vita di ogni giorno per tutta la popolazione della terra."

"Cosa sarebbe la domotica?" chiese Leonard mentre Waters prendeva fiato.

"Diciamo che la domotica è quella parte della tecnologia che si occupa della gestione di tutte le funzioni delle abitazioni, delle case, degli ambienti civili, ma anche pubblici. Tutto quello che rende la vita più facile e comoda, e anche più sicura ed economica. Per esempio, si potranno gestire tutti gli impianti, il riscaldamento e il condizionamento, le aperture e chiusure, innaffiare il giardino senza spostarsi dalla poltrona, ottimizzare sempre i consumi energetici, aprire e chiudere finestre e porte, accendere e spegnere la luce, la televisione, la radio e l'idromassaggio in modo totalmente automatico e sempre nel modo più conveniente e sicuro. Insomma, hai presente i cartoon dei Pronipoti? Ci andremo vicini e la cosa che mi piace di più è che i costi di tutto questo saranno bassissimi, la nuova tecnologia sarà alla portata di tutti. La Frondite è un vero miracolo," fece una breve pausa e poi aggiunse ridendo: "ed io sarò fatto Santo, come minimo, lo sento, me lo merito!"

Chiusero la conversazione con la promessa di risentirsi presto e di tenersi reciprocamente aggiornati sui progressi dei rispettivi lavori.

Leonard rimase seduto alla sua scrivania a riflettere, poi decise di mettersi a sua volta in contatto con la segreteria dello Stato e con lo Stato Maggiore delle forze armate. Non era abbastanza informato e nemmeno aggiornato sui più recenti eventi per formulare una sua opinione sufficientemente ragionata ma aveva alcune preoccupazioni su possibili scenari che avrebbe voluto discutere con gente più esperta e autorevole.

Il fatto che la crisi sarebbe stata eventualmente una questione tra Gran Bretagna e Argentina poteva essere di conforto nel senso che gli USA potevano restare neutrali anche in base e nonostante i vari accordi di cooperazione militare sottoscritti. Se la cosa si fosse risolta con una semplice crisi diplomatica da districare possibilmente nell'aula dell'assemblea generale delle Nazioni Unite e le isole fossero rimaste sotto il dominio inglese per la base di Saunders nulla sarebbe cambiato. Se avessero preso il possesso del territorio gli argentini, a prescindere dalle modalità con cui un tale cambiamento si potesse realizzare, gli americani avevano relazioni tali anche con il paese sudamericano per poter ragionevolmente sperare che la base di ricerca non avrebbe subito conseguenze importanti. Ovviamente questi ragionamenti erano pura teoria e anche molto sommaria, Leonard ne era consapevole, ma in mancanza di altre informazioni la sua logica era valida quanto un'altra. Era improbabile che il giovane Brenner avesse delle informazioni più concrete sulla questione, sempre che ne fosse informato del tutto, ma certamente conoscere la posizione e l'atteggiamento dell'Inghilterra sarebbe stato molto interessante e utile.

Leonard riuscì a raggiungere telefonicamente Howard Feldman, il vicesegretario del dipartimento di Stato che era già in precedenza stato assegnato a occuparsi della questione Frondite. Il diplomatico era bene informato di tutta la situazione e non si sorprese più di tanto delle domande e delle perplessità di Leonard, poi diede la sua valutazione della faccenda.

"Il primo problema che potrebbe crearci dell'imbarazzo rimane quello della proprietà legittima della Frondite rinvenuta nella base dell'isola di Saunders. Finché si tratta di comuni materiali noti, estratti più per addestramento che per un vero e proprio sfruttamento di un qualsiasi giacimento, non ci sono problemi. Ma se dovessimo, per esempio, trovare un giacimento di petrolio là sotto certamente non potremmo metterci a sfruttarlo per nostro conto senza condividere e concordare i benefici con la Gran Bretagna. Dico questo perché è il precedente facile che tutti comprendono senza difficoltà. La natura della Frondite è sostanzialmente la stessa, ovvero una materia di grande valore rinvenuta nel sottosuolo di un territorio la cui sovranità automaticamente comporta un diritto naturale sui benefici dell'eventuale sfruttamento di quel giacimento. A prescindere dalla definizione del valore di questo materiale speciale dal punto di vista della legalità non c'è ragione al mondo per trattarlo diversamente da un qualsiasi giacimento di idrocarburi.

Nella situazione che ora si è creata possiamo presumere che se gli inglesi fossero informati di che razza di tesoro è contenuto nel sottosuolo di quell'arcipelago non avrebbero più nessun dubbio sul fatto che queste isole vadano difese ad ogni costo. E mettiamoci a questo punto pure che anche gli USA hanno un fortissimo interesse affinché sia mantenuto lo status quo sul dominio territoriale, perché è indubbio che una volta che il segreto della Frondite fosse svelato, e alla fine bisognerà pur farlo, anche gli argentini avanzerebbero giustamente le stesse pretese degli inglesi. Lascio a lei la riflessione se la natura particolare della Frondite in questa fase sia preferibilmente condivisa con questa o quella nazione."

Il discorso di Feldman era logico e ispirato al buonsenso. Era evidente che avrebbe preferito che gli americani avessero messo le carte in tavola con gli inglesi al più presto. Ogni giorno che passava avrebbe reso l'eventuale confessione più imbarazzante e questo in ambito diplomatico e politico si traduceva automaticamente in un prezzo progressivamente più alto da pagare.

Leonard chiese quali fossero le indicazioni sulla posizione degli inglesi a seguito della mozione argentina presentata alle Nazioni Unite e Feldman lo aggiornò.

"Per ora la reazione della Gran Bretagna, perlomeno a livello ufficiale, è in sostanza nulla. Il caso non si presenta per la prima volta e forse non è nemmeno preso molto sul serio, ma ci sono anche altri aspetti da considerare. In questo momento la Gran Bretagna è in una profonda crisi sia economica sia politica, le tensioni sociali sono al livello di guardia e il governo è in grave difficoltà. Secondo alcuni osservatori il Primo Ministro inglese, la Signora Thatcher, non ha molto apprezzamento tra i suoi connazionali e le misure di risparmio applicate recentemente hanno creato parecchia insoddisfazione tra la gente e gli avversari politici non mancano occasione per infierire sul governo. I tagli alla spesa pubblica hanno comportato riduzioni nell'erogazione di servizi essenziali nel campo della sanità e nell'educazione, prima di tutto, ma anche tagli di organico negli enti pubblici e in particolare nel settore della difesa. Sono stati seriamente ridimensionati i finanziamenti delle forze armate e di conseguenza ridotte alcune unità navali, i contratti di nuovi acquisti di velivoli e così via. Alcune unità di stanza proprio nell'atlantico meridionale fino a pochi mesi fa sono state smantellate e le navi addirittura vendute, in parte all'Australia e all'India e perfino agli stessi argentini. La copertura protettiva di certi territori d'oltremare del Commonwealth è stata visibilmente ridimensionata e anche questo potrebbe aver dato all'Argentina l'impressione che questo sia un buon momento per mettere i britannici sotto pressione."

Leonard sapeva delle riduzioni della flotta della marina britannica ma non aveva mai pensato che questa evoluzione degli eventi avesse potuto incoraggiare iniziative bellicose. Il quadro generale a livello mondiale, perlomeno per quello che poteva essere diretto interesse della Gran Bretagna, si presentava piuttosto tranquillo e un ridimensionamento delle forze difensive dispiegate non era sembrato un rischio irragionevole.

"Crede davvero che gli inglesi siano disposti a rinunciare alle Falkland? Mi pare surreale che il dominio territoriale di una parte dell'Inghilterra possa essere sottratto alla Corona britannica solo con una serie di votazione alle Nazioni Unite. Vedrei più probabile una strenua difesa, se non altro per principio, anche con una resistenza militare se necessario."

Leonard era convito di questo e avrebbe voluto sentire quali argomenti potevano essere opposti alla sua visione della vicenda.

"In linea di principio e valutando la storia e il carattere dell'Inghilterra sarei totalmente dello stesso parere, Generale, ma tenga presente che oggigiorno le considerazioni morali e di orgoglio, anche nazionale, devono essere pesate con gli aspetti puramente economici della realtà mondiale. In termini di costi oggi l'Inghilterra non dovrebbe pensare nemmeno per un attimo a un'ipotesi militare per difendere le Falkland. Qualora una decisione fosse presa dalle Nazioni Unite, almeno dal punto di vista economico, all'Inghilterra converrebbe accettarla, anche se le fosse sfavorevole. L'opzione militare sarebbe un insostenibile salasso che oltretutto non sarebbe giustificabile in termini crudamente materiali dalla consistenza e dal valore economico delle Falkland. Quelle isole non rappresentano nemmeno un valore strategico oramai, le rotte commerciali e militari sull'Antartide non si controllano certamente da quell'arcipelago, specialmente dopo aver ridotto la presenza militare a una cinquantina di uomini e pochissimi mezzi. Gli abitanti sono pochi, circa tremila in tutto e se la Signora Thatcher si limitasse semplicemente a fare due conti economici potrebbe essere tentata dall'opzione di accettare di perdere la sovranità delle Falkland purché venga garantito agli abitanti la conservazione dei loro diritti fondamentali e delle loro proprietà. Sarebbe un'uscita dignitosa o perlomeno giustificabile e a un costo vicino allo zero. Senza contare che l'esito di un conflitto armato non è per nulla scontato e questo lei lo capisce molto bene, non è vero Generale?"

"Lei pensa davvero che gli inglesi potrebbero abbandonare i loro sudditi, anche se sono pochi, per un mero calcolo economico?"

"Nemmeno per sogno, fosse anche uno solo!" era la scontata risposta di Feldman.

"Per cui si prevede che, qualora l'assemblea delle Nazioni Unite non riuscisse a produrre una soluzione, ci sarà lo scontro? E in quel caso gli Stati Uniti d'America come si dovranno comportare?"

Feldman fece sentire un lungo sospiro. Negli ultimi giorni aveva esaminato ogni possibile sviluppo della crisi e ragionato con esperti del dipartimento di Stato, dell'ufficio del Presidente e con alcuni capi del Pentagono e non era riuscito a convincersi di poter sposare una delle tante teorie come la più probabile.

"Al momento preferisco non fare previsioni. Tenga presente che anche gli argentini non hanno una situazione facile tra le mani, come spesso accade le guerre scoppiano fra parti in difficoltà per mille altre ragioni e sfidano sempre la logica e il buonsenso. Spero ancora in un ripensamento da parte della giunta militare argentina ovvero mi auguro che le minacce, seppure per ora molto velate, di arrivare perfino all'azione militare per prendere il possesso, o riprendere, come dicono loro, restino tali e che una risoluzione della grande assemblea dell'ONU possa almeno arginare se non risolvere il contenzioso.

Si dice che di fronte alla prospettiva di una lite il più saggio di solito preferisce evitare anche al costo di qualche rinuncia e in questo momento forse all'Inghilterra converrebbe allinearsi con questo concetto. Ma come abbiamo detto non esiste solo la ragione e la razionalità ma anche l'orgoglio, il prestigio, la tradizione e la dignità dell'impero britannico, per quanto smantellato lo vogliamo considerare. Rimane da difendere anche e sopratutto la credibilità, sono tutti fattori che probabilmente porterebbero, in tempi meno difficili, l'Inghilterra a difendere il suo possedimento nell'atlantico meridionale con ogni mezzo. Oggi un qualche piccolo dubbio sarebbe legittimo, ma ci credo poco.

Se poi sul piatto della bilancia mettiamo anche la Frondite e se ci aggiungiamo l'interesse degli USA la decisione di difendere lo status quo non è più negoziabile, così credo. E a quel punto temo che saremo in qualche modo coinvolti. La situazione è complicata, molto complicata direi, ci sarà parecchio da lavorare per la nostra diplomazia.

Domani stesso avrò un incontro con il Presidente e con il Segretario di Stato, discuteremo della faccenda e certamente affronteremo anche la delicata questione della Frondite."

Leonard non poteva essere invidioso del delicato lavoro che aspettava Howard Feldman e tutti i responsabili, fino al Presidente stesso, che avrebbero avuto il difficile compito di elaborare una strategia per uscire da ogni imbarazzo e al contempo proteggere al meglio gli interessi degli Stati Uniti.

Forse erano già stati commessi degli errori perlomeno dal punto di vista diplomatico e Leonard lo sapeva bene, visto che lui, un altissimo esponente delle forze armate statunitensi, si trovava in missione non ufficiale, per non dire segreta, in territorio straniero, territorio di una nazione amica per di più. Pensò che sarebbe stato molto difficile venirne fuori senza incidenti e conseguenze serie sulle relazioni tra i due paesi, senza inventarsi delle storie credibili a giustificazione della procedura adottata ed essere sbugiardati con sommo imbarazzo. A un tratto Leonard si sentì molto a disagio, molto confuso e forse perfino pentito di non aver delegato il compito di supervisione della base di Saunders a un'altra persona, meno in vista di lui. Certo che la posta in gioco era molto alta, la Frondite aveva un valore inestimabile e perfino ora, con poco o nulla di fatto, erano già stati ottenuti risultati importanti, tali da riuscire probabilmente a giustificare anche qualche passo falso. D'altronde la possibilità di offrire la condivisione del fall-out tecnologico della Frondite anche agli inglesi prima che a qualsiasi altra nazione poteva essere una merce di scambio preziosa in grado di zittire qualsiasi malumore originato dal modo in cui gli americani si erano mossi finora.

Si poteva ragionare all'infinito, per ora le possibili soluzioni erano strettamente legate all'esito della crisi fra Inghilterra e Argentina. Bisognava attendere e nel frattempo cercare di portare avanti il lavoro di estrazione di Frondite con il massimo impegno.

Leonard chiuse la conversazione con Feldman e si rese conto che oramai era in grave ritardo per la cena. Spense la luce e si avviò verso la mensa.

Gli altri commensali erano quasi arrivati alla fine del loro pasto e alcuni si erano già ritirati per il riposo notturno oppure si erano trasferiti nelle due sale di ricreazione, fornite di tavoli da biliardo e ping-pong e altri diversivi quando Leonard finalmente arrivò e si sedette tra KP e Brenner con un vassoio abbondantemente fornito della selezione completa delle specialità del giorno o perlomeno di quello che era ancora rimasto. Il direttore delle operazioni mangiava di solito solo una volta al giorno, appunto la sera e quando si metteva a tavola non era certo per gustare stuzzichini ma delle solide porzioni abbondanti. Le sue abitudini erano ben note anche agli addetti alla cucina e perciò si assicurarono sempre di avere abbondanti razioni di tutte le portate a disposizione anche quando il capo per qualche ragione arrivava in ritardo.

"Il clima di Drill City mi mette appetito!" disse Leonard mentre iniziava ad aggredire il suo piatto. Dopo il primo boccone si scusò per il ritardo e aggiunse:

"Sono stato al telefono con un amico di New York. Dice che siamo forse nell'occhio di un possibile ciclone, nel senso che a quanto pare la Repubblica Argentina avrebbe presentato una mozione alle Nazioni Unite per richiedere la restituzione della sovranità territoriale sulle isole Falkland all'Inghilterra. Pare che ci sia un poco di agitazione nell'aria. Lei cose ne dice, Signor Brenner?"

La domanda mise Brenner in difficoltà, non aveva idea cosa stesse succedendo. Presso l'ufficio del Governatore non aveva saputo nulla nonostante vedesse solitamente tutte le comunicazioni che dall'ufficio erano scambiate con qualunque ente in Inghilterra. Se ci fosse stato qualche avvisaglia ne sarebbe stato informato.

"Devo confessare che non ne so assolutamente nulla. Mi risulta che in passato ci siano state delle discussioni anche a livello diplomatico ma credevo che in realtà la cosa fosse stata accantonata."

Brenner non era felice della sua stessa risposta ma aveva detto il vero. Per quanto ricordava dai suoi studi di storia moderna l'argomento della sovranità sulle isole Falkland non figurava tra le principali preoccupazioni del Regno Unito, lo status quo in quella parte del mondo pareva una cosa acquisita e di fatto consolidata. Se ora qualcuno aveva un interesse a risollevare la questione sarebbe stato anzitutto utile capire quali fossero le ragioni. Leonard sembrava pensarla esattamente come Brenner.

"Viene da domandarsi anzitutto per quale motivo all'improvviso l'Argentina si scopre desiderosa di riconquistare queste meravigliose isole, piene di sole, calore e ricchezze naturali inestimabili." disse Leonard con una punta di ironia. "Evidentemente non hanno altre preoccupazioni al momento. Beati loro, giusto?"

Brenner si rese conto di non essere molto aggiornato sulle questioni argentine e le notizie del recente cambio ai vertici del paese erano state annotate con distratta routine. Comunque, una mozione alle Nazioni Unite poteva al massimo generare qualche discussione vivace in ambito politico, qualche schermaglia verbale, nulla più, almeno nell'immediato.

Leonard continuò a mangiare con gusto e non pareva poi interessato a intavolare una discussione sull'argomento da lui stesso proposto. Evidentemente anche lui non dava troppa importanza a questa notizia. La vita a Saunders aveva ritmi e priorità diverse rispetto al resto del mondo e forse tutto sommato non importava a nessuno se inglesi e argentini si accapigliavano per una questione che probabilmente avrebbe avuto comunque più importanza politica che concreta. Non importava quale nazione più o meno lontana si fosse arrogata il diritto di ritenere quell'arcipelago un proprio territorio, sulle isole le cose difficilmente sarebbero cambiate.

A Brenner premeva invece di riportare la conversazione su argomenti per lui più importanti e così decise di fare qualche domanda più specifica a Leonard, che nel frattempo aveva messo da parte il piatto della carne e stava considerando l'attacco a una fetta di torta di mele.

"Posso chiederle che risultati avete ottenuto spostando la torre di trivellazione di così pochi metri? Cos'è cambiato rispetto a un mese fa?"

Leonard stava armeggiando con le posate nel tentativo di staccare un boccone di dimensioni ragionevoli dalla fetta di torta senza ricorrere all'uso del coltello e l'operazione non pareva riuscire molto bene. La lotta contro la pietanza lo stava impegnando quanto bastava per non rispondere immediatamente e Brenner pensò che forse Leonard dovesse riflettere prima di rispondere. La torta di mele notoriamente oppone forte resistenza a essere consumata. Finalmente la dissezione riuscì e Leonard si mise in bocca il pezzo staccato dalla parte più grande rimasta sul piatto, masticò lentamente e con gusto e poi appoggiò la forchetta sul piatto.

"Se per risultati intende delle novità in fatto di esplorazione del sottosuolo temo che non abbiamo nulla da aggiungere a quanto già sapevamo. Per i nostri tecnici è stata invece un'esperienza molto utile e interessante affrontare lo smantellamento della torre. Così hanno avuto modo di imparare a conoscere tutti i componenti che costituiscono quell'attrezzatura e rimontando la torre ci è sembrato opportuno spostarci per poter in pratica iniziare una nuova perforazione. Sarebbe stato privo di senso e non avrebbe dato nessuna nuova esperienza alle squadre, specialmente ai nuovi arrivati, se avessimo semplicemente infilato le trivelle nello stesso canale già aperto da mesi."

Brenner assunse un'espressione interessata mentre Leonard parlava, le parole del capo della base erano convincenti.

"Ma non sarebbe stato più logico, dovendo appunto ripartire da zero, cercare di esplorare una zona più distante?" chiese dopo una breve pausa di riflessione che l'americano utilizzò per proseguire la sua lotta con la torta di mele.

"Forse sì, ma saremmo dovuti ripartire da uno stadio molto più arretrato dei lavori. Prima di tutto avremmo dovuto trovare un altro posto e renderlo accessibile e collegato alla base, quindi un'operazione molto più complessa e lunga. Senza contare che avremmo dovuto chiedere ovviamente l'autorizzazione ai padroni di casa, "Leonard fece un largo sorriso verso Brenner mentre disse queste parole. "e temo che oltre ai tempi tecnici avremmo dovuto aggiungere anche i tempi della burocrazia. Forse lo faremo più avanti, ma per ora ci va bene così, stiamo vicini alla base e ci concentriamo sulle operazioni di perforazione. C'è molto da imparare prima che si possa dire di essere veramente capaci di lavorare su una piattaforma e fare trivellazioni. Anche se per il laboratorio le analisi che si stanno facendo ora sono una noiosa ripetizione di quanto fatto già più volte negli ultimi mesi, per gli operatori dell'impianto è un grande allenamento."

Era evidente che Leonard non voleva dare informazioni su eventuali nuovi elementi di valutazione della struttura geologica dell'isola, tantomeno pareva intenzionato a svelare alcuna notizia su eventuali ritrovamenti di particolare interesse, sempre che ci fossero stati, pensò Brenner.

"Devo quindi dedurre che l'addestramento stia procedendo a gonfie vele."

"Esatto, le squadre stanno facendo ottimi progressi."

"Quindi immagino che presto avranno terminato il loro addestramento. Cosa succederà dopo? Affrontate altre posizioni di esplorazioni oppure si prevede un ricambio di personale?"

Leonard non tradì il lieve fastidio che provava per le domande di Brenner e anche se potevano sembrare del tutto normali questioni sollevate da una normale chiacchierata attorno ad una tavola imbandita ebbe la sensazione che il giovane inglese avesse un qualche obiettivo specifico in mente. Dopo aver riflettuto un attimo sull'ultima domanda posta e aggredito un altro boccone della deliziosa torta di mele, cosparsa anche di una generosa dose di Maple Syrup, decise di rispondere in una maniera che avrebbe dovuto soddisfare il suo interlocutore.

"Vedremo quali disposizioni ci saranno date dalla sede centrale in California. Certamente un ricambio di personale sarebbe logico quando l'addestramento sarà finito, ma abbiamo ancora molto da fare. Vede, Signor Brenner, a volte capita che le operazioni sulla terra ferma richiedano interventi specifici e molto complessi a certe profondità. Accade in questi casi che accanto alla pura e semplice trivellazione per l'estrazione di materiale da analizzare si debba proprio scendere a certe profondità con altri mezzi o addirittura con degli uomini. In sostanza si affianca all'attività di trivellazione una vera e propria attività di miniera. Si fa quando si cerca il carbone, per esempio e invece di proseguire verticalmente verso il centro della terra a una certa profondità si decide di esplorare il sottosuolo su un piano orizzontale. Questo non si può fare restando in superficie ma si devono scavare pozzi larghi, installare montacarichi e sistemi di ventilazione e tante altre cose. Ne abbiamo di cose da imparare, ne avremo per mesi."

Kathy Prescott aveva abbassato gli occhi e si era dedicata a sua volta all'analisi del suo piatto ma i residui della sua fetta di torta erano poche briciole e il fatto che tentava maldestramente di raccoglierli con la forchetta pareva una cosa goffa che non sfuggì a Brenner. Pareva quasi che non fosse per niente d'accordo con le parole di Leonard ma non volesse darlo a vedere, perciò evitava di incontrare lo sguardo sia del suo capo che di Brenner e recitò la parte della persona distratta e disinteressata. Anche se le spiegazioni di Leonard potevano sembrare logiche e accurate, potevano apparire fin troppo ovvie e banali, troppo scontate. Non che le procedure in sé potessero rappresentare un argomento di discussione nell'ambito di un'esercitazione, tutto sarebbe stato giustificabile, ma realisticamente le cose non sarebbero state per niente così semplici come Leonard le stava descrivendo. Parlare di una miniera di carbone quando per quasi due anni notoriamente non erano state trovate tracce di quella forma solida e mineralizzata dei carburanti fossili era un abile anche se elementare modo per evitare di parlare della Frondite anticipando però allo stesso tempo le domande che sarebbero state fatte non appena fossero arrivate le attrezzature e iniziati gli scavi di un tunnel ampio proprio per raggiungere la profondità alla quale la vena di Frondite era stata trovata per iniziare una fase di esplorazione orizzontale. Certo che se gli inglesi avessero davvero creduto allo scopo puramente addestrativo di tutta quell'operazione dovevano essere davvero ingenui e creduloni. D'altra parte, era difficile rispondere alle cortesi domande di Brenner senza svelare troppe cose e quella supposta ingenuità avrebbe quindi fatto comodo per qualche tempo ancora.

Leonard terminò il suo pasto e si alzò immediatamente in piedi. Prese il suo vassoio per riporlo negli appositi scaffali e disse con aria soddisfatta:

"Signorina Prescott, Signor Brenner, è stato un piacere cenare con voi ma ora dovete scusarmi ma ho delle scartoffie accumulate sulla mia scrivania e voglio ridurre la pila prima di andare a dormire. Vi auguro una buona serata, ci vedremo domattina per riprendere il nostro lavoro."

Accennò a un inchino verso KP e fece un cenno col capo per salutare Brenner, poi si allontanò e mentre uscì dalla sala scambiò un paio di battute con altri commensali. Brenner rimase insoddisfatto dell'esito della cena ma rimase ancora seduto con Kathy Prescott. Lei si era alzata a sua volta ma soltanto per raggiungere la macchina del caffè e versarsene una grande tazza.

Brenner non aveva l'abitudine del caffè ma quando veniva in visita alla base di Saunders si concedeva qualche tazza anche dopo cena, giusto per allungare la serata prima di ritirarsi a dormire. Raggiunse la geologa californiana alla macchina del caffè e si servì a sua volta, poi ritornarono al tavolo a sedersi per sorbire quel caldo liquido scuro con calma. Magari si poteva chiacchierare e carpire qualche segreto anche da KP, pensò

Brenner, ma aveva idea che la sua arte di persuasione non avesse molte probabilità di successo con quella donna. Non solo era più matura di lui ed evidentemente molto intelligente e competente nel suo campo ma aveva anche una forte personalità che si manifestava molto chiaramente e indicava a chiunque che con lei non c'era verso di avere il sopravvento. KP aveva sempre il controllo delle situazioni, quindi anche comprese le conversazioni, sapeva tenere in scacco i suoi interlocutori e dirigere le cose con quasi subdola efficienza. Anche in passato Brenner aveva avuto modo di dialogare con lei e si era sempre reso conto che alla fine era proprio lei ad avere il controllo delle conversazioni e la scelta degli argomenti. Davvero difficile manovrarla su un terreno specifico secondo la volontà di Brenner, lui ne era convinto. Non poteva fare altro che sperare in una disattenzione che potesse dargli qualche indizio insperato sulle attività della base. Era con questo scopo in mente che Brenner decise di prolungare la serata e coinvolgere la donna in una discussione che potesse eventualmente essere incentrata proprio sulle attività della base di ricerca. Magari poteva ostentare una curiosità insolita ma ingenua per stimolare la voglia di KP a parlare, a concedere qualche introspezione più profonda nei suoi compiti professionali e quindi forse anche sui risultati delle estrazioni. Perché Brenner era sempre più convinto che ci dovesse essere qualcosa sotto i suoi piedi che giustificasse le costose operazioni in corso a Drill City e se ci fosse stato una maniera per scoprire qualcosa non avrebbe potuto che essere qui, sul posto, e parlando con le persone giuste.

"Pensa solo al lavoro il suo capo, eh?" disse Brenner mentre prendeva un primo sorso di caffè quasi bollente.

"Vero. Ma del resto qui non ci sono tante distrazioni. Se uno ha la fortuna di essere così appassionato e coinvolto come il

Signor Leonard ha trovato nel lavoro la maniera di passare meglio il tempo."

Le parole di KP sembravano celare una traccia di melanconia, come se provasse un filo di invidia e soffrisse invece di qualche momento di noia. O forse era solo la lontananza da casa, dalla vita civile e dai lussi di una vita normale che risuonava in quella frase. Brenner sapeva molte cose di Kathy Prescott, molto più di quanto lei sospettasse, e quindi anche il fatto che aveva avuto una vita sentimentale piuttosto dinamica in patria. Non era certamente stata una ragazza introversa o dal carattere triste, anzi, pareva proprio se la fosse goduta senza grandi remore e ovviamente trovarsi reclusa su un'isola lontana dalla civiltà e priva di tutte quelle occasioni sociali che rendevano la vita piacevole doveva costarle parecchio. La sua professione certamente le piaceva e per quanto si poteva sapere certamente stava guadagnando molto bene rispetta a molti suoi colleghi, ma a una donna di gradevole aspetto e ancora giovane, anche se di qualche anno più grande di Brenner, la rinuncia prolungata a certi lussi e certi piaceri doveva pesarle parecchio.

Brenner guardò fuori dalla finestra, sul piazzale della base, e vide che la luce della luna piena stava illuminando l'area quasi fosse ancora giorno. Pensò che con quella particolare luce avrebbe potuto fare delle fotografie molto belle e in fondo a quell'ora non aveva altri impegni nemmeno quando stava a Port Stanley. La sua passione per la fotografia e quella particolare illuminazione notturna poteva essere intanto un buon argomento di conversazione. Poi non si poteva sapere, forse KP lo avrebbe accompagnato a fare qualche scatto notturno dalle dolci alture circostanti la base, poche decine di metri di elevazione più come dune ricoperte di una modesta vegetazione che colline. La linea della costa e il riflesso del mare erano ingredienti interessanti per certe fotografie di grande effetto e Brenner aveva già scattate diverse immagini del genere in giro per le isole. Forse avrebbe perfino allestito una mostra specifica dedicata proprio ai paesaggi notturni illuminati solo dalla luna.

Kathy Prescott sembrava davvero interessata, quasi affascinata dalla passione di Brenner e quando lui le descrisse con inusuale e coinvolgente entusiasmo prima le tecniche e poi le emozioni della fotografia lei lo ascoltò con sincera ammirazione. Quel giovane aveva anche un lato meno formale, meno da impiegato statale sempre perfetto e organizzato, puntuale e impeccabile, ed era una bella sorpresa. Quando a un certo punto della loro conversazione disse che il tempo a disposizione per avere una luce perfetta per fare delle fotografie sarebbe durato ancora meno di due ore e che forse avrebbe approfittato della notte serena e del cielo terso per fare qualche scatto, con sua grande sorpresa KP gli disse:

"Se non le dispiace aspettare cinque minuti vado a cambiarmi con qualcosa di più comodo e caldo e la accompagno, sono davvero curiosa e forse non ho mai fatto caso alla bellezza notturna dell'isola di Saunders sotto la luna piena."

"Mi farebbe enormemente piacere, l'aspetto volentieri. Del resto, anch'io mi devo organizzare e recuperare la mia attrezzatura. Vediamoci sul piazzale alla mia macchina."

A Brenner non parve vero. Non osava pensare alle prossime ore come a un appuntamento galante anche se Kathy Prescott era una donna molto attraente, ma certamente avrebbe avuto modo di conoscerla meglio in una circostanza così diversa dal solito e forse poteva essere proprio quella l'occasione per carpirle qualche segreto sulle operazioni della base di ricerca di Drill City. Era proprio vero che la luna aveva degli strani poteri ...

Due ore più tardi Brenner e Kathy Prescott erano ancora seduti sullo sportello posteriore della Range Rover a guardare incantati il paesaggio notturno. Brenner aveva voluto fare diverse fotografie dello scorcio di mare visibile dall'altura sulla quale si erano recati per tentare di ricavarne atmosfere diverse. Parlava della sua passione fotografica quasi come si trattasse di una forma di poesia capace di suscitare negli osservatori delle sue opere una varietà di sensazioni. Mentre guardarono i riflessi della luce su un mare insolitamente calmo lui fece notare alla sua improvvisata compagna di esplorazione dei dettagli che a lei erano completamente sfuggiti. C'erano dei rapaci notturni che ogni tanto attraversavano l'orizzonte e le poche onde che s'infrangevano in lontananza sulla linea costiera ricaddero poi in mare creando dei disegni geometrici e armoniosi sulla superficie dell'acqua che erano poi sottolineati ed esaltati dai riflessi di una luce azzurrognola. Mancava il calore dell'estate texana, secondo KP, per rendere la scena perfetta e potenzialmente romantica, le temperature troppo basse per il suo gusto spegnevano evidentemente ogni accenno poetico. Non così per il suo accompagnatore che evidentemente era ispirato da quella luce e quelle onde. Aveva una strana espressione di quasi infantile felicità sul suo volto e mentre scrutava il cielo alla ricerca delle insolite costellazioni australi pareva insolitamente felice.

Improvvisamente Brenner si arrestò, guardò verso la luna e col volto illuminato si mise a declamare con posa quasi drammatica.

"La luna era serena e giocava sulle onde. La finestra infine libera é aperta alla brezza, il sultano guarda, e il mare che si brezza, in fondo d'un flutto argentato ricama i neri isolotti."

Brenner rimase immobile alla conclusione della sua breve recita e KP gli concesse un dovuto applauso.

"Bravissimo, non sapevo che era anche un poeta." Gli disse sorridendo.

Lui fece un inchino e rispose con altrettanta allegria in volto.

"Grazie, gentil donzella, ma, ahimé, queste belle parole non sono farina del mio sacco, le ho prese in prestito dal Signor Victor Hugo. Lui si era ispirato alla luna sul Bosforo, a noi devono bastare le lande deserte dell'isola di Saunders e non ci resta che sognare i fasti dei palazzi di Istanbul. Ma con un poco di immaginazione possiamo farcela."

Kathy Prescott si rese conto che stava provando una certa simpatia per Brenner, stranamente e di certo inopportunamente maggiore di quella che pensava. Il giovane inglese era certamente un bell'uomo e dai modi garbati e sempre rispettosi; eppure, non era noioso o spocchioso come alcuni suoi compatrioti, non ostentava nessuna arroganza. Nelle ultime ore aveva fornito non solo prova di una vena artistica con la sua passione per le fotografie tutto fuorché banali, ora dava anche prova di cultura sopra la media. Per un attimo Kathy cercò di ricordare qualcosa di altrettanto poetico da contrapporre alla dotta citazione di Brenner ma sull'argomento Luna non le venne in mente nulla più delle prime parole di "Blue Moon" e si rese conto che se le avesse declamate a sua volta avrebbe potuto dare corso a un malinteso che avrebbe potuto essere imbarazzante.

Brenner si era avvicinato e seduto accanto a lei, le mani affondate ora nelle tasche del suo giaccone. Continuò a scrutare il cielo e poi all'improvviso disse con tono divertito:

"Non sono tanto sicuro che la bellezza ed il mistero del firmamento, di questo cielo di stelle, possa essere di suo gradimento. Lassù brillano luci lontane e possiamo immaginare meraviglie e tesori lontanissimi persi nello spazio infinito e vacuo dell'universo mentre lei ha rivolto la sua devozione ai misteri vicini e nascosti nelle solide rocce di questo nostro mondo. Io sono affascinato dal cielo pieno di stelle irraggiungibili e lei invece è interessata solo a cose solide e concrete e molto vicine a noi. Quelle stelle sono per me dei brillanti luccicanti e mi accontento di guardarle da lontano, lei invece, semmai dovesse interessarsi a diamanti li cercherebbe tra le rocce sotto i nostri piedi. Temo proprio che non potremo mai andare d'accordo."

KP rimase sorpresa, il ragionamento di Brenner era curioso e la sua conclusione, anche se ingenua e probabilmente senza malizia suonava un poco come una provocazione. Decise di raccogliere la sfida e di controbattere.

"Non confonda la mia professione con la mia anima, io sono solare, vivace e proiettata verso l'alto, una persona solare. Le cose sottoterra m'interessano da sempre e sono felice di fare il lavoro che ho scelto. Mi stimola e m'incuriosisce ogni giorno ma quando tolgo il camice bianco potrei sorprenderla, caro Brenner, ed essere se non proprio così poetica come lei almeno romantica e per nulla refrattaria alla bellezza di questo palcoscenico notturno che la nostra isola incantata ci offre."

Brenner non accennò alcuna reazione ma continuò a fissare le stelle come se si aspettasse che il discorso di KP dovesse ancora continuare. Dopo qualche secondo di silenzio la donna riprese a parlare.

"A casa, nel Texas, avevo imparato a riconoscere l'Orsa Maggiore, il Carro, e la stella polare. Qui sono persa, ma mi piacerebbe capire qualcosa di più, anche se la bellezza del cielo mi basta anche senza sapere i nomi di ogni punto luminoso lassù. Okay, lo ammetto, non ricordo poesie e non sono preparata a fare citazioni di grandi poeti, ma non creda che sia insensibile a questo spettacolo notturno che mi ha fatto conoscere stasera. Non avevo mai fatto caso a questa bellezza nei quasi due anni che ormai ho passato in questo posto, gliene sono grata."

"E' un piacere."

Restarono in silenzio per qualche attimo e poi Kathy Prescott fece un terribile errore.

"Potrebbe essere un momento romantico, ci sono tutti gli ingredienti, non crede?"

Brenner si voltò per guardarla dritta negli occhi.

"Cosa manca?" le chiese.

"Forse nulla, forse solo la giusta compagnia e .... "

" ..e ???"

"... e un filo di incoscienza e coraggio." KP dovette quasi ridere. La situazione stava deragliando e lei si rese conto di aver messo in moto una potenziale catastrofe.

"Io sono un'ottima compagnia. Crede che ci voglia coraggio? Dovremmo osare?"

Brenner aveva un'espressione indecifrabile, canzonatoria e dolce allo stesso momento, invitante e incoraggiante forse, ma anche poco rassicurante. Era un uomo più giovane di KP e forse lei non aveva mai pensato che potesse rappresentare una tentazione, eppure stava accadendo.

Osarono, e fu una lunga notte di luna piena.

BUENOS AIRES, FINE GENNAIO

Il Colonnello Pedro Melez aveva scelto di restare ancora in servizio attivo nonostante fin dalla modesta ma solenne cerimonia di nomina, con tanto di conferimento di medaglia al merito, gli fosse stata offerta la possibilità di ritirarsi a vita privata con un sostanzioso premio di fine carriera e una pensione mensile di tutto rispetto. La decisione era frutto di varie considerazioni che il comandante delle guardie del Palazzo della Giunta aveva pesato e analizzato con grande attenzione. Certamente si sentiva ancora perfettamente in grado di ricoprire quella posizione con piena efficienza ed anche confortato dalla sua lunga esperienza, ma teneva anche a garantire ai suoi uomini più fedeli il giusto e dovuto progredire delle loro carriere militari. Erano non solo uomini d'onore, rispettabili e fedelissimi alla loro missione, ma anzitutto si erano dimostrati leali e preziosi collaboratori di Melez per tanti anni, specialmente però in questi tempi così incerti e turbolenti. Non avevano mai abbandonato il loro comandante e lui se ne ricordava benissimo.

L'altra buona ragione era la mai cessata preoccupazione sulle eventuali conseguenze degli interrogatori ai quali sarebbe certamente stato sottoposto il capitano Portago e che avrebbero potuto mettere in serie difficoltà Melez. Gli pareva preferibile rimanere attivamente presente nella struttura militare operante con accesso a contatti e informazioni piuttosto che ritirarsi a vita privata e rischiare di essere travolto da qualche azione improvvisa innescata da Portago, che certamente avrebbe presentato la sua versione dei fatti anche per sfuggire a una severa condanna da parte della giunta militare ora al potere. La sua condotta era stata sommariamente giudicata come irresponsabile e disonorevole e anche se non era stata pronunciata ufficialmente la parola "tradimento" la sua posizione era certamente molto difficile. Una seria indagine avrebbe certamente coinvolto anche Melez, che sarebbe risultato essere stato l'ultimo contatto di Portago prima che questi abbandonasse misteriosamente la sua missione e si ubriacasse fino all'incoscienza. Ritrovato dopo due giorni, ancora in preda ai postumi di una sbornia monumentale, il capitano non era stato in grado di dare una versione convincente degli eventi anche perché aveva grosse difficoltà a esprimersi, forse anche a causa di una frattura della mascella non immediatamente rilevata, ma aveva comunque tentato di far capire ai suoi interrogatori che era stato aggredito e malmenato mentre cercava di svolgere le missioni affidategli dal comando supremo dei rivoltosi capeggiati da Galtieri. Il momento del suo ritrovamento e le sue condizioni non gli erano favorevoli, i militari incaricati di ottenere la sua confessione o perlomeno la sua versione dei fatti non erano particolarmente interessati a perdere tempo con lui e lo avevano sommariamente scaricato in un carcere militare in attesa di una condanna formale per insubordinazione e abbandono di posto di combattimento e varie altre accuse che sarebbero state formulate non senza una certa creatività.

Dopo quasi in mese dai fatti Melez non aveva più saputo nulla e non era stato disturbato per dare alcuna testimonianza, salvo una richiesta giunta alla sua segretaria per telefono riguardante la visita di Portago nell'ufficio di Melez nel pomeriggio del giorno della rivolta, alla quale la donna aveva risposto semplicemente leggendo le annotazioni sul registro dei visitatori e dove risultava che Portago si era allontanato dopo una ventina di minuti di colloqui con l'allora Maresciallo Melez. Non avrebbe potuto andare meglio, aveva pensato Melez quando era stato informato della telefonata. Poi più nulla, nessuna inchiesta, nessuna menzione. Portago pareva inghiottito dal sistema e destinato a sparire, se non indefinitamente almeno per un lungo tempo. A volte il Colonnello Melez pensò che altri al suo posto avrebbero risolto il problema in modo più definitivo, probabilmente fin dall'inizio, ma non sarebbe stato nella sua natura. Ora certamente si trovava con una spada di Damocle appesa sulla testa forse per sempre e un giorno o l'altro qualcosa sarebbe potuto accadere. Avrebbero potuto riascoltare Portago e approfondire tutta la vicenda oppure in un tempo molto più lontano, quando il Capitano fosse stato rimesso in libertà, avrebbe potuto attivarsi per una vendetta e avrebbe avuto mille modi per metterla in pratica. Occorreva quindi, così ragionò Melez, stare sempre in guardia ed essere pronti a sostenere la sua versione di quella giornata. Certamente i suoi uomini avrebbero confermato in ogni dettaglio le dichiarazioni del loro comandante e forse poteva bastare. Forse!

Intanto Melez era stato anche chiamato più volte per dare il suo contributo nella ridefinizione di alcune strutture organizzative all'interno dell'apparato militare a Buenos Aires, si era visto assegnare la supervisione del funzionamento di alcune caserme e di reparti motorizzati ed era spesso in visita presso altri comandi. Dall'alto comando venivano dati chiari segnali di maggiore attenzione al benessere delle truppe a tutti i livelli e c'era un clima di maggiore fiducia e ottimismo. La cosa più interessante per Melez era però la grande quantità di informazioni che riceveva da ogni incontro con i suoi nuovi sottoposti, sempre ansiosi di tenerlo informato non solo dei loro problemi e delle loro richieste ma anche di tanti rumori che circolavano tra le truppe. Si bisbigliava di grandi manovre, di riorganizzazioni di interi reparti e di attività frenetiche che somigliavano molto ai preparativi per qualche azione di grande impatto, forse una battaglia, anche se nessuno aveva idee chiare sul possibile nemico da affrontare.

Poi s'iniziò a parlare dell'unità del paese e dell'improrogabile necessità di riprendere il controllo di tutte le terre di confine e naturalmente anche di quell'arcipelago al largo della costa più meridionale, le isole Malvinas. Fin dai tempi della scuola Melez ricordava che la presenza degli inglesi su quel territorio era considerata dall'Argentina un'ingiustificabile occupazione arbitraria di una parte di territorio argentino e anche se la cosa era ormai consolidata da quasi 150 anni era una ferita ancora aperta nell'orgoglio nazionale. Nessuno pareva avere un'idea chiara su quelle isole, sulle loro dimensioni e su cosa potessero effettivamente rappresentare per l'Argentina. Alcuni dei militari con cui Melez era in contatto accennarono, non senza convinzione, all'importanza strategica delle Malvinas per il controllo delle rotte di navigazione nella regione dell'Antartide. Certamente il traffico marittimo, sia civile sia militare, in quella zona si svolgeva intorno a quelle isole, ma per molti il controllo delle rotte nautiche poteva avvenire tranquillamente dalla punta meridionale del continente sudamericano. Comunque, l'orgoglio nazionale pareva essere stato abilmente stimolato, le vivaci discussioni che occasionalmente nascevano sull'argomento ne erano una chiara dimostrazione e sembrava davvero che finalmente il popolo argentino ritrovasse un poco di quell'Amor di Patria che era quasi completamente scomparso negli ultimi anni. L'orgoglio nazionale si stava risvegliando.

Nella caserma di San Cristobal il reparto più importante era sicuramente quello dedicato alle riparazioni e manutenzioni di automezzi dell'esercito. C'erano infatti all'interno della vasta area della struttura ben tre grandi capannoni con ponteggi, banchi e attrezzature di ogni genere per eseguire interventi su ogni tipo di mezzo, dalle piccole camionette fino ai grossi cingolati e ai carri armati. In una zona dell'ampio piazzale c'erano numerosi camion leggeri e perfino mezzi di sbarco, una strana combinazione tra barca e veicolo di terra. Melez aveva dato alcune disposizioni agli addetti alla sorveglianza su come gestire con maggior efficienza la sicurezza di tutta la caserma e si chiedeva anche se in tutto quel movimento frenetico che caratterizzava le officine non ci fosse anche qualche spreco dovuto a una certa approssimazione nella gestione dei lavori. Aveva visto diversi veicoli sui quali evidentemente erano stati iniziati dei lavori e poi interrotti per chissà quale ragione e qua e là c'erano perfino utensili ed attrezzature abbandonate in un certo disordine. Melez aveva chiesto conto al responsabile dei lavori e ovviamente aveva creato non poco imbarazzo. Subito si mise in movimento un buon numero di addetti a sistemare alla meglio la situazione e Melez rimase a osservare in silenzio. Probabilmente dava un'impressione di grande severità e in fondo sarebbe stata alquanto opportuna, certamente il nuovo Colonnello si faceva rispettare.

Era stato allertato su quella situazione dal fidanzato di sua figlia, Adrian Cardena, che era un assiduo frequentatore di quella caserma come fornitore di pezzi di ricambio e pareva conoscere bene tutti i vizi e le virtù dei vari reparti e del personale tecnico che vi operava. A Melez fu comodo e conveniente apparire più competente di quanto non fosse in realtà. In questo modo poteva far capire a tutti che era deciso a svolgere la sua funzione seriamente e non era certo venuto solo per fare una visita di cortesia, tanto per perdere un poco di tempo lontano dal suo ufficio e dalle scartoffie. Alcune cose che aveva potuto rilevare gli sarebbero certamente sfuggite se non avesse avuto quei preziosi suggerimenti del suo giovane amico. Il comandante del reparto rimase evidentemente impressionato dalla competenza di Melez e si premurò ad assicurare maggiore rigore e attenzione, poi invitò Melez nel suo ufficio per rispondere in un ambiente più comodo e silenzioso delle officine alle altre domande che il Colonnello aveva detto di voler fare.

Si accomodarono nella piccola stanza e il capo officine, il Sergente Osvaldo Valente, si scusò per non avere altro che acqua fresca da offrire al suo ospite. Per Melez era sufficiente, non si aspettava trattamenti di lusso in un'officina meccanica.

Iniziarono a parlare e Valente illustrò i programmi di lavoro esibendo un pacco di fogli con le annotazioni sui singoli interventi da eseguire. Ce n'era un gran numero e pareva che dall'inizio dell'anno l'attività si fosse fatta molto più frenetica. Valente non riuscì a trattenere per sé una confidenza che gli era stata fatta in occasione della consegna nel suo piazzale dei mezzi di sbarco. Uno degli ufficiali della Marina che avevano accompagnato quei mezzi era stato a lungo a parlare con Valente e aveva sottolineato l'importanza e l'urgenza della rimessa in perfetta efficienza di quei mezzi in vista di un prossimo impiego.

"Naturalmente non ho insistito per sapere di più," disse Valente mentendo spudoratamente perché la sua curiosità si era manifestata in maniera quasi imbarazzante, "ma l'ufficiale ha voluto confidarmi che si sta programmando una grande operazione per riprenderci le Malvinas. Sarà questione di poco, ma sono certo che succederà e finalmente riusciremo a riprenderci le nostre terre dagli inglesi!"

Valente era convinto che la sottolineatura teatrale del suo patriottismo gli avrebbe procurato la simpatia del Colonnello e mentre confidava quella notizia si era fatto quasi ammiccante. Sperava di ottenere dalla risposta o perlomeno dalla reazione del visitatore la conferma delle informazioni in suo possesso e forse anche qualche ulteriore gustoso dettaglio ma rimase deluso.

Melez assorbì le parole del capo meccanico con apparente disinteresse, un'indifferenza quasi annoiata che non poteva significare altro, secondo Valente, che effettivamente qualcosa era in preparazione ma Melez non volesse sbottonarsi e confidare altri segreti.

"Noi stiamo lavorando al massimo delle nostre forze, Colonnello, ed è forse per quello che ha visto alcune cose fuori posto, ma lei comprende, l'urgenza e la quantità di cose da fare portano a volte a essere meno ordinati del dovuto. Me ne scuso ma le assicuro che tutti i lavori saranno conclusi in tempo. Sempre che riceviamo i necessari ricambi."

Valente assunse un'espressione sofferente, aprì un cassetto ed estrasse un plico di fogli per appoggiarli poi sulla sua piccola scrivania e spingerli verso il Colonnello.

"Guardi pure, questi sono tutti gli ordinativi che abbiamo passato ai vari fornitori. Alcuni di questi sono locali o addirittura altri reparti dell'Esercito o della Marina, qualcuno anche dell'Aviazione, ma la maggior parte sono ordini piazzati con ditte esterne, civili, che sanno come procurare i materiali ma sono sempre molto puntigliosi sui pagamenti. Dicono che la roba dagli Stati Uniti arriva solo dopo essere stata pagata in anticipo. Non era così, Colonnello, non era così in passato ma da qualche anno le cose sono peggiorate e allora anche noi dipendiamo dalla burocrazia, dal ministero delle finanze e dalle banche. Almeno così mi è stato spiegato quando mi sono permesso di sollecitare alcune pratiche. Lei capisce che senza i pezzi di ricambio non possiamo fare nulla, siamo bloccati e allora certe macchine rimangono anche per settimane con i lavori interrotti a metà, fermi in officina o sul piazzale."

Melez aveva ascoltato la lamentosa esposizione dei suoi problemi da parte del Sergente e si era reso conto che a un certo punto aveva dovuto sopprimere una voglia di sorridere. La servile riverenza con cui Valente si stava rivolgendo a lui era fuori luogo perché i poteri e le intenzioni di Melez erano limitati alla sicurezza della caserma e non certo alle particolari operazioni eseguite nelle officine, ma era divertente accorgersi che bastavano un grado più elevato e un'espressione seriosa per mettere soggezione ai sottoposti.

Seguì una discussione sui metodi di sorveglianza e controllo che dovevano essere implementati per garantire la protezione di tutte quelle preziose macchine e delle costose attrezzature delle officine e definirono un dettagliato piano di ronde diurne e notturne, compreso il loro percorso e la frequenza dei loro passaggi e Melez diede anche alcune disposizioni per la corretta e logica tenuta dei registri delle presenze e del magazzino, dei mezzi in entrata e in uscita e perché si era reso conto che il sistema fin qui adottato era pieno di falle. Valente prese diligentemente nota di tutte le istruzioni e richieste del Colonnello e lo rassicurò ripetutamente sul suo impegno per soddisfare le raccomandazioni con la massima precisione.

Quando uscirono il Colonnello annunciò che si sarebbe presto ripresentato per verificare lo stato di avanzamento dei lavori e l'implementazione delle sue direttive e Valente si mise sull'attenti per rassicurarlo che non avrebbe avuto di che lamentarsi. Melez lo ringrazio e salutò e dopo avergli anche stretto cordialmente la mano disse con tono amichevole eppure molto serio, quasi minaccioso:

"Ho piena fiducia in lei, Sergente Valente, ma le consiglio di non ascoltare troppo le voci infondate che circolano sempre, ma anzitutto di tenere sempre per sé quello che eventualmente avrà sentito. Potrebbero essere notizie poco serie oppure riservate e delicate. In entrambi i casi non è conveniente che un militare si faccia carico di diffonderle. Discrezione e riservatezza! Sempre!"

Valente arrossì rendendosi conto che la sua foga nel condividere le sue informazioni con il Colonnello invece di procurargli un vantaggio e un credito lo aveva esposto a un giudizio evidentemente poco lusinghiero, aveva fatto la figura del chiacchierone ed era ora palese che questo nuovo Colonnello non avesse poi gradito molto. Sarebbe stato certamente più taciturno d'ora in poi, non voleva certo avere grane, doveva solo preoccuparsi di riconquistare la stima del Colonnello Melez e alla sua prossima visita lo avrebbe stupito con un piazzale ordinatissimo e ogni cosa assolutamente al proprio posto.

La vettura di Melez, ora con tanto di autista, lo aspettò vicino all'uscita della caserma. La raggiunse e vi salì, compiaciuto con il suo nuovo compito ed anche soddisfatto di come le cose stavano andando. L'incarico era interessante, perfino piacevole e offriva anche l'opportunità di incontrare persone molto espansive che raccontarono molte più cose di quante non sarebbero state portate alla sua conoscenza se si fosse limitato a svolgere solo la sua vecchia funzione di Capo della Sicurezza del Palazzo della Giunta. Per esempio, queste notizie su una prossima invasione delle Malvinas, ne aveva già sentito parlare qualche altra volta ma non aveva mai dato alcun peso a questi rumori. Ora però la fonte non solo aveva dato una conferma generica delle voci in circolazione ma pareva proprio aver ricevuto alcuni incarichi con l'indicazione di una certa urgenza e importanza che davano quindi corpo alle vaghe notizie recepite in precedenza. Per ora da parte del Governo non era stato fatto parola di una reale intenzione di invadere le Malvinas ma forse l'idea si stava concretizzando in qualche stanza dei palazzi e prima o poi, se era davvero concreta, sarebbe venuta fuori.

Melez aveva alle spalle una lunga carriera in uniforme ma a parte qualche facile missione all'inizio del suo servizio militare non era mai stato coinvolto in operazioni di guerra, nemmeno lontanamente. Da quando era arrivato al Palazzo della Giunta si era dovuto confrontare qualche rara volta con dei disordini pubblici in occasione di manifestazioni di piazza e qualche protesta più agitata del solito, ma mai era stato in prima linea nemmeno in occasione degli scontri tra esercito e scioperanti. Era strano, ma lui si considerava un uomo pacifico e non violento e nonostante portasse da sempre l'uniforme militare sapeva di odiare ogni forma di combattimento e di sopruso e detestava l'uso delle armi e le battaglie. Per lui l'ordine era certamente una necessità, la ragione sovrana del buon governo, ma in un mondo ideale e civile quest'ordine non avrebbe mai richiesto l'uso della forza per realizzarsi, l'autorità militare era un deterrente che non doveva mai essere utilizzato veramente. Forse non era proprio così e forse il Colonnello Melez non era un vero militare e questo dubbio gli fece una strana sensazione. Eppure, sapeva che per servire il proprio paese avrebbe fatto tutto quanto necessario, avrebbe anche rischiato la vita se solo fosse stato convinto che era la cosa giusta che bisognava fare. Mentre la vettura lo riportava verso il suo ufficio al Palazzo della Giunta Melez si chiedeva se per un militare era giusto e accettabile sottomettere la propria dedizione e disponibilità al sacrificio alla condivisione delle finalità delle operazioni che era stato chiamato a compiere. L'obbligo di obbedienza in fondo era anche un conveniente alibi e una liberazione dalla responsabilità personale, eseguire gli ordini era il primo e unico dovere del buon soldato, i dilemmi etici e morali potevano essere un peso sulle spalle dei comandanti, dei

Generali ma non dei soldati in prima linea. Forse, pensò Melez, aveva avuto troppo tempo per coltivare anche il libero pensiero, per vivere parallelamente a una relativamente tranquilla carriera militare una vita da uomo civile, serena e pacifica, e ora proprio per questa ragione si trovava in difficoltà a far coincidere la sua dignità di uomo con la sua veste di militare. Non era mai stato chiamato a svolgere dei servizi poco difendibili come certe azioni repressive che i governi degli ultimi anni avevano usato con spudorata indifferenza verso le persone civili e i loro diritti e sempre più spesso Melez si chiedeva come si sarebbe comportato.

Una risposta a quella domanda poteva essere il suo comportamento nei confronti del Capitano Portago. Forse quella volta l'uomo aveva vinto sul militare. Era un segnale preoccupante, anzi lo sarebbe stato se Melez non avesse avuto la quasi certezza che alla sua età e nella sua posizione nell'organigramma delle forze armate difficilmente sarebbe andato a combattere su un qualsiasi fronte, interno o meno che fosse. Il dubbio amletico, se ne rese conto, era un affare suo privato, un tarlo nella sua testa ed era opportuno che rimanesse sepolto in quella sua intima segretezza.

Le radio e la televisione divulgavano la notizia con una certa enfasi, come se l'evento in sé fosse già una mezza vittoria della nazione contro l'establishment internazionale che forse non prendeva l'Argentina seriamente quanto meritava: a seguito delle azioni presso le Nazioni Unite e al fallimento delle prime trattative le relazioni diplomatiche tra Argentina e Gran Bretagna erano state interrotte. La questione delle Malvinas era diventata urgente e concreta.

La gente reagì in maniera insolitamente vivace a una notizia dal vago sapore generico, in fondo si trattava solo di politica e anche se le due nazioni per qualche tempo si fossero guardate in cagnesco non sarebbe successo nulla di particolare. Però questa notizia aveva un impatto unificante sulla popolazione intera perché a prescindere dalle quotidiane difficoltà sul fronte interno che ammettevano letture e interpretazioni diverse e generavano anche confronti tra fazioni più o meno vivaci, focalizzare l'attenzione di tutto il paese contro un solo nemico straniero, lontano ma ben definito, suscitava reazioni omogenee, forse con diversi livelli di intensità ma in genere nessuno obiettava più di tanto. Le Malvinas erano argentine e gli inglesi le dovevano restituire e finalmente un Governo argentino aveva il coraggio e la determinazione per affrontare il problema e indicare agli abusivi occupanti del suolo patrio che era giunto il tempo per rimettere le cose al giusto posto.

Adrian Cardena aveva trasmesso immediatamente un suo rapporto alla centrale della CIA di Langley e aveva anche inserito a titolo informativo e per completezza di relazione le voci che aveva raccolto nei giorni precedenti dai suoi vari informatori. In particolare, sottolineava che nelle officine della caserma di San Cristobal l'attività di manutenzione e di rimessa in efficienza di ogni sorta di mezzi militare procedeva a ritmi insolitamente serrati. Le richieste per ricambi speciali erano improvvisamente aumentate e l'urgenza delle richieste era stata confermata dalla celerità con cui erano stati organizzati ed effettuati i pagamenti richiesti dai fornitori. Qualche parola raccolta casualmente tra i vari militari al lavoro aveva indicato come prossima una grande manovra oppure una vera e propria azione militare e fino a poche ore prima non era per nulla chiaro quale avrebbe potuto essere l'eventuale obiettivo. Ora pareva ovvio che si stavano pensando a prepararsi per invadere le Malvinas.

Quella sera stessa Adrian visitò casa Melez e dopo aver commentato le notizie del telegiornale serale, con tanto di annuncio ufficiale da parte del Segretario di Stato agli affari esteri, si chiacchierava dei possibili sviluppi di tutta quella vicenda. Le donne abbandonarono gli uomini alla discussione e si recarono come sempre a riordinare la cucina. Sul terrazzo i quattro uomini, Pedro Melez e i suoi due figli e Adrian Cardena confrontarono le proprie opinioni e si misero a fare congetture sui prossimi probabili sviluppi. Fernando e Jorge erano stati assegnati a turni di addestramento supplementare nelle prossime settimane e anche se nessuno aveva detto a loro che si sarebbe trattato di una preparazione specifica per andare all'assalto delle Malvinas dopo le notizie sulla rottura delle relazioni diplomatiche i due giovani si erano quasi convinti. Pedro Melez non parlò molto ma alla fine ammise di aver avuto a sua volta qualche indicazione che qualcosa stava bollendo in pentola. La sua valutazione istintiva era comunque meno entusiastica di quella dei figli, che in fondo erano pronti ed anche un poco eccitati all'idea di andare alla conquista delle isole. Il Colonnello osservava che un confronto con una grande potenza come la Gran Bretagna sarebbe stato comunque molto rischioso e difficile, certamente non paragonabile a una zuffa di frontiera con il Paraguay.

Adrian non fece commenti, non sapeva che opinione condividere semplicemente perché in realtà non capiva proprio l'importanza della conquista delle Malvinas. Per quello che ricordava non erano terre particolarmente ospitali e nemmeno molto sviluppate, non c'erano ricchezze da conquistare e in conclusione era più facile che il mantenimento di tutti i servizi necessari per occupare e dominare concretamente quel territorio sarebbero stati solo un costo aggiuntivo per l'economia nazionale già abbastanza malferma anche senza quel peso. Quando nel corso della precedente chiacchierata il Colonnello Melez aveva raccontato della sua visita presso la caserma di San Cristobal i due uomini si erano scambiati uno sguardo d'intesa. Adrian aveva dato alcune indicazioni al Colonnello poiché conosceva molto bene quelle officine e molti dei tecnici e il capo tecnico Sergente Valente. Ora sperava di avere qualche informazione a sua volta e aspettava solo il momento per fare la domanda opportuna.

Fernando e Jorge decisero di andare a visitare alcuni amici e salutarono la compagnia, presero i loro caschi e dopo poco si allontanarono con la loro rumorosa motocicletta lasciando loro Padre solo in compagnia di Adrian.

"Ha visto bene come funzionano le cose a San Cristobal?" chiese Adrian.

"Sì, ho visto ed anche dal mio punto di vista era peggio di quello che immaginavo."

Melez si mise a scuotere la testa ridendo e aggiunse:

"Credo di aver sconvolto le tranquille giornate di caos del Sergente Valente. L'ho anche redarguito per essere troppo loquace. Scommetto che la prossima volta che lo andrai a visitare non ti farà più confidenze. Nemmeno per vantarsi o darsi importanza, ne sono certo."

Per Adrian non era proprio una buona notizia, in fondo le esternazioni del capo officina contenevano spesso indicazioni interessantissime e in passato erano state molto apprezzate anche a Langley. Adrian non credeva molto alla probabilità che Valente si chiudesse in un dignitoso silenzio, avrebbe forse sottolineato ancora di più la delicatezza delle sue confidenze, ma non aveva il carattere per diventare un silenzioso custode di segreti di alcun genere. Sapere e far sapere di sapere era un modo molto utile per acquisire visibilità e peso e Valente ne era un appassionato coltivatore. Intanto però anche Pedro Melez forniva qualche indicazione interessante.

"Hanno da sistemare alcuni mezzi leggeri da sbarco e Valente dice di aver avuto informazioni attendibili del fatto che lo stato maggior sta pianificando l'invasione delle Malvinas nel giro di un paio di mesi al massimo. Non ho idea quanto attendibile sia la sua fonte e quanto sia anche un ampliamento di qualche debole voce raccolta per caso, ma dopo le parole che abbiamo sentito oggi alla radio e in televisione e che certamente vedremo domani su tutti i quotidiani non è nemmeno del tutto impossibile che abbia qualche ragione. Vedremo."

Per Adrian era la conferma di simili rumori raccolti da altri militari, in parte nelle stesse officine, ma anche di altri reparti. Inoltre, tra i suoi amici figli di alti personaggi del nuovo potere c'erano alcuni che nei giorni scorsi avevano fatto delle battute sulla loro ferma decisione di partecipare come volontari alla battaglia contro gli inglesi. Forse erano solo sbruffonate di ragazzi ma evidentemente anche loro avevano sentito delle voci in famiglia.

"Lei crede che ci sia davvero un piano per attaccare le Malvinas e sfidare la Gran Bretagna?"

Melez aveva già parlato prima dell'argomento ma forse in assenza di altri ascoltatori avrebbe fatto qualche confidenza in più.

"Temo che sia una possibilità concreta, anche se al momento non sono convinto che ci sia un piano definito. La propaganda è utile al regime, distrae il popolo da altri problemi. Che sia davvero una cosa necessaria o utile, mah, non ne sono convinto."

"Crede forse che uno come Valente abbia sentito delle cose concrete o si sia davvero inventato buona parte delle cose che racconta?"

"Il Sergente Valente certamente parla troppo. In questo momento forse lo sto facendo anch'io, mio caro Adriano." disse Pablo Melez con un sorriso sornione, poi si fece più serio, pensieroso.

"Comunque, credo che la possibilità sia più reale e prossima di quanto si pensi. E la cosa non mi piace. Spero davvero che i miei ragazzi non ne vengano coinvolti."

Restarono in silenzio per qualche secondo prima che Donna Clara si presentasse con un vassoio di biscotti e delle fumanti tazze di caffè. Anita Maria si sedette accanto ad Adrian e immediatamente il discorso cambiò su altri argomenti. La madre suggerì alla figlia di coprirsi meglio di sera, l'estate stava facendo i capricci e il tempo a volte era insolitamente variabile. C'erano i saldi e tante buone occasioni nelle vetrine, bisognava andare a vedere e cogliere magari qualche buona occasione. Anche per il marito ci sarebbero delle belle camicie in vendita al centro commerciale nuovo che meritava una visita e poiché i prezzi non avevano smesso di salire quasi ogni giorno non era mai conveniente aspettare, meglio acquistare subito. Ne nacque una giocosa discussione sull'economia familiare e sull'abbondanza del guardaroba di ognuno e si fecero anche alcune risate per le scherzose punzecchiature di Pedro e le timide osservazioni di Adrian, che si schierava sempre e comunque dalla parte di Anita Maria, al punto da sentirsi dire dal padre della ragazza che si stava avviando su una strada molto rischiosa. La sua accondiscendenza lo avrebbe portato alla rovina, disse il Colonnello, le donne avrebbero sempre approfittato della bontà degli uomini e quindi i maschi non finivano mai di mettere mano al portafogli.

Era una bella serata in famiglia, poi i due giovani uscirono a loro volta per prendere un gelato, il mondo pareva proprio in ordine e senza grandi problemi. Anita Maria rientrò poco dopo mezzanotte e se infilò silenziosamente nella sua stanza. Adrian rientrò con la sua moto alla sua abitazione e trasmise un nuovo rapporto via radio.

LONDRA, FINE GENNAIO

Gli uffici del servizio di intelligence di sua Maestà la Regina non avevano le dimensioni del loro equivalente americano e la struttura era molto più discreta e dispersa in varie località. Nella sede centrale nel cuore di Londra si tiravano le fila, si analizzavano informazioni politiche ed economiche prima ancora di aspetti militari e strategici provenienti da ogni angolo del mondo. Gli operativi raramente visitavano la sede del famoso MI6 e nonostante la definizione ufficialmente facesse chiaro riferimento alla struttura sostanzialmente militare dell'organismo ben raramente si vedevano uniformi in giro per gli uffici.

Al quinto piano, in un luminoso ufficio d'angolo con vista sull'intenso traffico della City, c'era la spaziosa scrivania di Sir Arnold Laughlin, funzionario di lunga carriera con il servizio ed esperto di questioni internazionali, con una certa preferenza per le relazioni con i due continenti americani. Sulla sua tavola finirono inevitabilmente tutte le notizie provenienti dai vari agenti operativi nella zona e anche tutte le notizie raccolte dalle fonti più disparate che trattavano argomenti anche solo vagamente interessanti. Di Sir Arnold si diceva che avesse perso le staffe solo una volta in tutta la sua carriera e quella volta era con un ministro del governo di Sua Maestà, uno scontro verbale violento e a detta dei pochi testimoni diretti veramente spettacolare e impressionante, ma anche impareggiabilmente efficace dal punto di vista di Sir Arnold, che in quell'occasione ottenne alla fine una vittoria completa e devastante. La voce su quell'episodio circolava ancora e di conseguenza nessuno si sognava nemmeno lontanamente di sfidare gli umori di Sir Arnold. In realtà Sir Arnold non era affatto umorale, anzi, sembrava a tutti un uomo mite ma molto serioso, determinato ma mai oppressivo o ossessionante e dotato di una grande abilità verbale, tale da convincere sempre chiunque ed ottenendo sempre il suo scopo. Lo faceva con stile, con grazia, con leggera eleganza, una leggerezza dei modi e della conversazione in stridente contrasto con il fisico massiccio e ingombrante che lo costrinse invece a una lentezza nei suoi passi e in quasi tutti suoi movimenti e un'apparenza quasi apatica e svogliata. Salvo poi trasformarsi istantaneamente in un autoritario despota che con pochissime parole ma una grande e forse addirittura spaventosa determinazione imponeva la sua volontà senza concedere nessuna possibilità di replica o discussione. Poi tornava immediatamente a sorseggiare il the e ad annaffiare le piante grasse sparse in ogni angolo e sui davanzali delle finestre del suo ufficio. La magia di Sir Arnold fece sì che chiunque dovette cambiare completamente idea e opinione durante un colloquio finiva per esserne non solo convinto ma pure felice e contento.

I rapporti dell'agente operativo Colin Brenner erano sparsi sul tavolo di Sir Arnold, tra tazze di the e piattini di biscotti vari e l'inevitabile bottiglia di whisky scozzese sempre a portata di mano anche se in realtà il consumo era alquanto modesto. Le ultime relazioni di Brenner e le sue richieste di notizie sulle analisi di certi campioni di minerali spediti già mesi prima ai laboratori della Kingdom Petroleum erano state oggetto di particolare attenzione della lettura mattutina di Sir Arnold. Fino a quel giorno non si era occupato di quel carteggio e non aveva fatto molta attenzione alle vicende delle isole Falkland. La pratica gli era stata consegnata insieme con un altro fascicolo di notizie collegate in qualche modo all'Argentina e a queste isole, anche le cose apparentemente meno importanti erano state raccolte e archiviate con metodo.

A Sir Arnold non interessavano le cose ovvie, le notizie diffuse dai canali pubblici in tutto il mondo, a lui piaceva frugare tra le pieghe dei dispacci meno evidenti, apparentemente meno importanti. Ogni stranezza coglieva la sua attenzione, ogni singolarità, ogni dettaglio fuori posto era istintivamente percepito e poi subito approfondito con grande cura. Spesso con questo metodo erano stati scoperti potenziali problemi molto prima di potersi manifestare in modo concreto e che avrebbero potuto costituire un pericolo anche minimo per gli interessi della Gran Bretagna.

Quel giovane Brenner aveva fatto un buon lavoro. Denunciava metodo e attenzione e anche se Sir Arnold supponeva che lo scarso volume di lavoro che doveva gravare sull'operativo delle Falkland gli avrebbe permesso di essere particolarmente accurato e dettagliato nelle sue relazioni scritte, era comunque vero che gli appunti di Brenner erano sensati e circostanziati. La sua richiesta di informazioni sul nuovo personale americano della base di perforazioni petrolifere in un posto chiamato Saunders aveva un senso logico e sarebbe stato naturale procedura a un livello di servizio più elevato di quello di Brenner. Ottimo lavoro, pensò Sir Arnold, e ottimo anche l'appunto sulla figura del capo delle operazioni Andrew Leonard. Nella cartella si trovava anche una fotografia della persona indicata, scattata al momento del suo arrivo all'aeroporto delle Falkland e dopo le prime indagini dagli archivi era arrivata la conferma che si trattava di un Generale dell'Esercito degli Stati Uniti e non risultava da nessuna parte un suo eventuale congedo dal servizio militare. Era noto che gli americani davano alle ricerche in campo petrolifero un valore strategico primario e questo poteva giustificare la presenza di un esponente militare, ma in questo caso c'erano diverse incongruenze.

Anzitutto il grado di Leonard era sicuramente troppo elevato per la postazione, specialmente dopo che le due compagnie petrolifere che avevano operato nella zona condividendo gli ingenti investimenti necessari si erano accordate per un mesto ritiro, almeno per un tempo indefinito. Le piattaforme erano state smantellate e stavano già viaggiando verso altre destinazioni, la sola torre di trivellazione rimasta era quella sperimentale proprio vicino alla base operativa dell'isola di Saunders, quella che i soliti spiritosissimi americani avevano voluto denominare con un tocco di grossolana ironia Drill City, ed era stata destinata, così risultava dalle carte, all'addestramento dei tecnici e futuri operatori della compagnia americana che aveva richiesto di poterla utilizzare a questi scopi. Pur non ritenendosi un esperto Sir Arnold aveva immediatamente avuto la sensazione che quella storia delle finalità di formazione per il personale tecnico fosse una goffa copertura di qualche altro scopo, prima di tutto perché i costi dell'operazione dovevano essere altissimi e difficilmente giustificabili da qualsiasi punto di vista economico. Sarebbe stato molto più semplice e conveniente mandare questi apprendisti cercatori di petrolio sulle vere piattaforme operative, dove avrebbero potuto toccare con mano una realtà che a Sir Arnold risultava molto dura e impegnativa da tutti i punti di vista. Qualcosa in quella storia suonava male ed era necessario chiarire.

Sir Arnold prese un sorso di the ormai solo tiepido e fece un profondo sospiro. Stava decidendo di prendere tutta la questione Falkland sotto le sue personali cure. Ne avrebbe parlato con il direttore generale del Servizio durante il pranzo al loro Club privato ed era certo che non avrebbe incontrato obiezioni, era sempre così, ma doveva pur informare il vertice della ditta. La ditta, così chiamavano spesso il loro Servizio, aveva regole molto severe ma anche un grande senso pratico e per quanto le procedure e i regolamenti fossero impegnativi e dettagliati per tutti, spesso la ditta sorprendeva per la capacità di mettere in campo una flessibilità e un quasi cinico opportunismo con una rapidità sconcertante. Quando si trattava di raggiungere un obiettivo le priorità potevano cambiare radicalmente e nessun ostacolo doveva mai frapporsi tra gli interessi dell'Inghilterra e gli obiettivi da raggiungere. Per questo Sir Arnold non si curava molto del protocollo, lui aveva un obiettivo e lo avrebbe inseguito con la determinazione di un segugio affamato, era la sua abitudine e il suo fiuto leggendario per le cause importanti gli spianava sempre la strada, anche nelle questioni più controverse.

Lesse ripetutamente il rapporto di Brenner circa la spedizione di una campionatura di minerali estratti, lesse la richiesta di analisi supplementari e la motivazione sconcertante, ovvero che gli esperti presenti nei laboratori di Saunders non erano riusciti a identificare con certezza quel materiale. La relazione stilata dagli analisti della Kingdom Petroleum Union era breve e sommaria, non riportava conclusioni certe ma indicava genericamente che si doveva trattare di una forma impura di Silicio senza alcuna peculiarità importante. Non c'erano indicazioni sulla natura delle eventuali impurità e le differenze con altre forme note di Silicio non erano state accertate e definite. Alla fine del rapporto c'era solo una piccola annotazione a indicare che una quantità minima dei campioni ricevuti era stata comunque depositata in un archivio geologico, per completezza di relazione. Nulla di più.

La fissazione di Brenner a voler ricevere copia di quella relazione poteva anche aver nessun altro significato se non la personale curiosità del giovane operativo. Visto però che l'uomo aveva dimostrato una certa tendenza a tenere in ordine le sue pratiche e quindi a verificare sempre l'esito di ogni sua relazione o richiesta, anche se in passato si era sempre trattato solo di procedure e carte immesse nel complesso sistema burocratico dell'amministrazione pubblica dell'impero britannico o di quel che ne restava, era comprensibile che ripetesse la richiesta di ricevere le analisi se non altro per allegarle ai suoi atti.

Da tutte le altre precedenti e successive relazioni tecniche e geologiche, tutte firmate dal direttore della base Dottor Howard Barrington Styles, e occasionalmente dalla sua assistente e incaricata della compagnia petrolifera americana consociata della ricerca nell'oceano Atlantico meridionale, non risultavano stranezze o analisi incompiute. Pur non essendo un esperto in materia la lettura delle relazioni e della loro puntigliosa completezza e accuratezza diede anche a Sir Arnold la certezza che nulla di insolito era stato trovato in quasi due anni di ricerca. Solo quella strana forma di Silicio che era indicata per comodità di riferimento come Frondite.

Quando Sir Arnold prese il telefono per richiedere alla sua segretaria di metterlo immediatamente in contatto con il dirigente in capo dei laboratori delle analisi geologiche della Kingdom Petroleum Union il suo tono di voce non annunciò nulla di buono. Era quel tono granitico che indicava a chi conosceva la persona che non c'era alcuno spazio di manovra e che le richieste di Sir Alfred in realtà sarebbero stati ordini perentori ed indiscutibili e di solito a tutto questo il corpulento funzionario aggiungeva anche una altrettanto perentoria urgenza.

"Ho il Dottor Barrington Styles in linea, Sir Arnold." Disse la voce della segretaria nella cornetta del telefono. "E' il direttore del laboratorio della Kingdom Petroleum Union."

Questa notizia era una sorpresa e dopo i saluti formali il Dottor Barrington Styles precisò immediatamente di aver preso servizio nella sua carica solo da due giorni dopo essere stato per quasi due anni responsabile della base logistica e scientifica sull'isola di Saunders.

"Sono informato, Dottor Barrington Styles," disse Sir Arnold. "e sono particolarmente felice di averla come interlocutore perché è già a conoscenza della questione che m'interessa chiarire."

"Bene, mi farà piacere esserle utile, Signor Arnold" rispose Barrington Styles tentando di suonare il più gentile e disponibile possibile.

"Sono Sir Arnold Laughlin, Dottore, e sono il dirigente responsabile di dipartimento del governo di Sua maestà la Regina. E come lei certamente saprà il Governo britannico è azionista di maggioranza della sua compagnia e questo mi conferisce l'autorità con la quale ora mi rivolgo a lei per una questione piuttosto urgente." La precisazione di Sir Arnold era espressa con impassibile fermezza, tale da far percepire al suo interlocutore che aveva sbagliato la forma nel suo rivolgersi a Sir Arnold e che questi non aveva gradito. Era un modo come un altro per mettere in soggezione chiunque e Sir Arnold in realtà si divertiva anche a fare questa precisazione in quella maniera ma riteneva che stabilire una certa distanza con i suoi interlocutori aiutasse sempre per ottenere la massima collaborazione. La cortesia era una bella cosa, la gentile informalità con cui in molti cercavano di stabilire dei bonari rapporti quasi amichevoli con gli altri non funzionavano nelle questioni che interessavano Sir Arnold, lui si fidava molto di più della disponibilità a soddisfare le sue esigenze indotta da una sana soggezione e da un minimo di timore per la sua indiscutibile autorità. Bastava apparire minacciosi e perfidi e la gente s'impegnava al massimo per evitare di dover subire le conseguenze di quelle supposte minacce e dell'ipotizzata cattiveria del soggetto. Sir Arnold in cuor suo si divertiva anche sapendo che non aveva praticamente mai dovuto mettere in atto alcuna delle minacce né tanto meno usare perfidia nei confronti di alcuno. Lui si sentiva un buono con la corteccia minacciosa, nient'altro.

"Come certamente ricorderà durante le sue perforazioni sull'isola di Saunders è stata trovata una materia che sorprendentemente nemmeno i suoi qualificatissimi collaboratori riuscirono ad analizzare completamente. Quel materiale fu denominato Frondite, per comodità di riferimento, mi risulta dalle note che ho davanti a me. Mi risulta anche che dei campioni siano stati giustamente inviati presso il laboratorio dove ora lei sta operando."

Barrington Styles aveva ben presente la Frondite. Forse l'unico punto impreciso in tutta la sua permanenza alle isole Falkland, l'unico caso in cui non era stato soddisfatto dell'esito del lavoro svolto sul posto. Ricordava benissimo di aver avuto anche una piccola discussione a proposito della gestione dei campioni estratti e della loro spedizione in California a sua insaputa, dettaglio questo che avrebbe taciuto anche a Sir Arnold sperando di non dover spiegare la cosa.

"Mi ricordo certamente, Sir Arnold, ho organizzato personalmente l'invio dei campioni per ulteriori analisi ma non ho avuto nessun riscontro da questo laboratorio. La stessa quantità di materiale era stata inviata anche ai nostri colleghi californiani ma anche da loro non è stato ricevuto nessuna relazione sulla Frondite per cui abbiamo concluso si dovesse trattare di una banale forma di Silicio impuro o contaminato."

"Non sono soddisfatto della sua conclusione, Dottor Barrington Styles, e richiedo che siano ripetute tutte le analisi e non solo. Mi pare opportuno ampliare la verifica delle caratteristiche di quel materiale da ogni possibile punto di vista, chimico, fisico, molecolare o atomico o quant'altro si possa analizzare, nessuna opzione esclusa. Attendo una relazione ampiamente dettagliata e ricca di ogni possibile aspetto della Frondite, anche la cosa più insignificante deve essere verificata e analizzata profondamente e con la massima urgenza. E anche con assoluta e totale discrezione. Sono stato abbastanza chiaro, Dottore?"

Barrington Styles era decisamente sconvolto dalla perentorietà della richiesta di Sir Arnold e anche lievemente infastidito dal tono autoritario usato.

"Cercherò di farle avere un rapporto completo e dettagliato al più presto possibile, ne stia certo, Signore."

"Ne sono certo, Dottore, e la ringrazio molto. Domani mattina alle otto e trenta nel mio ufficio andrà benissimo. Buon giorno!"

"Buon giorno." rispose Barrington Styles e la sua voce tradiva lo sconvolgimento che lo stava assalendo.

Sir Arnold Laughlin ripose la cornetta del telefono e sul suo viso era apparso un lieve sorriso, divertito forse ma più probabilmente sadico e allegramente cattivo. Stava immaginando lo sconvolgimento che la sua autorevole richiesta stava probabilmente già in quel momento generando e la frenetica attività che si sarebbe svolta in quel laboratorio certamente fino all'alba del giorno successivo. C'erano mille modi per ottenere quello che serviva, quello applicato da Sir Arnold si era dimostrato tante volte quello più efficace. Avrebbe funzionato anche quella volta.

Al mattino seguente, puntualissimo, il Dottor Barrington Styles prese posto nella comoda poltrona di fronte alla scrivania di Sir Arnold Laughlin, che lo aveva accolto con inattesa cordialità. C'era già una tazza di the fumante in attesa di Sir Arnold che ne offrì anche al suo visitatore.

"A meno che lei non preferisca del caffè, Dottore." disse Sir Arnold mentre aggiungeva delle generose dosi di zucchero di canna nella sua tazza.

Barrington Styles fece cenno che il the andava benissimo e si mise a sua volta ad armeggiare con cucchiaino e zuccheriera, aggiunse del latte e tentò di rilassarsi.

"La prego di perdonare l'urgenza con la quale l'ho convocata ma a volte non possiamo permetterci il lusso di attendere." Mentre mescolava con grande concentrazione la sua calda bevanda Sir Arnold aveva assunto un tono accomodante ma la sua espressione era rimasta abbastanza neutra, tale da far pensare che nonostante le cortesi parole non aveva la minima intenzione di accettare anche solo una piccolissima obiezione da nessuno. Il suo verbo era giusto e definitivo, bisognava portare pazienza e accettarlo.

"Ho messo in moto ogni risorsa possibile," rispose lo scienziato. "e in effetti devo ammettere che qualche aspetto non rilevato in precedenza è venuto fuori."

Sir Arnold smise di girare il cucchiaino nella tazza e alzando un sopracciglio rivolse lo sguardo dritto a Barrington Styles, poi senza dire una parola fece un gesto di invito con la mano che brandiva il cucchiaino d'argento come una bacchetta da direttore d'orchestra e si appoggio pesantemente al bordo della sua scrivania in attesa delle rivelazioni di Barrington Styles.

"La struttura fisica di questa materia è costituita da una forma di cristalli complessi davvero fuori dall'ordinario, non abbiamo mai avuto tra le mani nulla del genere. Grazie alle attrezzature di laboratorio disponibili qui in Inghilterra abbiamo potuto vedere cose che a Saunders c'erano ovviamente sfuggite."

Il geologo sapeva di avere delle informazioni interessanti ma non voleva perdere l'occasione per giustificare almeno per quanto riguardava le sue azioni alle Falkland la mancata scoperta delle specialissime caratteristiche della Frondite.

"L'iniziale associazione con il Silicio è abbastanza corretta nel senso che per alcuni aspetti i due materiali si assomigliano molto, ma la Frondite ha una struttura di cristalli molto più complessa e si presenta già nella forma estratta dal sottosuolo con una straordinaria purezza. Questo ci ha indotto a svolgere anche degli esperimenti analitici per paragonare il comportamento della Frondite in caso di esposizione a diversi fattori esterni, come le cariche elettriche e le possibili reazioni a radiazioni e onde magnetiche di varia frequenza e lunghezza e i risultati sono a dir poco stupefacenti."

Ora sì che la mattinata si presenta interessante, pensò Sir Arnold mentre prese un prudente sorso dalla sua tazza bollente.

"Anche se queste analisi alla fine hanno superato i confini di quelle che sono le effettive competenze del mio laboratorio ho ritenuto interessante fare delle sperimentazioni di vario genere, proprio come lei mi aveva suggerito ieri. Credo di non essere troppo distante dalla verità quando affermo che la Frondite presenta già allo stato naturale delle caratteristiche di conduzione elettrica e di conservazione delle microcariche non troppo dissimili da microcircuiti molto avanzati e sviluppati con l'impiego di complicati processi costruttivi."

Sir Arnold depose la sua tazza e allungò la mano per prendere il sostanzioso fascicolo che Barrington Styles gli stava porgendo.

"Traducendo la sua spiegazione in termini più pratici cosa sta suggerendo, Dottore?" chiese mentre iniziò a sfogliare quella relazione.

"Penso che si tratti di una materia davvero fuori dal comune e per quello che le mie modeste competenze in un settore così altamente specialistico come quello delle tecnologie informatiche mi permettono di comprendere direi che forse siamo di fronte ad un materiale dal potenziale enorme. Se non ho preso un tremendo abbaglio mi sembra di avere avuto in mano qualcosa di straordinariamente potente perché già in natura molto somigliante a ciò che riusciamo a ricavare dal Silicio solo attraverso complessi e difficili processi tecnologici, anzi, per quello che mi è noto, alcuni risultati dei miei esperimenti sono di gran lunga migliori di quello che si ottiene con i più avanzati circuiti multistrati oggi prodotti."

Sir Arnold rimase a fissare i fogli per qualche attimo, girò pagina e vide che le spiegazioni di Barrington Styles erano riportate in quella relazione con grande chiarezza. Anche se la piena comprensione del potenziale tecnologico avrebbe richiesto competenze tecniche che evidente nessuno dei due uomini possedeva, specialmente il dirigente del MI6, era quasi certo che si trovavano di fronte ad una scoperta sensazionale.

E ora forse si poteva anche capire cosa stavano facendo gli americani e perché a capo della loro operazione ci fosse il Generale Andrew Leonard!

Nel giro di poche ore Sir Arnold Laughlin fece esaminare le parti rilevanti della relazione di Barrington Styles a tre esperti di tecnologia elettronica e informatica, ponendo a loro la questione come se fosse una puramente teorica ipotesi di lavoro: se avessero avuto un materiale con le caratteristiche descritte nel rapporto, cosa avrebbero potuto fare?

Le risposte erano tutte in sintonia tra loro. Quelle prestazioni elementari descritte erano una delle aspirazioni di tutto il settore, di ogni ricercatore, di ogni laboratorio, tutti gli studi che si stavano facendo sulle materie prime da utilizzare nella produzione di microchip, circuiti integrati e memorie rapide andavano in quella direzione ma nessuno si era mai avvicinato a simili risultati e forse al momento nessuno osava nemmeno sperare che si potessero ottenere simili prestazioni in tempi brevi. In Inghilterra esistevano alcune realtà molto qualificate nel campo specifico e avrebbero pagato qualsiasi prezzo per avvicinare le potenzialità che la descrizione della Frondite elencava. I tecnici interpellati, che erano stati informati solo dell'esistenza di una serie di specifiche riportate in uno studio teorico e quindi non avevano idea del fatto che stavano esaminando un rapporto di laboratorio, alla fine dei loro commenti esprimevano in sostanza il loro rammarico per il fatto che prima di realizzare tecnologicamente una struttura capace di fornire le prestazioni descritte sarebbero probabilmente passati ancora alcuni decenni. Anzi, forse non era nemmeno possibile arrivare a tanto, forse era meglio accontentarsi anche di parecchio meno.

L'esito di questa ricerca era eloquente e preoccupante per Sir Arnold. Per lui il significato di quanto scoperto spostava il problema da un piano puramente tecnologico e di competizione anche in campo politico e diplomatico. Se sotto la superficie delle Falkland si fosse trovato un simile tesoro sarebbe stato evidente che l'Inghilterra aveva il sacrosanto diritto di sfruttarlo e il fatto che gli americani, che evidentemente se ne erano accorti già da qualche tempo, stavano tentando di farlo da soli aveva implicazioni importanti, tali da dover per forza essere condivise con l'inquilino del numero 10 di Downing Street.

Proprio in quel momento nella piccola sala delle riunioni nella residenza ufficiale del Primo Ministro britannico si stava discutendo il punto della situazione riguardante la crisi diplomatica con l'Argentina a proposito della diatriba ormai antica sulla competenza territoriale sulle isole Falkland. I convenuti erano i maggiori responsabili della politica economica e internazionale, con tanto di supporto da parte di due Generali dell'Esercito e della Marina oltre ai capi della diplomazia britannica presso le Nazioni Unite e negli Stati Uniti d'America. La portata internazionale della disputa si stava allargando e dopo la rottura delle relazioni diplomatiche dirette fra i due paesi contendenti erano gli Svizzeri a rappresentare gli interessi dell'Inghilterra in Argentina mentre il Perù mise i propri diplomatici accreditati a Londra a disposizione per rappresentare l'Argentina. La formalizzazione della rottura dei rapporti fra i due stati aveva un significato preoccupante per quanto riguardava la determinazione del Governo presieduto dal Generale Galtieri di perorare la sua causa in tutte le sedi ufficiali possibili e questo ovviamente avrebbe creato le premesse per un'eventuale fase successiva più concreta, in altre parole doveva creare le condizioni ideali per giustificare la prospettata iniziativa militare che avrebbe dovuto riportare quindi con la forza le Malvinas sotto il dominio argentino.

L'affronto all'orgoglio britannico da solo sarebbe dovuto bastare per attivare tutte le misure necessarie per respingere ogni minaccia al mittente. La situazione economica del Regno Unito imponeva però almeno un lungo e accurato esercizio di valutazioni molto attente prima di prendere alcuna iniziativa in un senso o nell'altro. L'idea di cedere anche un solo metro del proprio territorio a un nemico non era accettabile, gli inglesi avevano sempre difeso con ammirevole determinazione e abnegazione il loro Impero. La progressiva trasformazione delle colonie era avvenuta con processi abilmente negoziati e quindi con un palese consenso giustificato da tutte quelle ragioni che il mondo moderno stava promuovendo, dall'autodeterminazione dei popoli all'abbandono di tutte quelle situazioni basate su un paternalistico concetto di dominazione culturale ancora prima che economica di terre conquistate in un ormai lontano passato. Lo sfruttamento di ricchezze e risorse dei territori era giudicato e rivisto continuamente in nuove chiavi di lettura e la convinzione ancora profondamente radicata nell'animo di molto sudditi di Sua Maestà la Regina era che tanti dei popoli conquistati e sottomessi alla dominazione britannica avrebbero faticato a gestire autonomamente le loro risorse e le loro stesse società. I parametri di civiltà, di cultura e di economia che stavano alla base di quelle considerazioni erano ormai da decenni oggetto di vivacissime discussioni e anche di feroci scontri perfino nelle sacre aule delle istituzioni britanniche, sostenute da movimenti popolari e ampie campagne mediatiche tutte ineluttabilmente volte a promuovere il progressivo abbandono delle terre lontane dall'isola britannica. L'Inghilterra aveva già avuto più del dovuto, dicevano in molti ed era ora che si restituissero ai popoli indigeni dei vari paesi la loro piena autonomia e libertà.

Tutti questi nobili concetti dalle profonde radici morali e filosofiche trovavano poco riscontro con la questione che invece divideva gli animi argentini da quelli inglesi sulla faccenda delle isole Falkland. Gli abitanti di quel territorio, poco più di tremila anime, non erano stati conquistati, all'epoca in cui l'Inghilterra prese formalmente possesso di quell'arcipelago si contavano addirittura solo poche decine di presenze. Inoltre, così pareva risultare da documenti dell'epoca, questi primi coltivatori e allevatori insediatisi su quelle isole erano sì provenienti dall'Argentina ma non erano mai stati investiti in alcun modo di un compito anche vago di rappresentare il loro paese, anzi, in alcuni casi furono considerati come fuggiaschi che si erano semplicemente allontanati e sottratti all'autorità del loro paese d'origine, non necessariamente a causa di gravi contenziosi con la giustizia o con l'erario della loro patria ma semplicemente per spirito di iniziativa e la voglia incontenibile e irrazionale di farsi una nuova vita per conto proprio. Non erano patrioti partiti con fervida determinazione a conquistare nuove terre da annettere al loro paese natìo, ma solo allevatori in cerca di terre libere da vincoli dove poter crescere il loro bestiame e costruirsi una nuova esistenza. Tanto è vero che nel 1833, all'arrivo degli inglesi, non ci furono battaglie o scontri, c'era spazio in abbondanza e quando gli abitanti si resero conto che le loro conquiste non venivano intaccate e le loro esigenze di spazio e libertà non subivano alcuna riduzione sotto il dominio inglese accettarono di buon grado che su quelle isole, fino a quel momento di fatto senza un vero padrone e nessuna protezione contro pirati o invasori molto meno trattabili degli inviati del Re d'Inghilterra, sventolasse la bandiera dell'Impero Britannico. Infatti, anche la reazione dell'Argentina si limitò inizialmente ad un mesto mugugno senza una vera e propria reazione, solo con il passare del tempo la discussione sul dominio delle Malvinas, ovvero delle Falkland, si fece più insistente.

Ora la questione divenne fastidiosa ancora prima che complessa e imbarazzante. Pareva ovvio a quasi tutti i presenti alla riunione che la situazione generale dell'economia inglese oltre al clima mondiale in fatto di colonialismo e dominazioni lontane aveva favorito questa rivitalizzazione di un antico problema che nessuno pareva aver preso mai troppo seriamente. Da molti punti di vista tutta la diatriba non meritava nemmeno di essere presa in considerazione, gli Argentini non avevano in fondo nulla da guadagnare se non una massa di spese di gestione ed erano proprio queste spese che erano la cosa che agli inglesi in fondo non avrebbe dovuto interessare difendere. Per quanto cinica e opportunista l'idea di una cessione senza troppe resistenze delle Falkland era un'opzione che poteva avere una sua logica comprensibile.

A quel punto della riunione la parola passò ai militari per valutare comunque il reale pericolo di un'invasione. Il primo a prendere la parola fu l'Ammiraglio Reginald Wellworth della Marina britannica, capo dell'ufficio intelligence dell'arma ed esperto di studi strategici militari, non solo nell'ambito delle operazioni marine ma anche terrestri.

"In teoria un'invasione delle Falkland da parte dell'Argentina è un'operazione dal punto di vista puramente militare ad altissimo rischio per gli aggressori. Un confronto anche solo sommario evidenzia una chiara supremazia in termini di ogni tipo di mezzi di combattimento da parte nostra e sarebbe solo una questione di tempo prima di dover soccombere alle nostre difese. La nostra sola vera difficoltà che potrebbe dare un temporaneo vantaggio agli argentini è la posizione geografica del teatro di eventuali combattimenti, estremamente distante da ogni base di appoggio logistico e operativo. Non c'è nulla tra l'Inghilterra e l'arcipelago conteso, salvo una base americana ad Ascension che ritengo potrebbe diventare utile se gli americani si schierassero più o meno palesemente con noi. Abbiamo la supremazia della nostra Marina e potremo ovviamente sfruttare le nostre portaerei per operazioni dell'aviazione, ma certamente ci vorrà del tempo per organizzarsi, nel frattempo gli argentini potrebbero installare difese anche piuttosto efficaci sulle isole per renderci la riconquista difficoltosa."

"Lei presume che l'esercito argentino riuscirà a invadere con successo le Falkland?" chiese il Primo Ministro con un tono che pareva quasi un lieve rimprovero per l'idea offensiva che reparti militari avversari potessero veramente prendere il possesso delle isole e quindi costringere la Gran Bretagna non già a una difesa ma a una riconquista.

"Signora Primo Ministro, mi permetto di ricordarle che abbiamo ridotto la presenza di nostre unità navali a difesa delle Falkland in seguito alle recenti riduzioni di risorse a disposizione delle forze di difesa del Regno Unito e pertanto in questo momento l'arcipelago delle Falkland così come la quasi totalità dei nostri territori lontani è senza una vera difesa. Abbiamo a Port Stanley una guarnigione di una cinquantina di uomini, un elicottero da trasporto e poche imbarcazioni leggere adatte per il pattugliamento ma non certo per ingaggiare battaglie per difendere il territorio in caso di attacco. Perciò, a meno di non armarci immediatamente, e intendo realmente oggi stesso, per precedere ogni possibile azione militare da parte dell'Argentina con un urgente e sostanzioso dispiego di forze sia a terra sia nella regione dell'oceano Atlantico attorno all'arcipelago, dobbiamo prevedere quasi come una certezza che un eventuale attacco argentino avrebbe elevate probabilità di successo."

Margaret Thatcher era piuttosto bene informata di questioni militari, aveva sempre dedicato grande attenzione a questi aspetti della realtà del Regno Unito e conosceva bene anche tutti i precedenti storici che avevano visto sempre un ruolo determinante delle forze militari inglesi per risolvere numerose diatribe di varia natura in ogni angolo dell'Impero britannico. L'Ammiraglio

Wellworth sapeva che la donna che presiedeva la riunione non aveva certo bisogno di discorsi semplificati, aveva le idee ben chiare sulle questioni militari.

"Ma la sua valutazione generale sarebbe che alla fine di tutte le considerazioni l'arsenale militare argentino dovrebbe soccombere alla nostra reazione. Esatto?" disse Margaret Thatcher.

"Esatto." rispose l'Ammiraglio.

"Di fronte ad una simile prospettiva le sembra probabile che gli argentini vadano davvero avanti con le loro minacce?"

L'Ammiraglio sapeva che quella domanda sarebbe arrivata e non era per nulla felice di dover formulare una risposta che avrebbe potuto essere completamente smentita dagli eventi in un futuro forse anche molto prossimo. Decise comunque di esprimere il suo parere secondo la sua personalissima convinzione.

"Francamente non rischierei un confronto con la potenza militare dell'Inghilterra se fossi in loro. Ma dobbiamo tenere presente che le nostre valutazioni logiche prescindono sia dall'indole sanguigna dei sudamericani che dalle esigenze particolare dell'attuale nuovo Governo di quel paese di cogliere ogni possibile successo, fosse anche solo temporaneo. Questo sia per le loro problematiche interne e quindi la necessità di ricompattare la morale del paese che per la necessità di mandare un grosso messaggio al mondo intero e ridare all'Argentina quella visibilità e quel peso internazionale che da almeno cinque anni ha continuato a perdere ogni giorno."

Sir Lawrence Durham era a capo della contabilità del Regno, la sua funzione in particolare negli ultimi mesi era stata forse più importante e incisiva dello stesso Ministro dell'Economia. Quando lo sguardo del Primo Ministro si pose su di lui egli inforcò con qualche difficoltà i suoi occhiali e dopo essersi schiarito la voce prese a esporre il suo punto di vista.

"Ho avuto dai diligenti funzionari degli uffici strategici delle nostre forze armate delle indicazioni sufficienti per formulare un preventivo di budget per un'eventuale operazione militare. Anche nella migliore delle ipotesi, ovvero assumendo di poter ristabilire il giusto ordine delle cose senza troppe perdite e senza un impegno lungo e complesso, i costi che le casse dello stato dovrebbero affrontare sarebbero totalmente inaccettabili, specialmente in questo momento. Il dispiego di unità navali e aeronautiche per una campagna preventivata dai Signori Militari ci costringerebbe a rivedere tutti i conti dello Stato e applicare ulteriori tasse e tagli di una non trascurabile entità. La popolazione non la prenderebbe bene e le conseguenze di una simile iniziativa avrebbero non solo ripercussioni economiche ma anche politiche piuttosto serie."

Lo sguardo gelido della Signora Thatcher indicò senza bisogno di parole che le questioni politiche interne non avrebbero dovuto essere affrontate da Sir Durham, quel commento non gli era stato richiesto. Il funzionario si accorse del disappunto del Capo del Governo e cercò di proseguire senza mostrare il suo imbarazzo.

"Una valutazione puramente economica dell'importanza delle isole Falkland, da ogni possibile aspetto, porta alla conclusione che i costi di un'operazione militare di difesa non sarebbero giustificabili in termini di bilancio. Le Falkland non ci portano risorse economiche, non ci pagano ingenti somme di tasse e tutto sommato non fanno nulla di particolarmente conveniente per le casse dello stato. Pertanto, non si potrebbe giustificare che queste stesse casse fossero drenate in modo piuttosto pesante per difendere quelle isole."

"Grazie, Sir Lawrence, lei è stato molto chiaro."

Le parole del Primo Ministro erano formali e apparentemente senza alcuna emozione. La donna ora si rivolse a un altro partecipante alla riunione, il dottor James Aldrige, esperto di sondaggi e proiezioni e analizzatore affidabile degli umori dei sudditi di Sua Maestà e di conseguenza anche del Governo presieduto da Margaret Thatcher.

"Per ora la vicenda non è percepita dalla popolazione come un reale pericolo e la lontananza di quei territori, di cui molto dei nostri concittadini addirittura ignoravano l'esistenza fino a un paio di settimane addietro, non aiuta certo a definire gli umori in maniera precisa. La situazione economica e le recenti misure di rigore economico hanno spostato l'attenzione ancora di più sulle questioni interne e immediate e a molti non importa assolutamente nulla delle Falkland e degli argentini che se li vogliono prendere. Al momento il sentimento popolare non è tale da poter sperare in un supporto emotivo e quindi positivo di un'eventuale azione militare preventiva. Non verrebbe capita.

Abbiamo però fatto anche un'indagine sul sentimento nazionale in generale ed è sorprendente quanta gente reagisca invece immediatamente con molta energia quando viene ipotizzato un qualsiasi tipo di abuso a danno di cittadini britannici."

Le ultime considerazioni di James Aldridge sembravano aver toccato un punto sensibile. Seppure le considerazioni economiche in un momento di particolare difficoltà potessero determinare le decisioni di un governo alla fine i valori da difendere, al di là di ogni logica e razionalità erano quelli del patriottismo e dello spirito di comunità.

Sir Durham sapeva di rischiare l'impopolarità non solo in quella stanza ma si fece anche scrupolo di porre l'accento sulle doverose considerazioni che il suo dipartimento doveva fare, per quanto ciniche e sgradevoli potessero apparire.

"Sono certamente anch'io convinto dello spirito patriottico dei nostri cittadini ma mi chiedo se davvero saranno ancora così nobilmente animati da buoni propositi qualora dovessimo caricare sulle spalle di decine di milioni di cittadini britannici per la difesa di poco più di tremila isolani che in concreto non hanno mai contribuito in modo tangibile all'economia del Regno Unito."

L'imbarazzato silenzio che seguì all'intervento di Durham era più eloquente di mille parole. Le sue argomentazioni razionali non erano attaccabili da un punto di vista logico ma tutti erano consapevoli che la morte politica dell'attuale Governo era più certa e definitiva se fosse stato offeso lo spirito nazionale che non qualora si fosse stati costretti a ulteriori sacrifici materiali per sostenerlo.

La discussione continuò ancora per altri quaranta minuti con interventi degli altri convenuti prima che il Primo Ministro decise di fare il punto della situazione riassumendo le varie analisi e opinioni che erano state esposte.

"Al momento parrebbe poco probabile e logico che l'azione argentina superasse il livello di iniziativa diplomatica, anche se in questo modo le cose sembrano promosse con grande determinazione. Le ragioni storiche sostenute dal governo argentino non possono essere da noi accettate, sono infondate e incorrette da più di un punto di vista.

Militarmente mi pare di essere confortato dalla certezza delle nostre forze di difesa di poter sostenere un confronto con le forze argentine con una certa tranquillità basata sulla maggiore consistenza e qualità dei nostri armamenti e degli arsenali. Dall'altro canto le difficoltà logistiche ci sono sfavorevoli sia dal punto di vista della strategia operativa che, di conseguenza, dal punto di vista dei costi.

Le nostre diplomazie internazionali sono al lavoro per ottenere il sostegno della nostra posizione anzitutto da parte dell'Assemblea Generale delle Nazioni Unite, ma anche di singoli governi che potrebbero essere decisivi con il loro sostegno. Vedremo se si riuscirà a risolvere tutta la questione in sede puramente diplomatica, al momento abbiamo buone ragioni per ritenere questa strada valida e potenzialmente in grado da sola di risolvere il conflitto.

In caso contrario, prima di procedere con una risposta militare a un'eventuale aggressione si dovrà valutare molto attentamente l'impatto economico di una tale iniziativa.

Signori, vi ringrazio della vostra partecipazione a questo incontro e vi invito a proseguire il lavoro di valutazione di ogni evoluzione della questione Falkland con la massima attenzione. Sottoporrò entro pochi giorni una dettagliata relazione alla camera dei Lords e nel frattempo metterò comunque in azioni tutte le leve a disposizione del mio Governo per tentare una soluzione indolore di questa fastidiosa faccenda."

La riunione si chiuse quindi senza una vera indicazione sul modo di procedere. Ovviamente i vari orientamenti delle parti convenute erano in contrasto tra loro, le ragioni degli interventisti forse meno razionali di quelle dei sostenitori della resistenza passiva ed eventuale rinuncia ai territori, ma per la Signora

Thatcher la questione era piuttosto chiara e la possibile scelta una sola. Il Primo Ministro aveva un concetto ben definito dei doveri dello stato nei confronti di ogni singolo cittadino, anche del più modesto, e a meno di una precisa volontà espressa dai residenti delle Falkland di passare sotto il dominio argentino non era pensabile fare altro che difendere con ogni mezzo possibile quelle fredde terre lontane. La ragione per cui dalla residenza di Downing Street non sarebbe uscita alcuna decisa presa di posizione ad anticipare la determinazione del capo del governo era semplicemente giustificata dalla necessità politica di rafforzare il consenso delle istituzioni per una forte azione anche di natura militare. L'impiego della forza per ora era solo un'ipotesi e sarebbe stato prematuro diffondere notizie in tal senso. Prima ancora dell'opinione pubblica sarebbero state le opportunistiche opposizioni politiche a contrastare ogni prospettiva di attivazione delle forze armate. Margaret Thatcher sapeva bene che era indispensabile avere il supporto emotivo della popolazione e per ottenerlo occorreva attendere che la schermaglia provocata dagli argentini si trasformasse in minaccia concreta e rappresentasse anche un'offesa all'orgoglio nazionale. Solo di fronte ad un vero e imminente pericolo per i sudditi britannici residenti alle isole Falkland sarebbe avvenuta questa partecipazione emotiva al problema e solo allora sarebbe stato se non facile almeno possibile sopravvivere politicamente a una decisione così gravosa come la difesa con mezzi militari di quel piccolo pezzo d'Impero britannico.

Nel frattempo, oltre ad attendere l'evolversi della situazione sul piano diplomatico, si dovevano sondare le possibili alleanze internazionali e verificare le posizioni della NATO e delle Nazioni Unite e ovviamente anche della Comunità Europea. Raccogliere il massimo supporto nella comunità internazionale era importantissimo. Nonostante tutta la questione sollevata dagli argentini fosse difficilmente sostenibile, almeno secondo il punto di vista britannico, e una logica analisi dei potenziali a confronto doveva per forza vedere privilegiata la posizione della Gran Bretagna, non era impossibile che alcune nazioni, per ragioni e convenienze anche misteriose e contorte, potessero sposare la causa argentina.

Tra gli alleati europei il sostegno sarebbe stato facilmente ottenibile, anche se si sarebbe limitato a una semplice manifestazione di supporto morale, senza reale possibilità di partecipazione tangibile a eventuali operazioni militari, che del resto l'Inghilterra non avrebbe nemmeno richiesto. Molto meno ovvio era il discorso con gli Stati Uniti d'America. La loro appartenenza al trattato del Nord Atlantico doveva in teoria garantire la loro lealtà e supporto, ma c'erano anche delle relazioni impegnative tra Argentina e USA e sarebbe stato opportuno verificare con grande attenzione quali obblighi ne sarebbero derivati agli americani in caso di un conflitto tra Inghilterra e Argentina. Per ora la diplomazia americana era rimasta quasi silente e non aveva manifestato alcuna aperta presa di posizione a favore dell'una o dell'altra parte ma era impensabile che non sarebbero stati costretti ad assumere una posizione ben definita. Questa posizione avrebbe anche potuto essere di un'assoluta neutralità e sarebbe stata comprensibile. D'altra parte, l'unica base logistica lungo la rotta per le Falkland era l'isolotto di Ascension dove una base americana dominava tutto l'oceano Atlantico meridionale e questa base sarebbe stata di fondamentale utilità per un'operazione navale inglese. Bisognava quindi trovare una maniera per assicurarsi comunque la disponibilità di quella base logistica per non rendere la difesa delle

Falkland un'impresa quasi impossibile semplicemente a causa delle enormi distanze che le separavano dalla patria Inghilterra.

Tutte queste riflessioni partivano dalla presunzione che gli argomenti a favore di una rinuncia alla sovranità sulle isole Falkland sarebbero stati sommersi dalle ragioni di segno opposto. Era comunque doveroso prendere anche in considerazione, se non altro per completezza di valutazione e di preparazione, ogni possibile esito delle trattative dei prossimi giorni e delle prossime settimane. La scarsa importanza economica dell'oggetto del contendere in una situazione economica già difficilissima avrebbe potuto convincere molti a rassegnarsi a quella perdita e il numero modesto di abitanti delle isole poteva per alcuni giustificare ancora di più la tesi della rinuncia. In uno scenario del genere sarebbe stato importante riuscire a negoziare una resa onorevole e che garantisse agli attuali sudditi britannici delle Falkland un passaggio indolore sotto l'autorità degli eventuali nuovi padroni delle loro terre. C'erano da salvaguardare i diritti civili, le proprietà, le attività produttive e le infrastrutture utili alla comunità e la loro gestione, occorreva assicurare il minimo impatto sulla vita delle persone di una questione politica e forse tutto sommato solo di opportunismo e propaganda. Per quanto questa prospettiva potesse essere spiacevole se non addirittura ripugnante era comunque una valutazione che andava fatta perché in assenza di fatti nuovi e importanti non si poteva escludere completamente questa eventualità.

Ma un fattore nuovo e completamente imprevisto sarebbe presto arrivato sulla scrivania del Primo Ministro e avrebbe di fatto spazzato via tutte le altre opzioni. Margaret Thatcher se ne rese conto in quella stessa giornata nel corso di un incontro che le fu richiesto, con una certa urgenza, da parte del direttore del MI6 e di un suo importante collaboratore. Asseriva di avere questioni di assoluta importanza da portare all'attenzione del capo del governo e perciò ottenne l'appuntamento nel giro di poche ore.

Il più recente rapporto di Colin Brenner era notevolmente diverso dalle accurate e metodiche relazioni che il giovane operativo distaccato nel profondo sud dell'atlantico inviava di solito al quartier generale del suo servizio a Londra. Il messaggio fu recapitato al direttore della sezione competente nella tarda mattinata e poi fu immediatamente analizzato in una breve riunione con altri esperti degli eventi in corso di sviluppo in quella regione. Fino a quel momento era sembrato che sulle isole stesse nessuno avesse percepito l'aumento della tensione politica e diplomatica che li riguardava direttamente ed era abbastanza curioso che proprio il giovane Brenner dovesse essere il primo ad affrontare la questione quando nemmeno il Governatore stesso era stato allertato formalmente.

Nel suo rapporto Brenner descrisse l'avanzare dei lavori sulla base scientifica geologica dell'isola di Saunders e fece notare che le operazioni non sembravano avere, secondo il suo giudizio, quelle caratteristiche che invece potevano ragionevolmente caratterizzare un semplice addestramento. I ritmi erano sostenuti e l'impegno profuso per raccogliere altri campioni di materiale a una specifica profondità pareva incompatibile con la versione ufficiale data dagli affittuari americani sulla loro attività. Brenner non dava indicazioni precise sulla sua fonte ma allo stesso tempo specificava che aveva avuto accesso a informazioni sicuramente valide dal punto di vista della loro qualità e attendibilità. Seppure sommari e frammentari gli indizi raccolti da Brenner puntavano a definire la missione americana come una ricerca ben mirata a uno specifico scopo ovvero l'estrazione di una materia evidentemente particolarmente interessante per gli americani. Secondo la fonte di Brenner nel sottosuolo di Saunders c'era un autentico tesoro il cui recupero era la vera ragione della permanenza dei tecnici. Sulla natura di questo tesoro Brenner non dava indicazioni ma ovviamente si doveva trattare di qualcosa di insolito e inatteso e pur non avendo una certezza documentabile il giovane agente indicava un filo rosso, debole ma non troppo, che collegava una serie di irregolarità avvenute nei mesi precedenti e più precisamente al ritrovamento di alcuni campioni di una specie di Silicio estratti dal pozzo esplorativo situato a meno di mezzo miglio dalla base logistica denominata Drill City. Brenner lamentava la mancanza di riscontro sugli esiti delle analisi effettuate in Inghilterra su quei campioni e si chiedeva nella sua relazione se potesse essere proprio quella materia, denominata per convenienza operativa Frondite, a giustificare tutta quell'attività degli americani. A supporto dei suoi sospetti fece cenno anche al misterioso atterraggio, autorizzato ufficialmente nell'ambito di una semplice esercitazione, di un caccia americano al quale erano stati consegnati, così pareva, altri campioni di minerale estratto a Saunders e anche se ufficialmente non c'era conferma del fatto che si trattasse sempre della stessa Frondite era pur possibile che fosse proprio così. In quel caso ed anche in considerazione del fatto che dai registri tenuti in precedenza dal direttore delle operazioni Dottor Barrington Styles risultavano precisi riferimenti alla profondità alla quale era stata trovata la Frondite e che coincideva esattamente con la profondità raggiunta dal nuovo pozzo avviato a scopi ufficialmente solamente di esercitazione, si poteva presumere che quel materiale avesse un certo e inatteso valore per gli americani. A tutto questo mistero si doveva aggiungere alla fine un altro fatto che non poteva certamente essere ignorato ed era la presenza sull'isola, con il titolo di direttore delle operazioni, di un alto graduato dell'esercito americano, il Generale Andrew Leonard.

Quando Sir Arnold Laughlin prese posto di fronte alla scrivania del Primo Ministro insieme al Direttore Generale del servizio di intelligence MI6, il loro breve rapporto scritto che li aveva preceduto aveva evidentemente già svegliato l'interesse della Signora Thatcher.

"Signori, ho avuto il vostro messaggio e sono curiosa di sapere cosa avete da aggiungere. Tenete presente che in questo momento abbiamo già tra le mani una situazione molto complicata per quanto riguarda proprio quelle isole e non vorrei distrarre nessuno dalle nostre priorità nazionali. Voi ritenete di avere qualcosa di veramente importante da esporre?"

L'apertura dell'incontro da parte di Margaret Thatcher aveva qualcosa di provocatorio, poteva intimidire degli interlocutori non troppo sicuri delle loro ragioni, ma in questo caso gli argomenti da portare a Downing Street erano più che validi. Il Direttore Generale s'incaricò di presentare il suo collaboratore e di fare solo una brevissima introduzione delle scoperte fatte nelle ultime ore.

"Sir Arnold Laughlin, Signora Primo Ministro, è uno dei direttori più qualificati ed esperti della nostra struttura e ha solo recentemente preso personalmente la supervisione delle operazioni in quella regione geografica. Alla sua attenzione non sono sfuggite alcune strane incongruenze e infine ha raccolto informazioni sufficienti per formulare una teoria molto plausibile e secondo il mio giudizio veramente interessante."

Con un gesto invitante della mano destra passò la parola al suo imponente collaboratore. Margaret Thatcher sapeva benissimo chi si trovasse di fronte e non aveva dubbi sul fatto che essersi mosso di persona per Sir Laughlin era un atto compatibile solo con una vera e propria emergenza ma per ora non le era chiaro di cosa si potesse trattare nel dettaglio. Sicuramente i prossimi minuti sarebbero stati molto interessanti.

"Bene, Signora Primo Ministro," iniziò Sir Arnold e per un attimo diede l'impressione di essere alla ricerca di idee e parole ma in realtà stava solo attirando l'attenzione. Era una sua caratteristica che poteva apparire a volte perfino fastidiosa, salvo poi rivelarsi sempre meritevole della concentrazione che il suo modo di articolare i concetti richiedeva. "mi vorrei soffermare brevissimamente sulle premesse delle nostre osservazioni e del conseguente ragionamento che le andrò a esporre. La nostra più importante compagnia petrolifera aveva avviato la struttura di ricerca e analisi alle isole Falkland con lo scopo di avere una base logistica di appoggio per le sue unità di esplorazione alla ricerca di giacimenti petroliferi in quella regione del nostro pianeta. L'operazione si presentava complessa e costosa e quindi era stato raggiunto un accordo di collaborazione con la Oil California, una delle maggiori compagnie americane. Dopo circa diciotto mesi di attività era diventato ovvio che le difficoltà per raggiungere ed eventualmente sfruttare i probabili giacimenti sotto il fondo dell'oceano Atlantico erano enormi e così i costi. Proprio mentre le compagnie stavano decidendo di sospendere le ricerche, da rimandare a tempi futuri in cui si spera l'economia mondiale possa essere più favorevole, fu trovato un materiale particolare denominato Frondite.

Purtroppo, le analisi effettuate da parte nostra, ed intendo sia la compagnia Kingdom Petroleum Union che i laboratori governativi ai quali erano stati inviati campioni, non sono state abbastanza approfondite, anzi, oserei dire che c'è stata una colpevole superficialità per cui nessuno ha notato le particolarissime caratteristiche di questa Frondite. Gli americani invece, così dobbiamo dedurre, hanno rilevato qualcosa e poi hanno deciso di approfondire, e ora stanno cercando in modo quasi frenetico di estrarre quanta più Frondite possibile. Non spetta a me commentare la sostanziale scorrettezza nel non condividere le loro scoperte con noi. Il fatto è che dalle nostre analisi di ieri e delle valutazioni fatte questa mattina stessa da alcuni esperti risulta evidente che la Frondite ha un potenziale valore enorme perché potrebbe, così pare, rivoluzionare in un solo istante tutta la tecnologia elettronica conosciuta.

Riteniamo, ma saremo in grado di fornire valutazioni più dettagliate, che l'utilizzo di questa materia prima nel campo delle tecnologie elettroniche in generale e informatiche in particolare potrebbe portare benefici considerevoli a chi ne fosse in possesso. Oserei perfino affermare che i benefici in campo militare potrebbero equivalere a un potenziale di armamenti enorme perché capace di decuplicare le nostre capacità di analisi e gestione delle situazioni di crisi e incrementare in misura molto sostanziale l'efficienza di qualsiasi struttura e armamento militare esistente. In più, in campo civile, se le capacità sospettate dagli esperti dovessero essere confermate, si potrebbe rivoluzionare il mondo e le implicazioni economiche sarebbero incalcolabili.

Dal punto di vista dell'intelligence credo che abbiamo già prodotto indicatori sufficienti per confortare la politica e la diplomazia nelle necessarie iniziative per chiedere chiarimenti agli Stati Uniti sul loro singolare comportamento. Abbiamo dati certi di infrazione degli accordi di condivisione degli eventuali benefici derivati dalle estrazioni, quindi possiamo chiedere conto agli americani del loro comportamento e pretendere la consegna dei loro risultati di analisi. E non potrebbero bleffare, perché almeno da stamattina posso affermare che sappiamo quanto basta per non farci menare per il naso."

Le parole di Sir Arnold Laughlin erano state chiare e inequivocabili ma altrettanto chiara era la domanda con la quale il Primo Ministro replicò:

"Sir Alfred, lei si rende conto che mi sta proponendo di aprire una crisi diplomatica con gli Stati Uniti proprio in un momento in cui dovremmo cercare di essere rassicurati sulla loro lealtà e collaborazione?"

"Certamente, Signora Primo Ministro, ma mi pare che nel caso in cui le nostre informazioni siano fondate, e su questo non ho alcun dubbio, gli americani hanno tutto l'interesse di difendere quei pozzi e il tesoro che hanno scoperto dalle mani degli argentini quanto ne abbiamo noi. E poiché il territorio sul quale stanno operando è suolo britannico non dovrebbero esserci discussioni sul nostro diritto di prelazioni su qualsiasi sostanza estratta da quel pozzo."

"Per quale ragione pensa che agli americani possa piacere di più avere a che fare con noi che non con gli argentini in questa vicenda? In fondo potrebbero pensare di avere meno problemi con i sudamericani che con noi, visto che una volta appurata la natura del ritrovamento noi non saremo disposti a fare delle concessioni che possano essere in un qualsiasi modo sfavorevoli a noi, non crede?".

L'obiezione della Signora Thatcher era logica e fondata sulla natura sempre egoistica di ogni nazione quando si trattava di incamerare vantaggi importanti per il proprio paese. L'Inghilterra avrebbe fatto valere i suoi diritti con un rigore diverso dagli argentini che forse non avrebbero nemmeno saputo cosa gli americani stavano veramente estraendo da quella perforazione.

A questo punto il Direttore Generale dell'MI6 intervenne con un argomento molto valido.

"Qui non si tratta di una semplice questione di ricchezza di cui appropriarsi, qui si tratta di potere. Potere militare, potere tecnologico e certamente anche potere politico. La Frondite è un'arma potentissima ed è preferibile che resti in mano a potenze democratiche e affidabili come siamo noi e in qualche modo anche gli USA. Mettere in mano un simile potenziale a un regime scellerato come quello militare al potere ora in Argentina sarebbe pura follia."

La padrona di casa assorbì le parole del direttore del servizio d'intelligence non senza fare un commento.

"Lei ha le idee molto chiare su chi siano i buoni e chi i cattivi."

Aveva preso alcuni appunti mentre i suoi visitatori avevano parlato e ora diede una veloce occhiata al foglio di carta che era davanti a lei. Sembrava soddisfatta di quanto aveva appreso e avrebbe certamente tenuto conto di queste importanti informazioni nelle prossime decisioni e azioni da intraprendere sul piano diplomatico e su quello militare. Perché a quel punto sulla base di quanto appreso la decisione di difendere a qualunque costo le isole Falkland era già presa, non ci potevano essere altre opzioni. Ora si trattava solo di vendere questo progetto con le dovute cautele e la necessaria segretezza su certe particolari motivazioni all'opinione pubblica, alle opposizioni e naturalmente prima di tutto ai media.

Ma prima di tutto questo occorreva fare due chiacchiere con il Presidente Reagan e in un certo senso poteva essere perfino divertente mettere in imbarazzo il capo della nazione più potente del mondo. L'Inghilterra dopo tutto era ancora una potenza mondiale e quando era il momento giusto non avrebbe condonato nemmeno agli Stati Uniti l'affronto della tentata sottrazione di un tesoro dal proprio territorio.

Presso la sede delle Nazioni Unite il lavoro dei diplomatici per arginare la crisi anglo-argentina era intenso. Il segretario generale Javier Perez de Cuellar aveva attivato tutti i possibili canali di comunicazione messo al lavoro i migliori negoziatori, ma anzitutto venivano analizzati tutti i precedenti storici e tutte le risoluzioni che erano state approvate negli anni in casi simili. La tensione era alta e i progressi delle numerose discussioni rimasero senza apprezzabile risultato.

Il governo argentino attraverso i suoi rappresentanti fece leva sulle risoluzioni 2131 del 1965 e 2326 del 1967 per sostenere la giusta guerra che si annunciava per il dominio e il possesso delle isole Malvinas. Anche successivamente l'ONU aveva trattato il tema, nel 1972 e nel 1974, sempre nel tentativo di dare almeno delle regole certe per le dispute territoriali. Quello che evidentemente in tutte quelle risoluzioni non era stato contemplato era un limite temporale al quale riferire le eventuali pretese delle singole nazioni. La storia del mondo aveva visto tutti i confini ridisegnati centinaia se non migliaia di volte nel corso della storia e le eventuali dispute potevano fare riferimento a tempi assai remoti.

Il diritto all'autodeterminazione fu preso in seria considerazione come argomento a difesa dello status quo poiché l'iniziativa promossa dall'Argentina non era affatto basata su un desiderio espresso dalla popolazione delle Malvinas. Gli abitanti di quelle isole parevano effettivamente essere ben felici di sottostare al dominio britannico ad anche se alcune norme sui diritti di cittadinanza erano state recentemente modificate i

Kelper, come venivano anche chiamati gli abitanti delle Falkland, si sentirono cittadini britannici a tutti gli effetti.

Ad alcuni osservatori parve evidente che di fronte alla determinazione dell'Argentina le norme e regole previste dall'ONU non trovavano molta considerazione e divenne ogni giorno più evidente che gli argentini avevano intenzione di portare avanti i loro propositi di conquista a prescindere dal giudizio della grande organizzazione mondiale. Avrebbero rischiato condanne e ritorsioni ma erano evidentemente decisi ad agire, prima o poi, e se le azioni diplomatiche avessero fallito, come ormai sembrava inevitabile, l'uso della forza sarebbe stato il prossimo passo. Non erano state date indicazioni sui tempi di attuazione di un'eventuale azione militare, ma in particolare gli osservatori inglesi supponevano che l'arrivo della stagione invernale avrebbe fatto slittare ogni proposito di aggressione ancora per qualche mese. Oppure si poteva verificare una drammatica accelerazione per concludere l'invasione in tempi brevissimi.

Duecento miglia più a sud di New York il capo dello staff della Casa Bianca cercò di infilare un incontro con il consigliere Howard Feldman nella fitta agenda del Presidente Reagan. La richiesta era stata fatta con la formula della massima urgenza e riguardava importanti evoluzioni della questione anglo-argentina per le isole Malvinas, o Falkland, a seconda dei punti di vista.

L'incontro fu fissato a tarda ora e Feldman che era arrivato con buon anticipo dovette attendere a lungo prima di essere accompagnato nell'ufficio ovale del Presidente. Reagan era visibilmente stanco e lo fece accomodare sul divano centrale prendendo posto in una delle ampie poltrone e senza troppe formalità iniziarono la loro conversazione.

"Signor Presidente, ho chiesto di incontrarla perché ci sono varie prospettive riguardanti le Falkland, specialmente basandoci su alcune inattese evoluzioni che ci riguardano direttamente.

Il Generale Leonard sta dirigendo le operazioni di recupero della Frondite direttamente a Saunders e ha chiesto di avere delle rassicurazioni sulla protezione degli impianti e del personale in caso di conflitto tra inglesi e argentini su quelle isole. La richiesta pare ragionevole visto che al momento tutto il personale della base di ricerca è di nazionalità americana e quindi potrebbe correre qualche rischio sia con l'una sia con l'altra parte dei litiganti. Mi permetto di suggerire una verifica sulla possibilità di negoziare con il governo argentino un accordo preventivo che assicuri la sicurezza e il proseguimento indisturbato del nostro lavoro di ricerca e addestramento. Con la Gran Bretagna il discorso dovrebbe essere più facile visti i rapporti esistenti ma anche loro potrebbero considerare i nostri tecnici come presenze estranee e potenzialmente fastidiose."

Reagan non sembrava entusiasta della richiesta e anche se si fosse trattato solo di un suggerimento l'idea di andare a negoziare una specie di salvacondotto per i tecnici della base di Saunders prima ancora che l'opzione militare si fosse concretizzata gli parve perlomeno prematura.

"Abbiamo però anche un altro problema." Continuò Feldman. "Pare che i nostri servizi di intelligence abbiano intercettato delle comunicazioni radio partite da Port Stanley, presumibilmente dalla residenza del Governatore Rex Hunt, destinate ai colleghi dei servizi di intelligence britannici a Londra in cui risultava evidente che la persona del Generale Leonard era stata identificata correttamente con il suo grado militare completo. Non abbiamo avuto il carteggio completo che potrebbe essere stato scambiato ma temiamo ugualmente che da parte britannica potrebbero essere fatte delle domande piuttosto imbarazzanti. Mi dispiace, Signor Presidente, temo che ci sia stata una grossolana imprudenza in alcuni momenti della nostra operazione."

Reagan aveva progressivamente spalancato gli occhi stanchi e ora la sua espressine era decisamente furiosa. La giornata era stata pesante ed era probabilmente questa l'unica ragione per cui non diede sfogo alla sua rabbia. Si limitò a dire con un sibilo minaccioso e il volume della voce in lento crescendo:

"Qualcuno ha dormito beatamente nella pianificazione di quell'operazione e anche Leonard stesso mi sorprende per questa evidente ingenuità. Cosa credeva, di essere uno sconosciuto ai servizi britannici? Era ovvio che lo avrebbero identificato ed è logico che ora ci metteranno in un angolo. Per la miseria, sono circondato da idioti?"

Feldman rimase in silenzio e con lo sguardo basso. Anche se a lui non poteva essere addebitato alcuna responsabilità nella gestione di tutta la vicenda era comunque lui a fare da parafulmine per le giuste ire del Presidente. E Reagan non aveva bisogno di sentire le prossime parole che Feldman aveva in mente, lui aveva intuito benissimo che le cattive notizie non si sarebbero esaurite con il salto della copertura di Leonard.

"Ovviamente i britannici si saranno chiesti cosa ci facesse Leonard in quel posto e scommetto che lei stava per dirmi che hanno anche capito cosa stiamo esattamente cercando. Giusto?"

"Temo che sia proprio così. Sempre dalle intercettazioni parrebbe di capire che i campioni di Frondite non erano stati analizzati a dovere ma l'agente di base alle Falkland ha fatto pressanti richieste e sulla base delle stesse deduzioni che ha fatto anche lei Signor Presidente i nostri esperti della CIA concordano sul fatto che a questo punto è probabile che anche i laboratori britannici abbiano identificato le caratteristiche della Frondite. Magari non hanno le stesse attrezzature nostre e non dispongono di esattamente le stesse conoscenze in fatto di applicazioni tecnologiche dei semiconduttori evoluti, con i quali la Frondite si deve paragonare, ma certamente avranno scoperto qualcosa."

Il Presidente era scattato in piedi e poi si era lasciato cadere pesantemente sulla poltrona dietro alla sua scrivania. All'improvviso picchiò un pugno sul tavolo sbuffando con rabbia.

"Stiamo facendo esattamente la figura dei ladri di polli che non volevamo fare. Cristo, che operazione da dilettanti, come ne possiamo venire fuori?"

Feldman aveva un'idea ma non era sicuro di poter osare di suggerirla al Presidente. Ancora una volta fu sorpreso dalla precisa logica di Reagan, che coincideva con il suo pensiero, anche se aveva avuto molto meno tempo per arrivare a queste stesse conclusioni.

"Dobbiamo aspettarci di essere chiamati a giustificare tutta questa storia agli inglesi e non sarà per nulla piacevole rispondere alle loro legittime domande. L'unica possibilità per contenere i danni è di prevenire la loro interrogazione, batterli sul tempo e mettere le carte in tavola di nostra iniziativa e con una credibile versione delle nostre ragioni. Una storia plausibile e sostenibile senza cadere nel ridicolo."

Il Presidente guardò l'orologio e fece un rapido calcolo della differenza oraria con Londra. Aveva quattro ore, forse solo tre, per anticipare la temibile Signora Thatcher. Bisognava agire immediatamente.

"Ok, Signor Feldman, tocca a lei aiutarmi a venire fuori da questo disastro con il minimo danno possibile. Lei ha tre ore a disposizione per preparami un dossier dettagliato ma conciso su tutta la questione. Voglio ogni informazione utile per affrontare un colloquio personale con il Primo Ministro inglese, e le assicuro che la cosa non mi mette a mio agio, per nulla. Non ho altra scelta che offrirle tutta la storia su un piatto d'argento e cercare di convincerla della nostra buona fede eccetera. Ma lo so già che dovremo pagare un prezzo molto alto, perché abbiamo le mani sporche di marmellata fino ai gomiti. Maledizione!"

Feldman annuì e si alzò per uscire da quella stanza che era improvvisamente diventata caldissima per lui. Buona parte del lavoro che il Presidente gli stava chiedendo era già stata fatta, si trattava solo di elaborare una storia credibile e più vicina possibile alla verità verificabile per evitare una tremenda crisi diplomatica nelle relazioni con gli alleati britannici.

"Se ha delle idee, qualunque idea, non le tenga per sé. Ogni spunto può essere utile. Ci rivediamo qui fra tre ore esatte!"

Il Presidente congedava in questo modo Feldman che si avviò a passo spedito verso il suo ufficio. A quell'ora non avrebbe impiegato più di dieci minuti per arrivare e sapeva anche che avrebbe trovato la sua segretaria ancora lì ad attenderlo. Le aveva chiesto di restare perché aveva intuito che il suo incontro con il Capo della nazione non sarebbe finito senza che una qualche incombenza improrogabile gli fosse piovuta addosso. Le cose erano andate quasi esattamente come aveva previsto, ma il compito che gli era stato affidato superava di gran lunga le sue aspettative. Non era suo compito scrivere discorsi per il Presidente e tantomeno di consigliarlo su questioni così delicate di politica internazionale. Certamente proprio nel momento del bisogno il servitore dello stato non poteva tirarsi indietro.

Mentre la sua vettura correva per le notturne strade di Washington Howard Feldman pensò anche di rivedere la propria opinione sul suo capo supremo. Reagan era stato rapidissimo a intuire gli sviluppi della situazione fin dalle prime parole pronunciate da Feldman e aveva immediatamente capito quale strada prendere per sperare di poter in qualche modo aggiustare una situazione già ampiamente compromessa. Sorprendente, pensò Feldman, forse era vero quello che alcuni avevano iniziato a sostenere dopo poche settimane dall'insediamento di Ronald Reagan alla Casa Bianca, e cioè che forse il nuovo inquilino era davvero più bravo come politico che come attore.

I rapporti tra il Presidente degli Stati Uniti d'America e il Primo Ministro britannico erano stati fin dai primi incontri, ancora prima che entrambi assumessero le posizioni di leadership delle rispettive nazioni, molto cordiali e collaborativi. Molte idee in fatto di politica economica e di relazioni internazionali trovavano i due leader in grande sintonia. Essendo tra i protagonisti più importanti del mondo occidentale ancora impegnato in una difficile convivenza con le forze del blocco sovietico avevano trovato numerose occasioni per esprimere pareri sostanzialmente coincidenti per spirito e contenuti. Le filosofie di fondo dei loro paesi oltre a quelle personali miravano agli stessi obiettivi di pace, prosperità e progresso e il reciproco supporto non era solo una necessità inderogabile ma una naturale alleanza di forze affini. Margaret Thatcher era stata alla fine di febbraio dell'anno precedente il primo capo di stato straniero a essere ricevuto in visita ufficiale dalla nuova amministrazione capeggiata da Ronald Reagan e in due giorni di intensi colloqui nella Casa Bianca avevano rafforzato il dialogo sui temi di principale importanza che li vedevano impegnati sulla scena mondiale. Naturalmente avevano entrambi anche dei notevoli grattacapi a livello di politica interna e l'economia britannica era in una fase particolarmente difficile per cui la loro collaborazione aveva alla fine una sua valenza non solo in ambito internazionale ma comportava tangibili benefici anche sugli scambi commerciali e sulle collaborazioni politiche in generale.

La crisi delle Falkland era uno degli eventi del tutto imprevisti nei progetti di Margaret Thatcher e aveva aggiunto una grossa difficoltà alla sua già impegnativa gestione dell'economia britannica anzitutto, ma certamente aveva anche provocato una valanga di interrogativi politici ed etici di non facile risoluzione. Affrontare un potenziale confronto militare era per molti verso l'ultima cosa di cui le disastrate casse dello stato avevano bisogno; eppure, l'ipotesi di cedere le isole Falkland solo per un mero calcolo economico non sarebbe mai stata accettata negli annali della storia come un comportamento dignitoso. Oltre ogni considerazione pratica c'era il prestigio e lo spirito indomabile dell'Impero britannico che non poteva essere sacrificato a ciniche spiegazioni di tipo così volgarmente banali come quella che il costo della difesa di quei territori non trovava ragionevole giustificazione oppure che il numero di sudditi britannici direttamente coinvolti sarebbe stato troppo basso per meritare una difesa con ogni mezzo. Le discussioni all'interno degli organi politici e governativi a Londra erano intense e spesso molto energiche e la prospettiva che dalle battaglie combattute con fogli di carta bollata scambiati nelle aule degli organismi internazionali si passasse alle armi veniva esaminata con crescente preoccupazione. I più pragmatici cavalcavano spudoratamente la ragione della convenienza immediata di una risoluzione diplomatica anche al costo di soccombere alle pretese argentine mentre i più conservatori ovviamente sventolavano le bandiere di tradizione, onore, impegno morale e difesa della credibilità e del prestigio della Corona Britannica con tutto quel ne conseguiva.

Per Margaret Thatcher non c'erano dubbi, lei sapeva esattamente quale poteva essere l'unico esito della disputa ma non poteva affrontare il Consiglio dei ministri oppure il Parlamento e tanto meno l'opinione pubblica se non da una posizione di forza assoluta che le garantiva la possibilità di portare avanti ogni azione necessaria per raggiungere il suo obiettivo irrinunciabile. La questione territoriale su quell'arcipelago era sollevata ad arte dal Governo argentino per sentimenti molto meno nobili di quelli a cui si poteva facilmente appellare il Primo Ministro inglese e pertanto, a meno di non commettere un vero e proprio suicidio politico, non si poteva pensare ad altro che alla difesa di quel territorio e di ogni singolo abitante che vi abitasse.

La complicazione della presenza di quella delegazione americana, ufficialmente per motivi di ricerca scientifica, poteva sembrare solo un lieve fastidio. In realtà apriva la strada a diversi ragionamenti, alcuni chiaramente ispirati da considerazioni opportunistiche ed altri di sofisticata natura politica e quindi diplomatica. Gli americani non erano certo indifesi e avrebbero saputo badare alla loro gente in qualunque situazione, negoziando o combattendo, non c'era problema di risorse che poteva fermarli. Le notizie delle ultime ore avevano però creato qualche incertezza e dopo l'incontro con il direttore del servizio di intelligence e il suo alto funzionario al Primo Ministro erano venute in mente numerose domande che dovevano trovare una risposta al più presto. La presenza di un Generale dell'esercito americano, in sostanza in incognito e di fatto all'insaputa della nazione ospitante, era certamente un dettaglio che doveva essere chiarito ma come ogni imprevisto anche questo avrebbe potuto trasformarsi per il Primo Ministro inglese in un insperato vantaggio. Bastava capire come stavano le cose e giocare le giuste carte.

L'annuncio di una chiamata telefonica in arrivo direttamente dalla Casa Bianca colse la Signora Thatcher di sorpresa. Uno sguardo all'orologio a pendolo posto in un angolo del suo ufficio le fece capire che a Washington doveva essere nemmeno l'alba e pertanto la chiamata del Presidente Reagan doveva essere davvero urgente.

"Buongiorno Ronald. Che mattiniero!" disse il Primo Ministro.

"Buongiorno a lei, Margaret." rispose il Presidente Reagan.

"Deve essere ancora buio dalle sue parti e questo mi fa pensare che ci sia qualcosa di veramente urgente da discutere, dico bene Signor Presidente?"

Reagan coglieva qualcosa di lievemente ironico nel tono della voce che gli giungeva dall'altro lato dell'Atlantico e cominciò a temere che la Signora Thatcher non fosse del tutto impreparata alla sua chiamata e forse aveva già avuto sentore delle novità che voleva ora comunicarle. Aveva sperato di coglierla impreparata e di fare quindi ottima figura offrendo generosamente segreti e collaborazione ma per qualche motivo aveva la strana sensazione di essere in lievissimo ritardo. Doveva comunque tentare di vendere la sua storia, elaborata e rifinita con cura insieme con Howard Feldman fino a pochi minuti prima.

"Ebbene, credo in effetti di avere qualcosa di estremamente interessante che vorrei condividere. Si tratta di una questione decisamente insolita e particolare ma secondo me potenzialmente di grande importanza per i nostri due paesi."

La Signora Thatcher si mise più comoda sulla sua poltrona e si preparò a ricevere le clamorose novità.

"Allora sono davvero molto curiosa di sapere di cosa si tratta."

Pur non sentendo nulla al Primo Ministro parve che l'uomo dall'altra parte della comunicazione stesse prendendo fiato, come un sospiro, prima di iniziare a parlare.

"Si tratta di questo: qualche mese addietro le squadre di ricercatori dislocati nell'arcipelago delle Falkland trovarono nel corso delle loro trivellazioni dei campioni di un materiale apparentemente molto simile al Silicio. Sul momento nessuno diede troppa importanza al ritrovamento e furono effettuate delle analisi di routine che però non diedero risultati particolari. Fu per una serie di circostanze casuali e fortuite che qualche campione finì nelle mani di un grande esperto di elettronica che si rese conto che forse questa sostanza aveva una potenziale applicazione nelle tecnologie dei circuiti elettronici e quindi delle tecnologie informatiche. Una sperimentazione iniziale diede risultati sorprendenti ed ecco che ora ci troviamo di fronte a qualcosa di veramente inatteso e in grado di sconvolgere il mondo come poche scoperte nella storia recente hanno fatto."

L'introduzione fin qui fatta dal Presidente Reagan andava nella direzione che Margaret Thatcher si era aspettata ma sembrava di superare di gran lunga le iniziali valutazioni di quella scoperta. Le parole usate da Reagan indicavano qualcosa di evidentemente davvero notevole e ora sarebbe stato interessante sentire le altre spiegazioni.

"Fummo informati grazie a relazioni personali tra lo scienziato ricercatore che stava facendo esperimenti con quel materiale, che era stato denominato Frondite, e un nostro esperto di tecnologie militari dell'esistenza di questa sostanza e abbiamo fatto le nostre debite ricerche. Ho in mano da poche ore i primi risultati concreti di queste analisi ed è per questo che ora ho sentito il dovere di informarla immediatamente. Ci troviamo di fronte ad uno dei più straordinari avanzamenti della tecnologia elettronica mai visto, un balzo che di colpo ci porta avanti di alcune generazioni di sviluppo. La tecnologia che può essere derivata da questa scoperta ha in termini di valore strategico e militare lo stesso peso che hanno avuto le prime armi nucleari. Sfruttando questo enorme potenziale in campo strategico e militare prima di permettere la diffusione di questa nuova tecnologia in ambito civile ci assicurerebbe una posizione di tale dominio sul resto del mondo da assicurare la pace mondiale per decenni a venire."

"Sono veramente sorpresa e compiaciuta di quanto mi racconta, Ronald, veramente impressionata." disse la Signora Thatcher con sincerità. A prescindere da ogni altra considerazione sulle modalità discutibili in cui gli americani si erano procurati quel materiale dal sottosuolo britannico delle Falkland, le rivelazioni del Presidente erano la piena conferma di quanto comunicato da Sir Arnold Laughlin. Evidentemente gli americani erano in vantaggio nelle loro ricerche rispetto agli inglesi ma questo non era necessariamente una cosa da ammettere candidamente.

"Devo dirle comunque, Ronald, che anche noi, come certamente sapete benissimo, abbiamo avuto quei campioni e siamo giunti a simili conclusioni. In effetti avevo proprio intenzione di affrontare molto prossimamente proprio quest'argomento con lei per valutare le prossime iniziative da prendere congiuntamente."

La Signora Thatcher aveva abilmente lanciato alcuni messaggi senza scoprire troppo le sue carte. Anzitutto non doveva lasciare agli americani l'impressione che ai britannici fosse sfuggito il potenziale della Frondite e ancor meno dovevano pensare di vestire i panni di Babbo Natale offrendo la Frondite e le tecnologie derivate alla Gran Bretagna.

Reagan riprese con tono gioviale.

"Vedo che siamo sempre in grande sintonia, Margaret, e la cosa mi fa sempre molto piacere. Di fronte a questa scoperta ritengo sia opportuno concentrare e coordinare i nostri sforzi per approfondire e sfruttare al massimo questo dono di Dio che ci è capitato tra le mani. Noi abbiamo trattato tutta questa materia come segreto militare di massima importanza e per ora vorrei mantenere le cose in questo modo. Come la pensate voi in Inghilterra a questo proposito?"

Margaret Thatcher provava immenso piacere del fatto che il suo interlocutore non poteva vedere il grande sorriso che sfoggiava dopo le ultime frasi dette, perché assaporava il gusto di una stoccata maliziosa che non poteva assolutamente esimersi dal piazzare.

"Credo che certamente la pensiamo allo stesso modo e posso assicurarle, Signor Presidente, che per ora non ci sono sfuggite notizie di alcun genere su tutta la questione. Sono certa che il vostro Generale Leonard avrà fatto altrettanto per giustificare la sua presenza alle Falkland, giusto?"

Il colpo era di quelli bassi particolarmente dolorosi che però bisognava cercare di incassare con eleganza. Reagan voleva piegarsi in due dal dolore e dall'imbarazzo ma avrebbe colto subito l'elegante via d'uscita che comunque la Signora Thatcher gli aveva lasciato intravvedere.

"Devo chiedere scusa per la maldestra maniera in cui alcuni aspetti della nostra operazione sono stati gestiti, anche dallo stesso Generale Leonard. Ma voglio assicurarle, Margaret, che abbiamo proceduto con la massima prudenza anche e proprio perché non eravamo affatto certi di nessun aspetto di tutta la questione prima di avere avuto prove concrete in nostro possesso dopo aver esaminato varie campionature di materiale ed effettuate le prime sperimentazioni. Non volevamo provocare un allarme senza fondate ragioni. Ora sappiamo che effettivamente esistono buoni motivi per portare alla luce la scoperta e quindi condividerla giustamente. Per ogni eventuale malinteso che poteva essere generato accidentalmente dalle fasi iniziali della gestione di questo progetto mi assumo il dovere di presentare le mie scuse."

Era ovvio a entrambi che l'incidete diplomatico appena sfiorato non sarebbe finito solo con queste poche parole, in qualche modo ci sarebbe stato un prezzo da pagare e Margaret Thatcher non aveva fama di concedere sconti.

"Caro Signor Presidente," riprese il Primo Ministro. "pur non comprendendo completamente le procedure dei vostri militari credo sia opportuno concentrarci ora sul prosieguo della vicenda. Se ho capito bene abbiamo del lavoro da fare, urgente, importante e certamente molto delicato. Dovremmo pertanto organizzare un piano congiunto per esaminare i prossimi passi e poi stilare un protocollo di procedure per gli ulteriori sviluppi."

Reagan era sollevato. Sembrava che se l'era cavata cospargendosi il capo di cenere. Ora bisognava affrontare un altro aspetto piuttosto delicato, ovvero la protezione della base di estrazione della Frondite nel contesto convulso delle tesissime relazioni anglo-argentine che si stavano avviando verso scenari sempre più incerti e preoccupanti. L'ipotesi di una cessione del territorio delle Falkland da parte inglese era forse improbabile secondo molti osservatori ma le considerazioni di ordine economico e militare che venivano fatte dagli osservatori politici più pragmatici non potevano essere ignorate. Reagan aveva in cuor suo fatto affidamento al carattere e all'orgoglio inglese che non avrebbe dovuto permettere a nessuno di pensare di staccare un pezzo d'Inghilterra, per quanto remoto e inospitale fosse, per annetterlo alla propria nazione. La tradizione britannica doveva indurre a pensare che anche per un solo uomo si sarebbe combattuto senza indugio; eppure, ora questa certezza stava vacillando. La situazione economica del paese europeo era forse per certi versi perfino peggiore di quella argentina e rinunciare ad affrontare il costo enorme della difesa delle Falkland poteva sembrare un'opzione se non onorevole perlomeno necessaria a razionalmente giustificabile. Ora, grazie alla Frondite, c'erano però delle buone ragioni in più per respingere ogni ingerenza argentina con assoluta determinazione.

Margaret Thatcher non aveva bisogno dello stimolo ulteriore della Frondite per decidere la strada da perseguire nella questione delle Falkland. Purtroppo, la politica era una strana scienza che a volte imponeva di mettere da parte la logica ed i valori morali fino a quando non si fossero create le condizioni per assicurarsi il supporto per questi valori, un supporto tale da poter agire secondo coscienza ed istinto più che secondo raziocinio e cinica convenienza. L'opposizione a un possibile confronto armato con l'Argentina era ancora forte in Inghilterra e almeno per il momento non era nemmeno certo che una proposta in tal senso sarebbe stata in grado di superare il vaglio del parlamento e avrebbe quindi potuto mettere anche a rischio la sopravvivenza del governo stesso. C'era del lavoro da fare, delle alleanze da costruire, del supporto da assicurare. Per questo il Primo Ministro era in qualche modo felice della goffaggine dell'operazione americana sull'isola di Saunders, perché avrebbe usato questo piccolo affronto per ottenere da Reagan più di quanto il Presidente americano aveva avuto in mente di concedere.

Infatti, ora Reagan doveva affrontare con delicatezza proprio la questione concreta delle Falkland, non più solo come osservatore esterno di una diatriba tra due nazioni entrambe legate da rapporti di amicizia agli Stati Uniti, ma con un preciso e diretto interesse nei futuri sviluppi. La Frondite di fatto aveva già definito gli schieramenti, ora si trattava solo di trovare le forme e i modi, politici e pure militari, per assicurare che la situazione andasse nella direzione voluta e che il tesoro inestimabile della Frondite non finisse nelle mani sbagliate.

"Margaret, da quanto posso capire dal mio punto di osservazione pare che la decisione di opporsi risolutamente alle iniziative argentine sulle isole Falkland non sia del tutto condivisa nel suo paese. Mi rendo conto delle numerose valutazioni che vengono fatte e non mi permetterei di interferire su una questione così delicata. Sento però il dovere, anche se dubito che ve ne sia reale necessità, di richiamare la sua attenzione su alcuni aspetti nuovi. Una volta accertato anche da parte vostra l'importanza della Frondite la strada da intraprendere potrà essere una sola, ossia quella che conserva il dominio britannico sull'arcipelago delle Falkland."

Il Primo Ministro non era sorpreso. Gli argomenti di Reagan erano ovvi e logici e ora, di fronte alla novità della scoperta della Frondite, non c'erano davvero alternative.

"Le sue valutazioni sono certamente corrette, Ronald, lei conosce la situazione molto bene e le regole del gioco sono le stesse anche in casa sua. Certamente avrò bisogno di ogni buon argomento da poter utilizzare per perorare quella che ora pare essere la nostra causa comune."

Nessuno avrebbe, in quel momento, potuto parlare liberamente di supporto militare o di alleanza di fatto tra i due paesi ma un appoggio esterno e qualche facilitazione logistica da parte americana sarebbe stato molto utile.

"Gli Stati Uniti d'America sono legati da trattati di amicizia e di reciproco supporto sia con l'Inghilterra sia con l'Argentina e pertanto in questo momento non ci è possibile assumere ufficialmente una posizione schierata da una parte o dall'altra. Comunque, pur non interferendo in nessuna maniera operativa, posso assicurare che saremo disponibili a ogni forma di supporto possibile."

Era ovviamente troppo presto per entrare nei dettagli di cosa sarebbe effettivamente stato utile a un'eventuale operazione militare britannica e come gli americani avrebbero potuto aiutare senza entrare direttamente nell'eventuale conflitto. Sarebbe stato lavoro per diplomatici e strateghi militari escogitare qualcosa.

"La ringrazio, Ronald, ero certo di poter contare sul suo supporto, anche prima della Frondite."

Margaret Thatcher era confortata dall'esito di questa telefonata, non avrebbe potuto andare molto meglio. Se fosse stata lei a chiamare Reagan per metterlo di fronte all'evidenza imbarazzante dell'operazione americana a Saunders e dell'ingiustificabile presenza di un alto militare sul territorio inglese, la situazione sarebbe stata veramente scomoda. Così invece la cosa si stava risolvendo con poche parole di educata schermaglia verbale e sotto la riga finale il Primo Ministro portava a casa un successo pieno. Ammissione di colpa e impegno a supporto quasi incondizionato, cosa poteva volere di più?

"Vediamo quindi di mettere in piedi rapidamente una commissione congiunta di lavoro per quanto riguarda tutti gli aspetti della Frondite, della sua estrazione, delle tecnologie derivate e delle procedure immediate e future per lo sfruttamento di tutto il suo potenziale."

Reagan era immediatamente d'accordo. Discussero brevemente le procedure per iniziare prontamente i lavori e concordarono di mantenere anche contatti strettissimi per quanto riguardava la crisi diplomatica anglo-argentina. Qualunque mossa da fare non avrebbe dovuto essere una sorpresa per nessuno.

PORT STANLEY, ISOLE FALKLAND

Le attività quotidiane presso la sede del Governatore erano invariabilmente di tranquilla routine. La Signora Mildred Livingston sistemava le pratiche con la sua imperturbabile efficienza e trovò perfino il tempo per dare una sistemata alle tende della saletta delle riunioni e mettere dei fiori in alcuni vasi sparsi in tutta la casa. Il giovane Brenner le sembrava un bravo ragazzo senza troppi grilli per la testa e forse solo un poco sofferente per la lontananza dalla vita più intensa che aveva fatto in Inghilterra prima di essere inviato a Port Stanley. Prima o poi sarebbe stato richiamato a un'altra postazione, finiva sempre così con questi aiutanti mandati dal governo britannico a dare supporto alla gestione ordinaria del governatorato. Di Brenner comunque bisognava dire che era ordinato, educato, affidabile e preciso, svolgeva bene le mansioni d'ufficio e anche se spesso si allontanava per giorni per visitare quella misteriosa base scientifica a Saunders teneva la sua scrivania sempre in ordine senza accumulare arretrati di nessun tipo.

Dopo l'ultima visita a Saunders era però leggermente cambiato. Si chiudeva per ore, anche a tarda sera, nel suo ufficio e mandava lunghi messaggi telex e anche via radio a Londra. La Signora Mildred sapeva che questi funzionari avevano qualcosa a che fare con certi servizi speciali, si credevano in qualche modo dei novelli 007, ma su queste isole non c'erano avventure in vista, non c'erano cattivi in agguato e mondi da salvare. Forse anche Brenner, come i suoi predecessori soffriva di solitudine, comprensibile a quella giovane età. Però da qualche giorno il ragazzo era più agitato e inquieto e la Signora Mildred non escludeva una qualche complicazione sentimentale, magari proprio con qualcuna di quella base scientifica. Poteva essere una buona spiegazione per le frequenti ed estese trasferte. Forse là non c'erano tante donne, forse erano solo tecnici maschi e allora poteva essere pure che Brenner avesse una storiella da qualche altra parte e usasse le visite alla base come scusa per delle scappatelle romantiche. Glielo augurava di cuore perché la Signora Livingston era di larghe vedute, moderna, liberale e parecchio romantica.

Il collegamento telefonico con l'Inghilterra era piuttosto difficile e le chiamate effettuate erano poche, quelle in arrivo ancora meno. Quando quella mattina l'apparecchio nero e non proprio modernissimo si mise a squillare per la Signora Mildred era comunque un benvenuto diversivo dalla solita routine. La persona che stava chiamando si presentò cortesemente come Sir Arnold Laughlin e con voce suadente e intonazione molto formale, quasi pomposa, chiese di essere messo in comunicazione con il Signor Colin Brenner. Ecco, pensò la Signora Mildred, lo stanno richiamando in Inghilterra, questa è la tipica voce di qualche pezzo grosso di quelli che decidono sulle destinazioni dei giovani collaboratori governativi, quelli che vorrebbero diventare diplomatici o ambasciatori e si sacrificavano per anni a fare da passacarte in un posto come questo sperando di avere un giorno la loro occasione. Per Brenner poteva essere una buona cosa, per la Signora Mildred invece significava prepararsi nuovamente a insegnare tutto a un nuovo inviato acerbo e confuso. Ma forse la sua preoccupazione era prematura, in fondo chi poteva sapere? Passò la chiamata nell'ufficio di Brenner che rispose subito.

"Una chiamata dalla madre Patria per lei." disse la Signora Mildred. "Sembra importante!"

Brenner dovette sorridere per l'avvertimento ricevuto. Tutte le chiamate da Londra erano importanti per lui e forse i suoi rapporti degli ultimi giorni stavano producendo qualche risultato.

"Mr. Brenner, sono Sir Arnold Laughlin dalla sede centrale."

Non c'era bisogno di specificare di quale centrale chiamasse, il nome di Sir Arnold era ben noto a Brenner e a chiunque avesse frequentato i corsi addestrativi del MI6. Probabilmente Sir Laughlin era un personaggio troppo in vista e ingombrante, in tutti i sensi, per poter ancora pretendere di avere una minima credibilità in fatto di segretezza della sua figura anche se le sue esatte funzioni non erano mai state chiarite. Si diceva che spaziasse ovunque fosse richiesta la sua lunga esperienza. Essere chiamato al telefono direttamente da lui era certamente un onore ma poteva anche annunciare grossi guai se non altro in termini di incarichi o responsabilità nuove che potevano essere addossate a un suo sottoposto. Brenner si sentiva molto sottoposto.

"Ho letto le sue relazioni e dato corso ad alcuni accertamenti sulla base delle sue richieste. Posso dirle che abbiamo fatto dei riscontri molto interessanti e di una certa importanza. Riceverà un riassunto informativo che ritengo sufficiente perché lei possa rendersi conto che ci sono cose importanti da seguire immediatamente e con grande attenzione. Intendo attenzione al dettaglio, Signor Brenner, come per esempio quel dettaglio che manca nel suo rapporto a proposito della sua fonte di informazioni."

Sir Arnold era passato con poche frasi dall'apprezzamento implicito a un richiamo altrettanto elegantemente sottinteso e nonostante il tono della voce calma e affabile pareva esserci una lieve minaccia in quella frase. Gli operativi dovevano sempre indicare le loro fonti e non averlo fatto era in effetti una mancanza abbastanza grave.

"Immagino che si potrebbe presumere che certe notizie le siano pervenute tra le pieghe di qualche lenzuolo e non la biasimo, alla sua giovane età anche quel tipo di incontro può dare dei buoni risultati come, qualora la mia insinuazione fosse corretta, pare sia successo nel suo caso. Le ricordo comunque che anche nell'interesse della sicurezza della sua fonte sarebbe opportuno indicarla chiaramente anche per permetterci di verificare l'attendibilità delle informazioni da ogni possibile angolo."

"Certamente Signore." era tutto quello che Brenner riuscì a dire. Sir Arnold metteva soggezione, su questo non c'era dubbio.

"Bene!" continuò Sir Arnold. "Non le nascondo che ho fatto le mie considerazioni sulla base delle cose che lei ci ha mandato e visto l'elenco dello staff della base di Saunders Island ritengo di sapere quale sia stata la sua fonte."

Ci fu una pausa. Brenner non poteva sapere che era dovuta al fatto che Sir Arnold aveva inforcato gli occhiali e stava esaminando la fotografia di Kathy Prescott allegata a una cartella che stava sulla sua scrivania.

"Piacevole." disse Sir Arnold dopo qualche secondo.

"Come?" chiese Brenner disorientato.

"Stavo guardando una fotografia della Signorina Prescott. Una bella donna, nessun dubbio. E anche molto qualificata a quanto mi risulta."

Brenner si sentì mancare. C'era voluto così poco a quel tranquillo funzionario per scoprire la sua avventura con KP da una distanza di cinquemila miglia. Era imbarazzante ma allo stesso tempo un sollievo per non dover spiegare di sua iniziativa come aveva ottenuto certe informazioni, anche se erano state solo generiche e approssimative, non certo un vero e proprio scambio di segreti. Con la bocca inspiegabilmente secca Brenner tentò di formulare qualche parola di spiegazione o di scusa ma non fece in tempo a parlare. Sir Arnold riprese il suo apparentemente bonario monologo.

"Non devo ricordarle che certe procedure, vogliamo chiamarle informali, non sono previste come metodi standard per la raccolta di informazione. Non tanto per il fatto che le vorremmo negare il lato piacevole di quel metodo quanto per il fatto che quelle situazioni espongono lei agli stessi rischi dell'altra persona. Le confidenze tra i cuscini hanno avuto una certa importanza nella nostra storia, lei ricorderà certamente alcuni casi discussi e analizzati durante il suo addestramento."

Il caso del Ministro Profumo e della ragazza squillo Christine Keeler era stato uno dei più clamorosi scandali degli anni Sessanta. Gli intrighi sessuali e le confidenze scambiate appunto tra le lenzuola, note anche come "pillow-talk" erano stati classici casi di studio per gli aspiranti agenti dell'agenzia d'intelligence britannica. Brenner se ne ricordava benissimo.

"Nel suo caso direi che la sua figura è ben nota in quella piccola comunità nel profondo sud dell'Atlantico e lei ha pochi segreti da cedere, ma tenga presente il mio consiglio per il futuro e stia comunque molto cauto in caso di nuovi incontri di quel tipo con la Signorina Prescott. "

"Certamente Signore, ma le assicuro che .... "

Stava per dire che non aveva persuaso KP ad avere una relazione sessuale allo scopo di carpirle delle informazioni confidenziali ma che una spontanea situazione umana era diventata accidentalmente un momento di utile dialogo e che le informazioni erano quindi state ricevute in modo del tutto casuale. Era stato il suo intuito a portarlo a delle deduzioni forse anche un po' audaci e che si erano poi quasi per caso rivelate sensate e utili. Ma non era opportuno fare questo ragionamento con Sir Arnold, avrebbe solo fatto una pessima figura.

"Passiamo oltre, Signor Brenner, in fondo non ha fatto danni e conto sul fatto che non ne farà in futuro. Ora la metto al corrente di alcune evoluzioni e prospettive che riguardano le operazioni sull'isola di Saunders."

Brenner ascoltò per alcuni minuti le spiegazioni di Sir Arnold e ricevette delle istruzioni molto precise sulle osservazioni che avrebbe dovuto fare. Non si trattava più, dopo gli ultimi sviluppi della relazione tra americani e britannici a proposito dei ritrovamenti di Frondite, di fare indagini discrete su un potenziale nemico ma di compiere un controllo cooperativo per assicurare la massima regolarità delle operazioni. In altre parole, era come sorvegliare un socio di cui nonostante le belle parole ci si fidava il giusto. Nel giro di un paio di giorni a Saunders avrebbero ricevuto ordini similari anche da parte delle loro autorità e quindi non ci sarebbero stati più dei grandi segreti da coprire. Ora si trattava più che altro di stare pronti a dover prendere dei provvedimenti, di cui però al momento non si sapeva nulla, qualora le tensioni politiche tra Inghilterra e Argentina fossero degenerate e ci fosse stato il rischio di un confronto militare.

BUENOS AIRES, 12 MARZO 1982

Il venerdì aveva sempre un ritmo particolare. Da una parte la stanchezza dopo la lunga settimana lavorativa tendeva a rallentare le operazioni e d'altra parte l'approssimarsi del fine settimana incitava ad accelerare e portare a conclusione i lavori in corso il più velocemente possibile. Di solito questa regola valeva anche per le grandi officine della Caserma di San Cristobal ma questa settimana era stata diversa dal solito fin dall'inizio. Erano stati revisionati alcuni mezzi leggeri per uso fuoristrada, un piccolo cingolato veloce e su un paio di camion erano stati caricati dei grossi gommoni con potenti motori fuoribordo. Non erano cose che si vedevano spesso da quelle parti e quindi alcuni militari più curiosi degli altri seguirono con particolare attenzione la consegna di questi mezzi a una colonna di trasporto scortata che si stava formando nel grande cortile. La partenza era prevista verso sera, dopo il tramonto, e fino allora si poteva approfittare per mettere a punto ogni cosa. I motori fuoribordo erano stati revisionati e controllati meticolosamente e particolare attenzione era stata messa nella cura degli scarichi e dei silenziatori. Le obiezioni di alcuni meccanici che insistevano ad avvisare i loro supervisori che la riduzione del livello del rumore comportava una certa perdita di potenza erano respinte con la giustificazione che quei motori erano certamente sovradimensionati per quelle imbarcazioni.

Le chiacchiere giravano quindi per tutta la caserma e infine fu formulata una teoria per cui questi mezzi sarebbero stati inviati in una missione segreta per stanare dei contrabbandieri e mercanti di droga che operavano da qualche tempo tra le paludi del Rio Paranà vicino al confine con il Paraguay. Altre ipotesi vedevano invece una simile operazione destinata a pattugliare la vasta area a nord di Buenos Aires verso il confine con l'Uruguay dove spesso dei clandestini tentarono di attraversare il Rio de La Plata per raggiungere l'Argentina.

Per Adrian Cardena si trattava invece di qualcosa di diverso, anche se non aveva molti elementi immediati a favore della sua tesi. Lui pensava che in particolare quei grossi gommoni potessero servire per uno sbarco e avendo seguito con crescente apprensione l'evolversi della campagna mediatica che il governo stava alimentando sulla questione delle Malvinas cercava qualche elemento che potesse confortare quella sua idea. Nel primo pomeriggio di quel venerdì colse l'occasione di consegnare dei ricambi di persona e fu così che ebbe modo di scambiare due parole con uno degli autisti dei camion che si stavano allineando per il trasferimento dei macchinari, del cingolato, dei camion leggeri e dei gommoni.

"Avete in programma un lungo weekend, vero?" disse Cardena sorridendo cordialmente a uno degli autisti mentre apriva una lattina. "La strada verso il nord è lunga."

L'autista scosse la testa.

"No, non sarà poi tanto lunga questa trasferta, andiamo a sud al porto di Mar del Plata."

La direzione era quindi opposta a quella prevista da tutte le altre speculazioni e non c'era una spiegazione logica. Il porto di Mar del Plata era commerciale, meno attrezzato di quello di Buenos Aires e certamente più piccolo. Far partire la colonna dei mezzi verso sera significava raggiungere quella destinazione ancora nel cuore della notte e poter quindi eseguire eventuali operazioni d'imbarco con una certa discrezione. Poteva essere una buona ragione.

Cardena fece un inventario visuale dei mezzi che avrebbero composto quella colonna e decise che quella sera non avrebbe portato fuori la sua ragazza ma avrebbe inforcato la sua moto e fatto una lunga cavalcata fino a Mar del Plata.

Il clima era ancora piacevolmente temperato e la distanza di quasi quattrocentoventi chilometri era stata coperta dalla potente Harley con un rilassato borbottio, profondo e rassicurante, in poco meno di quattro ore, compresa una sosta a un punto di ristoro. Adrian era partito dopo aver osservato da una cervezeria nei pressi della Caserma San Cristobal la partenza del convoglio. Ancora prima di uscire dalla città di Buenos Aires e nonostante avesse appositamente scelto un percorso diverso da quello della colonna di mezzi militari era già in vantaggio su di loro. Sarebbero arrivati a Mar del Plata non prima delle due di notte e quindi per Adrian c'era tutto il tempo per trovare un punto di osservazione perfetto.

Nel porto erano attraccate diverse navi mercantili di media grandezza. L'attività di carico e scarico non era molto intensa a quell'ora e la crisi commerciale in cui versava il paese aveva anche avuto i suoi effetti negativi sulle attività portuali. Solo su una delle navi si stavano muovendo degli operatori per sistemare alla meglio alcuni macchinari. Giudicando comunque dalla linea di galleggiamento quella nave non era ancora molto carica e quindi si potevano imbarcare ancora altre merci. Una portacontainer con bandiera taiwanese pareva pronta a partire ma probabilmente avrebbe atteso l'alba per uscire dal porto e l'equipaggio stava giocando a calcio sull'ampio piazzale della banchina per passare il tempo.

Dal suo punto di osservazione Adrian godeva di una discreta panoramica su buona parte del porto commerciale e riusciva anche a intravedere le principali vie d'accesso. Quando la colonna fosse arrivata sicuramente avrebbe potuto seguire il suo tragitto e probabilmente anche osservare dove erano destinati i mezzi leggeri, il cingolato e i gommoni e se fossero stati imbarcati Adrian avrebbe potuto prendere nota del nome della nave. Aveva già scattato alcune fotografie ma con la sola illuminazione notturna e dalla grande distanza non era facile ottenere delle immagini nitide e sufficientemente leggibili.

Adrian decise di avvicinarsi il più possibile al bacino del porto e si mise a cercare un varco nella recinzione per entrare all'interno dell'area portuale. Dovette percorrere parecchia strada prima di incappare in una zona di fitta vegetazione dove il recinto offriva diverse fessure sufficientemente larghe per permettere il passaggio di una persona adulta. Una volta entrato Adrian si diresse verso la zona dei container. Sperava di trovare una possibilità di salire più in alto per vedere meglio i movimenti degli operatori. Trovò una zona meno illuminata, dove evidentemente non erano nemmeno previste operazioni di movimentazione a quest'ora e salito su una delle gru inattive raggiunse il quinto livello dei container parcheggiati. Vide che avrebbe avuto a disposizione un ampio raggio d'azione a quel livello senza poter essere visto dal basso. Dalla sua posizione elevata dominava quasi tutto il porto. Fece altre fotografie delle imbarcazioni e cercò di individuare quella più probabilmente destinata a ricevere il carico che stava arrivando per strada da Buenos Aires. La presenza di alcuni manovratori di gru e di carrelli al fianco della nave "ARA Bahìa Buen Suceso", una piccola nave da carico di una settantina di metri di lunghezza dove erano stati stivati alcuni macchinari ancora visibili dall'alto, fece pensare ad Adriano che quella potesse essere la più probabile candidata per l'imbarco dei mezzi. Ora si trattava solo di attendere.

Come aveva previsto la colonna dei camion proveniente dalla capitale giunse all'ingresso della zona portuale poco prima delle due e mezzo del mattino. I camion, preceduti da una vettura dell'autorità portuale con il lampeggiante giallo si diressero proprio verso la "ARA Bahìa Buen Suceso" e dopo aver fatto un ampio giro si misero a fianco della nave. Immediatamente iniziarono le operazioni di carico. Non arrivarono però altri operai e caricatori portuali a seguire quelle operazioni ma tutto fu gestito interamente da una decina di uomini che erano già a bordo della nave. I due camion leggeri e un cingolato sparirono nella stiva in un angolo morto rispetto alla visuale di Cardena, poi toccò al secondo cingolato che venne invece depositato quasi al centro della stiva. Il vano di carico fu chiuso con una tettoia metallica scorrevole a sei elementi sovrapposti. A quel punto furono sollevati i due gommoni e i loro invasi staccati dai mezzi di trasporto. Una volta trasferiti a bordo della nave gli invasi furono fissati e i gommoni appoggiati sopra e legati con robuste cinghie. Mentre tutto questo avveniva erano state caricate anche alcune casse con altro materiale e nel giro di mezz'ora l'operazione di carico era stata completata.

I camion e i mezzi della scorta si allontanarono immediatamente. A terra accanto alla nave erano rimasti solo quattro uomini. Sembrava che fossero in attesa di qualcuno e infatti dopo qualche minuto si avvicinò una grossa vettura con insegne militari e si fermò davanti a loro. I quattro uomini si allinearono e si misero sull'attenti nonostante vestissero abiti civili. Dalla vettura discese un alto ufficiale in uniforme e si avvicinò ai quattro. Uno degli uomini si fece incontro al graduato e si strinsero la mano.

Adrian scattò numerose fotografie e dovette cambiare rullino per la seconda volta. Vide distintamente i gradi e le decorazioni del militare e dedusse che si doveva trattare di un Generale o di un Ammiraglio, certamente un personaggio piuttosto importante. L'autista dell'ufficiale aprì il baule della vettura, estrasse un pacco e lo portò al suo importante passeggero. Il militare aprì il pacco e dispiegò una bandiera argentina, la consegnò con gesto solenne al suo interlocutore che la ricevette e dopo averla mostrata agli altri UOMINI LA PASSÒ A LORO CHE INIZIARONO CON CURA A RIPIEGARLA. L'ufficiale e il capo della piccola delegazione si abbracciarono per un attimo e dopo una lunga stretta di mano si salutarono con il gesto militare. Quando si voltò per risalire in auto per un attimo il suo volto fu in piena luce. Adrian Cardena riuscì a scattare una fotografia quasi perfetta e lo riconobbe sull'istante. Si trattava con certezza dell'Ammiraglio Jorge Anaya, capo della Marina Argentina e uno dei più importanti consiglieri del Presidente Galtieri. Anaya era dichiaratamente a favore di una soluzione militare della questione delle Malvinas e circolavano voci secondo le quali avrebbe dato disposizione al suo vice, il Vice-Ammiraglio Juan Lombardo di creare un piano operativo per realizzare quell'impresa.

I quattro uomini salirono a bordo della nave e dopo pochi attimi iniziarono le manovre per staccarsi dalla banchina e prendere il mare. Nonostante fosse ancora buio la "ARA Bahìa Buen Suceso" uscì dal porto con una certa fretta e si allontanò velocemente.

Per Adrian Cardena la lunga gita verso Mar del Plata era stata proficua oltre ogni previsione, ora occorreva rientrare velocemente alla sua abitazione e trasmettere un rapporto urgente.

DRILL CITY, ISOLA DI SAUNDERS, FALKLAND

L'ultima nave di rifornimenti che era stata ricevuta nella piccola baia dell'isola di Saunders aveva portato un gran numero di attrezzature nuove e piuttosto diverse da quelle utilizzate fino a quel momento. Si trattava di escavatrici speciali in grado di aprire un pozzo verticale di sezione quadrata di circa otto piedi di lato, tanto serviva per poter poi mandare in profondità persone e utensili e in seguito recuperare il minerale estratto. C'erano anche una piccola ruspa e un paio di carrelli ribaltabili per allontanare il minerale dal pozzo e scaricarlo nel luogo destinato. Un altro container, con la verniciatura mimetica, fu sistemato lontano dalle altre attrezzature, quasi a ridosso degli uffici e degli alloggi del personale tecnico. Non era stato aperto e in realtà nessuno sapeva cosa contenesse, ma forse alcuni abitanti della base avevano delle idee ben precise al proposito.

Andrew Leonard aveva ricevuto un improvviso ordine di marcia, così si chiamava quella disposizione in gergo militare e per quanto nessuno ne fosse stato testimone diretto pareva anche che il Generale avesse preso una sonora lavata di testa da un pezzo grosso di Washington poiché era stato visto evidentemente disturbato subito dopo una lunga telefonata mattutina sulla linea diretta con l'America. Le operazioni di scavo erano già state avviate da qualche giorno e si erano raggiunti i quaranta metri di profondità lavorando dall'alba al tramonto con grande impegno. I tecnici di laboratorio continuavano a prendere campioni di terriccio estratto e lo esaminarono continuamente alla ricerca di tracce di Frondite ma senza alcun risultato. Per il momento non esisteva nessuno strumento che potesse eventualmente ricercare vene di quel materiale o trovarlo in qualche maniera senza doverlo fisicamente incontrare. Bisognava tenere gli occhi aperti e cercare, non c'era altro da fare.

Leonard era quasi pronto per partire e chiamò KP nel suo ufficio. Quando lei arrivò era presente anche uno degli uomini che erano arrivati sull'isola insieme con Leonard, tale Josh McAllen del Colorado, un uomo massiccio dai corti capelli biondi e un'imponente mascella da combattente che aveva sempre avuto l'effetto di incutere spontaneo rispetto a tutti, anche se poi si era rivelato gentile e cordiale e sempre molto educato con tutti.

Da dietro la sua scrivania Leonard salutò KP con un gesto rapido della mano mentre stava raccogliendo alcune carte da infilare nella sua valigetta portadocumenti che stava aperta davanti a lui. Finì di sistemare le carte e si mise a fare il punto della situazione in modo rapido e preciso.

"Fra mezz'ora parto per l'aeroporto, i nostri ospiti inglesi hanno messo gentilmente a disposizione un loro elicottero che dovrebbe essere qui a momenti per darmi un passaggio. Negli ultimi giorni alcune questioni riguardanti la nostra operazione sono state affrontate ad alti livelli tra Stati Uniti e Inghilterra e quindi una parte della segretezza della nostra attività è venuta a cadere. Non che i giornali di provincia possano parlare di noi ma almeno a livello diplomatico e militare le cose pare siano state messe in chiaro e condivise. Ora abbiamo altri problemi e altre priorità.

Io sono stato richiamato a Washington e quindi dovrò lasciare il comando della base. Lo affido per la parte tecnica scientifica a lei, Miss Prescott, e sono certo di lasciare ogni cosa in buone mani. Per ogni altra esigenza, logistica, materiale e di qualunque altro tipo sarà assistita dal Maggiore McAllen. Questo vale in particolare, lo dico a lei Signorina Prescott, qualora si dovesse verificare qualsiasi tipo di situazione che rendesse necessario la difesa militare della nostra base. Rendo l'idea?"

KP non era certa di avere compreso. D'accordo che Leonard le aveva confessato di essere un Generale e che ora aveva appena detto che McAllen era un Maggiore ma sentire parlare di difesa militare era davvero una novità che non aveva mai preso in considerazione. Una cosa era vivere su un isolotto disperso nell'oceano a scavare tunnel e perforare rocce, un'altra trovarsi in uno scenario di guerra. Non era stata preparata a questo e non ne avrebbe voluto sentir parlare.

"Di che diavolo sta parlando, Leonard? Difesa militare? Vuole fare la guerra all'Inghilterra? Non capisco, si spieghi meglio e cerchi di essere convincente perché se non lo è salirò su quel dannato elicottero insieme a lei!"

Leonard sorrise e si alzò in piedi.

"Si calmi, KP, non ci sarà nessuna guerra o battaglia, o perlomeno le probabilità sono veramente molto limitate. Forse a lei è sfuggito che siamo su un arcipelago che in questo momento è conteso a colpo di risoluzioni e interrogazioni presso le Nazioni Unite tra Argentina e la Gran Bretagna. È davvero poco probabile che la situazione possa degenerare ma nel caso dovesse accadere questa base diventerà certamente una posizione da difendere in tutte le maniere possibili contro chiunque possa tentare di metterci le mani senza il nostro consenso. La Frondite pare essere davvero la scoperta del secolo, non possiamo perderne il controllo. E per nostra esperienza le posso assicurare che la sola difesa che può essere efficace è quella che si prepara molto prima di un'eventuale situazione di rischio. Noi siamo pronti ma speriamo sempre di non dovere mai usare le nostre armi e il nostro addestramento, ma se dovesse essere necessario, ebbene quello, e solo quello, sarà il momento in cui il commando passa totalmente e senza restrizioni al Maggiore McAllen. Sono stato sufficientemente chiaro, KP?"

La geologa annuì con la testa, non aveva altro da dire. Le operazioni di scavo erano sotto il suo controllo generale già da diversi giorni e lei era abituata a condurre quel tipo di operazione eccetto che per quanto riguardava la procedura tecnica di scavo del pozzo da miniera. Ma per quello c'erano fra lo staff di Leonard due responsabili evidentemente molto competenti con cui la collaborazione funzionava benissimo.

KP fece un lungo sospiro e seguì Leonard che si stava avviando verso la porta.

"Lo sa che i miei compagni di scuola mi hanno sempre detto che fare la geologa sarebbe stato un mestiere noioso. Quando questa storia qui sarà finita scriverò le mie memorie e gli farò cambiare idea!"

"Non capisco," rispose Leonard. "mi pareva tutto così tranquillo e noioso qui. Comunque scriva bene di me e si ricordi di mandarmi una copia con dedica."

L'elicottero era appena atterrato sul piazzale designato allo scopo e uno dei collaboratori di Leonard stava trascinando il suo bagaglio verso il velivolo. Il generale si voltò ed estese la sua mano a KP che la prese volentieri.

"Buon lavoro KP, e grazie di tutto quello che ha fatto finora, è stata grande, davvero. Ci rivedremo presto, ne sono convinto. E nel frattempo mi faccia gli auguri, credo di averne bisogno."

Strano tipo questo Leonard, pensò KP, sembrerebbe quasi un sentimentale in questo momento. Comunque, non era stato un cattivo compagno di lavoro, anzi. Lei tentò di stringergli la mano ma non c'era paragone fra la sua delicata manina e quella morsa ruvida e potente del Generale. Quindi si limitò a fargli un largo sorriso e a urlare forte per superare il rumore dell'elicottero:

"Faccia buon viaggio, Andrew!"

Leonard salutò anche McAllen, fece un largo gesto con il braccio verso tutti gli altri tecnici che li stavano osservando dalle loro posizioni di lavoro e poi salì sul velivolo che si innalzò immediatamente.

Due ore dopo un aereo militare lo accolse a bordo e prese il volo in direzione nord. Ma non era diretto a Washington ma all'isola di Ascension.

Quello che Andrew Leonard non si aspettava era il programma che gli era stato preparato. Al suo arrivo alla base Wideawake dell'isola di Ascension fu accolto dal comandante della piccola guarnigione militare che operava su quell'aeroporto e accompagnato in uno degli edifici bassi e semplici che costituivano le modeste infrastrutture della base.

L'accordo con il governo britannico cui appartenevano quelle tre isole nel bel mezzo dell'Atlantico era semplice. Gli americani avevano in sostanza affittato l'impianto e lo usavano per le loro varie esigenze di comunicazione e collegamento, come base di rifornimento e centro di ascolto. Gli inglesi, pur essendo i padroni di casa utilizzavano la base in misura molto limitata per l'occasionale transito del loro personale diretto dall'Inghilterra alle Falkland e alcuni servizi essenziali di assistenza alle unità navali che incrociavano nella zona. A tutto questo provvedeva un contingente di una ventina di uomini. Le stazioni radio sull'isola, sia di ascolto sia di trasmissione e ritrasmissione, compresi i segnali della BBC, erano gestiti da personale civile. Inoltre, c'erano alcuni tecnici dell'agenzia spaziale europea, assistiti da altri esperti che arrivavano dall'Europa solo quando serviva in occasione di lanci di vettori commerciali dalla base di Korou nella Guyana francese, per sorvegliare le strumentazioni dedicate alle operazioni spaziali.

Leonard aveva notato la presenza sul grande piazzale dell'aeroporto la presenza di un bireattore di piccole dimensioni con immatricolazione statunitense. Quando fu fatto accomodare in uno degli uffici della palazzina in cui era installato il comando militare di Ascension Wideawake Air Force Base, si trovò di fronte il vicesegretario di Stato Howard Feldman che lo salutò con una cordiale stretta di mano e lo fece accomodare in una poltrona di fronte alla modesta scrivania metallica che arredava l'ambiente insieme a pochi altri mobili di modesta fattura.

"Immagino che lei sia sorpreso di vedermi qui," disse Feldman mentre apriva una cartella grigia. "ma abbiamo parecchie cose da discutere prima di incontrare i nostri colleghi britannici a Londra."

Feldman proseguì immediatamente a illustrare a Leonard gli eventi delle ultime giornate, comprese le poche informazioni esistenti sullo sbarco di alcuni militari argentini a Grytviken. Il vero obiettivo di questo briefing era di concordare una precisa strategia per le discussioni con i funzionari inglesi. Dovevano anzitutto rifinire nei dettagli una versione credibile e sostenibile anche in chiave politica della loro operazione sull'isola di Saunders. Feldman non fece nessun accenno esplicito al disappunto del Presidente Reagan sul modo con cui quelle operazioni erano state condotte e in particolare sulla decisione inopportuna di Leonard di recarsi di persona a dirigere quelle operazioni ma era comunque evidente che il Generale aveva qualcosa da farsi perdonare. Mandarlo personalmente nella tana dell'orso, ovvero farlo incontrare con i funzionari britannici che erano in sostanza la parte offesa dalla sua presenza non dichiarata alle Falkland era un considerevole sforzo da parte americana per dimostrare la loro buona fede e le oneste intenzioni di tutta l'operazione. Certamente per chiudere davvero e definitivamente quel potenziale incidente diplomatico era necessario che Leonard fosse più che convincente ed era quindi questa la ragione per cui Feldman lo avrebbe accompagnato nella tratta finale del viaggio verso Londra. Avrebbero avuto diverse ore per ripassare ogni dettaglio della storia che dovevano far digerire ai cugini britannici e come per una recita dovevano preparare il loro discorso.

Il briefing di Feldman a Leonard durò quasi due ore e a volte sembrava più un interrogatorio che un colloquio ma il Generale sapeva che non era il caso di obiettare. Aveva effettivamente commesso un grossolano errore e ora doveva assolutamente riuscire a rimettere le cose a posto.

Finalmente Feldman decise che era ora di fare una pausa. Avrebbero consumato un pasto nel refettorio della base e poi si sarebbero imbarcati sul bireattore per Londra dove sarebbero arrivati durante la serata. Al mattino successivo era già fissato un incontro con tecnici inglesi ma Feldman si era detto convinto che sarebbero stati certamente presenti anche dei funzionari dei servizi d'intelligence britannici e ogni parola pronunciata e ogni documento esibito sarebbe stato sicuramente vagliato con meticoloso rigore.

SILICON VALLEY, CALIFORNIA

Le moderne tecnologie devono la loro ascesa alla creatività e all'immaginazione di persone straordinarie. La preparazione tecnica che può essere appresa studiando anche con impegno non basta per generare quelle evoluzioni, e spesso rivoluzioni, tecnologiche che hanno caratterizzato buona parte del ventesimo secolo. L'informatica ha giocato un ruolo importantissimo nell'ultimo quarto del secolo e quell'agglomerato di aziende che sarebbe diventato noto come Silicon Valley partoriva ogni giorno cose nuove. Le tecniche di lavorazione del Silicio erano state affinate e migliorate per ottenere prestazioni e affidabilità di gran lunga superiore ai primi ritrovati nel campo dell'elettronica. Nel settore civile si stavano diffondendo sempre più sofisticate ed economiche macchine da ufficio e altre applicazioni alla vita quotidiana e gli ottimisti non mancavano di sottolineare le splendide prospettive del futuro più o meno prossimo.

La TeraTec era una di quelle realtà imprenditoriali nate dalla passione e dal genio dei suoi fondatori. L'inventiva abbinata a una straordinaria capacità di trasformazione di idee in realtà concrete aveva fatto di quel nome un marchio di riferimento in tutta l'industria, anche se spesso i ritrovati della TeraTec erano imitati o raggiunti dalla concorrenza. Stranamente però sembrava una concorrenza senza ferocia e senza scontri, l'evoluzione del settore era talmente veloce che spesso le eventuali liti su qualche brevetto finivano per arrivare a galla quando già si affacciavano altre e più valide tecnologie. Era una corsa contro il tempo più che contro la concorrenza quella che si faceva nella Silicon Valley ma da alcuni mesi da TeraTec arrivavano poche novità.

Il silenzio del reparto comunicazione era dovuto al fatto che il dirigente responsabile, Arthur Waters, era da qualche tempo impegnato con un progetto che in un momento di generosa apertura verso i suoi collaboratori e azionisti aveva definito un mega contratto di cui non poteva fornire dettagli ma che avrebbe lanciato l'azienda verso un futuro luminosissimo. Per qualche tempo le parole di Waters erano bastate per mantenere intatta la reputazione e il valore sul mercato delle azioni di TeraTec ma un poco per volta le domande sulle prospettive future si fecero più intense.

Waters si stava dedicando a tempo pieno ai progetti militari e non poteva diffondere nessuna notizia al riguardo. Del resto in assenza di Frondite nessuno dei nuovi programmi e dei nuovi computer progettati per i militari avrebbe potuto essere riprodotto e adattato all'uso civile, ma sarebbe stato solo questione di tempo. Intanto Waters aveva usato le capacità di calcolo e di elaborazione di un processore a base di Frondite per rivedere i metodi di produzione tradizionali di microcircuiti e di etero strutture e aveva ottenuto dei risultati apprezzabili. In altre parole, era riuscito ad ottenere tramite la Frondite delle concrete soluzioni per produrre componenti avanzatissimi anche in assenza di Frondite. Tutto era ovviamente relativo, le prestazioni non erano nemmeno lontanamente paragonabili a quelle della Frondite ma rispetto ai microchips esistenti avevano quadruplicato la velocità e decuplicato la capacità di memoria.

La presentazione della nuova generazione di TeraChipuits fu fatta con un certo clamore e Waters ricevette i complimenti di tantissime persone. La sua soddisfazione più grande era comunque quella di sapere che per una volta il suo vantaggio non sarebbe stato colmato in tempi brevi dai concorrenti più aggressivi. Nessuno aveva accesso alla ricetta base che aveva permesso di creare questi nuovi prodotti e nessuno aveva accesso alla tecnologia segretissima che si era inventata questa versione aggiornata di tecnologie conosciute.

Mentre gli invitati alla presentazione sperimentarono le prime applicazioni dei TeraChipuits e brindarono a champagne alla salute del loro inventore Arthur Waters era divorato dalla tensione nervosa. Le notizie dalla miniera della Frondite erano scarse e per ora poco incoraggianti.

La produzione militare di impianti e strumentazioni era ferma a poche unità prodotte per ogni tipologia di computer proposti e solo la progettazione di nuove soluzioni procedeva a ritmo spedito. Per ora le sperimentazioni avevano permesso di rivoluzionare una parte della rete telefonica di alcuni stati al centro del continente nordamericano e l'installazione di una sorveglianza radar concentrata in un'unica sede che copriva con una mai vista efficienza buona parte dell'East-Coast. Erano risultati assolutamente non pubblicizzati, gli utenti privati coinvolti non venivano informati di cosa stavano effettivamente ricevendo e per depistare eventuali indagini da parte di concorrenti delusi per la perdita dei contratti o da altra entità interessate a conoscere i segreti dei nuovi sistemi gli impianti su base di Frondite erano spesso coperti da macchine a tecnologia tradizionale cui veniva affidato il compito di gestire le operazioni più banali e visibili. Dentro ad una centrale di una grande banca che occupava con i suoi computer due piani di oltre cinquemila piedi quadrati ciascuno lo stesso servizio poteva essere ottenuto con un computer a base di Frondite poco più grande di un televisore ma per occultare questo fatto uno dei due piani fu ugualmente mantenuto pieno di macchine sostanzialmente inutili, giusto per non rendere ancora pubblica la potenza della nuova tecnologia.

Arthur Waters era preoccupato. Qualcosa gli disse che i suoi progetti grandiosi forse non erano realizzabili anche se non voleva mettere in conto questa terribile prospettiva. Il progresso che l'umanità intera avrebbe visto con l'avvento della Frondite sarebbe stato fantastico, non poteva non avvenire, ormai sapeva benissimo come fare, cosa fare. Ci volevano solo grandi quantità di Frondite. Non grandissime, ma molto più di quanto era stato estratto finora. Era una corsa contro il tempo, bisognava avere pazienza e aspettare. Intanto si lavorava sui progetti. Era come avere pronto mille meravigliose automobili, tutte però in attesa di un motore che non arrivava. E se non fosse arrivato del tutto tutti questi meravigliosi progetti sarebbero tornati nei cassetti per altri cinquant'anni prima che, forse, un'altra tecnologia sarebbe stata scoperta, una tecnologia in grado di paragonarsi in termini di prestazioni alla Frondite.

Era un incubo, ma Waters sperava che finisse presto.

Ancora una volta il rapporto dell'agente Cardena aveva fatto sensazione. La fotografia dell'ammiraglio Anaya non lasciava dubbi sul fatto che qualcosa si stava muovendo e la cerimoniosa consegna della bandiera all'equipaggio del "ARA Bahìa Buen Suceso" poteva avere diversi significati.

La nave fu identificata e rintracciata nel giro di poche ore ed era quindi seguita da almeno tre stazioni radar volanti e una serie di unità navali della marina americana. Il proprietario di quell'unità era una figura ben nota agli inglesi. Si trattava dell'imprenditore argentino Constantino Davidoff che aveva stipulato un contratto di due anni per la rimozione dei rottami di alcune baleniere dalle spiagge e dalle acque in prossimità degli attracchi dell'isola della Georgia del Sud. Un paio di mesi prima era stato accompagnato da un rompighiaccio argentino, l'Almirante Irizar sotto il commando del Capitano Trombetta a fare un sopralluogo. La squadra di Davidoff in quell'occasione scese a terra sull'isola senza le necessarie autorizzazioni da parte del Governatore di Port Stanley e del comandante della base delle operazioni scientifiche antartiche con sede a Grytviken e ci furono allora proteste formali da parte del Governo britannico. Davidoff si scusò profusamente per la condotta dei suoi uomini in quella circostanza. La rotta intrapresa questa volta era in contraddizione con le speculazioni sulla sua destinazione alle Malvinas perché puntava verso nord nord est. I servizi segreti americani passarono queste informazioni ai colleghi inglesi quasi in tempo reale dato che per il momento gli americani si sarebbero limitati comunque solo a osservare, nulla più, ma inizialmente la destinazione di quella nave non sembrava essere nell'arcipelago delle Falkland o delle isole Sandwich.

Quando la "ARA Bahìa Buen Suceso" superò il ventesimo meridiano ovest in direzione della costa africana tutti gli analisti si precipitarono a esaminare ogni possibile opzione ragionevole per un'eventuale destinazione di quel piccolo mercantile. Sebbene le situazioni di crisi in Africa non mancassero e gli interventi possibili potevano essere di diversa natura, dalla spedizione umanitaria all'aiuto concreto con macchinari e attrezzature a qualche popolazione bisognosa, in realtà nessuna situazione convinse gli analisti. In particolare, fu evidente la singolare procedura di partenza di quell'imbarcazione e qualora la sua missione avesse avuto uno sfondo così nobile non ci sarebbe stata alcuna ragione al mondo per farla partire di notte e in gran segreto. Sarebbe stato utile e opportuno in quel caso rendere la cosa pubblica e farne il massimo possibile in termine di restaurazione di un'immagine positiva del regime argentino. Definitivamente la cosa non aveva senso.

Poi le cose cambiarono all'improvviso. La "ARA Bahìa Buen Suceso" fece rotta verso sud est e puntò dritto verso le isole Sandwich e Georgia del Sud, territori tecnicamente legati a doppio filo alle Falkland e a tutti gli effetti dominio inglese.

Il mare grosso parve rallentare la navigazione del vascello che scese sotto il cinquantaquattresimo parallelo durante la notte tra il 15 e il 16 marzo. A quel punto si trovava ancora a oltre milleduecento miglia dalla Georgia del Sud.

L'isola di Georgia del Sud è un frastagliato lembo di terra che si trova a oltre mille miglia a est delle isole Falkland, lungo oltre duecento chilometri di estensione da nord ovest a sud est, caratterizzato da un paesaggio roccioso e inospitale con numerose insenature e montagne coperte da ghiacciai, alte fino agli oltre duemila novecento metri del picco più elevato denominato Mount Paget. Sull'isola non era rimasta una popolazione stabile e in precedenza erano state le stagionali attività delle baleniere a giustificare la costruzione di qualche infrastruttura utile a quell'attività e alla produzione di olio di balena. Le condizioni spesso burrascose delle acque dell'oceano Atlantico meridionale avevano fatto numerose vittime tra le navi in avvicinamento e perfino di quelle attraccate nella baia di Grytviken, il primo insediamento organizzato dal capitano norvegese Carl Anton Larson, poi naturalizzato britannico, che si era insediato fin dal 1904 con l'intento di avviare una regolare attività commerciale basata sulla caccia delle balene e dei prodotti derivati. Le difficoltà logistiche e climatiche e la diminuzione delle balene nella regione non permisero a quell'impresa di fiorire come progettato e l'isola finì per essere usata anzitutto per studi naturalistici essendo un habitat frequentato da leoni marini e foche e di alcune razze di uccelli marini.

La "ARA Bahìa Buen Suceso" fu contattata via radio da un'unità navale della marina britannica e dichiarò di essere diretta a South Georgia in quanto destinata alla raccolta di rottami di metallo che su quell'isola abbondavano. Carcasse di vecchie baleniere arenate giacevano su varie spiagge ed erano destinate a marcire.

Il 19 marzo la "ARA Bahìa Buen Suceso" gettò l'ancora proprio di fronte a King Edward's Point e fece scendere a terra una ventina di uomini in abiti civili. Appena giunti a terra alcuni di loro vestirono uniformi militari dell'esercito argentino, installarono un accampamento provvisorio e innalzarono la bandiera argentina.

La nave "HMS Endurance" della Marina britannica aveva imbarcato qualche giorno prima un contingente di ventidue Royal Marines dalla guarnigione di Port Stanley e ricevette l'ordine di rimuovere l'accampamento argentino dall'isola della Georgia del Sud. La nave fece rotta verso quella destinazione ma quando fu praticamente arrivata si trovò di fronte tre unità della Marina Argentina che impedirono all'Endurance di avvicinare la baia di Grytviken. I marines riuscirono comunque a scendere a terra ma nel frattempo l'ordine era stato cambiato e per evitare un confronto armato e quindi fornire un pretesto agli argentini per ritorsioni sia diplomatiche sia eventualmente militari, i soldati britannici si limitarono a svolgere una missione di osservazione senza intervenire. Ci fu un tentativo da parte del governatore della base scientifica BAS che invitò i nuovi arrivati a levare la bandiera argentina e di regolarizzare le cose facendo timbrare i loro passaporti negli uffici della missione scientifica che aveva anche la funzione doganale britannica, ma l'invito fu rigettato perché accettarlo avrebbe implicitamente costituito l'ammissione dell'autorità britannica sull'isola.

Di fatto con questo sbarco illegale sull'isola della Georgia del Sud l'Argentina aveva iniziato la guerra per la conquista delle Falkland.

LONDRA, INGHILTERRA

La sala delle riunioni riservate della centrale del MI6 si trovava al quarto piano interrato della sede, al sicuro da ogni possibilità di ascolto illecito. L'accesso era riservato a pochissimi funzionari e una squadra selezionatissima di agenti speciali, addestrati per garantire la sicurezza totale. Per accedere i partecipanti alla riunione dovevano attraversare diversi passaggi e controlli e tutta la struttura era sorvegliata da sofisticati impianti elettronici. Le discussioni che si svolgevano in quell'ambiente sarebbero rimaste segrete e inviolabili, solo i partecipanti stessi avrebbero potuto portare fuori da lì dei segreti ma solo ed esclusivamente nella loro mente.

Oltre a Sir Arnold Laughlin e al suo Direttore Generale erano già presenti anche Sir Henry Leach, Capo di Stato Maggiore della Marina e Primo Lord del Mare dell'Impero britannico, Alan Rudge del centro studi tecnologici dell'Università di Oxford e affiliato a tutti gli effetti ai servizi segreti, e il vicesegretario del Primo Ministro Roger Holsworth in rappresentanza del Primo Ministro stesso.

Quando Howard Feldman e il Generale Leonard entrarono dopo i numerosi passaggi di sicurezza in quella sala priva di finestre ebbero la sensazione di affrontare una specie di processo, un'inquisizione, dove per prima cosa avrebbero dovuto convincere gli altri presenti della loro anima candida e di essere degni di avere poi un dialogo più collegiale con loro. Le presentazioni furono fatte con formale cortesia, poi tutti si accomodarono, Sir Arnold a capotavola, gli inglesi alla sua sinistra, gli americani alla sua destra.

Il corpulento funzionario di sua Maestà prese la parola ed era subito chiaro che per Feldman e Leonard sarebbe stata una lunga giornata.

"Signori," disse Sir Arnold rivolto appena percettibilmente ai suoi ospiti americani. "noi apprezziamo molto la vostra decisione di incontrarci. Abbiamo cose importanti da chiarire e da comprendere e poi vorremmo cercare di definire un percorso condiviso e collaborativo da intraprendere per risolvere alcune fastidiose situazioni che affliggono il nostro mondo di questi tempi."

Era tipico di Sir Arnold allargare la portata dei problemi quando sapeva di essere in qualche modo in una posizione dominante nei confronti dei suoi ascoltatori. L'Inghilterra era il mondo e il mondo non poteva considerarsi in pace e sereno se non lo era anche e prima di tutto l'Inghilterra. Infastidire l'Inghilterra era già un affronto e anche piccole noie provocavano evidentemente a tutta la nazione ma prima di tutto a Sir Arnold Laughlin delle insopportabili sensazioni di fastidio e questo si poteva leggere benissimo dalla sua mimica.

"Ritengo che sia opportuno affrontare le varie questioni che ci hanno portato oggi attorno a questa tavola con un certo ordine e mi sono permesso di stilare una sequenza di priorità secondo una logica discussa e condivisa direttamente con il nostro Primo Ministro."

Ogni obiezione sulla procedura era a questo punto impensabile. I partecipanti inglesi alla riunione si limitarono ad annuire in quasi perfetta sintonia e Sir Arnold, soddisfatto, proseguì.

"Anzitutto chiariremo esattamente ogni aspetto e conseguenza dei ritrovamenti di un materiale scoperto nel sottosuolo britannico dell'isola di Saunders, che fa parte delle isole Falkland e rientra quindi a tutti gli effetti tra le proprietà di diritto della corona britannica."

La nuova stoccata di Sir Laughlin divenne quasi fastidiosa per Andrew Leonard ma sapeva di doversi armare di santa pazienza. Gli inglesi non avrebbero fatto sconti e sfruttato in ogni modo possibile la grossolana infrazione commessa dagli americani e in particolare da Leonard stesso. Doveva tacere e lasciare che quel grosso personaggio recitasse tutta la sua parte di solenne accondiscendenza.

"Abbiamo fatto delle analisi a nostra volta e qualche sperimentazione nei nostri laboratori a Londra e Oxford ed anche presso un laboratorio di elettronica sperimentale dell'aeronautica nelle Midlands.

Ci siamo pertanto fatti un'idea abbastanza chiara sulla natura di quel materiale, denominato Frondite, e sul suo potenziale impiego come materia prima per avanzate applicazioni in ambito elettronico. Potremo più avanti esaminare le più immediate e concrete realizzazioni possibili con il suo impiego ma prima vorremmo analizzare ogni informazione disponibile sulla sua provenienza e sulle prospettive di estrazione e quant'altro.

Signor Feldman, vuole condividere con noi le informazioni in suo possesso?"

La domanda era in realtà un invito a confessare le malefatte americane e ora sarebbe iniziata quell'esibizione per la quale il vicesegretario di Stato e il Generale si erano così meticolosamente preparati anche durante il loro volo tra Ascension e Londra.

Feldman pareva volersi adeguare al ritmo lento e solenne che Sir Arnold aveva impresso alla riunione fino a quel momento.

Inizio quindi con un dettagliato resoconto dei primi ritrovamenti, delle analisi effettuate in loco e del successivo invio ai laboratori dell'Oil California. Non si fece sfuggire l'occasione per infierire con una menzione del fatto che gli inglesi avevano avuto a loro volta dei campioni a disposizione allo stesso tempo e pur senza farne menzione era chiaro che il suo discorso denunciava una certa colpevole leggerezza degli analisti britannici. Gli inglesi sull'altro lato della tavola rimasero impassibili ma a Leonard non sfuggì una lieve smorfia di disappunto sui volti di Lord Leach e di Alan Rudge.

Il capitolo delle sperimentazioni improvvisate eseguite da Arthur Waters fu trattato in modo sommario e senza menzionare il nome del tecnico. A quel punto del racconto di Feldman l'attenzione degli ascoltatori inglesi fu stimolata dalle rivelazioni sul supposto potenziale tecnologico scoperto. Abilmente Feldman evitò di dare conto cronologico esatto delle scoperte e delle prime applicazioni funzionanti ma ammise che si erano avviati alcuni progetti di interesse militare di grande portata. Sempre tralasciando dettagli troppo precisi e senza rivelare nulla sulle realizzazioni già funzionanti elencò alcune delle applicazioni possibili della Frondite e dichiarò infine che proprio di fronte a queste scoperte il Presidente Reagan stesso aveva ritenuto opportuno contattare il Primo Ministro inglese per condividere giustamente questo potenzialmente immenso tesoro che era stato trovato per puro caso.

La parte conclusiva delle spiegazioni offerte non sembrava essere stato molto bene accettato. Sir Laughlin si fece portavoce dei dubbi dei britannici.

"Noi abbiamo l'impressione che la decisione di metterci al corrente della scoperta della Frondite sul nostro territorio, ovvero nel sottosuolo del nostro territorio, sia avvenuto in modo piuttosto tardivo. Signor Feldman, potrei tergiversare con grazia e diplomazia, ma voglio tagliare corto e dirle molto direttamente cosa non ci piace nella sua versione dei fatti. Vede, il Generale Leonard che siede al suo fianco non è un ufficiale di secondo piano, tutt'altro. Ci pare poco credibile che egli si sia mosso senza che vi fosse già la certezza del potenziale enorme della Frondite, in altre parole, quasi tre mesi fa. Non sono certo se chiederle di darci una spiegazione per la presenza, in incognito e quindi senza informare le autorità britanniche, di un alto ufficiale dell'esercito degli Stati Uniti d'America nell'ambito di un'operazione evidentemente ufficiale sul nostro suolo, sia una buona idea. Non siamo qui per creare ulteriore imbarazzo ma teniamo a sottolineare che è stata commessa una grave infrazione a ogni norma di procedura internazionale, tanto più grave perché perpetrata a danno di una nazione alleata e amica come la nostra!"

Il tono di voce di Sir Arnold era salito in modo appena percettibile ma era evidente che solo l'obbligo di mantenere una formale calma diplomatica lo tratteneva da uno sfogo molto più energico.

Feldman rimase impassibile ma fece un piccolissimo cenno a Leonard, il quale chiese quindi la parola.

"Signori, desidero anzitutto confermare che mi devo assumere in prima persona la responsabilità sulla condotta di questa nostra operazione esplorativa, come ho già fatto anche di fronte al mio comandante supremo, il Presidente degli Stati Uniti. A posteriori mi sono reso conto perfettamente che la gestione di tutta la faccenda è stata condotta in modo improprio, ma vi assicuro della mia buona fede e di quella del mio paese e Vi chiedo di accettare le mie scuse.

Quando iniziammo la nostra operazione non avevamo ancora nessuna certezza sull'importanza della scoperta né tanto meno sapevamo con certezza se fosse possibile ritrovare la vena di Frondite. Solo dopo aver recuperato altro materiale è stato possibile ai nostri ricercatori e ai tecnici dei nostri laboratori di elettronica formulare delle ipotesi concrete sulle possibili applicazioni di quella sostanza. Solo a partire da quel momento si cominciava a delineare un quadro delle possibilità tecnologiche e fu allora che allertammo il Presidente proprio per avviare immediatamente i doverosi contatti con la Gran Bretagna per condividere le nostre scoperte."

Mentre fece il suo discorso Leonard si rese conto che non era affatto sicuro che gli inglesi l'avrebbero creduto o comunque accettato, ma non aveva altro da offrire. Sarebbe stato il difficile compito di Howard Feldman indirizzare il proseguo della discussione sull'aspetto molto più importante delle prospettive future. Per quanto l'avvio di tutta la questione fosse effettivamente caotico ora quello che contava era di unire gli sforzi e dare a Gran Bretagna e USA il massimo beneficio possibile.

Sir Laughlin era un uomo pratico, dopo tutto. Poteva anche non essere completamente soddisfatto dell'ammissione di colpa del Generale Leonard e pure essere scettico sul pentimento ostentato da quell'ufficiale, ma per il momento poteva e doveva bastare, ora si trattava di esplorare tutte le possibili applicazioni tecnologiche e i vantaggi, tutti i vantaggi, che ne potevano derivare.

Era già stato evidenziato dai primi scambi di informazioni che avevano preceduto la riunione in corso che gli americani avevano pensato allo sfruttamento iniziale delle potenzialità della

Frondite in campo militare. Le difese strategiche dei paesi alleati avrebbero subito un drammatico aumento di efficienza ed era quindi utile procedere prima di tutto in quella direzione e mettere al sicuro un risultato fondamentale per garantire un bene così essenziale come la pace. Questo risultato da solo aveva un valore incalcolabile per tutti.

Successivamente si sarebbe potuto pensare alle applicazioni civili e la diffusione di una nuova tecnologia avrebbe potuto avere un impatto enorme sull'economia dei paesi che ne avessero detenuta la fonte. Le speculazioni degli americani, in gran parte basate su indicazioni risultate dalle valutazioni e dalle idee di Arthur Waters, facevano presagire un impatto talmente importante da poter cambiare gli assetti economici mondiali.

Quando la discussione si lasciò finalmente dietro il delicato tema affrontato in apertura della seduta il clima divenne dapprima più disteso e in seguito sempre più entusiastico. Le prospettive di dominio militare eccitarono anche Lord Leach e dopo le iniziali titubanze, una volta informato da Leonard e Feldman su alcuni esperimenti già realizzati con successo, anche Alan Rudge confermò che una simile rivoluzione tecnologica avrebbe sconvolto, positivamente, il mondo. Andarono avanti a scambiare idee su possibili sviluppi e campi di applicazione e la speculazione li stava portando alla soglia della fantascienza. Quando finalmente era ovvio che tutti quanti erano più che convinti della straordinaria versatilità della Frondite questa parte dell'incontro fu conclusa formalmente e Alan Rudge, che aveva comunque dato un interessante contributo alla discussione dimostrando con la sua competenza di avere in pochi giorni afferrato pienamente il significato tecnico della Frondite, salutò la compagnia. Entrarono invece tre nuovi partecipanti alla riunione, un alto ufficiale dell'Esercito e il suo omologo dell'aeronautico e un alto funzionario del Foreign Office.

Fu il solito Sir Arnold a riportare alla realtà più immediata e concreta i convenuti ricordando che la fonte della Frondite si trovava alle isole Falkland e che quell'area era al momento a rischio a causa delle pressioni argentine e che avrebbero potuto degenerare in una situazione molto più pericolosa di una crisi diplomatica. Il regime militare al potere a Buenos Aires aveva manifestato delle intenzioni poco rassicuranti e anche se per mille ragioni si poteva ancora credere che una vera escalation del conflitto verso un confronto militare sarebbe stata illogica e poco conveniente prima di tutto per gli stessi interessi argentini esisteva pur sempre una possibilità non tanto remota che lo scontro si verificasse. In quel caso la miniera di Frondite sarebbe stata a rischio.

Di fronte a quella prospettiva Sir Arnold Laughlin aveva già fatto alcune valutazioni e si era anche brevemente confrontato con Lord Leach. La conclusione delle sue riflessioni, condivise in pieno dall'Ammiraglio, era che gli americani non avrebbero certamente accettato di condividere il potenziale della Frondite con l'Argentina, per mille buone ragioni a cominciare dalla situazione politica di quel paese, dall'insostenibile situazione della legalità e dei diritti umani e in buona sostanza dalla poco accettabile immagine morale e politica dell'attuale governo. Pertanto, gli americani ancora prima e più degli stessi inglesi avevano a questo punto assoluto bisogno di proteggere lo status quo di quel territorio e non avrebbero mai rinunciato al controllo dell'unica, almeno per ora, fonte di Frondite al mondo.

Anche questo punto venne alla fine archiviato come certo anche se non venne mai apertamente pronunciata la conclusione che era emersa evidente e indiscutibile dalle discussioni. Si doveva passare oltre, a questioni più pratiche e concrete nell'immediato per prepararsi all'eventuale guerra per il dominio sulle isole Falkland. Nonostante lo sbarco dei finti commercianti di rottami nella Georgia del Sud i servizi inglesi continuarono a sostenere che un'invasione delle Falkland da parte dell'Argentina non era imminente. Gli americani non avevano informazioni concrete per smentire l'idea inglese e nemmeno per avvallare la loro opinione molto meno ottimista ma insisterono per fare almeno un esercizio teorico di una pianificazione della difesa di quell'arcipelago tenendo ben presenti tutte le complicazioni possibili dovute a trattati incrociati esistenti tra vari paesi e che oltre all'eventuale determinazione politica di assumere una certa posizione e quindi essere disposti a un intervento a sostegno delle proprie ragioni occorreva anche un'attenta valutazione di tutti gli aspetti legali di qualsiasi tipo di iniziativa. Erano argomenti complessi e delicati. Dopo diverse ore di discussione furono portati sandwich e frutta fresca, caffè, the e bevande, biscotti e pasticcini vari. Sarebbe stata una riunione molto lunga ma molto importante.

Feldman e Leonard rientrarono al loro albergo poco dopo mezzanotte, esausti ma soddisfatti. Avevano rimesso in carreggiata le relazioni diplomatiche con l'Inghilterra e il prezzo da pagare era rimasto in ambiti ragionevoli. La diplomazia americana avrebbe avuto parecchio da fare per mantenere il corretto assetto degli Stati Uniti nel contesto internazionale e anche se, di fatto, era già deciso che avrebbero supportato in ogni modo necessario la posizione della Gran Bretagna nell'affare delle Falkland sarebbe stato necessario fare di tutto perché questo supporto restasse il più invisibile possibile.

Prima di ritirarsi nelle loro camere i due americani decisero di prendere un drink al bar dell'albergo per scaricare la tensione nervosa e riassumere una condizione fisica e mentale più rilassata e normale. Mentre stavano seduti al banco Leonard decise di esternare un terribile dubbio che si portava dietro da qualche tempo e che quella sera si stava facendo avanti nella sua testa.

"Signor Feldman, c'è una cosa che non abbiamo preso in considerazione e le confesso che ogni tanto la prospettiva mi crea qualche problema."

Feldman lo guardò con occhi stanchi.

"Non mi dica che ne ha combinata un'altra delle sue!" disse cercando di sdrammatizzare qualunque cosa che a quest'ora della notte lo avrebbe potuto agitare. "Mi dica, cosa le frulla per la mente, Generale?"

Leonard rigirò il suo bicchiere e il suo sguardo si perdeva tra i riflessi del vetro e del whisky.

"Qualche tempo fa una mia collaboratrice laggiù a Drill City ha buttato lì una frase, così, per caso, senza elaborare, forse senza averci pensato davvero. Disse che poteva trattarsi di un meteorite."

Feldman non riuscì a comprendere subito a cosa si riferisse.

"Cosa potrebbe significare?"

Leonard si drizzò sulla sedia, prese un sorso dal suo bicchiere e dopo un lungo sospiro disse lentamente:

"Non abbiamo idea di quanta roba ci sia là sotto. Se non è un giacimento, se non c'è una vena che potrebbe essere estesa per chilometri, se invece si trattasse davvero solo di un meteorite caduto dal cielo chissà quanti milioni di anni fa …… "

"Sì?"

"Potrebbe essere che tutto quello che troveremo sarà, chissà, un altro paio di quintali di roba. Forse tre? Poi basta. È possibile, mi creda. E allora, addio sogni di gloria!"

Leonard vuotò il bicchiere con un ultimo lungo sorso, lo pose sul banco e si avviò verso l'uscita del bar. Certe notti non riusciva proprio a dormire bene, forse questa sarebbe stata una di quelle notti.

WASHINGTON, D.C.

Il Vicepresidente degli Stati Uniti era stato il direttore della CIA per diversi anni e conosceva molto bene il mondo delle diplomazie ombra, quelle relazioni e quei contatti discreti e lontani dagli occhi sempre attenti dei media e dell'opinione pubblica che erano quasi altrettanto intensi e frequenti come quelli ufficiali. Molte cose in politica non potevano essere dette apertamente ed erano pertanto i servizi segreti di tutti i principali paesi del mondo a gestire argomenti e trattative delicate e a volte imbarazzanti. Occasionalmente questa realtà affiorava in superficie e nascevano degli infuocati dibattiti sulla morale e sugli aspetti etici di quel modo di procedere. Il senso democratico nei paesi più liberi si sentiva offeso dalla consapevolezza che di nascosto dalle popolazioni e in gran segreto si giocavano le vere partite che definivano spesso gli eventi mondiali, influenzavano le relazioni tra nazioni e travolgevano la volontà espressa democraticamente dai cittadini in modo subdolo e quasi senza controllo. I politici di professione sapevano di questa situazione che non era certamente nata in tempi recenti. La necessità di offrire al mondo solo il lato più civile e formale della vita politica per preservare una parvenza di correttezza e cordialità nei rapporti anche nei momenti di crisi e di scontro avrebbe spesso portato ad autentiche situazioni di stallo irrisolvibili. Erano gli accordi sotterranei e dietro le quinte che in quei casi sbloccavano e chiarivano le situazioni. Poiché quelle partite venivano giocate con grande discrezione era possibile servirsi di una razionale schiettezza anche nelle espressioni oltre che di maniere a volte assai approssimative per ottenere un risultato che poi era suggerito, di fatto già ottenuto e sigillato, ai politici in vista perché lo ratificassero in modo solenne e civile davanti agli occhi del mondo.

George Herbert Walker Bush aveva conservato ottime relazioni con i suoi collaboratori di un tempo ma anzitutto aveva mantenuto la capacità di calarsi in un ruolo molto meno elegante e solenne di quello che la sua carica di Vicepresidente gli imponeva. La sua candidatura insieme a Ronald Reagan non era stata casuale e non era nemmeno stato un compromesso di opportunità politica, come in passato era successo più volte quando il compagno di viaggio del candidato alla presidenza era una figura piuttosto in ombra, un risultato di intrecci di interessi delle varie lobby che dovevano conquistare la certezza delle loro influenze. Ogni quattro anni i giochi si ripetevano e le squadre in competizione per conquistare la Casa Bianca si formavano con un vero leader e un gregario il meno invadente possibile. Non era però il caso dell'accoppiata Reagan e Bush. Il Vicepresidente era la spalla perfetta per il capo della grande nazione, diplomatico l'uno ed efficace l'altro. Non che Reagan non avesse idee chiare e una personalità forte abbastanza da combattere in prima persona le sue battaglie, ma proprio perché aveva questa grande forza mediatica poteva affidare al suo Vice dei compiti importanti e che erano a volte anche in contrasto con le posizioni ufficiali.

In questo caso Bush aveva ricevuto un incarico ben preciso e delicato. Il risultato che doveva essere ottenuto non poteva essere oggetto di lunghe trattative, non potevano esserci estenuanti discussioni in ambito diplomatico e a colpi di comunicati stampa perché quello che il Presidente voleva ottenere non era negoziabile e doveva anche restare lontano dalle pagine dei giornali e dai notiziari dei media.

L'incontro con l'ambasciatore argentino avvenne in un'ala riservata del Club House del Washington Golf and Country Club di Arlington, Virginia e iniziò nella maniera più informale e cordiale possibile. Una leggera pioggia e un vento fastidioso fecero annullare la partita di Golf che era stata proposta, anche se in realtà nessuno dei due convenuti era particolarmente interessato a quello sport.

L'ambasciatore argentino era stato sorpreso dall'invito ma sperava intimamente che fosse il preludio a un'apertura degli americani più che una conferma della loro neutralità o peggio dell'appoggio americano alla Gran Bretagna. Il trattato Interamericano di Assistenza Reciproca avrebbe già dovuto essere motivo sufficiente per assicurare il supporto americano ma in realtà le argomentazioni presentate alle Nazioni Unite erano state rigettate dall'assemblea generale con una netta risoluzione per cui all'Argentina non era riuscito ad ottenere per le proprie mire la definizione di guerra giusta secondo alcuni standard vigenti. Questo significava che la dominazione inglese delle Malvinas non era stata riconosciuta come una specie di indebita occupazione e pertanto l'azione argentina non era accettata come guerra di liberazione. In più, astutamente, proprio in queste ultime ore il Governatore britannico delle Falkland, Rex Hunt, aveva trasmesso al segretario generale delle Nazioni Unite Javier Perez de Cuellar una dichiarazione secondo la quale gli abitanti delle Falkland con riferimento specifico alle norme previste per il diritto all'autodeterminazione delle popolazioni manifestarono la loro volontà di rimanere per loro libera scelta sotto la dominazione della Gran Bretagna e si consideravano a tutti gli effetti cittadini britannici. Questo comunicato, pur non essendo al momento stato utilizzato in modo pressante come argomento contro l'Argentina metteva comunque in seria difficoltà ogni aspirazione di conquistare il supporto americano. Forse ci si doveva accontentare di una semplice astensione degli Stati Uniti da qualsiasi tipo di partecipazione al conflitto, a partire dal confronto diplomatico e ancora di più in caso di conflitto militare.

Bush aveva gestito la prima mezz'ora dell'incontro con cordiale informalità lamentandosi profusamente del maltempo che li privava di una salutare camminata sul campo da Golf. Era poi passato a illustrare al suo ospite la prestigiosa storia del luogo in cui si trovavano e di fronte ad alcuni quadri appesi alle pareti delle varie sale aveva perfino elencato buona parte del gotha della capitale che evidentemente aveva scelto piuttosto spesso questo luogo ameno per negoziati ad alto livello tra una partita di golf e un pranzo sulla veranda.

Finalmente giunti in una sala riservata dove era stato acceso il fuoco di un grande camino e in un angolo era stata già apparecchiata una tavola per il pranzo, Bush invitò l'ambasciatore a prendere posto sul largo divano ottocentesco mentre il Vicepresidente sedette su una poltrona. Il cameriere versò da bere e pose i bicchieri sulla tavola di fronte ai due uomini, poi si allontanò e chiuse la porta dietro di sé.

"Signor Ambasciatore, mi dica esattamente quali sviluppi dobbiamo aspettarci nella questione delle Falkland, o Malvinas se preferisce. Il Governo degli Stati Uniti è piuttosto preoccupato dalle possibili conseguenze di un peggioramento delle relazioni fra il suo paese e la Gran Bretagna."

L'esordio diretto di Bush indicò chiaramente che la ricreazione era finita, ora si parlava di affari.

"Signor Vicepresidente, sono onorato del suo interesse e apprezzo l'attenzione del suo Governo per la crisi che si sta evolvendo. Posso confermarle certamente che il governo argentino è determinato a proseguire con ogni mezzo per riportare il controllo del territorio dell'arcipelago delle Malvinas sotto il nostro giusto dominio. Quelle isole ci appartengono e sono state usurpate dagli inglesi. È nostro diritto riavere quanto è storicamente nostro."

Bush rimase apparentemente assorto nei suoi pensieri, poi con lo sguardo invitò l'ambasciatore a proseguire.

"Noi vorremmo evitare, per quanto possibile, di coinvolgere altre nazioni nella diatriba. La questione dovrebbe essere risolta tra noi e gli inglesi. Per correttezza abbiamo presentato le nostre iniziative diplomatiche all'assemblea delle Nazioni Unite ma a dire il vero non siamo alla disperata ricerca dell'approvazione o di una qualsiasi forma di benedizione da parte di quell'organismo. Noi sappiamo di essere nel giusto e difenderemo il nostro diritto al possesso delle Malvinas."

"E intendete procedere anche militarmente se l'Inghilterra non accetterà alcuna risoluzione politica della questione?"

L'ambasciatore non era certo se la domanda fosse così neutrale come poteva sembrare, forse conteneva già un indice di disapprovazione.

"Se non otterremo soddisfazione in nessun altro modo non avremo altra scelta. Lo dobbiamo anche al nostro popolo."

Bush era piuttosto refrattario a queste argomentazioni sentimentali e patriottiche che di solito, ma certamente nel caso specifico, avevano poca attinenza con la realtà. Le valutazioni fatte delle motivazioni di Galtieri e della sua giunta erano molto meno romantiche. Gli esperti analisti della Casa Bianca, della CIA e del Pentagono erano giunti all'unanime conclusione che Galtieri sperava attraverso questa scenografica stimolazione dei sentimenti nazionali della popolazione di consolidare la sua posizione politica e magari raccogliere addirittura qualche ulteriore consenso nel paese. Era puro opportunismo politico e nient'altro e Bush era istintivamente convinto esattamente della stessa idea.

"Crede che la Gran Bretagna accetterebbe un'eventuale invasione senza reagire? Pensa che cederanno il territorio senza difenderlo o senza almeno porre delle condizioni?" chiese il Vicepresidente mentre bussarono alla porta per annunciare l'arrivo delle prime portate del pranzo.

La porta si aprì e due camerieri, in realtà agenti speciali della scorta personale di Bush, spinsero avanti un carrello portavivande.

Il Vicepresidente si alzò e fece cenno all'ambasciatore di seguirlo verso la tavola. Avrebbero continuato il loro dialogo mangiando.

Il dialogo proseguì con uno scambio cortese di vedute. L'ambasciatore rappresentò con convinzione la determinazione del suo governo e non si fece intimidire dalle osservazioni di Bush sulla potenza militare della Gran Bretagna che non sarebbe certamente stata un avversario facile. Ai potenti mezzi dell'arsenale bellico si doveva pur sempre aggiungere il carattere determinato e perfino testardo degli inglesi e nemmeno la pesante crisi economica era un credibile motivo per sottovalutare le armate britanniche.

Poiché nessuna considerazione e nessun invito alla prudenza pareva avere alcun effetto sul diplomatico argentino, Bush, già soddisfatto da una generosa porzione di un filetto al sangue che aveva aggredito nel frattempo, decise di cambiare registro e portare la discussione verso la fine che in ogni modo aveva avuto in mente fin dall'inizio e che era in sostanza il messaggio concreto anche se non pubblico e ufficiale che gli Stati Uniti e il Presidente Reagan volevano fare comprendere agli argentini.

"Gli Stati Uniti non avranno alcuna parte attiva negli eventuali sviluppi di questa crisi, qualunque essi siano. Questo lo posso garantire a meno di eventi che per ora non sono in gradi di prevedere e che potrebbero cambiare il quadro generale. Noi non desideriamo essere coinvolti."

L'ambasciatore annuì con una certa soddisfazione. Avrebbe preferito una posizione più favorevole degli americani ma l'assicurazione della loro neutralità nel conflitto rappresentava comunque una certezza importante. Le conversazioni a livello diplomatico dei giorni precedenti avevano reso evidente che richiamare gli americani alla loro appartenenza al Trattato Interamericano di reciproca assistenza sarebbe stato un esercizio retorico inutile probabilmente fastidioso per Bush, quindi non era nemmeno il caso di tentare.

Bush aveva ripreso a infierire sulla succulenta porzione di carne sul suo piatto e dopo avere lentamente masticato, con evidente piacere, un altro boccone, riprese a parlare.

"Forse lei non è informato del fatto che al momento e già da diversi mesi una nostra missione scientifica sta eseguendo delle ricerche mineralogiche alle Falkland. C'è una base civile su una delle isole, le farò avere le coordinate precise. Questa base non ha alcuna funzione militare e non ha nessuna collaborazione di alcuna rilevanza per l'Argentina con il governo locale o con il governo inglese. Facciamo delle ricerche scientifiche e addestriamo personale civile per questo tipo di esplorazioni del sottosuolo e altre attività di natura geologica e scientifica. La missione è assolutamente privata ma è di grande interesse per la nostra nazione e gode ovviamente della massima attenzione da parte del governo degli Sati Uniti d'America."

Bush interruppe il suo discorso per assumere una forchettata di insalata, poi bevve un sorso di vino e proseguì.

"Qualunque cosa venga intrapresa alle Falkland, questa nostra base non ne deve essere coinvolta. Non ha funzioni militari, non ha importanza strategica e non è nemmeno in alcun modo collegata con la popolazione locale."

L'ambasciatore pensò per un attimo che Bush gli stesse chiedendo una specie di favore e quindi colse l'occasione per far cadere un'eventuale concessione dall'alto, come un generoso gesto di magnanimità.

"Certamente riferirò la sua richiesta al mio governo. Penso che potremo considerare la sicurezza della vostra base con attenzione e cercheremo di evitare per quanto possibile ogni coinvolgimento nelle eventuali operazioni militari." L'ambasciatore sorrise benevolmente ed era molto soddisfatto di sé e dell'andamento dell'incontro.

Il Vicepresidente prese il suo tovagliolo e si pulì cerimoniosamente la bocca e il mento, lo appoggiò sul tavolo e si chinò in avanti per avvicinarsi di più al suo ospite. Si schiarì la voce e poi, con tono molto più basso di prima formulò il suo messaggio.

"Signor Ambasciatore, forse non sono stato abbastanza chiaro. Io non le ho fatto alcuna richiesta. La nostra base alle isole Falkland è di interesse nazionale. Se nel corso dei giochi di guerra che forse pensate di iniziare, qualcuno dei vostri dovesse anche solo tirare un sasso verso la nostra base o i nostri uomini, lo considereremo a tutti gli effetti come un deliberato atto di guerra diretto contro gli Stati Uniti d'America."

Bush fece una pausa per far penetrare le sue parole.

"In quel caso, Signor Ambasciatore, le assicuro che la nostra reazione sarebbe immediata e risoluta, senza mezze misure o compromessi. E mi creda, noi, ancora più della Gran Bretagna, abbiamo abbastanza potenza militare prontamente disponibile da far ritirare le vostre truppe immediatamente non solo dalle Falkland ma da farvi arretrare fino sulle cime delle Ande! Ora credo di essere stato abbastanza chiaro."

L'ambasciatore era sbiancato ma poi stava per accennare a una reazione, indignata e risoluta ma Bush lo fermò alzando il bicchiere del vino.

"Abbiamo fatto una bella chiacchierata informale davanti ad un ottimo pranzo e con del vino eccellente. Nulla di ufficiale, Signor Ambasciatore, solo un amichevole indicazione di intenti, nulla più. Alla Salute!"

DRILL CITY, ISOLA DI SAUNDERS

Gli scavi stavano procedendo lentamente ma con costanza. Le attrezzature si erano rivelate efficaci e affidabili e producevano un flusso continuo di materiale estratto. Il pozzo aveva ormai raggiunto una profondità di centoquaranta metri e tutto stava procedendo secondo i piani.

Colin Brenner si era ripresentato nuovamente a Drill City e la sua collaborazione con il personale della base era ora diventata ancora più cordiale. KP lo aveva accolto con sollievo dopo aver ricevuto istruzioni dai suoi capi di dargli la massima collaborazione e di mettergli almeno temporaneamente a disposizione l'alloggio e l'ufficio che erano stati di Barrington Styles prima e del Generale Leonard dopo. Brenner era stato incaricato di mantenere attive le comunicazioni con l'Inghilterra e KP lo aveva assunto di conseguenza come responsabile della registrazione delle operazioni.

Brenner gestiva quindi l'archivio dei rapporti giornalieri sui progressi dello scavo e si dimostrò efficace anche nella gestione del magazzeno merci. Per la trasmissione dei dati usava sia gli impianti telex, lenti e poco affidabili per via del collegamento satellitare alquanto instabile e difficoltoso, che anche via radio, utilizzando lo stesso impianto che era stato installato all'arrivo di Leonard.

KP notava un'insospettabile abilità di Brenner nel gestire le informazioni e nella stesura di rapporti concisi ed efficaci. Inoltre, il giovane inglese pareva naturalmente portato a cogliere dettagli apparentemente completamente fuori dalle sue competenze. Evidentemente era una persona intelligente e molto sveglia. A

Kathy Prescott piaceva anche questo lato del suo giovane collaboratore.

Il segreto della Frondite non era più un segreto e anche se a Drill City non erano note le evoluzioni che nel frattempo erano successe nei laboratori americani e successivamente anche in quelli inglesi, l'importanza enorme del ritrovamento e quindi della sua rapida estrazione era stata percepita da tutti.

Quando giunse la notizia dello sbarco di alcuni militari argentini sull'isola della Georgia del Sud il Maggiore McAllen decise di esaminare il contenuto del misterioso container mimetizzato in compagnia di quasi tutti gli uomini che erano arrivati sulla base insieme con lui poco prima di Natale. Ormai era chiaro che in quel container c'era un piccolo arsenale militare e che in caso di necessità la base non era per nulla indifesa. McAllen sapeva il suo mestiere ed anche i suoi uomini erano in realtà dei militari perfettamente addestrati e in grado di opporre una considerevole resistenza a qualsiasi attacco. La prospettiva era da un lato confortante ma per KP e il resto del personale civile l'idea di trovarsi coinvolti in una battaglia militare era una prospettiva poco tranquillizzante. Quando il Maggiore volle fare una riunione con tutto il personale per spiegare la situazione e dare alcune istruzioni per il caso di una qualsiasi emergenza KP acconsentì immediatamente. La riunione fu svolta dopo cena nei locali della mensa e si finì con una generale euforia innaturale. Di fronte all'impossibilità di prendere la valigia e tornare a casa, come avrebbero preferito fare in molti dei tecnici civili si erano rassegnati alla necessità di fare squadra e pertanto, come una buona formazione di Football si erano caricati oltre ogni ragionevolezza. Era una buona cosa, tutti erano pronti a contribuire e tutti erano anche convinti di lavorare a un progetto importante che doveva essere sostenuto e difeso nell'interesse del proprio paese.

La mattina successiva per la prima volta sulla cima della torre di perforazione fu issata la bandiera americana accanto a quella inglese. Brenner aveva fatto qualche obiezione all'inizio ma poi McAllen lo prese in disparte e gli spiegò la ragione di quella bandiera, come gli era stato detto dal Generale Leonard prima della sua partenza.

"Il solo vero rischio è che siano truppe argentine ad avvicinarsi alla nostra base. Non è detto che ci attaccherebbero ma certamente, se dovessero invadere l'isola vorrebbero stabilire il loro diritto al commando e quindi prendere possesso della base. Gli Stati Uniti hanno scelto di rimanere neutrali in caso di un conflitto per cui gli argentini non dovrebbero avere alcun motivo per attaccarci. Se lo fanno attaccano un'installazione americana e allora abbiamo tutto il diritto di respingerli con una forza che certamente non si aspettano."

La spiegazione di McAllen era convincente e logica. Per Brenner era una strana sensazione stare su quella base, su suolo inglese eppure in sostanza all'interno di un'operazione puramente americana, ad attendere di essere attaccati da un nemico per ora improbabile ma forse più aggressivo di quanto non s'immaginarono. Brenner non aveva informazioni dettagliate sulla situazione di intelligence circa la consapevolezza degli argentini delle operazioni di Drill City e delle sue effettive finalità, ma se per caso avessero avuto sentore del tesoro che si stava cercando di portare alla luce era possibile un attacco molto più risoluto di quello che anche McAllen si poteva aspettare.

Brenner venne a questo punto riconosciuto anche dagli americani come ufficiale di collegamento dopo che anche Sir

Arnold Laughlin gli aveva di fatto assegnato lo stesso compito per i servizi inglesi. La collaborazione tra le agenzie di intelligence americane e inglesi in questo lungo tempo di pace, a parte la persistente guerra fredda con il blocco sovietico che si era comunque affievolito, sembrava davvero funzionare e c'era a volte un clima che si poteva definire perfino armonioso. Poi, occasionalmente, affioravano contrasti, più nella forma che nella sostanza e più che di vere divergenze si trattava spesso semplicemente di una sana competizione che alla fine produceva benefici per tutti. Anche nel profondo sud dell'oceano Atlantico.

Intanto a Londra i contatti diplomatici con vari paesi dell'area interessata s'intensificarono ogni giorno di più. Il Perù in particolare si era già offerto a mediare un trattato di soluzione elaborato dal Presidente Fernando Belaùnde Terry ma non aveva ottenuto alcun risultato apprezzabile. In tempi non troppo remoti tra Argentina e Cile c'erano invece state delle tensioni a proposito dei territori cileni a sud di Capo Horn e delle Isole Beagle e un'invasione da parte dell'Argentina si arrestò solo dopo un ennesimo confronto diplomatico e delle evidenti difficoltà anche sul piano militare per continuare quell'operazione. Il Generale Pinochet mise in atto un supporto indiretto alla Gran Bretagna organizzando alcune azioni diversive che avrebbero impegnato parte dell'esercito argentino a controllare le eventuali evoluzioni di queste minacce. Inoltre, sia Cile sia Colombia fornivano preziose informazioni raccolte dai rispettivi servizi di intelligence che si rivelarono certamente utili per gli inglesi.

La stampa britannica era allertata dalle evidentemente molto intensificate attività diplomatiche e sondando l'umore della popolazione stavano assumendo un atteggiamento sempre più votato a sostenere una reazione concreta da parte del governo della Signora Thatcher. Anche le opposizioni parlamentari stavano cedendo e riconoscevano la necessità di opporre forte resistenza alle minacce da parte dell'Argentina come doverose a prescindere da considerazione meramente economiche.

Nonostante tutto questo gli esperti britannici continuarono quasi inspiegabilmente a ritenere che un'invasione delle Falkland non era imminente. I preparativi che la Signora Thatcher aveva intanto fatto avviare sotto il coordinamento degli ammiragli Sir John Fieldhouse e John Woodward procedevano senza troppa frenesia. D'altro canto, l'organizzazione militare inglese era pronta ad accelerare drammaticamente in modo quasi immediato qualora la situazione lo avesse richiesto e le condizioni politiche avessero finalmente dato il via libera a una concreta operazione di risposta alle aggressioni argentine. Nelle stanze del ministero della Difesa e in varie riunioni dello stato maggiore delle varie forze militari si erano discussi scenari possibili e strategie operative praticabili e benché ancora in attesa di un formale ordine di marcia si poteva certamente affermare che l'Impero britannico era pronto per agire.

BUENOS AIRES, 29 MARZO 1982

Le notizie dell'avvenuto sbarco sull'isola della Georgia del Sud non erano state rese pubbliche. Adrian Cardena aveva avuto una conferma dal suo direttore Juan Eliseo Alvarez che in passato aveva fatto affari con un certo Davidoff, un mercante di metalli, che pareva avere avuto in qualche modo a che fare con quella vicenda. Le voci erano incerte e frammentarie ma Alvarez aveva qualche dettaglio più preciso proprio perché aveva incontrato Davidoff pochi giorni prima della partenza della "ARA Bahìa Buen Suceso" che Adrian aveva osservato nel porto di Mar del Plata. Le allusioni che il commerciante di ferraglia aveva fatto allora non avevano destato interesse o sospetti, ma ora tutto cominciava ad avere un senso e Alvarez si era detto convinto che l'invasione delle Malvinas era questione di giorni.

Alcuni informatori di Cardena avevano sentito parlare di preparativi sotto il comando del Vice Ammiraglio Juan Lombardo e circolava perfino la denominazione del piano: Operazione Rosario. Varie unità navali della Marina argentina erano in fase di preparazione o già pronte a salpare e le basi dell'aeronautica erano state chiuse all'accesso di chiunque non fosse personale militare direttamente interessato. Le licenze di tutti i militari erano state sospese e l'imminente inizio della campagna per la conquista delle Malvinas era nell'aria.

L'esercito di Galtieri si stava preparando all'assalto e formava squadre e battaglioni pronti all'azione. Buona parte delle truppe destinate a partire era costituita da reclute in servizio obbligatorio di leva militare e con evidentemente scarsa preparazione a dimostrazione del fatto che tutto sommato lo stato maggiore argentino era ancora convinto di non incontrare significative resistenze sulla loro strada.

Cardena non aveva notizie certe, quindi si limitò a mandare un rapporto generico con la descrizione del clima generale e delle poche chiacchiere che aveva raccolto. La segretezza della campagna delle Malvinas, almeno per il momento, era stata salvaguardata efficacemente.

Il Capitano Portago era stato fatto uscire senza preavviso dalla sua cella e portato nell'ufficio del comandante del carcere. Lo avevano fatto stare in piedi per un buon quarto d'ora davanti ad una scrivania vuota in attesa che il comandante arrivasse. Quando finalmente l'ufficiale si presentò guardò Portago con aria disgustata prima di parlargli con un tono che era tutto fuorché benevolo.

"Sergente Portago, le si offre una rara occasione per riguadagnare un minimo di dignità di uomo e di militare." Esordì il comandante.

"Signore, io sono il Capitano Portago" osò intervenire il prigioniero.

"Lei era il Capitano Portago, ora ringrazi il cielo di essere ancora vivo e di essere ancora almeno Sergente."

La risposta del comandante era come una sferzata per Portago. Non aveva avuto modo di difendersi, di spiegare, non era mai stato interrogato e non aveva visto un avvocato o anche solo un confessore, era stato in cella di isolamento per un mese e poi messo di giorno insieme agli altri carcerati, tutti disperati più o meno come lui, colpevoli il più delle volte di gravi mancanze ma comunque trattati in misura spropositata rispetto alle loro colpe. Ne aveva sentiti alcuni, le loro storie erano quelle di uomini il più delle volte ingenui e impreparati, ma in mezzo al mucchio c'erano anche molti che avevano prestato servizio con lealtà e ferocia al precedente governo e ora erano stati messi da parte in maniera brutale e senza formale processo. Eppure, in mezzo a tanti disgraziati, Portago aveva continuato a sentirsi tradito e beffato. Se mai avesse avuto un'occasione per farla pagare a chi lo aveva messo in quella situazione, che gli aveva distrutto la carriera e quasi preso la vita, l'avrebbe colta e sfruttata con tutte le sue forze. Anche da Sergente, anche da soldato semplice.

"L'Argentina ha investito molto nel suo addestramento e anche se ho forti dubbi sulla sua capacità di ripagare il suo paese in modo adeguato, qualcuno ha deciso che forse lei potrà essere utile. Sarà trasferito immediatamente alla base navale di San Fernando dove riceverà i suoi ordini di marcia. Le voglio solo dare un consiglio. Non commetta altri errori, perché se la rivedo arrivare qua nelle stesse condizioni di due mesi fa, o in qualsiasi altra condizione, avrò cura personalmente di farla marcire nella buca più profonda che abbiamo in questo carcere."

Portago si mise sull'attenti. Fu dismesso con un gesto e accompagnato da due militari verso il magazzino. Lo fecero spogliare e gli fecero fare una doccia, poi gli misero un'uniforme di fanteria e lo caricarono su una camionetta. La sera stessa, appena arrivato nella base navale fu assegnato a un gruppo di fanteria che doveva imbarcarsi durante la notte. Portago era rimasto escluso dal mondo per quasi esattamente tre mesi e non aveva idea di cosa stesse succedendo ma era deciso a lottare con le unghie e con i denti per farsi valere e riconquistare la sua giusta posizione. E per avere un'occasione di vendetta.

Sui giornali argentini del mattino del 30 marzo i titoli erano eloquenti ed entusiastici. Il segreto era stato svelato, Operazione Rosario era in pieno svolgimento. "Vamos!" aveva scritto a lettere cubitali una delle testate più diffuse e in effetti l'Armada

Argentina era già partita. La riconquista delle Malvinas era iniziata.

PORT STANLEY, ISOLA FALKLAND ORIENTALE

Il messaggio via telex era stato seguito da una telefonata del Foreign Office e il Governatore Rex Masterman Hunt era stato informato ufficialmente dell'imminente attacco alla sovranità britannica delle isole Falkland da parte delle forze armate argentine. Le istruzioni erano chiare, non si poteva pretendere una difesa irragionevole e senza le dovute forze del territorio, tanto più che la già piccola guarnigione di Marines era stata ancora ridotta con il distaccamento di ventidue uomini sulla Georgia del Sud. Il compito del Governatore era quindi di garantire in ogni modo possibile la sicurezza e incolumità della popolazione, senza eroismi e senza inutili drammi. Al momento non si poteva fare altro ma certamente la Gran Bretagna si stava preparando a rispondere in modo risoluto e in tempi il più breve possibile.

L'assistente del Governatore, Colin Brenner, era in missione ormai quasi permanente sull'isola di Saunders e il Governatore decise che sarebbe stato una buona cosa che rimanesse dove si trovava. Semmai avesse potuto essere utile in qualche maniera lo sarebbe stato certamente di più da quella località che non nella capitale. Anche la Signora Mildred fu immediatamente spedita a casa mentre il Maggiore Mike Norman cercò di riunire una piccola forza di Marines e volontari per organizzare una qualche parvenza di difesa. Fu elaborato un piano per creare almeno un diversivo e rallentare il più possibile l'invasione e si faceva affidamento sul fatto che le informazioni sulla geografia dettagliata della zona in possesso degli argentini non fossero accuratissime. In realtà sull'isola principale era presente da qualche tempo un agente delle forze argentine, Hector Gilobert. La sua funzione ufficiale era quella di addetto al coordinamento del traffico di merci e passeggeri per la compagnia aerea argentina

LADE, Lineas Aereas del Estado, un'occupazione che gli permise di essere sempre bene informato di tutte le attività commerciali e di tutti i movimenti delle persone in arrivo e in partenza. Solo nelle poche occasioni in cui altre compagnie o addirittura trasporti militari britannici o di altre nazioni transitavano alle Falkland Gilobert non aveva informazioni dettagliate. Certamente aveva fornito numerosi dettagli della morfologia delle isole e delle infrastrutture aggiornate anche in tempi recenti.

Colin Brenner aveva informato immediatamente la dirigente della base di Saunders e il Maggiore McAllen quando aveva ricevuto le informazioni riguardanti l'attacco previsto. Poco dopo KP ricevette una telefonata dal Generale Leonard in persona.

"Dica al Maggiore McAllen di organizzare turni di guardia su tutto il perimetro della base per tutte le ventiquattro ore giornaliere, sena interruzione. Dovrete rinunciare a qualche lavoratore sullo scavo e capisco che questo potrebbe rallentare le operazioni ma non possiamo rischiare. Abbiamo motivo di ritenere che gli argentini non si avvicineranno a Drill City e che non attaccheranno l'isola di Saunders, esiste una specie di trattato, o così mi pare di capire, per cui in realtà non dovreste correre alcun rischio. Vedremo come la situazione si evolve nei prossimi giorni. Penso che per voi tutto rimarrà abbastanza calmo, poi magari si scalderà un tantino quando gli inglesi verranno a riprendersi le loro isole."

Kathy Prescott non era per niente contenta della piega che le cose stavano prendendo. Non era stata preparata a una situazione del genere e sperava di riuscire rimanere concentrata e di non andare in panico.

"Noi stiamo anche aspettando dei rifornimenti, quando avremo raggiunto quota seicento piedi resteremo senza rinforzi per le pareti del tunnel e altre amenità se la nave dell'Oil California non arriva. Crede che ci saranno dei problemi?"

Leonard sapeva che per completare il lavoro e raggiungere la profondità alla quale era stata trovata la Frondite occorrevano altri materiali e questi materiali erano già in viaggio. Sarebbero arrivati perfettamente in tempo per non dover rallentare o interrompere i lavori ma ora questa certezza stava svanendo.

"Kathy, non posso assicurarle nulla. Al momento ho conferma certa che il trasporto è partito ma se ci sarà una guerra navale intorno alla vostra esotica isoletta da vacanzieri dovrete procedere per qualche tempo con paletta e secchiello. Ma poiché prevedo che sarete comunque costretti a rallentare credo che il problema sia meno grave di quello che sembra. Ne riparleremo tra alcuni giorni, forse i nostri diplomatici di Washington riusciranno ad ottenere un lasciapassare per la nostra fornitura, ma ho qualche dubbio al proposito."

Per KP la prospettiva di inattività forzata era perfino più preoccupante delle altre preoccupazioni che si profilavano nel futuro prossimo. Non restava che sperare in una soluzione rapida e indolore della diatriba e si accorse che in fondo, pur avendo simpatie per gli inglesi in generale e per Colin Brenner in particolare, non le importava davvero molto chi sarebbero stati i padroni di casa su quell'isola desolata. Le bastava completare il suo lavoro senza correre dei pericoli e poi andarsene a casa, nel Texas, a cavalcare per le vaste terre del ranch di famiglia.

Salutò Leonard e gli passò il Maggiore McAllen.

"Josh, abbia buona cura della nostra preziosa base e di tutti i civili che lavorano lì. Ho già spiegato anche a KP che non dovreste avere problemi, esiste una specie di accordo informale con gli argentini per cui non dovrebbero nemmeno avvicinarsi a Drill

City. In ogni modo, se lo dovessero fare gli mostri bene la nostra bandiera e non ceda, non li faccia entrare e non gli faccia vedere nulla di quello che stiamo facendo. Avete armi e munizioni e sono certo che sapete come usarli. Se ci sarà bisogno fatelo! Ok?"

"Tutto chiaro, Signore." rispose McAllen. Da quando Brenner aveva lanciato il primo informale allarme sia McAllen che gli altri quattordici militari in incognito presenti avevano indossato le loro tute mimetiche, tutte rigorosamente prive di qualsiasi grado o altro emblema militare. "Provvedo a distribuire le armi e a preparare un piano per i turni di guardia. Ho delle idee su come operare e certamente nessuno potrà coglierci di sorpresa."

"Ne sono certo, Maggiore. Lascio le cose in buone mani. Trasmetta due rapporti giornalieri, sia per confermare la situazione in generale che per tenermi aggiornato sui progressi degli scavi. Qui stanno pestando i piedi come i ragazzini sotto Natale per avere delle altre forniture di Frondite, quindi datevi da fare!"

La conversazione terminò e come annunciato McAllen riunì i suoi omini e avendo aperto il famoso container mimetizzato procedette alla distribuzione di un vero arsenale. Poi chiese a KP di far coprire il container con del materiale estratto dalla miniera per nasconderlo quasi completamente alla vista di qualunque visitatore inatteso oppure anche dagli occhi indiscreti di qualche osservatore distante, compresi eventuali esploratori in volo con elicotteri o aeroplani di ricognizione.

L'elicottero in dotazione alla piccola guarnigione di Port Stanley non era certamente un mezzo da combattimento ma poteva essere utile in mille maniere. Mike Norman decise di farne parola con il Governatore. Forse non era una cattiva idea farlo sparire prima dell'arrivo degli argentini. C'erano due piloti abilitati per quel mezzo sull'isola, si poteva rinunciare a uno di loro per mettere in salvo il mezzo.

Il Governatore si disse d'accordo con l'idea del Maggiore e propose di trasferire il mezzo più a sud presso il vecchio campo di volo che era stato sostituito solo da qualche mese dal nuovo aeroporto con la lunga pista asfaltata. Discussero l'idea e poi la scartarono perché era ovvio che gli argentini avrebbero cercato di prendere quella vecchia struttura e anche se l'elicottero fosse stato messo all'interno del piccolo hangar non sarebbe rimasto nascosto per molto.

"Che ne dice se lo mandiamo dagli americani all'isola di Saunders. Sono convinto che saprebbero metterlo al sicuro e magari potremo richiamarlo in un secondo momento per qualche iniziativa di disturbo o altro. Non ho idee precise ma lasciarlo qui mi sembra come fare un regalo ai nostri nemici."

"Ha ragione," rispose Hunt. "e inoltre su quella base ci sarebbe certamente un alloggio per il pilota. In più abbiamo il nostro Brenner rintanato con gli americani da quasi una settimana. Potrebbe essere una buona cosa. Proceda, ha la mia approvazione!"

Due ore più tardi l'elicottero si pose sul terreno pianeggiante tenuto libero appositamente a poca distanza dalla base scientifica. Il pilota, Charly McGregor era un esperto con alcune migliaia di ore di esperienza e avrebbe saputo atterrare su un francobollo. Quando fu avvicinato da uno degli uomini dello staff della base notò che era in tenuta da combattimento e armato fino ai denti. Per un attimo McGregor pensò di avere sbagliato qualcosa o di essere finito in un'altra realtà. L'uomo con la divisa si avvicinò chinandosi e fece un gesto per far capire che voleva comunicare qualcosa. McGregor aprì lo sportello e l'uomo gli chiese urlando sotto il fracasso del motore e delle pale:

"Se la sente di atterrare dall'altra parte degli edifici? Lo spazio è molto stretto ma là si potrebbe facilmente mimetizzare questa macchina volante, che ne dice?"

McGregor fece solo un cenno con il pollice alzato e poi urlò a sua volta:

"Salga a bordo. Così mi dirige esattamente sul punto dove vuole farmi atterrare."

L'uomo in divisa sembrava deglutire pesantemente, non pareva proprio felice dell'idea di salire su quel mezzo per la manovra molto delicata che si prospettava, ma poi si fece coraggio e si sollevò nel posto accanto al pilota.

L'elicottero si alzo rapidamente e senza esitazioni, seguendo i gesti del suo passeggero, McGregor lo pose dolcemente tra due container di attrezzi e l'edificio del laboratorio. Con sua grande sorpresa, non appena le pale si erano arrestate, sbucarono altri militari in tenuta mimetica e in meno di due minuti ricoprivano il mezzo con una rete mimetica.

McGregor osservò la scena incredulo e poi si rivolse al suo passeggero che si stava visibilmente rilassando.

"Ma chi siete voi? Tutti figli di John Wayne?"

Il militare rise di gusto e scosse solo il capo. Poi indicò un'altra imponente figura che si stava avvicinando a grandi passi.

"Complimenti, bellissima manovra, lei è un pilota molto esperto vedo."

Il militare salutò e strinse la mano a McGregor.

"Sono il Maggiore Josh McAllan dell'esercito degli Stati Uniti. Sono il comandante responsabile delle operazioni di sicurezza di questa base. Ci hanno avvisato via radio del suo arrivo e sono felice di averla qui con noi."

McGregor seguì il Maggiore che lo stava dirigendo verso una delle baracche dall'altra parte di un ampio piazzale.

"A dire il vero non sono sicuro se abbiamo fatto una buona cosa a nascondere l'elicottero qui e non ho nemmeno idea se ci potrà essere utile e in che modo, ma come si dice, meglio troppo che troppo poco."

McGregor era ancora stordito dagli eventi delle ultime due ore e in particolare degli ultimi minuti ma si sentiva stranamente euforico e felice di essere in compagnia di gente che ovviamente sapeva come organizzarsi per gli eventi a venire.

"Le presenterò il Signor Brenner, se non lo conosce già. È un suo connazionale e pare che anche lui sia temporaneamente arenato sulla nostra isola felice. Intanto le mostro il suo alloggio."

Entrarono in un edificio basso dalle pareti bianche dall'aria vagamente da caserma. Tutto era pulito e ordinato, la tipica efficienza militare di cui McGregor si stava ormai dimenticando essendo stato al servizio delle truppe reali oltre trent'anni prima. Il comandante lo salutò e lo affidò a un altro giovane americano dai tratti latini e cordiali che si presentò semplicemente come Armando, gli consegnò una bella stanza con il suo bagno privato e lo invitò per l'ora di cena nella mensa annunciando che quella sera ci sarebbe stata una selezione di specialità messicane ad allietare la compagnia dei presenti.

"Benvenido Amigo!" disse Armando prima di andarsene.

"Bell'atterraggio, davvero. Non saprei fare di meglio, davvero."

ISOLA FALKLAND ORIENTALE, 1. APRILE 1982

Il cacciatorpediniere "ARA Santisima Trinidad" navigava al largo della punta più settentrionale dell'isola Malvina orientale. Erano da poco passate le ore venti e trenta quando il comandante Guillermo Sanchez-Sabarots diede il via alle operazioni di sbarco. Una formazione di ottantaquattro uomini distribuita su sei gommoni prese il mare per avvicinarsi con la protezione dell'oscurità al loro obiettivo. La loro navigazione non sarebbe stata breve, si prevedeva almeno un paio di ore prima di toccare terra. Il traguardo era una spiaggia nei pressi di Mullet Creek, a nord della capitale Puerto Argentino, ovvero Port Stanley come attualmente si chiamava secondo la denominazione inglese.

Procedettero a velocità sostenuta e in assoluto silenzio radio fino a quando non avevano il loro obiettivo in vista. Il piano d'attacco prevedeva l'invasione della spiaggia alle ore ventitre esatte e l'operazione si svolse con assoluta precisione. Mentre gli ottantaquattro membri dell'Armada Argentina scesero a terra senza essere individuati dalle postazioni di vedetta degli inglesi, al largo di Pembroke il sottomarino Santa Fe fece emersione per sbarcare un'altra dozzina di uomini, in questo caso specialisti con il compito di piazzare dei radiofari sull'isola e occupare il faro di San Felipe.

L'emersione del sottomarino fu rilevata dal radar a bordo del battello costiero "Forrest" che diede immediatamente l'allarme alla guarnigione militare di Port Stanley. Un paio di pattuglie si lanciò incontro agli invasori mentre il resto delle forze di difesa si schierò a protezione degli edifici pubblici e della Residenza del Governatore oltre alla caserma dei Marines britannici. Nonostante la partecipazione di volontari e riservisti il numero complessivo degli uomini a difesa della capitale non arrivò al centinaio e non tutti disponevano di armamento completo.

Gli sforzi iniziali degli invasori argentini si concentrarono principalmente sulla residenza del Governatore che pensavano di poter conquistare con facilità. Furono invece accolti dalla formidabile resistenza di tre Marines che erano asserragliati all'interno dell'edificio e nella difesa dello stesso procurarono alle truppe argentine le prime tre perdite della guerra delle Falkland. Gli aggressori dovettero inizialmente ripiegare ma poi misero in atto una tattica basata sull'uso diffuso di bombe flash-bang e riuscirono a dare ai difensori l'impressione di essere in numero ben superiore al reale e di avere in sostanza accerchiato l'obiettivo.

Verso le cinque del mattino sbarcarono dalla nave "ARA Cabo San Antonio" i primi mezzi anfibi e cingolati leggeri insieme alla compagnia di fanteria E. Questa formazione proseguì l'avvicinamento alla capitale orientandosi con i radiofari che erano stati installati dagli incursori scesi dal sottomarino Sant Fe, ma furono intercettati e attaccati da un plotone britannico che procurò subito dei danni ad alcuni veicoli prima di ripiegare verso posizioni più sicure. Prima dell'alba altre due unità navali argentine scaricarono altre truppe e mezzi e rafforzarono sostanzialmente la capacità di aggressione delle formazioni degli invasori. La situazione volgeva decisamente a favore degli aggressori, le difese inglesi erano palesemente insufficienti per poter resistere a lungo alla forza dei loro nemici.

Alle otto del mattino il Governatore Hunt cercò un consulto con Mike Norman per decidere come procedere. La valutazione realistica e ragionevole non poteva che portare a una sola conclusione: bisognava trattare la resa. Fu convocato Hector

Gilobert per fare da tramite con gli invasori e nel giro di un'ora il comandante delle operazioni argentine, il contrammiraglio Busser ricevette un'offerta di resa da parte del Governatore Rex Masterman Hunt. Le operazioni militari cessarono immediatamente con l'accettazione della resa e il governatore fu imbarcato ancora prima di mezzogiorno su un volo diretto a Montevideo da dove avrebbe poi proseguito per Londra.

La conquista delle Malvinas da parte dell'Argentina aveva richiesto complessivamente poco meno di undici ore.

A quasi quattrocento chilometri di distanza dalla capitale sull'isola di Saunders non si avevano notizie certe sugli eventi nella capitale. L'annunciata invasione aveva probabilmente avuto luogo e Colin Brenner cercò di captare con la sua stazione radio le comunicazioni argentine facendosi assistere da Armando Rodriguez Alma per decifrare le comunicazioni in lingua spagnola. La ricezione non era ottimale e anche Armando faticò per comprendere quello che stavano ricevendo ma alla fine parve chiaro che l'invasione avesse avuto luogo e la resistenza britannica era stata piegata. Un gruppo di uomini della base si era recato su una delle colline per cercare di vedere dei movimenti navali sul mare intorno all'isola di Saunders ma tutte le imbarcazioni visibili incrociavano abbastanza al largo. McAllen aveva avvisato che molto probabilmente la loro base sarebbe stata deliberatamente ignorata e non c'era nessuna ragione per voler attirare l'attenzione delle forze argentine e farsi coinvolgere nel conflitto. I turni di guardia furono rinforzati e intensificati con l'uso continuo dei pick-up in dotazione alla base di Drill City. Il carburante non mancava, c'erano abbondanti scorte per i grossi motori delle escavatrici e dei due gruppi elettrogeni che alimentavano la base, i consumi delle ronde non avrebbero avuto un grosso peso, almeno per il momento, sulla gestione delle riserve di energia.

KP dovette accettare che i lavori fossero ridotti a un solo turno di complessive dieci ore al giorno perché gli uomini erano impegnati nelle operazioni di sorveglianza. La decisione era stata presa dopo una lunga discussione con Josh McAllen che era riuscito a convincere la geologa che la sicurezza della base era una priorità assoluta e che valeva bene qualche giorno di ritardo nel raggiungimento degli obiettivi prefissati. A parte questo, per il momento, non potevano fare altro che attendere l'evolversi degli eventi.

Meno sereno del solito appariva invece Colin Brenner. Non essere sulla scena degli eventi gli fu quasi insopportabile. Anche se non avrebbe certamente potuto cambiare l'andamento delle cose almeno avrebbe potuto esserne testimone e trovare la maniera di comunicare con la sua centrale di Londra. Aveva un disperato desiderio di rendersi utile. Sulla base di Saunders poteva fare ben poco. Ancora una volta la sua brillante carriera piena di emozioni ed eventi spettacolari non si concretizzava e senza nessuna colpa si ritrovava in una posizione tranquilla e protetta, dedito a muovere carte, scrivere rapporti ed analizzare le poche comunicazioni che gli arrivavano.

Più tardi nella giornata il collegamento telefonico con la capitale riprese a funzionare dopo che fin dalla mezzanotte ogni contatto era stato interrotto. Brenner era tentato di formare il numero di qualche conoscente o perfino della stessa Signora Mildred Livingston, ma preferì attendere. Le linee potevano essere sotto controllo e avrebbe potuto mettere in pericolo chiunque avesse chiamato. Meglio non rischiare, almeno per ora.

Il Cristallo del Potere

In mancanza di altre emozioni la giornata riprese la solita routine, a ritmo più lento ma pur sempre la stessa cosa. Durante la serata il ritrovo nella sala mensa vedeva un clima più quieto dell'abituale. L'invasione non aveva toccato la base; eppure, c'era la netta percezione del pericolo e una sensazione inspiegabile di disagio. Il cibo era eccellente come sempre e Brenner socializzò dapprima con Charly McGregor e poi si aggiunse ad una discussione sugli eventi tra i membri dello staff tecnico e scientifico ed i finti tecnici che si erano nelle ultime ore rivelati per quello che in realtà erano. Militari perfettamente addestrati e in grado di dare del filo da torcere a chiunque avesse voluto mettere il naso negli affari privati di Drill City. Perché di affari privati si trattava secondo molto, anche se per privati intendevano poi affari interni degli Stati Uniti ed eventualmente anche dei loro alleati inglesi. Non certo cose in cui gli argentini avrebbero dovuto osare mettere il naso. Qualcuno fece una piccola polemica sull'inganno che era stato messo in atto anche nei confronti dei loro stessi connazionali ma dopo tre mesi di convivenza gli uomini avevano rapporti talmente stretti da non potersi più realmente dividere in civili e militari. Erano tutti americani alla ricerca di un tesoro, non conoscevano l'esatta natura del suo valore ma il loro governo ed evidentemente anche la loro azienda petrolifera sembrava crederci e tanto bastava. McGregor e Brenner erano gli unici inglesi presenti ed erano tentati di far presente il ruolo importante del loro paese in quest'operazione di escavazione ma quando Brenner tentò di sottolineare che gli inglesi in fondo erano i padroni di casa fu zittito da un secco commento sul fatto che in verità al momento pareva proprio che i nuovi padroni di casa fossero gli argentini. Brenner incassò la battuta e fu poi consolato da una generale risata che dimostrò che a parte l'ironia lo schieramento anglo-americano non era affatto in discussione, anzi, era certamente più forte che mai.

LONDRA, INGHILTERRA

La notizia dell'invasione delle Falkland colpì la nazione intera come uno schiaffo in pieno volto. L'opinione pubblica fu sconvolta da questo evento che in molti avevano ritenuto perlomeno improbabile se non impossibile. Gli osservatori politici commentarono l'evento con preoccupazione e rabbia per il prestigio della Gran Bretagna gravemente offeso e anche le reazioni dei parlamentari di tutti gli schieramenti, pur senza rinunciare alle inevitabili critiche all'operato del governo, erano concordi nel definire l'aggressione un atto di guerra non condonabile. Nonostante le autentiche emergenze nel settore dell'economia e le enormi difficoltà finanziarie che il paese stava attraversando solo in pochi contrastarono la decisione incombente di mettere una reazione adeguata e decisa al primo posto tra le priorità nazionali.

A Downing Street si susseguirono riunioni e incontri con tutti i vertici politici e Margaret Thatcher e non c'era dubbio sul fatto che l'Inghilterra avrebbe risposto con forza agli invasori argentini. Contrariamente a quanto era trapelato in precedenza la possibilità di mettere in atto una concreta rappresaglia militare in tempi rapidissimi era più che concreta e i vertici delle forze armate si mobilitarono immediatamente. Il supporto alle decisioni del Primo Ministro venne presto anche da tutti gli organismi dello stato, dal parlamento ai vari ministeri e anche il bene placido della Corona non si fece attendere.

Che la partita da giocare fosse molto più importante di quello che appariva era un segreto ben custodito e da nessuna parte era stata menzionata alcuna notizia riguardante la protezione del progetto Frondite, ovvero della miniera di estrazione del prezioso minerale. Il Primo Ministro però sapeva benissimo che oltre a tutte le altre validissime ragioni per decidere di riprendersi in modo rapido e perentorio le isole Falkland questa era una motivazione ancora più valida delle altre e che garantiva anche il supporto, discreto ma fondamentale di una superpotenza come gli Stati Uniti parimenti interessata allo sfruttamento di quella preziosa risorsa. Lo spirito inglese di fondo era però quello patriottico e orgoglioso, forte della fede nella grandezza dell'Impero e dell'inevitabile dovere di ogni britannico di difendere anche con la vita la propria bandiera.

Alle argomentazioni argentine che volevano mettere ancora una volta la disputa sul piano della competenza territoriale furono opposte i temi dell'autodeterminazione delle popolazioni e dell'appartenenza storica confermata da documenti ed eventi passati che implicavano ripetutamente l'accezione del dominio inglese anche da parte dell'Argentina. La comunità europea si schierò in grande maggioranza con l'Inghilterra imponendo sanzioni economiche all'Argentina nonostante qualche lieve dissenso, l'Italia assunse una posizione neutrale non sottoscrivendo le sanzioni in considerazione della fortissima presenza di discendenti italiani nel paese sudamericano. Le Nazioni Unite furono messe sotto pressione dall'interno perché molti paesi ritennero che tollerando le azioni argentine in questo conflitto di interessi si sarebbe creato un pericoloso precedente che avrebbe potuto mettere in discussione i confini di molti stati membri. L'assemblea generale deliberò con stupefacente celerità già nella data del 3 aprile, il giorno dopo l'invasione, una risoluzione contrassegnata con il numero 502, con cui venne richiesto all'Argentina di ritirare le proprie truppe e cessare ogni ostilità con effetto immediato.

Nel corso di una delle prime riunione d'urgenza nella residenza del Primo Ministro a Downing Street vennero finalmente decise tutte le misure necessarie per riprendere le Falkland anche con l'uso della forza. I dubbi sull'opportunità e sulla fattibilità furono spazzati via dalle energiche argomentazioni di principio della Signora Thatcher e di altri membri del Consiglio dei ministri. Fondamentale fu, comunque, il parere dell'Ammiraglio Sir Henry Leach la cui opinione fu tenuta in grandissima considerazione da parte del Primo Ministro.

"Ritiene che l'Inghilterra abbia i mezzi e tutte le risorse necessarie per riprenderci le Falkland e possibilmente pure in tempi brevi?"

L'ammiraglio aveva studiato da tempo ogni possibile scenario e fatto le debite valutazioni. Supportato dalla competenza strategica dell'Ammiraglio Woodward e di Sir John Fieldhouse aveva un quadro piuttosto preciso della situazione e anche le idee molto chiare sul modo di organizzare le operazioni. La sua risposta fu immediata e assolutamente convinta.

"Certamente sì, Signora Primo Ministro, abbiamo tutte le risorse e tutti i mezzi per poterci riprendere le Falkland."

La Signora fece un soddisfatto cenno di approvazione con la testa quando l'Ammiraglio continuò:

"E comunque lo dobbiamo fare, dobbiamo riprenderle!"

La precisazione forse non era stata necessaria e il Primo Ministro rimase sorpreso della perentoria sottolineatura. La Signora Thatcher guardò Sir Leach e gli chiese:

"Perché?"

"Perché se non lo facessimo l'Inghilterra avrebbe perso per sempre la propria credibilità. La nostra importanza internazionale svanirebbe e la nostra parola non conterebbe più nulla. In particolare, non avremmo più la fiducia dei sudditi della Corona, perderebbero le loro certezze e i loro riferimenti, non avrebbero più la fede nella giustizia e nella libertà degli uomini che la Gran Bretagna ha da sempre garantito a tutti i suoi cittadini e tutto questo sarebbe un prezzo insopportabile da pagare."

La passione per quell'idea di un'Inghilterra forte e rispettata da sola avrebbe alla fine messo in moto la reazione della nazione e sarebbe stata sufficiente a superare anche le più grandi difficoltà materiali ed economiche che un conflitto armato in uno scenario così lontano, difficile e ostile poteva contenere. Lo spirito britannico era intatto ed era quello che avrebbe alla fine vinto.

I contatti tra Gran Bretagna e Stati Unti furono intensi anche se poco pubblicizzati. La singolare situazione della base aerea Wideawake dell'isola di Ascension fu uno degli scogli apparentemente più difficili da superare. Seppure su territorio inglese la base era a tutti gli effetti operata dagli americani, affittuari con un contratto che conferiva un quasi totale diritto di esclusiva. Nonostante ciò, e quindi nonostante il rischio che la concessione dell'uso della base da parte del governo americano venisse interpretata come una forma evidente di sostegno strategico e quindi un modo per schierarsi di fatto con l'Inghilterra si doveva raggiungere un accordo. Dal punto di vista della logistica era troppo importante avere a disposizione quella conveniente struttura per rifornire gli aeromobili e gestire le operazioni di intervento sia da parte della Royal Navy che della Royal Air Force. Fu necessaria una trattativa diretta tra il Presidente Reagan e la Signora Thatcher e anche se in realtà gli americani erano certamente propensi ad assistere gli inglesi non solo con la condivisione dell'intelligence militare la concessione non fu facile da ottenere. Dopo l'accordo tra i due capi di governo ci furono alcune schermaglie diplomatiche con gli argentini che immediatamente accusarono gli Stati Uniti di avere mancato al rispetto degli impegni del trattato Interamericano. Gli statunitensi si rifugiarono in parte dietro il fatto che effettivamente la loro base si trovava su territorio inglese e nel momento che furono avviate delle dichiarate operazioni di guerra le condizioni negoziate per l'uso in esclusiva della base in tempo di pace non erano più applicabili. Alla fine, la piccola e sostanzialmente poco strutturata base di Wideawake divenne per alcune settimane l'aeroporto con il traffico più intenso al mondo.

Quando dal porto inglese di Southampton partirono le prime truppe su navi da crociera, la folla sulla banchina richiamava alla memoria scene della Seconda guerra mondiale. Ci furono proteste di pacifisti e slogan diretti contro l'imperialismo americano e la sciagurata politica della Signora Thatcher in generale, alimentati questi ultimi anche dalle gravi situazioni degli scioperi ad oltranza dei minatori e di altre agitazioni degli operai nell'industria pesante e nei servizi civili che erano tuttora in corso. Ma la stragrande maggioranza della popolazione e dei media sostenne l'iniziativa come doverosa e inevitabile.

ISOLE FALKLAND, ATLANTICO MERIDIONALE

Nel giro di pochi giorni erano state sbarcate a Port Stanley numerose truppe argentine e massicce forniture di mezzi e armamenti. La popolazione non subì veri e propri danni ma fu costretta a sopportare alcune misure immediate che gli argentini misero in atto per dimostrare la loro autorità. Per prima cosa invertirono il senso della circolazione degli automezzi sulle strade sostituendo la segnaletica e dipingendo frecce sul manto stradale per indicare il lato della circolazione a destra. Alle proteste dei residenti risposero affermando che sarebbe stato più conveniente per le piccole automobili dei civili a guidare dall'altro lato della strada piuttosto che aspettarsi che giovani coscritti argentini facessero lo stesso esercizio con i loro pesanti mezzi militari.

Le truppe di terra argentine si distribuirono velocemente su tutto l'arcipelago e raggiunsero anche le abitazioni più remote, senza peraltro incontrare alcuna resistenza. Il Governatore Hunt aveva lasciato istruzioni molto chiare ancora prima dell'inizio delle ostilità, sconsigliando ai civili di fare opposizione per non creare incidenti inutili. Il sentimento diffuso tra la popolazione locale era ispirato all'idea che la dominazione argentina sarebbe stata solo una questione temporanea e in un tempo relativamente breve la Gran Bretagna avrebbe ripreso le isole e ristabilito l'antico ordine delle cose. I tentativi da parte del governo argentino e perfino da parte dei militari sbarcati di convincere la popolazione ad accogliere le forze d'invasione come una liberazione non trovarono molto apprezzamento e anche se non ci furono scontri la passiva resistenza della popolazione, che si limitava a non collaborare in alcun modo con gli argentini, ebbe un certo effetto negativo sul morale delle truppe argentine.

Una piccola formazione di fanteria guidata dal Sergente Manuel Portago sbarco sull'isola di Saunders dopo una breve traversata a bordo di una chiatta da trasporto requisita nel porto di Hill Cove. Il pontile davanti al gruppo di case che ufficialmente era l'unico centro abitato su quella che era comunque la terza isola più grande dell'arcipelago era occupato da un paio di battelli da trasporto, uno per le merci e il pesce catturato dai pescatori dell'isola, l'altro capace anche di trasportare mezzi stradali di piccole e medie dimensioni. Davanti alle poche case erano parcheggiati solo un paio di piccoli furgoni e una Land Rover. Gli uomini di Portago bussarono alle porte delle case, controllavano le identità e il numero dei presenti e fecero delle sommarie perquisizioni cercando di apparire il meno ostile possibile. Naturalmente non trovarono nulla di importante, solo un paio di fucili da caccia e tante attrezzature da pesca e per le poche attività di agricoltura. Non c'era davvero alcuna ricchezza nascosta, solo case dignitose e i segni di una vita semplice e operosa.

Portago disponeva di una carta geografica non troppo dettagliata della regione e non vi erano segnate delle strade che portassero all'interno dell'isola oppure sull'altro lato delle colline che circondavano l'abitato di Saunders. Il suo comandante aveva accennato al fatto che su quell'isola si trovava anche una base di ricerca americana ma aveva anche precisato che gli ordini ricevuti recitarono chiaramente di non avvicinarsi. Pareva infatti che su quella base ci fossero solo cittadini americani e quindi per evitare complicazioni si sarebbero semplicemente ignorati.

D'altra parte, Portago era informato delle ricerche di un assistente del Governatore Hunt che era scomparso e di cui nessuno pareva sapere dove si potesse trovare. Altrettanto irrisolta era la scomparsa di un elicottero e del suo pilota, segnalata da Hector Gilobert. Anche se non erano state avviate ricerche specifiche di questi due inglesi e del velivolo le truppe erano state comunque allertate di tenere gli occhi aperti. Dell'assistente del Governatore si sapeva che aveva dei compiti di collaborazione con la base scientifica americana ed era quindi probabile che si fosse rifugiato là e nella testa di Portago si era insinuata la convinzione che anche l'elicottero con il suo pilota potesse essersi rifugiato nello stesso posto. L'ordine di non avvicinare la base americana era in conflitto con la volontà di ritrovare i due scomparsi e nella mente del Sergente cominciava formarsi l'idea di agire in autonomia per cercare di cogliere un risultato importante e risalire dal temporaneo purgatorio in cui era scivolato dopo il suo sventurato incontro con il Maresciallo Melez. Doveva far vedere che sapeva operare con determinazione e prendere dei rischi pur di servire il suo paese. O forse solo per appagare il proprio ego e la voglia di riprendere una carriera che rincorreva da sempre.

Ordino ad alcuni dei suoi uomini di accamparsi nei pressi del pontile e di non interferire con le normali attività degli abitanti, poi salì insieme a sei dei suoi soldati sul camion leggero con cui erano arrivati e iniziò a percorrere uno dei sentieri che si allontanavano dall'abitato. Non aveva nemmeno un'indicazione sul luogo esatto in cui si trovava quella famigerata base ma era certo che l'avrebbe trovata.

Procedevano lentamente su una carreggiata sempre più sconnessa fino ad arrivare alla fine del percorso tracciato. Erano saliti di alcune decine di metri sulle lievi colline dell'isola di Saunders, sufficiente per amplificare l'orizzonte visibile e guardare anche a una certa distanza. Il terreno anche fuori strada sembrava comunque percorribile e non s'intravedevano grossi ostacoli per cui Portago ordinò di proseguire in direzione nord ovest. Dopo aver costeggiato il profilo più alto delle colline erano discesi nuovamente quasi fino al livello del mare e avevano raggiunto la spiaggia esposta a nord. C'erano tracce di passaggi di altri mezzi motorizzati e anche se non c'era una vera e propria strada e nemmeno una pista formata si poteva comunque seguire il percorso segnato. Costeggiarono il mare per un paio di miglia poi le tracce si dividevano e Portago decise di seguire la direzione che portava nuovamente verso l'interno salendo ancora sulla cima di un'altura caratterizzata da alcune piante proprio sul culmine. Da quella posizione potevano nuovamente vedere più lontano ma non c'erano indicazioni di insediamenti o di qualsiasi attività umana, solo dolci colline con una bassa vegetazione di erba ispida e ingiallita. Portago scrutò l'orizzonte con il binocolo, lentamente e meticolosamente. Era strano che una base di ricerca non avesse nessuna strada d'accesso e nemmeno che non se ne potesse intravvedere alcun segno della sua presenza. L'attività umana, per modesta che fosse, dava sempre qualche segnale, c'era sempre qualcosa che indicava la presenza degli uomini ma bisognava cercare con cura. Alla terza scansione dell'orizzonte finalmente Portago si arrestò e cercò con grande attenzione di mettere a fuoco quello che credeva di aver visto, una piccola colonna di fumo. Infatti, guardando con maggiore attenzione, ebbe conferma della sua prima impressione. C'era una nuvola grigia, sottile e appena percettibile che saliva in cielo a una distanza che Portago stimava di almeno cinque o sei miglia in linea d'aria. Prese rapidamente alcuni riferimenti per fissare la direzione in cui aveva trovato quel fumo e risalì sulla camionetta incitando il guidatore di procedere rapidamente. Scesero nuovamente in una piccola valle e poi ancora in alto. Dopo un paio di miglia il loro procedere in perfetto fuori strada li portò su uno stradello stretto e certamente poco trafficato e decisero di procedere su quel percorso più scorrevole.

La pattuglia di guardia sul lato sud est del perimetro della base di Drill City era formata da due uomini che procedevano ormai da quasi due ore con la loro jeep su un tracciato predefinito che gli permetteva di restare sempre in contatto visivo con la base e di vedere una vasta sezione del terreno circostante, compreso un tratto di almeno due miglia dello stradello che collegava la base all'abitato di Saunders sull'altro estremo dell'isola. Era la strada che percorrevano regolarmente i mezzi di rifornimento e i pescatori che portavano almeno una volta alla settimana provviste di pesce e anche di carne fresca anche se nelle celle frigorifere della base c'erano cibarie sufficienti per almeno due mesi. Il sole basso alle spalle della pattuglia diede una buona visibilità e il riflesso del parabrezza della camionetta militare che stava procedendo sullo stradello fu intercettato immediatamente. Con i loro binocoli i due marines temporaneamente diventati minatori inquadrarono il mezzo in avvicinamento e lanciarono l'allarme via radio alla loro base. Quella camionetta non era degli abitanti di Saunders e avvicinandosi furono evidenti i contrassegni di tipo militare ed anche le uniformi degli occupanti. Ne contarono otto in tutto. La stradina percorreva il fondo di una regione quasi pianeggiante, poi, prima di salire di alcuni metri per passare una piccola elevazione che i militari avevano scherzosamente denominato Lover's Pass dopo che qualcuno aveva insinuato che il Signor Brenner e KP avessero trascorso una serata da quelle parti, ufficialmente a guardare le stelle. Ad alcuni dei residenti con insonnia non erano però sfuggiti né l'ora tarda del loro rientro alla base e ancora meno i vetri pesantemente appannati della Range Rover di Brenner, condizione non troppo compatibile con le esigenze di osservazioni del cielo notturno ma piuttosto indicatori di altre e più dinamiche attività svolte, probabilmente, all'interno di quel veicolo. Era stato forse l'unico momento di pettegolezzo nella storia della base e aveva coinvolto, con larghi sorrisi e goliardiche insinuazioni, tutto il personale.

I due Marines scesero verso un punto più basso del percorso e si misero in attesa a lato della carreggiata accanto ad una piccola roccia. Dalla base era già partito un altro mezzo con altri colleghi che sarebbe arrivato sul posto quasi contemporaneamente ai visitatori. Ormai era una questione di pochi minuti prima dell'incontro.

Quando Josh McAllen aveva chiamato Colin Brenner e Charly McGregor a seguirlo verso il container mimetizzato e sepolto sotto un cumulo di terriccio estratto dalla nascente miniera aveva l'aria di grande urgenza. Aprì il portellone del container ed entrarono all'interno dell'angusto spazio. La sorpresa dei due civili fu davvero enorme. Nella profondità dei quaranta piedi erano state stivate numerose casse di legno le cui dimensioni facevano intuire il loro contenuto, ma c'erano anche già pronte e assemblate alcune armi leggere e perfino dei lanciarazzi portatili.

McAllen si fermò nel bel mezzo della sezione delle mitragliette appese ordinatamente lungo la parete del container e iniziò a spiegare una sua teoria di cui i due dovevano essere informati. Mentre proseguiva nel suo ragionamento lo sguardo di McGregor si fece dapprima incredulo e poi lentamente si trasformò in una strana espressione a metà tra il divertito e l'eccitato. Certamente il pilota dell'elicottero trovava le spiegazioni di McAllen assai stimolanti mentre per Brenner le parole suonavano stranamente ovattate. Per lui le armi erano un ricordo abbastanza recente, non solo per il suo servizio militare trascorso in marina ma anche per il successivo addestramento a cui lo aveva sottoposto il servizio a cui apparteneva. Non aveva però dimestichezza con nessuna delle armi in quell'arsenale e faticava a comprendere subito le idee del Maggiore americano. Poi si rese conto della validità del concetto esposto. Certamente l'idea era perlomeno originale se non addirittura audace ma aveva senso e Brenner si convinse di assecondare pienamente la proposta fatta.

Le due sagome scure si piazzarono improvvisamente davanti alla camionetta e nel perfetto stile dei film di guerra americani intimavano con un autorevole gesto di una mano al veicolo di arrestarsi mentre l'altro braccio maneggiava con minacciosa sicurezza una grossa arma da assalto. Portago fece fermare la camionetta a una decina di metri dai due guardiani ma rimase seduto al suo posto accanto all'autista. Se quelli gli avessero voluto parlare si sarebbero dovuti avvicinare loro. Per sua grande sorpresa nessuno dei due soldati si mosse per venirgli incontro ma invece iniziarono a fare dei gesti inequivocabili per intimare al guidatore della camionetta di invertire la marcia e di allontanarsi. Portago esitò prima di dare l'ordine, poi disse al suo autista di farsi avanti. Non appena la camionetta accennò di muovere le due armi si abbassarono e i due soldati si posero in maniera pronta per sparare. Non stavano scherzando, questo era evidente.

In quel momento si udì un altro motore e una jeep apparve dietro ai due americani. Scesero quattro uomini in simili tenute mimetiche, tre armati come i due guardiani e uno, seppure vestito come gli altri, solo con una pistola in cintura che però non impugnava nemmeno. Questo si fece avanti e si mise davanti alla camionetta, a metà tra i suoi uomini e il muso del veicolo. Aveva i tratti spigolosi e arcigni del tipo latino e sotto la beretta spuntavano dei capelli scuri.

"Non potete proseguire, questa è una zona limitata sotto il controllo della missione americana di ricerca, l'accesso è vietato."

Parlava in spagnolo perfetto, forse con cadenza messicana, ma era perfettamente comprensibile per Portago quello che l'uomo aveva detto. Del resto, avrebbe capito anche se avesse parlato inglese perché Portago conosceva abbastanza bene anche quella lingua. A questo punto il Sergente decise di scendere dalla camionetta. Si fece incontro all'uomo in divisa e si accorse che però non aveva nessun grado militare visibile, nessun segno di riconoscimento che lo poteva collocare con un corpo militare. Portago fece il saluto militare.

"Hola Senor! Buenos dias!" rispose l'altro con tono informale e con un semplice gesto della mano, un saluto molto casual e tutt'altro che militare. Armando Rodriguez Alma era molto ben preparato. Sapeva che non avrebbe dovuto rivelare la sua appartenenza al corpo dei Marines, la sua missione ufficiale, come quella di tutti gli altri, era di natura scientifica e civile. Le forze armate americane non potevano apparire come presenti sul territorio delle Falkland.

Portago rimase perplesso. Non riuscì a decidere se l'uomo che aveva di fronte si stesse facendo beffe di lui o se davvero era un civile semplicemente vestito con una tuta mimetica per chissà quale ragione.

"Sono il Sergente Manuel Portago dell'Armada Argentina che ha ripreso possesso delle isole Malvinas e rappresento quindi l'autorità sovrana. Sto perlustrando questa zona per completare l'accertamento delle condizioni del territorio e delle infrastrutture e per controllare l'identità di tutte le persone presenti. Le ordino di farci accedere al vostro accampamento senza fare resistenza!"

L'uomo di fronte a Portago continuò a fare un largo sorriso e con aria di sfida rispose quasi sghignazzando.

"Io sono Armando Rodriguez Alma di Puerto Vallarta, Mexico, e sono stato istruito a non fare entrare nessuno nell'area di pertinenza della nostra base scientifica. Mi hanno proprio detto nessuno, davvero."

Si sentì il rumore di un'altra Jeep che si stava fermando qualche metro dietro l'altra, poi si udirono dei passi. Una figura alta, imponente, quasi minacciosa venne avanti e si fermò accanto ad Armando Rodriguez Alma.

Portago decise di non cedere. Arrivato fino a questo punto valeva la pena vedere fino a quando avrebbero osato a ignorare le sue richieste. L'Argentina era ora l'autorità regnante su questo territorio e lui rappresentava quell'autorità. Fece un cenno ai suoi uomini di scendere dalla camionetta. Saltarono fuori dal veicolo e si allinearono dietro al loro comandante. Impugnavano dei fucili leggeri ma non sembravano molto convinti.

"Senor Armando, dica ai suoi compagni di farsi da parte e di farci passare. E si faccia da parte anche lei, noi dobbiamo ispezionare il vostro accampamento."

L'uomo biondo a fianco di Armando Rodriguez Alma mise una mano sulla spalla del messicano, parecchio più basso di lui e gli disse:

"Spieghi a questo tizio che il nostro non è un accampamento ma una base scientifica e che noi non siamo campeggiatori. Ci risulta che le eventuali diatribe in corso riguardano solo l'Argentina e la Gran Bretagna, noi siamo americani, sarebbe meglio lasciarci fuori dalla loro partita."

Quando Armando stava per iniziare a parlare per tradurre il messaggio Portago lo fermò con un gesto e rispose in buon inglese.

"Capisco la sua lingua, non ho problemi. Le ripeto, se ancora non fosse chiaro, che io rappresento l'autorità che governa queste isole, le abbiamo riconquistate dagli inglesi e pertanto ho il diritto di ispezionare ogni luogo su questo territorio ed è quello che intendo fare. Anche la sua base si trova quindi sul nostro territorio, territorio argentino. Non fate resistenza e se non avete nulla da nascondere non ci saranno problemi."

Il gigante biondo si fece avanti fino a pochi centimetri dalla faccia di Portago e gli parlò dalla sua imponente altezza.

"Questa nostra base è sotto la protezione degli Stati Uniti d'America. Non permetteremo a nessuno di interferire in alcun modo con la nostra attività o di ficcare il naso nelle nostre ricerche. Queste erano le condizioni alle quali questa base è stata installata e ci risulta che le stesse condizioni siano state accettate anche dal suo governo."

Portago fece un piccolo passo indietro ma la sua espressione divenne ancora più scura e determinata. Anche lui aveva le sue idee sulla neutralità degli americani in tutta questa vicenda e questa buffonata assurda della base neutrale a gestione americana non gli andava per niente a genio. Era ora di spiegare a questi rozzi cowboy che non erano nella posizione da poter imporre le loro condizioni.

"Signori, vi avverto, noi ora procederemo e se vorrete fermarci dovrete usare le armi e questo credo non rientra nel trattato di neutralità americana nelle questioni tra noi e gli inglesi, che ne dice?"

Le parole erano una sprezzante sfida e l'espressione arrogante del volto del Sergente argentino s'intonava perfettamente con il tono del suo messaggio. Fece un sorriso di sfida e con un gesto indicò ai suoi di muovere in avanti.

Gli americani non si mossero di un millimetro dalle loro posizioni ma quello che ora aveva preso il ruolo di capo della loro piccola formazione si parò davanti a Portago e allargando le braccia fece fermare anche gli altri soldati. Contemporaneamente gli altri uomini nelle loro tute mimetiche impugnarono le loro armi in modo più minaccioso.

"Io non farei troppo affidamento alla sua idea che noi non faremmo sul serio se voi ci provocherete. Ma ammettiamo pure che noi americani non dovremmo fare a cazzotti con voi argentini, temo che ci siano degli inglesi che potrebbero rovinarvi la giornata. Se fossi in voi non correrei quel rischio."

L'avvertimento era esplicito ma non chiaro. Di quali inglesi parlava quell'uomo e se davvero ci fossero stati dove si trovavano e quanti erano? Portago ricordava che in effetti a Puerto Argentino, precedentemente conosciuto anche come Port Stanley, mancavano all'appello due uomini, ma uno era un impiegatuccio dell'ufficio del Governatore abituato a gestire scartoffie e timbrare passaporti e l'altro era un vecchio pilota di elicottero piuttosto acciaccato e certamente non da annoverare tra i possibili fattori di rischio in caso di combattimento uomo a uomo.

"In altre parole, Sergente," continuò il gigante biondo. "noi non vi spareremo addosso, almeno non per primi." Fece una pausa. Poi indicò un punto più elevato a poca distanza a destra dell'argentino dove un uomo in abiti civili stava puntando un lanciarazzi proprio verso la camionetta degli invasori.

"Ma loro sì!" disse il biondo.

Portago vide un solo uomo. L'americano stava certamente bleffando. Lo spinse di lato e fece nuovamente un gesto ai suoi uomini di seguirlo.

Non aveva ancora fatto il secondo passo quando si udì un colpo proveniente da sinistra e il vetro della camionetta andò in frantumi.

I soldati si arrestarono e anche Portago si fermò sull'istante.

Armando Rodriguez Alma fece un largo sorriso, strizzò un occhio a Portago e dissi sghignazzando:

"Quelli sì che sparano invece. Sono arrabbiatissimi questi inglesi!"

Il biondo fece spallucce e una smorfia, come per dire che lui proprio non ci poteva fare nulla se quegli inglesi, due o chissà quanti, avessero voluto ingaggiare una battaglia. Pose la sua mano pesante sulla spalla di Portago e con gentilezza gli sussurrò alcune parole.

"Lei ha ragione, noi dobbiamo rimanere neutrali, non interferire. E certamente non lo faremo. Ma da come vedo la cosa io, penso proprio che le convenga salire sul suo camioncino con i suoi uomini, fare dietro front e tornare indietro. Se seguite questa strada arrivate al pontile di Saunders in tempo per rientrare sull'isola grande di Falkland Ovest prima che cali la notte! Che gliene pare? Va da sé che noi non parleremo con nessuno di questo imbarazzante incontro, ok?"

Non c'era molto da discutere. Portago ribolliva di rabbia ma si rese conto di essere in una posizione di inferiorità da qualsiasi punto di vista. Quel lanciarazzi avrebbe potuto trasformare la camionetta in un mucchietto di rottami e le loro radio non erano potenti abbastanza da poter richiedere rinforzi. Si era infilato in una bella trappola senza via d'uscita se non quella della ritirata. Degli inglesi in abiti borghesi ne vedeva solo due ma non era da escludere che attorno a questa specie di improvvisato posto di blocco ce ne fossero degli altri, nascosti.

Portago sbuffò furiosamente, si girò e fece risalire i suoi uomini sulla camionetta.

"Ci rivedremo, Gringos!" ringhiò in direzione del biondo e di Alma, salì sul camion e diede ordine all'autista di fare manovra e di allontanarsi. Era una sconfitta in piena regola, l'ennesimo colpo all'ego già sufficientemente danneggiato del Sergente Manuel Portago, il quale, a completare la disfatta, si procurò un brutto taglio su una mano quando salendo in vettura la posò sulle schegge del vetro infranto da quel maledetto cecchino inglese.

Dietro alla camionetta che si allontanava gli americani si riunirono per seguirli per alcuni minuti con lo sguardo. Brenner scese dalla sua collinetta con il lanciarazzi in spalla e dall'altra parte anche McGregor si unì al gruppo portando in spalla un fucile con cannocchiale di precisione. Gli occhi dell'elicotterista ridevano più della sua faccia.

"Bel colpo, Charly!" disse McAllen e gli offrì la mano alla maniera americana chiedendogli il cinque e tutti gli altri fecero lo stesso.

Brenner pose la sua arma a terra e disse con un tono di disappunto:

"Va bene, non volevamo far scoppiare la guerra, ma giusto per saperlo, la prossima volta mi dite come si fa a togliere la sicura da quest'affare?"

Risero tutti e lo presero a pacche sulla schiena. Qualcuno si prese il lanciarazzi in spalla e mentre si avviarono verso le Jeep un altro membro del gruppetto chiese a Brenner:

"Hey, Brenner, lo sai che questo posto qui si chiama Lover's Pass. Hai idea perché mai abbia quel nome?"

A Brenner venne un terribile sospetto. Arrossì e si guardò attorno in preda ad un feroce imbarazzo. Che davvero avessero scoperto cosa era successo quella notte tra lui e Kathy Prescott?

McAllen lo vide in difficoltà, era tentato di venirgli in qualche modo in soccorso ma poi non riuscì a fare a meno di aggiungere altro sale sulla ferita.

"Non se la prenda Colin, ci sono mille modi di fare la guerra delle Falkland e di servire la propria patria e lei ha scelto la battaglia più, come posso dire…. ecco, la più fisica, sì, il corpo a corpo, decisamente più fisica."

Brenner si arrestò. Guardò quel branco di figli di buona donna, ed evidentemente anche guardoni, con aria dapprima disgustata e poi anche minacciosa, ma poi anche lui scoppiò a ridere.

Era davvero una strana guerra questa delle Falkland ma lui era deciso a dare il suo contributo.

Rientrarono alla base lasciando però una nuova squadra a guardia del lato est della base e Brenner si recò nel suo ufficio per stilare un rapporto sull'accaduto. Lo avrebbe trasmesso direttamente a Londra, non certo alla sede del Governatore a Port Stanley. Lo stesso rapporto sarebbe stato trasmesso anche alla centrale operativa dell'Oil California, anche se in realtà si trattava di una postazione della CIA a Langley, Virginia. L'agenzia d'intelligence americana era stata incaricata del controllo della situazione di sicurezza della base di Saunders e di gestire tutte le informazioni smistandole alle autorità competenti, quindi anche allo stato maggiore della difesa e agli uffici della segreteria di Stato.

Mentre Brenner stava finendo di copiare e archiviare il rapporto Kathy Prescott entrò nel suo ufficio.

"Hey, guerriero, mi dicono che hai fatto fare una bella ritirata strategica ad un intero plotone dell'esercito argentino. Complimenti!"

Brenner scosse la testa e si sedette sul bordo della scrivania.

"Già, è stata quasi uno scontro vero."

Fece una pausa, era imbarazzato ma allo stesso tempo provava un certo senso di allegria. Nonostante tutte le battute dei suoi nuovi amici americani per tutto il rientro alla base era felice di essere stato completamente integrato nel gruppo. Guardò KP e le chiese:

"Lo sai che quel posto dove siamo andati a incontrare questi argentini è praticamente lo stesso posto dove… ", Brenner non sapeva come finire la frase, ma KP aveva capito perfettamente a cosa alludesse e sorrise a sua volta pensando a una notte piacevolissima sotto le stelle del cielo australe.

"Ho scoperto che quel posto lo chiamano Lover's Pass." disse Brenner omettendo di menzionare che erano state elencate anche alcune varianti decisamente meno romantiche della denominazione.

KP rimase per un attimo confusa, poi si rese conto di quello che Brenner le stava dicendo e dopo un attimo di incertezza e una vampata di rossore si mise a ridere a sua volta.

Non ci sono segreti su una piccola isola, nemmeno di notte!

La reazione militare dell'Inghilterra all'aggressione argentina fu consistente, decisa e più veloce di quanto si pensava fosse possibile. Il 21 aprile, venti giorni dopo l'occupazione della capitale delle Falkland gli inglesi ripresero la Georgia del Sud. C'erano principalmente due buone ragioni per iniziare la riconquista dell'arcipelago da quell'isola lontana e inospitale. Sicuramente sarebbe stato un colpo ad effetto psicologico togliere agli argentini subito il primo territorio conquistato e inoltre era utile poter disporre dell'isola come base di rifornimento e logistica. Anche se non c'era un aeroporto e nessuno spazio per creare un campo di atterraggio era comunque molto più vicina della base di Ascension e poteva nel corso delle previste battaglie diventare di enorme utilità. La guerra per la riconquista delle Falkland era stata denominata Operation Corporate mentre l'attacco alla Georgia del Sud era stato indicato come operazione Paraquet, denominazione che era il nome di una razza di piccoli pappagalli, ma i militari storpiarono di proposito questo nome facendolo diventare Paraquat che invece era un potentissimo diserbante e la simbologia della denominazione non lasciava dubbi sulla determinazione dei britannici a estirpare qualsiasi presenza argentina.

Le operazioni navali furono monitorate da parte degli argentini tramite un aeromobile di sorveglianza radar Boeing 707 opportunamente modificato ed equipaggiato. Mentre il sottomarino britannico "HMS Conqueror" si avvicinò alla zona di confronto l'aereo venne intercettato da due Harrier della Marina britannica ma non fu abbattuto perché nonostante tutto erano ancora in corso trattative diplomatiche e gli inglesi non avrebbero voluto iniziare così apertamente il conflitto armato. Comunque, lo spiegamento delle forze britanniche fu massiccio e la posizione della Georgia del Sud fu occupata in modo molto pesante. La resistenza degli argentini sbarcati quasi un mese prima cessò di fronte ai primi colpi dei cannoni delle unità navali inglesi ed il loro sottomarino "Santa Fe" fu gravemente danneggiato da bombe di profondità lanciate da alcuni elicotteri mentre tentava di allontanarsi. Era solo l'inizio.

Lo scenario di guerra fu definito e circoscritto dagli inglesi escludendo tassativamente qualsiasi attacco sul territorio continentale dell'Argentina e anche la porzione di mare indicata prevedeva una netta delimitazione della zona delle operazioni di combattimento per salvaguardare anzitutto il traffico civile nella regione. D'altra parte, nel corso delle operazioni gli inglesi organizzarono delle dimostrazioni di forza molto eloquenti e che miravano a far comprendere agli argentini che la potenza militare britannica era, nonostante le apparenti difficoltà costituite dalla grande lontananza delle basi di terra, in grado non solo di operare sulle Falkland con grande efficienza ma sarebbe stato possibile senz'altro anche raggiungere Buenos Aires. L'aviazione argentina invece era poco preparata e a differenza degli inglesi, che in certi momenti delle missioni disponevano anche di ben undici cisterne volanti per rifornire in volo i loro caccia in missione d'attacco, i cacciabombardieri Mirage dell'aviazione argentina dovevano gestire la loro missione in considerazione della loro autonomia massima partendo dalle basi di terra sulla costa argentina. Pertanto, gli aerei argentini non avevano una grande autonomia in combattimento e dovevano limitarsi a missioni brevi e mirate. La pista dell'aeroporto di Port Stanley fu colpita ripetutamente dagli Avro Vulcan partiti da Ascension con missili Exocet ma rimase agibile perlomeno per mezzi a decollo relativamente corto come gli Aermacchi MB 339 e gli aerei da trasporto Hercules C-130, mentre le stazioni radar mobili disseminate dagli argentini furono spazzate via quasi completamente.

Il colpo più incisivo sia sul piano morale che sul piano pratico fu sofferto dalla marina argentina quando l'incrociatore "ARA General Belgrano" fu colpito dal sottomarino nucleare britannico "Conqueror" e affondò portandosi via la vita di oltre trecento dei mille uomini a bordo. L'incapacità delle unità sommergibili argentine di difendere quella nave ebbe come conseguenza la rinuncia all'impiego diretto di quelle unità limitandosi invece a usare gli attacchi aerei con partenza dalle basi terrestri.

Anche gli inglesi soffrirono comunque delle perdite di non trascurabile entità culminate nella perdita totale per affondamento della "RFA Sir Gallahad" mentre la gemella "Sir Tristram" fu gravemente danneggiata ma comunque recuperata.

A fine maggio le cose prendevano una piega chiaramente favorevole agli inglesi. Dopo la conquista di Goose Green e del vicino aeroporto improvvisato sulla spiaggia di San Carlos che aveva fatto da base per alcuni aeromobili Pucarà, gli inglesi avevano fatto oltre mille prigionieri e stavano avanzando a tenaglia verso Port Stanley. Anche dall'altra parte della capitale, a nord, le truppe britanniche erano sbarcate in forze e stavano conquistando terreno. Ormai l'esito della guerra sembrava segnato e le previsioni per la riconquista definitiva delle Falkland da parte delle truppe inglesi era ormai solo questione di giorni.

A Drill City non erano accaduti altri incidenti e nessuna truppa, né inglese né argentina si era più avvicinata alla base. L'attività di escavazione era andata avanti fino all'esaurimento delle scorte dei materiali di consolidamento del pozzo a quota seicento diciotto piedi, poco più di quaranta metri sopra la quota alla quale era stata ritrovata la Frondite. Nell'impossibilità di ricevere rifornimenti la base fu sostanzialmente fermata in attesa della fine dei combattimenti. Ai tecnici non rimase altro da fare che ingannare l'attesa dedicandosi ad attività ludiche, ginnastica, sport e letture. KP organizzò un corso di cucina e Armando Rodriguez Alma iniziò a tenere un corso di lingua spagnola ma si rese ben presto conto di non essere tagliato per l'insegnamento, principalmente per la mancanza di una reale conoscenza della grammatica e di un metodo didattico serio, ma anche per via della poca serietà dei suoi allievi che si accontentarono alla fine di imparare poche frasi utili per rimorchiare ragazze e un ampio vocabolario di parolacce buone per ogni situazione.

A partire dal dodici giugno le forze britanniche erano in vista diretta della capitale Port Stanley sia dal lato nord che dal lato sud. Fu messo in atto un assedio poco aggressivo ma ogni minima reazione degli argentini provocò la risposta immediata e intensa del fuoco d'artiglieria britannica e delle postazioni di mitragliamento montate sempre più vicine alla città. Gli argentini si prepararono per una resistenza strenua, pronti anche a dare battaglia casa per casa ma l'assedio oltre ad una concreta forza di fuoco aveva anche un pesante effetto psicologico sulle truppe ed anche sui comandanti argentini. Nella tarda serata del quattordici giugno il comandante inglese Jeremy Moore incontrò il Generale Menendez, comandante in capo delle forze argentine asserragliate a Port Stanley, per trattare la resa e a mezzanotte esatta fu dichiarato il cessate il fuoco. Gli argentini si arresero e furono radunati complessivamente quasi diecimila prigionieri di guerra dell'Armada Argentina. Sarebbero stati poi rimpatriati con alcune navi da crociera che gli inglesi avevano requisito per il trasporto delle truppe. Una settimana più tardi anche la base argentina Corbeta Uruguay installata fin dal 1976 sull'isola di Southern Thule nell'arcipelago delle Sandwich australi si arrese.

La guerra delle Falkland era durata settantaquattro giorni. L'impero britannico, facendo il verso al titolo di un film di fantascienza, aveva colpito ancora ("The Empire strikes back" era stato il titolo di Newsweek all'inizio dell'operazione Corporate) e riportato le Falkland sotto la tutela del governo di Sua Maestà la Regina. Il costo della vittoria era stato notevole sia in termini materiali sia di vite umane con oltre novecento caduti, di cui duecentocinquantacinque soldati inglesi e tre civili. I danni materiali subiti dagli inglesi furono valutati in oltre due miliardi e mezzo di sterline dell'epoca e comprendevano sette unità navali, dieci aerei da combattimento e ben ventiquattro elicotteri. Molto più pesanti, comunque, le perdite argentine con otto unità navali comprendenti un sommergibile e l'incrociatore "General Belgrano". Furono abbattuti oltre sessanta aerei argentini e venticinque elicotteri. In più dopo la resa furono abbandonati una trentina di velivoli fra aerei Pucarà, MB339 ed elicotteri di vario tipo.

La vittoria inglese andò comunque al di là della semplice riconquista di quel piccolo territorio poco ospitale e poco abitato. Anzitutto fu ristabilito il prestigio della nazione britannica a livello mondiale e la sua credibilità come una delle maggiori potenze, che aveva saputo compiere un'incisiva e determinata campagna militare nonostante la crisi economica. Il popolo inglese dimostrò ancora una volta un forte senso di coesione e di fedeltà ai valori tradizionali della monarchia e del patriottismo in generale.

Il supporto americano fu se non determinante almeno sicuramente molto importante. Nel corso del conflitto gli Stati Uniti, oltre a fornire continuamente preziose informazioni di intelligence e condividere in tempo reale i rilevamenti strategici e militari compiuti dagli aerei di sorveglianza ad alta quota e di ogni altra fonte disponibile, avevano fornito anche missili a guida termica e laser e, ma di questo non fu mai fatto nessuna menzione ufficiale, anche di alcuni strumenti di sorveglianza ambientale ed elettronica basati sulla tecnologia della Frondite. L'amministrazione Reagan, seppure messo sotto tiro da numerose proteste di pacifisti e oppositori politici in generale, mantenne tutti gli impegni presi anche in via non ufficiale ostentando in pubblico una apparente estraneità al conflitto. Reagan negò alla stampa perfino di essere al corrente delle operazioni britanniche dalla base di Ascension e non fece mai alcun accenno al supporto logistico e di intelligence offerto. Le rimostranze dei leader argentini circa il mancato sostegno della loro causa furono respinte con la semplice spiegazione che poiché la conquista delle Falkland non fu mai riconosciuta come fatto sufficiente a considerare quelle isole territorio argentino gli inglesi semplicemente si difendevano da truppe straniere che avevano invaso il loro territorio e pertanto le condizioni necessarie per poter aspirare al supporto delle altre nazioni firmatarie del Trattato Interamericano non si erano verificate. In realtà, nonostante le richieste insistenti degli argentini, nessuna nazione diede un vero supporto concreto alla loro causa, salvo forse la Francia che lasciò una squadra di tecnici a disposizione per le manutenzioni degli aerei da caccia Mirage e di alcuni armamenti forniti dal governo Mitterand mentre altre forniture previste di nuovi missili Matra non arrivarono in tempo per essere impiegati nella guerra.

Tra le ragioni della guerra la Frondite non fu mai nominata. Il segreto fu mantenuto e le numerose altre ragioni furono sufficienti a distrarre completamente l'opinione pubblica e i media dalla possibilità di eventuali altre motivazioni. I servizi segreti di entrambe le nazioni rimasero per tutta la durata del conflitto in strettissima collaborazione e pur non potendo intervenire per esempio per le forniture richieste dalla base di ricerca si tennero pronti per ogni evenienza. Qualora la base dell'isola di Saunders fosse stata attaccata o comunque messa in serio pericolo, erano pronte delle unità speciali, sia americane sia inglesi, per un intervento mirato ed eccezionale a protezione del tesoro nascosto nel sottosuolo.

ISOLA DI SAUNDERS, 22 LUGLIO 1982

La prima squadra di minatori era scesa nel pozzo da poco più di due ore, pronta finalmente ad abbattere l'ultimo diaframma di roccia e minerali comuni che ancora la dividevano dal giacimento di Frondite. Il Generale Leonard era tornato il giorno prima alla base di Drill City per essere presente in quello storico istante. Mentre nelle viscere della terra l'avanzata degli uomini era scandita dal ritmo costante delle picconate, all'imboccatura del pozzo c'erano tutti gli altri tecnici e scienziati in trepidante attesa. Colin Brenner stava fotografando da una piccola distanza e Kathy Prescott aveva l'orecchio incollato alla ricetrasmittente che avrebbe dovuto dare da un momento all'altro la notizia dell'avvenuto contatto con la vena di Frondite.

Leonard stava maneggiando una bottiglia Magnum di Champagne che aveva portato con sé per celebrare quell'istante memorabile. La giornata era fredda ma soleggiata e l'attesa si fece insopportabile.

Alle quattordici e ventitré minuti finalmente arrivò la conferma. Una voce gracchiante ma decisamente euforica uscì dall'altoparlante della radio.

"Ci siamo! Abbiamo liberato la Frondite. La stiamo toccando!"

Ci fu un urlo di giubilo, tutti si abbracciarono felici e ad un tratto quei nove mesi di lavoro e ricerca e tutte le preoccupazioni e difficoltà della guerra sembrarono svanite in un attimo. Un enorme peso fu tolto dal petto dei tecnici e nel giro di pochi minuti la conferma dell'avvenuto contatto sarebbe stata comunicata anche alle autorità di riferimento, sia quelli inglesi sia a quelli americani.

Kathy Prescott e Colin Brenner si erano abbracciati per lungo tempo. Oramai la loro piccola tresca non era più segreta e sebbene nessuno dei due si illudesse sul fatto che fosse una storia davvero importante con serie prospettive per il futuro al momento era certamente una bellissima relazione fatta di complicità e tenerezza, sincera amicizia e simpatia e non era il caso di stare a nascondere una cosa che tutti quanti in quella piccolissima comunità oramai avevano capito e sapevano. Anzi, c'era una bella complicità generale, un supporto quasi ruffiano per una storia che apparteneva solo alle due persone direttamente coinvolte eppure pareva essere di grande soddisfazione anche per tutti gli altri.

Al primo contatto fisico con la Frondite, a una profondità di quasi settecentocinquanta piedi, ovvero duecentocinquanta metri sotto il livello del mare, seguì immediatamente l'inizio del lavoro di estrazione vera e propria e ancora prima di sera della stessa giornata furono riportati in superficie due carrelli di Frondite per un totale di quasi centoquaranta chili di cristalli purissimi, più del triplo di quanto era stato estratto fino a quel momento. Per qualche giorno ancora i lavori si sarebbero svolti soltanto durante le ore diurne, ma si prevedeva di fare arrivare presto dell'altro personale specializzato in questo tipo di estrazione per procedere a ritmo più serrato e magari su più turni.

WASHINGTON, D.C.

Nella sala riunioni della Casa Bianca erano adunati da quasi due ore i membri di quello che era stato denominato il gruppo di lavoro Frondite, o Frondite Club. Ne facevano parte oltre ad esponenti di spicco delle Forze Armate americane e inglesi anche i tecnici Arthur Waters e Alan Rudge in rappresentanza delle comunità scientifico-tecnologiche dei rispettivi paesi. Il Generale Leonard, coordinatore dei lavori sedette al centro della lunga tavolata di fronte a Howard Feldman.

La discussione, vivace ma ordinata, era stata avviata sui temi delle possibilità d'impiego della Frondite ed erano emerse nuove sorprendenti possibilità. Un computer sperimentale consegnato due settimane prima alla NASA aveva dato esiti entusiasmanti. Erano ancora in corso delle sperimentazioni per accertare la stabilità dei cristalli e quindi delle loro prestazioni nelle condizioni estreme delle operazioni spaziali ma tutto indicava che le prospettive erano eccitanti.

I militari avevano sperimentato con i pochi prototipi disponibile alcune rivoluzionarie applicazioni in fatto di sistemi di acquisizione e di guida di missili aria-aria e aria-terra ma la natura spesso distruttiva di quelle sperimentazioni non aveva permesso di approfondire più di tanto. Certo era che la precisione verificata nel corso delle poche prove aveva dell'incredibile.

Arthur Waters aveva sviluppato un sistema di analisi ottica e acustica che permetteva di ricercare informazioni mirate fra tutte quelle che venivano mandate in onda dalle principali stazioni televisive della West Coast. A suo dire ogni singola parola pronunciata, ogni fotogramma trasmesso poteva essere archiviato ed estrapolato con parametri di ricerca sofisticatissimi. Da quell'idea potevano derivare altre forme di manipolazione e ricerca di dati, si poteva per esempio analizzare tutto il traffico telefonico di interi stati, ma forse di tutta la rete nazionale ed estrapolare una singola parola di interesse, individuare chi l'avesse pronunciata e di conseguenza decidere di ascoltare e analizzare tutte le conversazioni fatte da uno specifico utente o su un qualsiasi tema.

La stampa nazionale negli Stati Uniti produceva allora qualcosa come ottantamila pagine di grande formata ogni giorno, quindi con miliardi di caratteri e milioni di parole. In più c'erano immagini, grafici, schizzi, pubblicità, annunci personali, offerte commerciali, di tutto e di più. L'euforia di Arthur Waters fu incontenibile. Lui prevedeva un cambiamento totale in tutto quello che poteva essere considerata la normalità nel presente, un salto di qualità quasi istantaneo di alcune generazioni. La diffusione della tecnologia a base di Frondite avrebbe avuto effetti benefici su ogni aspetto della vita quotidiana dell'umanità intera.

"Signori, ho fatto delle serissime riflessioni sulle potenzialità di questo materiale e sono arrivato a una conclusione che forse vi stupirà." Waters fece una pausa, si alzò in piedi e fece abbassare le luci per mettere ancora più in risalto le immagini che erano proiettate su uno schermo in fondo alla lunga tavolata. Si avvicinò allo schermo invadendo il quadro e lasciandosi scorrere addosso gli effetti della proiezione.

"La capacità di correlazione della Frondite con qualsiasi apparecchiatura e qualsiasi programma software che lo utilizzi porta alla comunicazione totale. Ogni singolo computer di questo pianeta, ogni telefono, ogni stampante, tutto potrà essere collegato in una rete infinitamente dettagliata. Potremo realizzare quel controllo totale che George Orwell ci descrisse come una follia tragica e una calamità per l'umanità. Ovviamente sono convinto che noi saremo saggi e ben lontani da qualsiasi mira tirannica, certamente avremo a cuore l'interesse dell'umanità garantendo, per esempio, il rispetto delle leggi a vantaggio di tutti. Faccio degli esempi."

Waters si mise di lato allo schermo per concedere tutta la superficie alla proiezione delle immagini che aveva preparato.

"Noi potremo controllare ogni singolo movimento dei mezzi pubblici di trasporto in tutti gli Stati Uniti, oppure in tutta l'Inghilterra e nel giro di qualche anno in tutto il mondo. Ma i movimenti dei veicoli privati saranno sempre determinati solo ed esclusivamente dalla volontà dei loro guidatori, noi però li potremo osservare. Sempre e ovunque. E potremo quindi controllare permanentemente il rispetto delle regole del traffico, della circolazione, dei limiti di velocità e delle segnalazioni e in questo modo garantire maggiore sicurezza sulle strade eliminando quei rischi che derivano spesso dal mancato rispetto di una o più regole e sono quindi causa di incidenti. Potremo letteralmente vedere ogni veicolo in ogni momento, sapere chi è alla guida, conoscere il suo percorso, il suo indirizzo di casa, il numero di social security e anche il suo numero di telefono. Potremo in un'unica banca dati centrale dedurre da un singolo input come appunto la targa dell'automobile ogni informazione esistente sulle persone, e tramite le loro relazioni, private o di lavoro o di qualsiasi altro genere creare tutti i collegamenti logici immaginabili. Potremo sapere tutto di tutti e sempre in tempo reale. Oggi abbiamo molte informazioni ma sono depositate in archivi difficilmente accessibili, difficilmente leggibili e comunque non collegati tra loro. La nuova tecnologia ci permetterà di ovviare a questo limite.

Potremo chiedere ai nostri computer di fare tutte le previsioni logiche per noi, qualunque informazione o analisi che sia basata su logica, sul calcolo delle probabilità e su sequenze statistiche sarà a portata di mano per tutti.

Sapremo esattamente il valore nutrizionale delle cose che mangeremo e come fare una dieta sana e mirata per migliorare la nostra salute, troveremo, in caso di necessità dei donatori d'organo in tutto il mondo solo pigiando un tasto. Nulla sarà più lasciato al caso, la Frondite ci permetterà di razionalizzare ogni aspetto della nostra vita e quindi di migliorare l'esistenza di tutti gli abitanti del pianeta terra.

Ho fatto degli esperimenti e grazie alla Frondite sono riuscito a migliorare le cose che già abbiamo in modo drammatico. La mia azienda ha presentato poche settimane fa dei microprocessori in grado di accelerare le velocità di elaborazione dei nostri calcolatori elettronici di oltre cento volte senza avere impiegato la Frondite stessa ma solo ottimizzando le risorse e i materiali che già abbiamo. Provate a immaginare cosa significa tutto questo se sarà applicato in altri campi. Potremo avere automobili che percorrono cento miglia con un bicchiere di benzina, illuminare intere città con la stessa quantità di corrente elettrica che ora impieghiamo in una sola casa.

E pensate allo studio e alle passioni, alla cultura e alla ricerca in generale, immaginate tutto lo scibile umano a disposizione di tutti, sempre e ovunque semplicemente collegandosi alle memorie centrali gestite dai cristalli di Frondite. Le possibilità sono infinite."

Tutti i presenti lo avevano ascoltato in silenzio. Sapevano che Waters era un entusiasta e un creativo che sapeva trasformare la sua immaginazione in realtà.

"Ma parliamo di cose concrete, già realizzate o perlomeno in fase avanzata di studio e progettazione."

Sullo schermo apparve l'immagine di un autotreno pesante.

"Questo camion ha viaggiato tre volte tra New York, Chicago, San Francisco, Los Angeles e Dallas senza nessun intervento umano alla guida. Sì, avete capito benissimo, lo abbiamo messo in mezzo al traffico, sulle strade normali, e ha compiuto quel percorso tre volte, andata e ritorno, senza il minimo inconveniente. Questo mezzo è pieno di sensori e rilevatori di ogni genere, Il computer a bordo analizza i dati che riceve e determina le prestazioni e il comportamento in generale del mezzo. Rispetta i limiti di velocità, le distanze di sicurezza, i semafori, tutto, marcia senza interruzione, senza mai fermarsi, fino a quando non sta per finire il carburante e allora si cerca da solo una pompa di carburante per il rifornimento. Tutto questo viene controllato da un processore Frondite di seconda classe. Le classi sono un metodo di distinzione che abbiamo inventato nei laboratori per definire le dimensioni dei cristalli impiegati e così via, cose tecniche con cui non voglio annoiarvi ora. L'unità che controllava tutte quelle cose, questi viaggi, è questa!"

Sullo schermo apparve l'immagine di un piccolo cubo accanto ad un pacchetto di sigarette che ne rese comprensibili le dimensioni. Da tre lati del cubo spuntarono fili colorati che evidentemente andavano collegati ad altri oggetti, sensori e servocontrolli in grado di raccogliere informazioni da trasmettere al processore contenuto all'interno del cubo e inviare comandi ai vari componenti da comandare, come motore, freni e sterzo e tutto il resto. Era davvero stupefacente.

"In questo cubo è contenuta una doppia centrale di gestione di tutto quello che serve per far andare quel camion. La quantità di Frondite impiegata è di 0,04892 grammi, ma si potrà fare con meno!"

A parte Alan Rudge, che era l'unico in grado di capire le espressioni più complesse dei discorsi di Waters, nessuno degli altri ascoltatori aveva ben chiaro se la quantità indicata da Waters fosse grande o piccola in termini paragonabili ad altri circuiti su base di silice, ma certamente significava che con una modesta quantità di Frondite estratta, pochi quintali, si sarebbe potuto automatizzare il parco completo dei trasporti pesanti su strada in tutto il nord America.

Mentre il suo pubblico ancora mormorava frasi di autentica sorpresa e ammirazione Waters decise di proseguire.

"La stazione Grand Central a New York è una delle più attive e complesse sul nostro continente, forse una delle più complicate e dinamiche al mondo. A titolo esplorativo abbiamo chiesto e ottenuto di fare una sperimentazione di gestione del traffico merci. Il settore della rete di smistamento e carico scarico copre un'area di quasi sei miglia quadrate, vi corrono binari per oltre settecentocinquanta miglia e si svolgono ogni giorno non meno di venticinquemila movimenti. La centrale di controllo che gestiva tutte queste operazioni e dove lavorano centottanta persone su tre turni, fino a due mesi fa era situata in questa palazzina."

Sullo schermo apparve, dopo un'impressionante panoramica del terminal merci della Grand Central Station, un edificio di tre piani. Waters spiegò che la superficie totale occupata dai sistemi di gestioni del traffico copriva un'area complessiva di oltre quattordicimila piedi quadrati e consumavano qualcosa come venticinquemila KW di corrente elettrica all'ora.

"Abbiamo nascosto al secondo piano di questo stesso edificio un nuovo computer basato sulla Frondite. È poco più grande di un frigorifero da casa, consuma meno dell'1% dell'energia e da un mese gestisce di fatto tutto il traffico con un incremento dell'efficienza e della puntualità dei servizi dell'ottantatre percento. La quantità di Frondite contenuta nei vari circuiti e nelle memorie è di poco superiore ai 12 grammi."

Waters illustrò altre applicazioni altrettanto stupefacenti come la gestione degli orari di transito di tutti i treni in tutte le stazioni ferroviarie dell'East Coast fino a Chicago, la centrale di controllo della tipografia di due quotidiani a diffusione nazionale e la centrale telefonica dello stato di New York e del New Jersey. Infine, disse che aveva trovato divertente l'idea di collegare alcune centrali indipendenti tra loro, come quella delle prenotazioni e della biglietteria aerea dell'aeroporto JFK e La Guardia, la centrale dei taxi Yellow Cab e l'ufficio centrale delle prenotazioni alberghiere di New York.

"Immaginate un viaggiatore che desidera venire a New York, prendere un taxi per andare in albergo, poi trasferirsi per un incontro di lavoro, cenare con amici in un bel ristorante e quindi ripartire, insieme al suo bagaglio, con l'aereo verso Londra dove magari ha un simile programma. Ok, nella nostra sperimentazione siamo riusciti a fare avere al nostro immaginario viaggiatore tutti i servizi prenotati da un unico accesso, seguirlo passo passo nella sua permanenza a New York, archiviare le registrazioni dei suoi consumi, quindi anche cosa aveva scelto dal menù del ristorante, i nomi, indirizzi, numeri di telefono, social security e cartelle cliniche di tutte le persone che ha incontrato, compreso portiere dell'albergo, facchini, autista dei taxi e cameriera. Sappiamo cosa ha bevuto, quanto ha speso, come ha pagato, a che ora è andato a dormire e a che ora si è svegliato, dove ha fatto colazione, quanto zucchero mette nel caffè e perfino quale giornale ha letto. Tutto questo con una centralina a base di Frondite poco più grande di una scatola di scarpe."

Le implicazioni della dimostrazione erano affascinanti e spaventose allo stesso tempo. Quando le luci vennero di nuovo aumentate tutti i presenti rimasero in silenzio per qualche attimo. Stavano cercando di digerire quello che avevano appena visto.

Mentre il potenziale tecnologico era decisamente entusiasmante c'erano anche molte altre implicazioni che potevano essere addirittura spaventose. La Frondite era uno strumento talmente potente da mettere chiunque ne detenesse il possesso in condizioni di esercitare un controllo praticamente totale dell'umanità intera. La diffusione di questa tecnologia abbinata alla sua straordinaria capacità di interagire in modo così immediato e quasi naturale con le centrali di controllo descritte da Waters implicava che ogni applicazione anche civile avrebbe automaticamente comunicato ogni mossa, ogni utilizzo, ogni azione svolta e nel caso di computer ogni informazione elaborata. Nulla sarebbe più rimasto privato, riservato, qualsiasi cosa sarebbe stata tracciabile, forse anche i pensieri. Le analisi che queste mostruose macchine a base di Frondite avrebbero potuto fare sarebbero state capaci di dedurre per esempio dalle letture e dalle abitudini personali anche il carattere e le inclinazioni di pensiero degli individui. Il grande Fratello di Orwell si stava realizzando, giusto in tempo per coincidere con il famigerato 1984.

Waters volle dire una frase a effetto per finire il suo intervento.

"Questo cristallo è stato chiamato per misteriose ragioni Frondite. Credo che sarebbe più opportuno chiamarlo Il Cristallo del Potere!"

Alcuni annuirono, altri rimasero semplicemente immobili ma tutti erano evidentemente in preda a profondi pensieri e nessuno parve essere troppo sereno. Quando il potere è così enorme fa paura, o perlomeno preoccupa, anche chi pensa di poterlo detenere.

Il Generale Leonard era rimasto stranamente estraniato per quasi tutta la riunione. Non aveva manifestato nessuna particolare emozione mentre la discussione era stata fatta anche prima della presentazione di Waters e ora era ancora immobile al suo posto, con lo sguardo fisso e qualche goccia di sudore sulla fronte, quasi come fosse in preda ad un qualche malessere fisico che gli impedisse di partecipare adeguatamente alla riunione che in teoria doveva presiedere e quindi moderare.

Se ne accorsero tutti quasi contemporaneamente e improvvisamente il brusio eccitato che aveva ripreso a riempire la stanza cessò.

Leonard, senza pronunciare nemmeno una parola, stava ottenendo l'attenzione di tutti i presenti. Lo fissarono incerti su come leggere quel suo strano comportamento. Forse qualcosa era successo, qualcosa che poteva essere in contrasto con il loro entusiasmo? Impensabile.

Il Generale aveva davanti a sé una cartella di pelle nera. La aprì e prese un singolo foglio di carta. Lo guardò per un lungo attimo, poi lo ripose nella cartella e la richiuse.

Quando iniziò a parlare tutti capirono immediatamente che stava per dire qualcosa di veramente importante. E fu proprio così. Parlò molto lentamente, con voce bassa e a volte quasi incerta, come rotta dall'emozione.

"Signori, il ritrovamento della sostanza minerale a struttura cristallina denominata Frondite è avvenuto accidentalmente, per puro caso, durante le perforazioni esplorative alla ricerca di giacimenti petroliferi nel sottosuolo delle isole Falkland, specificamente sull'isola di Saunders.

Le analisi geologiche della zona non fanno pensare che il materiale in questione sia particolarmente diffuso e nemmeno indicano delle caratteristiche tali da poter individuare una qualsiasi traccia adatta a rilevare la presenza della Frondite. In altre parole, la situazione del sottosuolo, la sua struttura, i materiali, i metalli, gli ossidi e quant'altro presente sul luogo del ritrovamento si trovano comunemente in migliaia di altri posti in ogni angolo della terra.

Era stata avanzata un'ipotesi, una vaga teoria. Si valutava in sostanza la possibilità che la Frondite fosse un materiale di origini extraterrestri. Si considerava la possibilità che si trattasse di un meteorite caduto sul nostro pianeta alcuni milioni di anni fa."

Leonard fece una pausa, lo sguardo sempre perso nel vuoto. Aprì di nuovo la cartella e riprese nuovamente in mano quel foglio, la stampa di un messaggio telex, evidentemente piuttosto fresco.

"Questa teoria apparentemente sta trovando conferma a seguito degli scavi effettuati e delle estrazioni finora prodotte."

Tra tutti i presenti fu Arthur Waters il più rapido a realizzare le implicazioni delle parole del Generale. Ovviamente non voleva credere a quello che cominciava a palesarsi. Waters era terrorizzato dall'idea di aver intuito correttamente quello che Leonard stava per dire.

"Cosa significa, Andrew? Cosa stai cercando di dire?"

La voce di Waters si era fatta acuta, quasi un urlo stridulo.

"Dopo dieci giorni di scavi ed estrazioni abbiamo ragione di credere di avere recuperato per intero il meteorite di Frondite caduto sull'isola di Saunders. Abbiamo raccolto circa duemilasettecentotrenta chilogrammi di materiale e pare praticamente certo che non ce ne sia altro."

Waters crollò sulla sua sedia. I militari si guardarono esterrefatti, Alan Rudge era sbiancato e disperato. Con le sue ultime parole il Generale Andrew Leonard aveva spazzato via tutte le speranze e tutte le prospettive che avevano eccitato per gli ultimi mesi tutta quella ristretta cerchia di persone che però credevano veramente di avere in mano una prospettiva meravigliosa per tutta l'umanità. Le interpretazioni cupe che erano state dedotte dal racconto che Arthur Waters aveva fatto poco fa non erano mai state prese in considerazione, Orwell non avrebbe avuto ragione.

Nell'ufficio ovale il Presidente Reagan aveva appena concluso la sua conversazione con il Primo Ministro britannico. La loro alleanza sarebbe stata la stessa in ogni modo ma la comune speranza nei benefici della Frondite era stata un incentivo ancora maggiore a collaborare e definire insieme l'assetto futuro del mondo. Ora tutto era di nuovo cambiato.

Howard Feldman era in piedi accanto alla scrivania del Presidente. Reagan non disse nulla, rimase seduto e finalmente gettò la matita che aveva usato per alcune note e scarabocchi sulla scrivania con un gesto di rabbia e delusione. Poi però sembrava aver trovato una consolazione e il volto si rasserenò.

"Abbiamo sperato tanto. È d'accordo Howard?"

Feldman era certamente d'accordo. Lui aveva condotto le trattative e la gestione degli accordi con gli inglesi, aveva imparato dai militari americani le mille prospettive e i vantaggi strategici e militari e quindi di riflesso anche politici che la Frondite avrebbe portato. Ora tutto questo sembrava svanito di nuovo nel nulla, come un bel sogno sostituito dal brusco risveglio con l'incubo della triste realtà.

Fece solo un cenno con la testa, non sapeva cosa dire.

Un'ora dopo la comunicazione di Leonard all'assemblea riunita in quella saletta riservata alla quale il Presidente stava per partecipare proprio mentre raggiungeva la sua triste conclusione, Arthur Waters ed un comitato scientifico e tecnico formato oltre che da lui stesso e dal suo omologo inglese e da alcuni tecnici militari, erano arrivati ad una conclusione leggermente meno catastrofica di quanto non era sembrato in un primo momento.

La quantità totale della Frondite ritrovata non era infinita e nemmeno enorme ma comunque sufficiente per portare a conclusione un buon numero di progetti di interesse nazionale, sia per americani che per inglesi. La maggior parte dei progetti militari poteva essere realizzata e alcuni dei vantaggi che tutti si attendevano dal suo impiego si sarebbero potuti realizzare. Bisognava fare qualche economia, razionalizzare al massimo, ma si poteva lavorare.

Quello che sicuramente non era pensabile era la diffusione commerciale e l'uso civile. La Frondite sarebbe rimasta una vera arma segreta, potentissima e disponibile solo a un ristretto nucleo di persone che ne avrebbero dovuto gestire i benefici con grandissima saggezza e nell'assoluta segretezza. Era un proposito difficile e rischioso ma non impossibile da realizzare e dopotutto non c'erano alternative.

Reagan aveva fatto nella sua mente alcune considerazione di ordine matematico, una valutazione di costi e benefici, e la conclusione non era del tutto deludente.

"La sa una cosa, Howard? Abbiamo speso tanto per questa piccola quantità di cristalli. Abbiamo creduto di avere trovato qualcosa che somigliava in qualche modo alla pietra filosofale, la soluzione di tutti i nostri problemi. Ebbene non sarà così. La Frondite non sarà in grado di risolvere tutti problemi dell'umanità. Sarà invece proprio quello che è stato detto, il cristallo del potere. E proprio perché non ce ne sarà tanto, proprio perché è poco avrà un valore ancora più enorme."

Reagan sembrava quasi gioire. Una pietra preziosa era tale solo in virtù della sua rarità. La Frondite, rara è unica, era certamente molto più preziosa di qualsiasi diamante.

"La guardi da questo punto di vista, Howard: ne esiste solo una piccola quantità al mondo, piccolissima eppure potentissima. E siamo noi ad averla, è nostra e dei nostri migliori alleati. Credo che in fondo ci sia andato davvero molto bene, anzi, benissimo!"

Nei giorni e nelle settimane successive sarebbero stati definiti i progetti da realizzare e che potevano essere solo di un numero limitato. L'altro aspetto fondamentale era la protezione di quel prezioso cristallo e quindi una ragione in più perché anche il suo impiego restasse limitato esclusivamente per utilizzi programmati, controllati e sorvegliati dai Governi degli Stati Uniti e della Gran Bretagna.

La Frondite era uno strumento potentissimo, paragonabile ad un intero arsenale nucleare e pertanto il suo possesso aveva anche implicazioni morali ed etici di grandissima portata. Certamente la Frondite non aveva un immediato potere distruttivo, anzi, poteva essere un mattone fondamentale per la costruzione di una pace mondiale duratura. Tutto sarebbe dipeso solo ed esclusivamente dall'uso che ne avrebbero fatto gli uomini e le donne che ne conoscevano il segreto.

EPILOGO

Il segreto della Frondite fu mantenuto gelosamente e a tutt'oggi non è stata mai menzionata nessuna notizia ufficiale al riguardo. Tutte le persone coinvolte e al corrente anche solo in minima parte di notizie riguardanti i "Cristalli del Potere" come gli intimissimi si erano messi a chiamarli, tutti tecnici specialisti che lavoravano ai progetti segreti dei governi proprietari della scoperta furono istruiti e impegnati e forse erano gli unici veri prigionieri del segreto.

Gli americani realizzarono diverse misure di difesa del loro territorio con la tecnologia della Frondite, sistemi di controllo Radar su tutto il continente, sistemi satellitari di navigazioni riservati all'uso militare a elevatissima precisione, controlli sulle comunicazioni e archivi interconnessi di tutte le informazioni sensibili dei vari enti dello Stato, dal fisco alla social security, dai registri delle operazioni bancarie e alle proprietà immobiliari. Furono realizzate delle reti di scambio dati iperveloci e super sicuri e banche dati centralizzate che contenevano tutte le informazioni strategiche, politiche e militari di tutte le istituzioni e di tutti i corpi operativi in qualsiasi modo collegati alla sicurezza nazionale.

La Gran Bretagna condivise la maggior parte dei progetti americani e aggiunse per le proprie esigenze alcuni progetti specifici. Uno dei più discussi e criticati fu il progetto ECHELON, elaborato congiuntamente con gli americani fin dal dopoguerra nel 1947 ma giunto a perfezione reale solo grazie alle moderne tecnologie. L'incidenza della Frondite non fu mai chiarita ufficialmente, ma grazie ad ECHELON operativo dalla base inglese di ascolto a Menwith Hill si aprirono molte porte per scrutare e analizzare anche le comunicazioni più riservate del blocco sovietico come anche del resto d'Europa.

Una minima parte di Frondite fu comunque concessa alla TeraTec di Arthur Waters che aveva dimostrato già in precedenza che l'utilizzo delle potenti capacità di elaborazione e di calcolo della Frondite poteva essere molto utile anche per il perfezionamento oltre ogni attesa delle tecnologie tradizionali esistenti. Collaborando anche con tecnici inglesi coordinati da Alan Rudge studiò numerose applicazioni esistenti per migliorarne le prestazioni senza l'impiego diretto della Frondite.

In questo contesto è probabile, ma non ne esistono prove concrete, che alcune delle rivoluzioni nel campo dell'elettronica di massa siano legate a doppio filo proprio alla Frondite. Nascono infatti proprio nei primi anni Ottanta alcune tecnologie per consumatori, la cosiddetta elettronica di massa, provocando alcuni boom e delle mode che rivoluzionano le abitudini di vita delle persone in tutto il mondo.

Nascono nuove tecnologie di rappresentazione grafica e delle immagini, i sensori CCD diventano improvvisamente molto più sensibili ed economici e non tutto si spiega con la grande diffusione e le economie di scala che farebbero scendere i costi di certe tecnologie. Nascono le nuove generazioni di LED a reazione multipla che porteranno in breve agli schermi di monitor e televisori particolarmente brillanti oppure ai microschermi a colori dei piccoli apparecchi telefonici, delle macchine fotografiche e di altre applicazioni e si perfezionano le tecnologie degli schermi interattivi a sfioramento.

Le tecnologie della telefonia cellulare e satellitare prendono l'avvio proprio in quegli anni e accelerano improvvisamente il passo, i sistemi di navigazione satellitari anche per uso privato arrivano alla portata di tutti e se anche negli apparecchi terminali in mano a milioni di utenti la Frondite non è presente semplicemente perché non ce ne sarebbe stata abbastanza per tutti, i sistemi operativi e le centrali di gestione dei traffici e dei flussi dei segnali sono stati migliorati in maniera esponenziale. Il sospetto che in alcune di queste applicazioni almeno a livello centrale ci sia un reale impiego di Frondite è più che ragionevole.

Il segreto della Frondite è rimasto ben custodito. Così bene che questo libro non avrebbe nemmeno dovuto potere nascere. Probabilmente non sono stati forniti in questo racconto dei dati troppo precisi e quindi si può anche continuare a pensare che sia tutto solo frutto della fantasia dell'autore.

E forse, ma solo forse, è proprio così.